はなれがたいけもの 心を許す

八十庭（やそにわ）たづ

Cover Illustration 佐々木久美子（ささきくみこ）

この物語はフィクションであり、
実際の人物・団体・事件等とは、いっさい関係ありません。

CHARACTER

ユドハ

ディリヤを愛する金狼族最強のオス。国王代理。姿を消したディリヤを六年間ずっと探し求めていた。怖い顔をしているが、お世話好きで良いイクパパ

ディリヤ

元・敵国の兵士。強く、厳しく、優しい男。金狼族の王を暗殺するために差し向けられて、当時兄王の影武者をしていたユドハに抱かれ、彼の子供を身ごもる。卓越した身体能力を持つ赤目赤毛のアスリフ族の出身

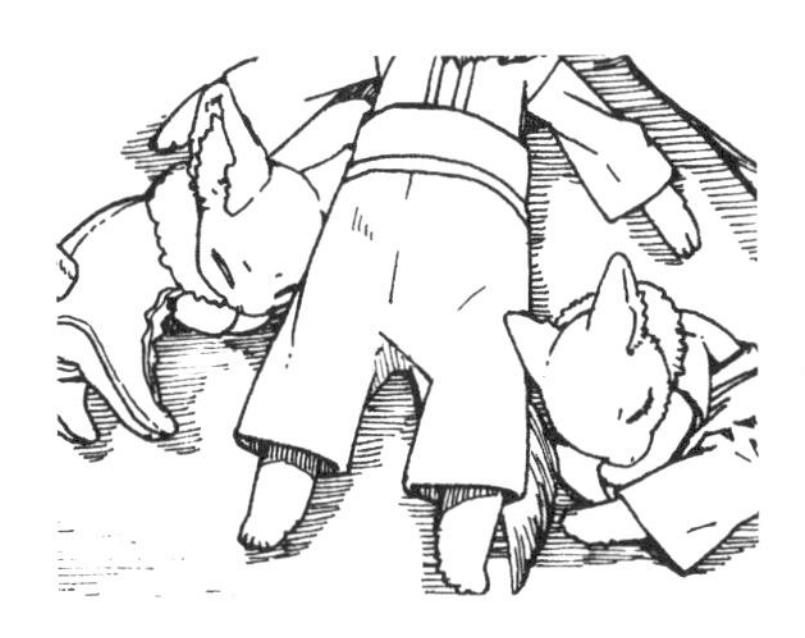

ララ&ジジ

アシュの弟で双子。まだ赤ちゃん

アシュ

ユドハとディリヤの間に生まれた、勇敢な狼の仔。苺色の艶がある、ふわふわの金の毛並み。りっぱなもふもふを目指して、日々成長中！

エドナ

ユドハの姉で、金狼族の姫。美しく、芯のある女性

あばくひと

ウルカとゴーネの関係も落ち着きを見せ、雪解けの時期になった。

近頃のユドハは、朝、ディリヤにしがみつかれた寝苦しさで目が醒める。

ディリヤは己の右腕でユドハに腕枕をして、左腕をユドハの胸のあたりに乗せてしっかりと自分のほうへ抱き寄せ、ユドハの腹に左足を乗せてしがみついて寝ている。

本人は無意識のようで、夜、共に寝床に入った時は隣り合って横になるのだが、朝方、ユドハが気付けば、いつもこの体勢になっている。

何事にも控えめなディリヤが、ユドハにくっついて離れないのだ。

ディリヤの執着は相も変わらず言葉ではなく態度に出る。それがかわいい。眠っている時とはいえ、ユドハが寝苦しさで目を醒ますほど甘えてくれるのが嬉しい。

思わずユドハの尻尾がご機嫌に揺れて、喉も鳴るほどだ。

ユドハは幸せだったが、複雑でもあった。

ディリヤは家族と一ヵ月以上ずっと離れればなれだった。

おそらくはそのせいなのだろう。

ディリヤとユドハが再び同じ寝床で眠れる日々を取り戻してからというもの、ディリヤはしっかりユドハにくっついて、時にはユドハの頭を抱きかかえ、さらには抱き枕にして、「もう一生絶対に離さない」と言わんばかりに、がちがちに抱きしめて眠るのだ。

しかも、幸せな眠りに落ちて、安心して、とろけてゆるんだ表情や無防備な寝姿を見せるのではなく、眉根を寄せた難しい顔をして、「離れたらもう二度と会えなくなるから絶対に離れたくない。離れるのはいやだ」と奥歯を嚙みしめて、力いっぱいユドハを抱きしめる。

それはとても不憫だ。

声に出せない感情の表れだ。

このどうにもならない恐怖から救ってほしい、助けてほしいというディリヤの無言の訴えかけだ。

「大丈夫、大丈夫だ」

眠るディリヤの耳もとで優しく囁き、自由な腕でディリヤの頭を撫でる。

尻尾をディリヤの腰に巻きつけ、程好く締めてやる。

その適度な圧迫感がディリヤに安心を与えるようで、眉間の皺がすこしゆるむ。

「……っ！」

　次の瞬間、ディリヤが唐突に跳ね起きた。

　事前に起きる気配も、魘されていた様子もないのに、唐突に目を醒ました。

「ディリヤ」

　ユドハの声も届いていない。

「…………」

　ディリヤは悲壮な表情で大きく目を見開き、息を止めて周囲を見渡し、視線だけを動かす。

　けものが敵を警戒する眼差しだ。

　心は冷たさを保ち、感情を封じて、恐怖に震える指先を握りしめ、血が滲むほど唇を噛む。

　ゴーネから戻ったディリヤは、時々こうなる。

　心因性のものだ。

　昼間は理性が働いていて抑制できているし、視覚情報から自分がウルカの自宅にいると理解して、自分の頭や心を納得させられるのだが、眠りに落ちると無意識下に押し留めていた恐怖が顔を覗かせる。

　二度とウルカに戻れないかもしれないという不安、家族と離ればなれになったことのつらさ、子供たちへの想い、虚偽とは言えユドハの死と向き合わなければならなかった一ヵ月以上の月日……。

　それらがディリヤを苦しめる。

「いやな夢を見たりするわけじゃないし、特に自分ではなんとも思ってないんだけどな」

　ディリヤは、自分自身にさえ困ったような顔をして笑う。

　自分がなぜこうして跳ね起きるのかさえ分からないのだ。

　一ヵ月以上も押し殺して耐えてきた恐怖や悲しみ、つらさ、さみしさ、それらの負の感情が、いまになってすこしずつ表に出てきているのは確かだが、自分の感情に頭と心が追いついていないのだろう。

「ディリヤ……」

「…………」

　無表情のディリヤは、ユドハの声に反応しない。

　息を止めたまま、必死になって自分の感情を押し殺そうとしている。

　ぎりぎりまで息を我慢して、声や涙として感情が漏れないように自制している。

そして、息苦しさが我慢の限界を迎えたら、息を吐かずに吸う。何度も、小刻みに、浅く、短い呼吸で息を吸い続けて、すべてを飲み干す。

一度も息を吐かずに、無理矢理に飲み干す。

初めてこうなった時、ディリヤは過換気になり、呼吸困難に陥った。

呼吸を乱したディリヤが己の胸のあたりを鷲摑(わしづか)み、痛みに耐えるように背を丸めたかと思うと、あっという間に顔から血の気が失せて、隙間風のような音を肺から絞り出し、気を失った。

その時はユドハが気付き、介抱することができたから大事にこそ至らなかったが、今日もまた同じような状況に陥る手前に見えた。

「ディリヤ」

低めの声で、強く、ゆっくりと名を呼ぶ。

「……っ」

すると、ディリヤは一瞬だけ意識が逸(そ)れる。

自分の内側の感情に囚われるのではなく、ユドハの声に意識が傾く。

赤い眼だけが、ユドハのほうへ動く。

吸ってばかりだった呼吸を潜め、息を止める。

だが、ユドハをユドハと認識できないようで、ディリヤはユドハに助けを求められない。

自分の内側だけで、自分の感情を処理しようとする。

感情を表に出すのではなく、内側へ封じ込めようとするのは、ディリヤの長年の癖だ。

自己を律する力が強ければ強い者ほど、自分の感情を他人に悟らせない。いつも常に揺るぎなく強い自分を相手に印象づけようと振る舞う。

そうしなければ、弱みが命取りになり、侮られる原因になるからだ。

誰にも甘えることを許されない状況で生きてきた者の哀れな習癖だ。

こういう時、ユドハはディリヤを抱きしめない。

以前、ディリヤがこうなった時、抱きしめて、ひどく狼狽(うろた)えさせた。

頭のなかはまだゴーネにあるのに、視覚から入ってくる情報はウルカの自宅。そこに、死んだと聞かされたユドハの声を聞かされ、ユドハの腕に抱きしめられれば、混乱する。

ディリヤは、自分のどの感覚を信じていいのか分からなくなるのだ。

だから、ユドハは、尻尾で寝床を叩く。たしっ、たしっ。ゆっくり、優しく、そぅっと、ディリヤの視界の端で尻尾を動かす。

ディリヤは本能的にそちらへ視線を動かす。

赤い眼で尻尾の動きを追いかける。

ディリヤの指先が寝具の上を這う。

ユドハの尻尾を摑む。

最初は、恐る恐る……、徐々に尻尾に指先を近づけ、幼い狼が親狼の尻尾にじゃれて、遊んで、噛んで摑むように手のうちに捉え、その感触を確かめるように強弱をつけて何度も握りしめる。

ユドハが自分の体のほうへ尻尾を引けば、ディリヤの体も傾いて、尻尾に誘われるようにユドハの胸に倒れ込んでくる。

胸の飾り毛に埋もれたディリヤは両目をぱちりと一度だけ閉じて開き、毛皮の感触と匂い、身に馴染んだ感覚にすこしずつ心を傾け、ここで初めて、息を吐く。

「……ユドハ」

ようやく、ディリヤはユドハを視界に認める。

「ここにいるぞ」

「……ん」

ユドハが傍にいることを確認して、「よかった」と頷いたような、満足したみたいな顔をして、ぎこちなく微笑み、目を閉じる。

背中の不規則な動きが、穏やかなものへと変わっていく。触れ合ったところから、ディリヤの乱れていた呼吸がすこしずつ整っていくのが伝わってくる。

ただ、尻尾を握っていた指だけは強張ったままだ。

ディリヤ自身もゆるめ方が分からないのだろう。

いつまでも拭い去れない恐怖が、ディリヤの心に影を落とす。

昼間、起きている時のディリヤは、そんな素振りを一切見せない。

それがまたどうにも不憫なのだ。

子供たちの親であろうとすればするほど、「アシュも一人でこわい思いをして城まで走って帰ったんだ」とアシュの心に寄り添うことを優先すればするほど、ディリヤは己を蔑ろにする。

優先順位の通りに行動して、ディリヤは一日のうちにすこしも自分のことを考える時間を作らない。

ディリヤはすぐに自分を殺す。

その潔さは美徳であり、欠点だ。

「だって、自分のことなんか考えても悲しいだけだろ？　それならアンタやアシュやララとジジのことを考えてたほうがよっぽど幸せになれる」

　ディリヤは事もなげに笑う。

　ディリヤは、自分の感情と向き合うことにすこし臆病だ。

　そんな毎日が続けば、いつまでもディリヤの心には暗い影が落ち、その影は心の底で息づき、深く根付き、折に触れてはディリヤを苦しめることになる。

　ディリヤは、いままでもそうしていくつもの影を心の底に埋めてきた。その影が芽吹かぬよう押し殺してきた。

　だからこそ、眠った時に、無意識のうちに己を解放しようともがき、苦しむのだ。

　朝、ユドハが先に寝床を出た日には、ディリヤはユドハの寝ていたあたりを手探りして、ユドハがどこにもいないと表情を引き攣らせて飛び起きる。

　ユドハが隣にいれば、いつものディリヤの無表情に近い顔に戻って、かすかに安堵の息を吐く。

　時には、夜中に起きてユドハの寝顔を確かめたり、子供たちの寝室へ足を向け、寝顔を見て安心を得る。子供たちの寝顔を見ているうちに寝てしまうこともあって、ユドハは隣にディリヤがいないことに気付き、慌てて探しに出たこともある。

　まるで、息を潜めるけものだ。その動きを察知するのは難しく、ユドハでさえディリヤが起きたことにすぐに気付かない時がある。

「それはアンタが俺の傍で安心して寝てるから」

　ディリヤは得意げに言うが、逆を言えば、いまのディリヤはユドハの傍でも目が醒めるような状況だということだ。

「それはアンタのせいじゃなくて、俺の問題」

　ディリヤはそう言って笑い飛ばす。

「お前の問題を俺にも分けてほしい」

「じゃあ、これからも、もしまた俺が夜中に変なことになってたらその時は助けてくれ」

　ディリヤは申し訳なさそうに笑う。

　ディリヤの笑い顔は、いろんな感情を孕んでいる。

　笑う時は、ほんのすこし頬をゆるめたり、目を細めたり、口端を持ち上げる程度で、大きな表情の変化はないが、それでも、ディリヤの心を雄弁に語る。

　眉を顰めて笑ったり、泣きそうな顔で笑う時は、悲しさやさみしさ、つらさ、苦しさ……、それらの感情を殺そうと我慢している。

　ユドハは、ディリヤのそうした表情のちょっとした変化をこれからも見逃さぬようにしなければ……と、強く思う。

「アンタとアシュとララとジジが、毎日笑って、ご飯を美味いと思えて、夜に穏やかに眠れればそれでいい」

　ディリヤは多くを望まない。

　心を持つ生き物にありがちな欲深さが薄く、二人で築いた群れの幸せだけを願う。

　ユドハになにか特別してほしいこともなく、いま、この手の内側にある幸せだけで充分だと笑う。

　ディリヤという生き物は、とても扱いが難しい。

　一人で生きて死ぬことのできる生き物に群れを持たせ、ユドハの縄張りの内側で生きることを選ばせた。それは、ディリヤの生き方を変えさせたことと同義だ。

　ディリヤは、これからもきっと、己の生き方と、ユドハの選ばせた生き方との狭間に立ち、懊悩するだろう。

　ユドハは、ディリヤの心に寄り添い、本当はどうしたいかを口にできる環境を作り、ディリヤが自分で言い出せない時にも気付ける男であろうと決めている。

「ぐ、……っ」

　ディリヤの腕がユドハの首に巻きついた。

　顎下の気道を塞がれて、ユドハが一瞬息を詰める。

「……ごめん、また、しがみついてた、……くるしかった……？」

　寝惚けまなこのディリヤが尋ねてくる。

　自分の手指が掻き乱したユドハの毛並みを撫でて整え、「ごめん……」と謝る。

　ユドハの眠りを妨げて申し訳ないと思う気持ちと、しがみついて苦しい思いをさせたり、尻尾や毛並みを引っ張って摑んで痛い思いをさせてごめんなさいという気持ち。

　ディリヤはまだ夢と現の狭間を行き来しているようで、ありとあらゆることをユドハに詫びる。

「ごめん……」

　心配かけてごめん、傍にいなくてごめん、離ればなれになってごめん、無力な自分でごめん。

　なにもかもが歯痒くて、悔しくて、こわくて、悲しくて、さみしくて、その感情が際限なく膨らみ、失ってもいない者への喪失感ばかりがディリヤの心にまとわりつき、ディリヤを苛む。

「ディリヤ、大丈夫だ」

「…………」

「だいじょうぶ、だいじょうぶだ」

ディリヤがアシュに言って聞かせるように、懐に抱きしめ、根気よく繰り返す。

「……だいじょうぶじゃない」

だだっこだ。

ディリヤはユドハの胸の毛を毟って、ぎゅっとしがみつく。

「だいじょうぶだ。ほら、お前の狼はここにいる。ここで生きている」

ディリヤの頭をその大きな掌で抱き、心臓の音を聞かせる。

「ん……」

「な？　元気に生きているだろう？」

「うん……」

「ごきげんはどうだ？　俺の可愛いディリヤ」

「……ごきげんわるい」

「それはこまった」

「こまった？」

「あぁ、こまった」

「……ふ、……かわいい」

困った顔の狼、かわいい。

俺のことで困ってる。

ディリヤは頬を綻ばせてユドハを抱きしめ、額に唇を落とし、「いいこいいこ」と頭を撫でて、抱きしめて……。

「ディリヤ？」

「…………」

ぐぅ。

寝た。

いきなり寝た。

この、いきなり寝落ちする感じ、アシュにそっくりだ。

「おやすみ、俺の可愛いディリヤ」

かわいい赤毛の狼。

今日は一日休みだ。

一日中かわいがってやる。

昼間に押し殺していた感情をすべてユドハの前でさらけ出すほどに。

昼前、ユドハはアシュに早めの昼食を食べさせ、アシュが出かける支度（したく）を手伝い、玄関先まで見送りに出た。

「アシュ」

「なぁに？　ユドハ？」

「今日、ユドハはディリヤに独り占めされる予定なんだが、アシュの予定はどうだ？　何時に帰ってくる？」

「アシュは、いまからライちゃんとフーちゃんがお仕事してたところの見学に行くんだよ。夕方までには帰ってきます！」

「準備は万端か？」

「ばんちゃんです！」

「ばんたん」

「ばん！　たん！」

「そう、それだ」

「ディリヤはユドハをひとりじめするでしょ？　ユドハは、アシュのことひとりじめしたい？」

「そうだなぁ……」

「いまならしっぽぎゅってしていいよ。アシュは忙しいですからね、ひとりじめするならいまだけですよ」

アシュはお尻を向けて前屈（まえかが）みになり、そっと尻尾をユドハに差し出す。

「………」

ぎゅ。ユドハはアシュの綿毛のような尻尾をぎゅっと握って堪能する。

「たんのうした？」

「した」

「じゃあ、アシュはおでかけしてきますからね。ディリヤといっしょにおるすばんしててくださいね」

「はい」

「よぃしょ。……いってきます」

「いってらっしゃい」

背中にお弁当を詰めた鞄を背負ったアシュが、ぽてぽて左右に尻尾を振って歩く。

玄関で待っていたライコウとフーハクに手を引かれたアシュはくるりと振り返り、「いってきます」と、にっこり笑って手を振る。

アシュたちの姿がすっかり見えなくなるまで見送ると、ユドハは踵（きびす）を返した。

途中で子供部屋へ立ち寄り、イノリメとトマリメにララとジジの様子を尋ね、問題がないことを確認して、寝室へ向かう。

狼の寝床には、赤毛のけものが裸体で微睡んでいた。乱れた寝具の上で、普段はユドハが着ている前開きの羽織をまとい、あられもない姿を晒している。

薄絹だけをまとった体の線が手に取るように分かり、ディリヤの四肢の美しさが引き立っていた。

「……ディリヤ」

寝台の端に膝を乗せ、声をかけると、ディリヤが顔の向きを変え、ユドハを見やる。

どこか無防備で、その仕草や熱っぽくうるんだ瞳からは、情事の名残が色濃く漂う。

ディリヤの腕が伸び、ユドハの首筋に絡まり、引き寄せる。その肩から羽織が落ちて、白い肌が露になる。

羽織の裾からは引き締まった足首や長い膝下、齧ると美味そうな脹脛、太腿の半ばまでが見え隠れする。

「……ん」

ディリヤが悩ましげな声を漏らした。

「どうした？」

「漏れた……」

ユドハの鬣に顔を隠し、恥ずかしそうに伝える。

「あぁ、これか」

ディリヤの太腿に手指を這わせ、そこに漏れ伝う精液を拭う。アシュを見送る前にユドハの出したものが動いた拍子に漏れたらしい。

「っは……っ、ん……んぅ」

「アシュは弁当を持たせて送り出した。ララとジジは機嫌よく遊んでいる」

子供たちの様子を聞かせながら、ディリヤを可愛がる。

いまもまだユドハのかたちに開いたそこに指を含ませると、たやすく根元まで咥えこむ。

ディリヤの耳朶を噛み、指の腹を使って内側を撫で、精液を掻き出す。その動きですらディリヤは感じ入り、薄く開いた唇から、かすかに喘ぐ。

静かに、穏やかに、ユドハから与えられる快楽を甘受し、ユドハの胸に身を預ける。

夜中に飛び起きた時のような悲壮さはその片鱗すらなく、暗い翳りもなく、白い頬を薄く朱に染め、ふわふわと甘ったるい表情をユドハだけに見せる。

「はずかしい……」

「なにがだ？」

「アンタにぜんぶ暴かれて、隠せない」

ユドハの前では、なにも偽れない。

ユドハの心は、ディリヤの心を暴く。

知らず知らずのうちに、心を引き出されてしまう。

昼には誤魔化せる心も、夜にはユドハの前でさらけ出してしまう。

心も体も暴かれて、弱さを見せてしまう。

「でも、それがきもちいいんだ」

ふしぎ。

以前のディリヤなら耐えられない屈辱だった。

なのに、ユドハの前でそれを見せることが、不思議と心地好い。

この男の心や体と触れ合うことで表に出てきてしまうすべてが、ディリヤに不思議な感情を芽生えさせる。

この男の支配下で暴かれることは、気持ちがいい。

頑(かたく)ななディリヤは、自分から心を開くのが難しい。

ユドハはそれを強引に暴いてくれる。その強引さが、ディリヤには気持ちよく、胸がすく思いだった。

「アンタだけが、俺のことをこんなふうにする」

強引に暴かれることで、ようやく甘えられる。

ディリヤのすべてを暴くのは、このオスだけだ。


その感情が愛(いと)しい。

この男の愛は、暴かれることの快楽をディリヤに仕込む。

「お前がどれほど隠してもすべて俺の前に引きずり出して、暴いて、愛してやる」

ユドハの言葉にディリヤが小さく打ち震え、赤い瞳で発情したと訴えかけてくる。

肌を寄せて、もう一度抱いてほしいとねだってくる。

ユドハはディリヤを寝床に組み敷き、身も心も暴く。

ディリヤの恐怖も、悲しみも、さみしさも、喜びも楽しみも、幸せも、すべてを自分のものにする。

この一生をかけて愛する。

ディリヤにそれを許された唯一のオスとして、その矜持(きょうじ)にかけてディリヤを愛した。

はなれがたいけもの　心を許す

序章

金狼族のウルカ国。

国王代理一家が暮らすトリウィア宮には今日も笑い声が響いていた。

「アシュ、なにを描いてるんですか？」

ディリヤは居間の床に膝をつき、ペンを握るアシュに尋ねた。

アシュは大きな紙を広げた上に寝そべって、一所懸命なにか描いている。

「しんぶん」

「新聞ですか……」

「これね、かぞくしんぶん」

「見ていいですか？」

「いいですよ。いま、左側を書いてるから、右側を見てね」

「はい。お邪魔します」

アシュが新聞の真ん中から左へ体を移動させるから、ディリヤはアシュの右隣に寝転び、新聞の右側を読む。

新聞には狼がたくさん描かれていた。

一番大きな狼にはユドハと書かれてあるから、これはきっとユドハの似顔絵だ。

名前のほかにも、おとうさん、こくおうだいり、しっぽともふもふがりっぱ、おっきい、やさしい、かっこいい、ちからもち……など、ユドハの特徴が記されている。

ユドハの右隣にはディリヤの似顔絵があった。

その傍（かたわ）らには、アスリフ族、つよい、ねんねんする時のまほうがじょうず、おべんとうがおいしい、持ってる短刀の数がなぞ。そんな紹介文が書いてある。

ユドハとディリヤの間には、三匹の小さな狼がいる。

アシュとララとジジだ。

ララとジジの似顔絵の下には、ふたごちゃん、アシュのおとうと、かわいい、しっぽがみじかい、おなかがまるまる、生まれて一年と八ヵ月。かわいい。……と、かわいいを二回も書いてあった。

ほかにも、ライコウとフーハク、イノリメとトマリメ、エドナ、ユドハとエドナの兄で故人のスルド、トリウィア宮で働くみんな、生まれ育った村の幼馴染たち、アシュの知己をできるかぎり一人も漏らさず書き綴（つづ）っている。

「アシュのお名前のところに、アシュの紹介文がありませんが……」

「それがね、むずかしいの」

アシュはペンを握る手を止めてディリヤを見た。

「どう難しいんですか?」

「あのね、ユドハのこととかね、ディリヤのこととかね、みんなのことはたくさん書けるんだけどね、自分のことはいっぱいいっぱい書くことがあって、どれが一番大事なことか分からなくって、なんにも書けなくなっちゃうの」

「なるほど。アシュは、自分のなにを一番に伝えたいのか分からなくなってしまうんですね」

自分について一番知ってほしいこと。

詳しく説明したいこと。

アシュには伝えたいことがたくさんありすぎるのだ。

「でもね、これでいいの。アシュは自分のお口で言えるし、新聞はいっぱい作れるから、この新聞には、まだ喋(しゃべ)れないララちゃんやジジちゃんや、みんなのことを書くの」

アシュは「アシュのかぞくを、みんなに知ってもらうの」と笑う。


毎日いろんなことを学び、すくすくと育つなかで、アシュは、世のなかには新聞という様々な情報を伝えられる手段があると知り、新聞を作ってみようと思いついたらしい。

「それでね、白いところを残しておいてね、そこにね、新しくお友達になった人のことを書くの。いっぱいいっぱい、お友達にお友達のことを教えてもらって、お友達のことを書くの」

誰かにアシュのことを知ってもらえると嬉しいし、アシュも誰かのことを知れたら嬉しい。

アシュは心を通わせる方法をまたひとつ学んだらしい。

新聞は、どこかの誰かがどんな気持ちで毎日を過ごしているのか、直接会って話す以外で見聞きできる大切な手段だ。

「おてがみとはちょっとちがうのよ」

「確かに、お手紙とはちょっと違いますね」

ディリヤはアシュが一所懸命になって書いた新聞を読みつつも、ついつい、すぐ隣で難しい顔をしてペンを握るアシュを見つめてしまう。

横顔はまるまるとしていて、苺色(いちごいろ)がかった金色の瞳は真剣そのもの。きらきらと輝く眼差しは一心に紙面を追いかけ、尻尾はぴたっと動きを止めていて、集中しているのが分かる。でも、集中すればするほど低い鼻の根元に皺が寄っていく。

ふと、アシュが顔を上げてディリヤを見やり、ディリヤと目が合うと、にこっと笑う。

その笑顔につられて、ディリヤも相好を崩す。

「…………」

ディリヤとアシュのその様子を見ていたユドハの尻尾がばたばた揺れた。

ユドハは二人のすぐ傍で胡坐を掻いて座り、ララとジジの木登りの練習台になっている。

「……うー」

「うう……」

動いちゃだめ。双子がユドハの耳を噛む。

練習台のお父さんは動けないが、横並びで寝そべるつがいと愛息子の愛らしい姿をその目に焼き付けることはできる。

ディリヤはアシュを抱きしめたい衝動を我慢して、そわそわしていた。

ディリヤの見つめるアシュの横顔、まるまるとした後ろ頭、腹這いで寝転がる尻と尻尾がぴこぴこ動く様子。それらを見ていたら、可愛くて可愛くて抱きしめたくてたまらないけれど、集中して新聞を書いているのを邪魔してはいけないと、ディリヤはぐっと堪えているのだ。

ユドハは目を細めてディリヤを見つめ、「そわそわしてるなぁ」と心を和ませる。

日々、公務に忙殺されようとも、ララとジジに耳を齧られようとも、この、のんびりと気の抜けた家族の風景を目にするだけでユドハの心は穏やかさを取り戻す。

「ユドハもこっちおいで。ほら、アシュがすごく上手に書いてる」

ユドハの視線に気付いて、ディリヤが手招く。

ララとジジを抱えたユドハは、アシュを真ん中に挟んで左側に寝転がった。

ララとジジはユドハの鬣の下に潜りこみ、お互いの尻尾を相手にじゃれあっている。

アシュが頑張って作った新聞を双子が汚したり破いたりしないように、ユドハは双子が新聞に手を伸ばすたびに懐へ引き戻した。

「あとで、ララちゃんとジジちゃんも一緒に新聞を作りましょうね」

アシュが弟たちに笑いかける。

弟たちは、時折、アシュが描いた絵に涎を垂らしたり、乾いていない絵具を尻尾で触って汚したり、アシュが描いた絵の上でごろごろ邪魔をしてアシュを困らせる。

そういう時、アシュは「あのね、アシュはね、怒りたいのよ？　アシュ、とっても怒ってるし、怒りたいんだけどね、まだ二人とも小さいしね、ララちゃんとジジちゃんが可愛くて……怒れないの……」と心底困った顔をして尻尾をうろうろさせていた。

弟が生まれて、アシュの心はまた一つ育った。

新しい命を前にして心を豊かにするたび、一つどころか、二つも、三つも、四つも、いくつも情緒が増して、表情や感情の表現が日増しに豊かになっている。

そろそろアシュとディリヤが城に来てから二年近くが経つ。

あっという間だ。

たった二人きりの家族だったのに、瞬く間に五人家族の小さな狼の群れができた。

ディリヤと二人きりで暮らしていた時には経験してこなかった日々が、いま、アシュを大きくしてくれている。

その経験の最たるものが、ユドハという父親の存在と、ララとジジという弟たちの誕生だ。

アシュが経験とともに成長していくように、ディリヤも日々手探りながらも、ひとつずつユドハと一緒に愛を積み重ねている。

家族みんなで食事をして、ちょっとしたことで笑って、一緒に泣いて、互いに悲しんで、些細な物事のひとつひとつを分かち合って、この巣穴で毎日を穏やかに過ごす。ディリヤはそんな小さな幸せを大事にしていた。

日々は慌ただしく、時間が経つのは途轍もなく速いのに、不思議と心は穏やかで、ユドハの胸の毛に埋もれているような安心感がある。

家族と過ごすなかで、嬉しいこと、悲しいこと、難しいこと、失うこと、恐ろしいこと、新しい出会いがいくつもある。

そのたびに、ディリヤは足掻いて、もがいて、悩む。時にはユドハに甘えて、頼って、助けを求めて、相談して、二人で一緒に解決することもある。

でも、いまもまだ苦手なことはある。

ディリヤは自分の心を見せるのが苦手だ。

自分の心を語る言葉は持っていても、それをまっすぐ声に出して表現するのが難しい。

ユドハと暮らすまで、ディリヤは他人に頼み事もできなかった。棚の上の物をひとつ取ってもらうことさえ遠慮していた。

いまは、子供たちの護衛のライコウやフーハク、侍女のイノリメやトマリメ、身近な人に頼めるようになった。ユドハに頼り方を教えてもらって、群れの仲間とすこしずつ心を通わせられるようになった。

家族には、特にユドハには心を開いて、自分の気持ちを伝えられるようになった気がする。

だが、家族や群れの仲間以外に心を見せるのは苦手で、どうしても一歩を踏み出せない。

そういうことはディリヤよりもアシュのほうがずっと上手で、自然体でみんなと打ち解けていて、お手本にしたいくらいだ。

ディリヤは当たり障（さわ）りない人付き合いすら不得手だ。

自分の内側を開示して、深くかかわっていくことがこわいのかもしれない。群れのなかの小さな世界だけに閉じこもっていたいのかもしれない。誰も失わないように、誰一人として欠けずに済むように、自分の腕で守れる範囲の人数としか親しくなりたくないのかもしれない。

「知り合った全員に自分のすべてを見せる必要はない。人それぞれ付き合い方があって、お前にはお前の生き方がある。俺に対しても、お前は俺にすべて正直に話す必要はない。秘密は秘密のままで閉じ込めておきたい物事もあるだろう。お前は心の赴くままに生きればいい。それがお前の強さで、愛らしさだ。そして、お前がどう生きようとも、俺はいつ何時でもお前の味方だ」

ユドハはそう言ってくれる。

ディリヤはこの言葉にどれほど救われただろう。

きっと、ユドハが思う以上に救われている。

自分の心を見せることは、こわい。

自分を知られてしまうことも、こわい。

ユドハに愛されるまで、自分の内側にこんな弱さがあるなんて知らなかった。自分を知れば知るほど、自分が臆病な生き物なのだと分かってしまって、なんだかちっぽけな存在に思えてしまった。

「ディリヤ」

「……？」

ユドハに名を呼ばれて顔を上げると、新聞を書くアシュの頭越しに唇が奪われた。

「難しい顔になっていた」

物思いに耽るディリヤの眉間に皺が寄っている。ユドハはそこへ口吻の先を押し当て、ディリヤの頬を甘噛みして緊張を解す。

たったそれだけのことで、ディリヤの頬はゆるみ、肩から力が抜けていく。

「アンタと一緒にいると、自分も知らない自分がいっぱい出てくる」

「それで、難しい顔か？」

「うん。……もし、俺が新聞を書くとしたら、自分のことを書く時に困る気がした」

「なにが困るんだ？」

「アンタに毎日こうして愛されていたら、昨日新聞に書いた俺とは違う自分が今日ここにいて、明日の自分もまた違う自分になってる。そしたら、俺は毎日ちょっとずつアンタの愛で作り替えられていって、十日もすればまったく違う自分になってそうで……」

ディリヤはユドハに愛されて、すこしずつ自分が変わっていくのを感じている。

自分がどう変わっていくのか、どう変われるのか……。

自分が人間味を増していくことがすこし恐ろしい。けもののようであれば知らなかった自分を知っていくことが、恐ろしい。

けれど、その恐ろしさから逃げることもできないのだ。

だって、ユドハに愛されることをディリヤの心はなによりも喜んでいる。

この狼の愛に抗うことはできない。

変わっていくことすらも、愛しい男から注がれる愛ゆえと信じて、己の血肉として、より強くあるための糧とするのだ。

どこまで自分が変わっていくことを許せるのか、ユドハは許してくれるのか、それが未知数で恐ろしいけれども……。

第一章

晩春のある夜、ユドハのもとに急報がもたらされた。

アシュたちはもうすっかり夢の世界の住人で、ディリヤとユドハもそろそろ床へ入ろうかという時刻のことだ。

ユドハのもとへ届く報せ(しら)にはすべて順位付けがあり、優先度の高いものは深夜であろうと届けられる。そのうえでさらに至急の一報だと判断した家令のアーロンが手ずから届けてくれた。

「俺が幼い頃に世話になった恩師が危ないらしい」

急の手紙を一読したユドハはディリヤにそう告げた。

恩師の名はコウラン。

スルド、エドナ、ユドハ。まだ幼い三人に勉学を教えていた人間の学者で、一時期は王師として宮廷に出仕していた人物だ。

「危ないっていうのは……」

「身に危険が迫っているのではなく、高齢ゆえのものらしい」

「…………」

ユドハから差し出された手紙を受け取り、ディリヤも目を通す。

一枚目は、コウラン本人からの短い手紙だった。

老齢ゆえ自身に死期が見え始めたこと、最期の挨拶をしておきたいこと、教え子であるユドハとそのつがいと子供たちの顔を生きているうちに見ておきたいこと、ユドハから下賜されたものを返したいこと、ほかの者には任せられぬ頼み事がある……などが簡潔に記されていた。

簡潔に記されていたが、途中で筆を置いたらしく、文章は半ばで途切れ、そこまで書いていた文字を打ち消し、「我が教え子が幸せに生きる人生が、私の人生」とだけ書き直していた。

それはユドハへ宛てた文言ではなく、おそらくは自分自身を戒める言葉なのだろう。コウランは、多忙なユドハを慮(おもんぱか)って筆を置いたのだ。

一度はユドハに助けを請うたその手紙は、ぐしゃりと丸められ、捨てられたようだった。

それをクズ入れから拾い上げ、この急報とともにコウランの世話人がユドハへと差し出したらしい。

「師父はまだまだご健勝でいらっしゃったんだが……」

「このコウランって先生は、……確か、前にアンタが話してた先生だよな？」

ディリヤは冬の終わりに交わしたユドハとの会話を思い出す。

ユドハから、「時期を見て、我が師父を王都ヒラへ招き、アシュの王師にと考えている」と打診があった。

この急報は、ユドハがそんな提案を持ち掛けた矢先の出来事で、ユドハもディリヤも思いがけない報せに驚きを隠せなかった。

「この、頼み事っていうのについては二枚目以降にも書かれてないな」

ディリヤが二枚目を読む間に、ユドハは隣室で控えていたアーロンに「準備が整い次第、師父のもとへ向かう。俺の部隊から精鋭を出す。連絡を……」と出立の支度や伝令を頼んでいる。

二枚目以降は、コウランの世話人による報告書のようなものだった。

先頃、高齢のコウランはなんの前触れもなく体調を崩したらしい。

コウランは、一時期、太皇太后クシナダの意向によりユドハたちから遠ざけられ、ウルカを離れていたこともあったが、ユドハが長じてからは再びウルカへと招き、師と仰ぎ、現在は湖水地方にある小離宮で余生を送っている。

家族もつれあいもいない人間の老人が、故郷から遠く離れたウルカの地で死の床にあり、さぞや心細く、不安だろう。

それでも、コウランは老い先短い己のことで若い国王代理を煩わせることがあってはならぬと思い至り、手紙を差し出すことさえ控えた。

ユドハがコウランを父のように尊敬していると同時に、コウランもまたユドハを息子のように思っていることは明白だった。

ユドハが慕い、信頼する人柄であることが手紙の文面からも窺えた。

「……？」

三枚目の手紙は繊細な内容を伏せるためか、一読しただけでは分からない暗号で書かれていた。

「現在、小離宮には、師父の客人と客人の護衛団が滞在しているらしい」

アーロンと話し終えたユドハが戻ってきて、ディリヤに説明した。

「……客と、その護衛……。身分の高い人物か？」

「暗号で書く配慮をしているところを見ると、そのようだ。客人とその護衛団は、師父や我々に害意はないそうだが、こちらの身分は伏せて動くつもりだ」

「了解。……頼み事っていうのは、もしかしたらこの客人についてかもしれないな」

「我が師父の頼みだ」

「俺たちも行くんだろ？」

「来てくれるか？」

「もちろん。……でも、アンタは急いだほうがいいな」

死に目に会えるかどうかの瀬戸際ならば、ユドハだけ先に向かうべきだ。

ディリヤと一緒に子連れで馬車移動するよりも、ユドハが単騎で移動したほうが断然速い。馬術に長けたユドハが馬を駆れば三日ほどで到着できる。

「では、馬の支度が整い次第、先行する。状況を確認して報せを出す。道中と小離宮の安全が確保され次第、お前たちも追いかけてきてくれ」

「エドナさんは？　アンタと一緒に行くのか？」

「姉上のところにも報せを出した。先程、返答があって、師父のもとへは俺が向かい、姉上が留守を預かってくれることになった。いまは城を留守にしづらい時期でな……」

ウルカの南に位置する半島国家リルニツクの代表も死期が近い。

リルニツクは小国ゆえ、代表の死がウルカに大きな影響を与えることはないが、先頃、リルニツクとはゴーネ帝国との関連でひと騒動あったばかりだ。

ゴーネ帝国も若い将校たちの革命が成功したばかりで、ウルカになにか仕掛けてくる余裕はないが、不測の事態に備えて的確な指示を出せるエドナを王宮に留め置く必要があった。

「じゃあ、俺と子供たちはアンタの一報を受けたらすぐに出られるように支度しておく」

「子供たちを頼んだ」

「任せろ。……出かける前になにか腹に入れておくか？」

ディリヤはユドハの着替えを手伝い、「あぁ、そうだな。すこし食べておく」とユドハが答えたので、軽食を作った。

三日かけて夜通し馬を駆るなら、携行食と水しか口にしないはずだ。いまのうちに温かくて腹持ちの良い食事で腹を満たしておけば体力も温存できる。

ユドハの軽食くらいならディリヤでも作れるし、翌日の仕込みを終えて寝入ったばかりの料理人を起こさずに済む。

幸いにも、翌日の朝食はディリヤが作る予定だったので、ララとジジの朝食用に水に浸けておいた米を炊き、香辛料のタレに漬け込んであった肉と野菜を焼いて、ゆで卵と果物を添えた。

単純な料理だけれど、ユドハは「美味い」と言うなり尻尾を揺らしてすっかり平らげてくれた。

それから間もなくして支度が整い、ユドハは湖水地方へと出立した。

出立に伴い、ユドハは王城内で飼育している二羽の鷹を連れていった。

王族の嗜みとしてユドハも鷹狩りをするが、それとは別にコウランのもっとも愛する動物が鷹らしい。尊敬する人のせめてもの慰めになればとユドハは言っていた。

ディリヤはユドハのその心遣いが報われることを祈りつつ見送りに立った。


夜が明けた。

ディリヤたちの出発の支度は整いつつあったが、ディリヤたちを護衛する一団の支度には時間を要した。

先行するユドハ一行を含め、大人数の軍が移動し、大勢が小離宮に滞在するには、食料や生活用品を遅れずに輸送する必要がある。

それらの支度が整い、ユドハから「道中と小離宮の安全確保ができたから出発するように」と報せが到着したのち、ディリヤたちは王都を発つ手筈だ。

その報せを待つ最中、ディリヤのもとに訪問者があった。

三名の大臣がトリウィア宮を訪れ、ユドハが不在につきディリヤが応対した。

アーロンの案内で応接間に通された大臣たちは、まず「お忙しい時に失礼を……」と謝罪から入った。

「これからお話しすることは、我々の連名で申し上げることです」

訪問者は三名だったが、彼らは、この場に不在の大臣や要職に就く者たちの総意として伝える旨を前置きし、挨拶もそこそこに本題に入った。

三名のうち一人が話すと事前に決めていたらしく、老齢の狼が話の口火を切った。

「このたびはディリヤ様にお聞き入れ願いたきことがあり、参りました」

先頃、ウルカとゴーネは密約を交わした。

ゴーネのエレギアを筆頭とする青年将校派をユドハが支持し、彼らの革命を秘密裏に支援し、後ろ盾となった。

この密約を交わすにあたり、エレギアと知己であり、ユドハのつがいであるディリヤが両者の間を取り持つかたちになった。

それが発端で、ゴーネ軍上層部とウルカの反狼狩り派が結託していた事実を暴くことにもなった。

さらには、ゴーネ軍上層部が画策したウルカとリルニツクの貿易通商協定締結の妨害工作を潰すにあたり、ディリヤの情報提供がおおいに役立ち、ウルカの国政を救うほどの功績となった。

最終的には、エドナ暗殺とリルニツク使節団代表暗殺をディリヤの機転で未然に防ぐことができた。

「これらの事案にかんしまして、ディリヤ様のお働きはなかったことにしていただきます。つきましては、現在作成中の公文書から内々でディリヤ様の存在を抹消いたします。突然こんなことを申し上げたところで、ディリヤ様もご納得がいかぬでしょうから、理由をご説明申し上げます」

ディリヤがユドハのつがいという手前、大臣は腰が低く、口調も丁寧だ。

ディリヤが言葉を返さずに黙っていると、大臣は話を続けた。

彼らの話を要約すると以下のような内容だ。

クシナダ一派が王都を去るきっかけになった一件に始まり、ディリヤはウルカの内政のみに留まらず、ゴーネに関連する案件では外政にも干渉した。

望むと望まざるとに拘(かか)わらず、お国の大事にディリヤが一枚嚙んでいるのが事実だ。

「あの赤毛が来てから国政が目まぐるしく変わる。あいつには結婚を認めてやる代わりに政治にも軍事にも口出しをさせない約束だろう」

ディリヤの立場が政治色を帯び、権威が高まり、影響力が強まる可能性がある。

大臣たちはそれを重く見ていた。

「殿下の留守中に内密にお願いに参ったのは、あなた様には是非、殿下のお立場をお考えになった決断をしていただきたいからです。そして、あなた様が末永く殿下のお傍にお侍りになるためのご選択を……」

　彼らは、あくまでもディリヤとユドハのため、若い夫婦を心配する古参たち、といった物言いで諭してきた。

「なにかとあなた様のお名前が公文書に記載されることは印象がよろしくないのです。人間の助けがなければ金狼族は危機を乗り切れなかった、という表面的な印象を拭い去りたいのです。あなた様のこれまでの功績はすべてウルカ国の優秀な政治家や騎士によるものといたします。あなた様のお名前はどこにも出ませんが、事実を知る者はあなた様を敬うことでしょう」

　そんな口ぶりでディリヤに理解を求めた。

　仮にもウルカという大国を担う大臣たちの言葉だ。内密のお願いという体をとっているが、口調は断定的で、もう既に決定された事項を伝えることに終始しており、ディリヤの意見は求めていない様子だった。

「お話はよく分かりました。まずは立場を弁えず申し訳ありません」

　ディリヤは居住まいを正し、対面の三人に目を伏せて詫びた。

「では、私どもの意見に同意してくださるということで……」

「いえ、俺は同意も不同意もしません。俺にかかわることはすべてユドハの判断に任せています。何事においてもユドハが決定し、俺は彼の指示に従います」

「殿下はあなた様の功績を消すことはしないでしょう」

「そうでしょうね」

「殿下はあなた様に対して誠実すぎる。清濁を併せ呑む方でなくば、一国の指導者として生きていくには難しい」

「ユドハは確かに清廉潔白ですが、民と国のために己の手を汚すことを厭わぬ男です。そのうえで、ユドハは可能な限り清くあろうとしている立派な指導者です」

「それは重々承知。ですが、殿下が清い方であることを望むならば、あなた様が濁ればよろしい。そうは思いませんか？」

「自分が濁ることは望むところですが、濁るか否かすらもユドハの判断を仰ぎます」

「あなた様にはご自分というものがないようですな。

己のことすら己で決めることができぬとは……、まるで家庭に納まるメスのような主体性のなさだ」

「それは女性に失礼です」

「ともかく、これは決定事項です。どうか今後はお立場をよりお考えください」

　大臣たちは告げるべきことだけを告げると、あっさりと立ち去った。

「………」

　ディリヤは応接間の椅子(いす)に深く背を預け、静かに息を吐く。

　大臣たちの思惑は実に分かりやすい。ディリヤにこれ以上でしゃばるなと釘を刺しに来たのだろう。

　ディリヤ自身にそのつもりがなくてもそうなってしまったのは事実だ。

　大臣たちがディリヤに告げたことを国王代理の裁可なく実行したならば、それは公文書改竄(かいざん)にあたる。だから、それとなくディリヤからユドハを説得するよう誘導したかったに違いない。

　彼らも、ディリヤの口からユドハにこの件が伝わることは承知のうえだろうから、もしかしたら、公文書云々(うんぬん)は単なるこじつけで、ユドハの留守を狙って苦言を呈しに来ただけかもしれない。

　ディリヤは政治的に邪魔な存在だと思われている。

　それぐらいのことは政治に疎いディリヤでも察することはできたが、それに対処する術(すべ)をディリヤは持っていなかった。

「はー……」

　天を仰ぎ、声に出して脱力する。

　こういったことは今回に限ったものではない。

　政治にかかわる連中以外からも「あなたの存在がユドハの弊害になる」と面と向かって言われた経験もある。

　物理的な戦闘ならばまだしも、精神的な攻撃は辟易(へきえき)する。

　言葉での戦いは不得手だ。

　もうすこし自分で自分の身を守れるようになったほうがいい。そう考えないわけではないが、そうなると必然的に自分も政治的に対抗する力を得る必要が出てくる。

　それはディリヤが望むところではない。

　ユドハが望めばディリヤはそれを手に入れるために粉骨砕身するが、政治よりも子供たちを育むことを優先したいし、ユドハともそれで意見が一致している。

そもそも、敵か味方かでしか相手を分類できないディリヤにも問題があるのだ。相手を見極めて上手く使えば敵が味方になることもあるし、味方だと思っていた者が敵に寝返ることもある。

相手は生き物だ。政治も生き物だ。殺せばそれで終わりの一介の兵士が経験した戦争とはあまりにも性質が異なる。

「政治的なことは、ほんと……だめだ……」

ユドハのほうがそういう戦い方を熟知していて、ディリヤはいつも守られてばかりだ。

ユドハは「お前が日々の食べ物の心配をせず、のんびり昼寝できる場所を守るのが俺の役目で悦びだ」と言ってディリヤを甘やかす。

「お前が頑張れなくても幻滅したりしない。お前が怒っても、拗ねても、焼きもちを焼いても、誰かを憎んだとしても、お前を嫌いになったりしない。誰かからの誉め言葉を素直に受け取ることも、こんなに頑張ったんだから褒めてくれと主張することも、苦手なものや嫌いなものを伝えることも遠慮しなくていい。それはごく自然な感情の発露なのだから、もっと自分の心に素直に生きていい」

ユドハは、「肩の力を抜いて、お前の好きに生きろ。俺はどんなお前も愛しているし、いろんなお前が見たい」と、ディリヤのすべてを大きな度量で受け止めてくれる。

近頃のディリヤはユドハに甘やかされることにすっかり慣れてしまって、今日のようなことがあった日には、「毛皮と尻尾を寄越せ」とユドハに我儘を言って、顔面から懐に突っ込んで埋もれてしまう。

甘えたままではいけないと思うけれど、甘えてしまう。

「自分の思うがままに、感情の赴くままに、自信を持って生きろ。お前の我儘は我儘ではなく、お前が俺に心を許してくれている証拠だ。胸の毛も好きなだけ毟ってくれ。俺に愛されている自信をもって、余裕ぶって生きていろ。俺からの愛に驕り高ぶって、俺に惚れられていることに胡坐を掻いて、幸せを満喫しろ。お前の気儘に翻弄されることさえ、俺は幸せを感じてしまうんだ」

ユドハは特別甘い愛をくれる。

溺れそうなほどたっぷり注がれる。

ユドハという大きな存在のおかげで、ディリヤは心に余裕を持てるようになったし、過去の自分のように攻撃的にならず、何事にも穏やかに対処できるようになった。

「……甘やかされすぎてダメ人間になってる気もするけどな……」

今日のようになにか言われても、ユドハがくれる甘やかな言葉を思い出したらどうでもよくなってくる。

ディリヤは席を立ち、大きく伸びをして深く息を吸い、ゆっくりと吐く。

ディリヤの幸せは、家族みんなが幸せで、笑ってご飯を食べて、夜に安心して眠れる毎日を送ることだ。

ディリヤの人生の長期目標はユドハの傍に立てる男になることだ。

悩む暇があるなら、自分の幸せと目標のために、ひとつでも多く努力すればいい。

好きな男のために生きられる人生は幸せだ。

ディリヤはこの人生に立ちはだかる困難のすべてに立ち向かうだけの覚悟があった。

ディリヤたちの乗った馬車は少数精鋭に守られてトリウィア宮を出た。

馬車にはディリヤと三人の子供たち、イノリメとトマリメが乗り合い、ライコウとフーハクを中心とした戦狼隊が馬車と並走して護衛した。

湖水地方の小離宮は風光明媚な場所に位置し、自然に囲まれた湖の畔にある。

コウランの故郷である東の亡国に似た土地で、人里からは離れているが街道沿いにあり、大きな町や港に出やすい立地だった。

小離宮は、別名を定婚亭という。

もとはユドハの所領内にある邸宅のひとつで、コウランが宮廷を辞す際にこれまでの功績を讃えてユドハがコウランに下賜した。

コウランは、自分の死後、この土地と屋敷をユドハに返却したい旨を手紙に記していた。

定婚亭は、愛らしいほどに小ぢんまりとした二階建てで、真四角の家屋の中央に人工噴水と四阿のある庭が設えてある。

定婚亭の敷地の奥には長方形の別棟があり、そちらは使用人の宿舎となっていた。王都から来た軍人たちも、そちらに滞在予定だ。

定婚亭の手前の街道沿いに、ユドハの命を受けた先着隊の一部が出迎えに出てくれていた。

出迎えの部隊によると、コウランの世話人からの手紙にあったとおり、定婚亭には異国の客人とその護衛団が滞在しており、全員が武装しているとのことだったが、非常に礼儀正しい一団らしい。

定婚亭に滞在する近衛兵団はウルカ国の正規軍で、ここはウルカ国だ。対して護衛団はあくまでも客人の私兵であり、定婚亭を警護する立場にはない。

護衛団はそれを弁えていて、近衛兵団に対して「ここはあなた方の国だ」と一歩引き、客人の許可のもと、「我々は我々の主を守るために定婚亭の警備に当たっていたが、以後、屋敷の警備についてはウルカ軍の指揮下に入る」と自ら申し出る謙虚さも持ち合わせていた。

客人の護衛団は十数名の人間のみで構成されていて、ウルカ軍のほうが数も装備も実力も勝り、彼らの危険性は低いと判断された。

だが、ユドハやアシュたちの身分が、身元の確かでない人間たちに知られるのは厄介だ。

出迎え部隊の代表は、「定婚亭の使用人やウルカ軍には箝口令を布いております。殿下とご家族の皆様は国王代理一家ではなく、ウルカ王族の末席に位置する身分と説明済みです。何卒そのお心積もりで……」とディリヤたちに告げた。

アシュたちが護衛団と接触する機会は皆無に等しい。異国の客人の前で子供たちが口を滑らさないようディリヤが目を光らせておくだけで配慮は充分だった。

トリウィア宮を出発して幾日目かの朝、ディリヤたちは定婚亭へ到着した。

早朝の到着で、三人の子供たちはまだ眠っている。ディリヤはアシュを、イノリメとトマリメがララとジジをそれぞれ抱いて定婚亭へ足を踏み入れた。

定婚亭は、ウルカ風の建物に東大陸の文化が色濃い室内装飾と調度品で彩られていて、外側と内側でまるで印象が異なり、よその国に訪れたような気持ちになる。

一階は玄関広間や大広間、応接間、居間、書斎のほか、厨房や洗濯室など使用人の出入りする空間と、同じ屋根の下で暮らす世話人たちの住居。二階はコウランの居室、看護人が夜間に寝泊まりする部屋、客間、各室に付属する浴室や衣裳部屋、屋敷の中庭と外庭の両方を臨むバルコニーなどで構成されている。

「ディリヤ」

二階からユドハが下りてきてディリヤたちを出迎えた。

ユドハの表情が悲壮なものではないことから、最悪の事態が訪れていないことをディリヤは察する。

「コウラン先生の容体は？」

「落ち着いている」

「よかった」

ディリヤはその言葉に安堵し、ユドハも家族の無事の到着に胸を撫で下ろしている様子だった。

「……ただ、すこし事情が込み入ってきた。歩きながら話していいか？　休んでからにするか？」

「大丈夫。コウラン先生に問題ないなら、先に挨拶へ行こう」

ユドハのくちづけを頬に受け、寝室へ向かいながらユドハの話を聞いた。

後ろにイノリメとトマリメ、ライコウとフーハクが続く。

「まず、客人は異国の姫君だ。詳細は師父から説明がある。……というよりも、お前が到着してから話すと師父が仰ってな、俺もまだ詳しいことは聞かされていないんだ。それから、師父の傍に護衛が一名控えているのだが……」

「あの子供か？」

「あぁ、あの子供、……キラムだ。お前たちと師父の挨拶が終わるまでは別室で待機させている。お前が無理に会う必要はない」

「分かった。でも、せっかくだから俺の命を狙った奴の顔を久しぶりに拝んでおく。アシュたちを下がらせてから。……キラムは元気そうか？」

「元気そうではある、が……」

「どうした？　じっとこっち見て……、もしかして顔になにかついてるか？　到着してから鏡見てないんだよ。馬車で寝たから寝癖ついたかも……」

「いや、お前は今日も可愛い。寝癖も大丈夫だ。……ただ、すごいと思ったんだ」

「なにが？」

「自分の命を狙った男の息災を気遣うお前の豪胆さが」

「あぁ、まぁ……なんというか、昔とは違う選択をしてるとは自分でも思う」

　ディリヤは曖昧に笑って、眠るアシュの鼻先に唇を落とす。

「キラムに対して、あまり善い人になりすぎないようにな」

「……ユドハ？」

「そのままの意味だ。深く考える必要はない。だが、子供たちの親である前に、お前も一個の生き物だ。それを大切にしろ。……部屋はここだ。師父、失礼いたします」

　ユドハが二階の一室の前で立ち止まり、扉の向こうへ声をかけた。

「おぉ、入れ入れ」

　老人特有のしわがれた、それでいて明るい声で応答がある。

　ユドハが扉を開け、ディリヤがまず足を踏み入れた。

　室内は不思議な風合いだった。

　古今東西の様々な書物や地図、模型や実験器具が溢(あふ)れ、椅子の背には見たこともない織物が掛けられている。

　壁には掛け軸が、作りつけの棚や書き物机には骨董品や文房具、最新式の測量機などが無造作に置かれていた。

　それらのどれもただ飾るのではなく、大事に使いこまれ、大切に愛(め)でられていて、年季の入った独特の風合いを醸し出していた。

　コウランはその部屋の奥を寝室として使っているらしい。古めかしい格子窓の下に床榻(しょうとう)が設えてあった。アルコーヴ造りの寝床で、ウルカではあまり見かけない東の国の物だ。

「失礼します」

「堅苦しいのはいらん。ささ、こっちゃ来い」

　戸口で一礼したディリヤを白頭の翁(おきな)が手招いた。

　コウランは上体を起こし、背中にクッションを当てている。頬がこけて、しわくちゃの仙人にも見える風(ふう)貌(ぼう)だ。胸もとで合わせる寝間着を着ていて、痩せた肩に山羊の毛織物を羽織っていた。

　傍にいた看護人がアシュを抱くディリヤに椅子を勧めてくれて、老爺(ろうや)も「さ、お座りなさい」と腰を下ろすようディリヤに促す。

　ディリヤが腰かけると、その隣にユドハが椅子を運んできて、ララとジジを抱いて腰を下ろした。

イノリメとトマリメ、ライコウとフーハク、看護人や世話人たちは室外に辞す。

　寝室には、コウランとディリヤとユドハ、子供たちだけが残った。

「遠路呼び立ててすまんの、ディリヤ殿」

「とんでもありません。お会いできて光栄です」

「あぁ、本当に、よぅ来た、よぅ来た。……どれ、顔を見せてくれ」

　コウランはディリヤと会えたことを大いに喜び、コウランの傍近くに寄ったディリヤを痩せた腕で力強く抱擁した。

　ディリヤはアシュを片手で抱き直し、もう片方の手で、おずおずとコウランに抱擁を返す。

「どうした？　そう畏まらんでもよいぞ？」

「……すみません、ちょっと緊張しています」

「なぜじゃ？」

「人間と抱擁するのは、たぶん……記憶にある限り生まれて初めてで……力加減と、感覚が分かりません。苦しくないですか？」

　ユドハやエドナ、子供たち、湖水地方で世話になった狼のみんな。狼からはたくさんの抱擁をもらったけれど、人間からされた記憶は生まれてこの方一度もなく、勝手が分からなかった。

「さようか……。だが、安心せぇ。そなたの抱擁は優しゅうて、丁度良い塩梅じゃ」

「よかった。……あの、お加減は如何ですか？　今日はお元気と伺いましたが……」

「ご覧のとおり、くたばりそうで、くたばらん。はっはっは！」

　コウランは肩を揺すって快活に笑った。

　健勝なその様子にディリヤが安堵していると、「すぐには死にそうに見えぬだろ？　儂もそう思う！　アスリフの赤毛という滅多にお目にかかれん宝石と、我が教え子の子というこの世の宝を見ることができたのだ、寿命が延びたわ！　はっはっは！　やはり意地汚く長生きするものよな！」と、また笑った。

「……ちょっと愉快な先生なんだ。すまん、慌てて家を出たものだから説明するのを失念していた」

　ディリヤが呆気にとられていると、ユドハがそっと耳打ちしてきた。

　確かに、よく喋る愉快な御仁のようだが、想像していたよりもずっと元気そうで、とてもではないが今日明日のうちに命が危ういという雰囲気ではない。

だが、老衰による死期は先が読めぬこともあり、ユドハの瞳はなんとも難しい色を湛えていた。

「これ、そこの若夫婦、年寄りをほっぽって見つめ合うておる暇があるなら相手をせんか」

「師父、お体に障ります。安静になさってください」

ユドハが席を立ち、コウランの肩から落ちた羽織を掛け直す。

「ン、ぅぅ～～……、ぅー……ぁあぁ～……ぅ」

大人たちの話し声にアシュの耳がひくりと動き、大きな欠伸をして目を醒ました。

「おぉ、すまんの、小さいの。起こしてしもうたの」

「……？」

アシュはディリヤの腕のなかできょときょと左右を見回し、知らない場所と匂いだと察知すると尻尾と耳を立てて警戒する。

だが、次の瞬間には家族みんなが一緒なことに気付き、ユドハとディリヤが「おはよう」と声をかけると、「おはよぉ」と頬をゆるめ、警戒を解いた。

「おはようございます、あしゅです。七歳です。……おじいちゃん、だぁれ？」

アシュはディリヤの腕をするりと抜けてコウランの寝床に着地すると、コウランの膝に頬を乗せて見上げる。

「おじいちゃんはコウランという人間だ」

「アシュはおおかみよ。コウランっていうお名前、アシュ、知ってるよ。ユドハのせんせいのお名前ね。馬車のなかでディリヤにおしえてもらったよ。……はじめまして、こんにちは」

「おぉ良い子だの。初めまして、こんにちは」

「ふふっ」

アシュはコウランの掌に自分の頭のてっぺんをすりすりと擦りつける。

「人見知りせん賢い子だ。……自分にとって害のある大人か、そうでないかを本能で見極めておる」

「アシュ、かしこいの？」

「おぉ、賢いぞ」

「ララちゃんとジジちゃんも賢いですよ。ちっちゃいけどね、りっぱなおおかみなの。わぉーって吠えて敵を追っ払うし、お名前を呼んだらそれぞれお返事するのよ。いまは……えっと、ねんねしてるから、あとで紹介します」

「あぁ、是非紹介してくれ。楽しみにしておるよ」

「…………おじいちゃんせんせぇ」

「なんじゃ、神妙な顔をしおって」

「はやくげんきになってね。あしゅのげんき、いっぱいいっぱいどうぞするね」

　アシュはコウランの腹に腕を回し、自分の両腕の届く範囲でめいっぱいコウランを抱きしめると、「げんきになぁれ、げんきになぁれ」と唱えた。

「おい、我が愛弟子と赤毛の美青年よ、そなたらの息子、途轍もなくええ子ではないか」

　コウランはディリヤとユドハを見やり、懐の仔狼を撫で回した。

　アシュは撫でくり回されてご機嫌に尻尾をぱたぱたしている。

「おじいちゃんせんせぇ、アシュの毛並みがくちゃくちゃよ」

「くちゃくちゃもかわいいぞ」

　コウランはひとしきりアシュを愛で可愛がり、撫で回して逆立てた毛並みを手櫛（てぐし）で整えては乱し、アシュと笑い合って意気投合した。

　そうこうするうちにララとジジも目を醒ました。

　アシュが、半分寝ているララとジジをそれぞれコウランの眼前まで抱き上げて「おとうと、一人目、ララちゃんです。……続いて、おとうと、二人目、ジジちゃんです」と紹介すると、コウランは三人の子供たちに会えたこと、子供たちの声を聴けたこと、一緒におしゃべりができたことを喜んだ。

　子供という幼くも若々しい命が、大人ばかりが生活する定婚亭を訪れたのは初めてで、コウランは「子供の笑い声や話し声、歩き、走り回る音というのは、死に損ないの寿命を延ばしてくれる」と、うっすらと目尻に涙を滲ませていた。

「ご負担がなければ抱いてやってください」

「是非お願いします」

　ユドハとディリヤ、二人の提案で、コウランに三人の息子を抱いてもらった。

　子らを抱き、あやすコウランを見ていると、自分の親や祖父に子を抱いてもらっているような気持ちになって、不思議と胸の奥から熱いものが込み上げた。

　コウランも同じ気持ちだったようで、「妻もなく、子も生（な）さなかった老いぼれが、こうして幼な子を抱かせてもらえる日がこようとは……、はー……いかん、ジジイはすぐに涙腺がゆるむ」と笑って、三人の子を慈愛の眼差しで見つめていた。

無尽蔵の体力を持て余す子供の相手でコウランが疲れる前に、イノリメとトマリメに三人を預けた。

子供たちはこれから朝食をとり、馬車移動で疲れた体を休める。

子供たちと入れ替わりに、一人の人物が寝室に呼ばれた。

異国の出で立ちをした美しい姫君だ。

ユドハとディリヤはコウランの引き合いで、まず姫君に名乗り、目礼した。

「こちらは、半島国家リルニックの宰相家末姫キリーシャナト殿じゃ」

コウランは、まず姫君をユドハとディリヤに引き合わせた。

「キリーシャナトと申します。どうぞ短くキリーシャと……」

キリーシャは膝を折り、雅びやかにお辞儀をする。

褐色の肌を持つ金髪碧眼の美姫だ。くっきりとした二重に目尻の切れあがった大きな瞳は鷹のように気高く、ふっくらと形の良い唇は花開く前の薔薇の蕾にも似て麗しい。

すらりと背が高く、その身にまとったリルニック風の細身のドレスのせいか、彼女の線の細さがより強調されていた。

彼女の衣装は、くすんだ淡紅色の絹に極細の金糸で花模様が手刺繍されていて、キリーシャの動きに合わせてキラキラと煌めく。

ドレスと同じ素材の薄絹物にも金刺繍が施されており、その大判の一枚布を上手に使って金髪をゆるくまとめて肩に流し、宝石と金細工の髪留めで留めている。

耳朶や首もと、手首などは宝飾品で上品に飾り立て、指輪を嵌めたその手指には琥珀で作られた扇子を携えていた。

「諸事情あって、ひと月程前から姫の身をお預かりしている。……だが、ほれ、儂は先が見え始めたろう？　儂のもとで姫を匿い続けるのは難しいと判断してな、儂にもしものことがあった時は任せたいと思うておる」

「では、師父の手紙にあった頼み事というのは、こちらのキリーシャ殿のことなのですね」

「あぁ、そうじゃ」

「詳しくは私から説明いたします」

長く話し続けるのはコウランの負担と感じたのか、キリーシャが申し出た。

コウランの寝台の傍にユドハがもうひとつ椅子を運び、キリーシャがそこへ腰かけ、ディリヤとユドハも再び着席する。

「コウラン様のご紹介に与りましたとおり、私は、リルニックを統治する宰相家の娘です」

リルニックはウルカに近い半島にある商都だ。

半島国家とも呼ばれており、国家としての体裁を保ち、国家と同等の権限を有しているが、正しくは国家ではなく独立自治区であり、単なる商都である。

リルニックはいつの時代も大国の支配下に置かれ、古くはウルカ、また別の時にはゴーネや第三国の統治下にあった。

好立地であるがゆえに貿易で繁栄した小さな都は、その時代ごとの統治国に統治を委任され、リルニックの宰相家が代理執政を行っていた。

気の遠くなるような長い年月を経て、現在、リルニックはウルカの統治下で自治を許され、宰相家が取り纏めているが、ウルカという強大国に守られてようやく国家としての体裁を保てていた。

先の戦争ではゴーネに与してウルカに敗北し、戦後はウルカの統治下に入り、その後、再び独立自治を許された経緯もあり、現在の政治体制はウルカ寄りである。

「私は、父から逃げるためにコウラン様のもとへ身を寄せました」

「お父上殿というのは、リルニックの現宰相殿という理解でよろしいか？」

「はい。私の父は確かにリルニックの宰相です」

ユドハの問いにキリーシャは淡々と受け答えする。

「失礼ながら、宰相殿は病床にあると聞き及んでいるが……」

「仰るとおり、父は死の床にあります。持病の悪化で、助かることはないでしょう。私は、その父に殉死を迫られており、それから逃れるためコウラン様に匿っていただいています」

実父の死期を冷静に言葉にしたキリーシャは、「今時、殉死なんて時代錯誤も甚だしいとお笑いでしょう？」と扇子で口もとを隠し、父親を笑い飛ばした。

実父から殉死を迫られる状況や理由がピンとこず、ディリヤは黙ってキリーシャの話を傾聴した。

「……続きを話します」

キリーシャはひとしきり笑うと、疲れたように肩で息をして無表情になり、その理由を話し始めた。

いまから十九年前、キリーシャ誕生の折、キリーシャの産みの母が産褥で亡くなった。宰相である父は、「赤子ではなく妻を生かせ」と侍医に命じたが、妻は亡くなり、娘が生まれた。

父は、愛する妻と同じ名を娘に与えこそしたものの愛しはしなかった。

父に成り代わってキリーシャの兄や親類らがキリーシャに愛情を注ぎ、育むことで十九歳のこの歳まで成長できた。

だが、宰相が病床に就き、死期を悟ると、「我が愛する妻を奪った娘に償わせる時がきた。長年の恨みの集大成として、リルニツクの古いしきたりに則ってキリーシャを殉死させろ」と息子たちに命じた。

キリーシャには四人の兄がいる。

長男と三男と四男は健在だが、先の戦争で次男は夭逝している。

残る三人の息子に向けて、宰相は「いよいよ私が死ぬとなったら、私の隣に、妻のように息絶えたキリーシャを寝かせろ」と厳命した。

三人の息子は、死期が見え始めて錯乱したのかと父の正気を疑った。事実、譫妄の気もあったが、キリーシャに殉死を強要する以外は至ってまともで、宰相としてリルニツクの将来を憂い、跡継ぎ問題に触れては三人の息子に協力して国を守るように諭し、良き父の鑑として振る舞った。

だが、ついには「キリーシャを殺さねば、次の宰相の座はお前たち息子にはくれてやらぬ。第三国に譲り渡す」とまで言い出した。

それはつまりウルカやゴーネといった他国に統治権を譲るということだ。

そうなった先は想像に容易い。リルニツクはまたどこかの国に支配されて、混乱を極める。

キリーシャの命とリルニツクの安寧。

宰相はその二つを天秤にかけたのだ。

三人の英邁な息子たちは宰相の言葉に反対し、キリーシャを庇い、守った。

「二カ月くらい前だったかしら……、父が一度危ない状態になりました」

遠い目をして、キリーシャは窓の向こうを見た。

リルニックを訪れていた遠い小国の第八王子が、「お前がリルニックの宰相にならんか？」と病床の宰相に唆され、キリーシャを捕縛して宰相の寝床に放り込み、殺害を試みる事件が起こった。

「その時は父の容体が持ち直し、また、三人の兄の助けもあり、死なずに済んだのですが……この件で私たちは父が本気だとようやく理解しました」

以後、宰相の持病悪化を理由に、長男が代理執政となり、三男と四男が長男を補佐して、三兄弟で政を行うことになった。

件の第八王子については両国の内々で揉み消され、本人は自国へ強制送還となった。

三人の兄は、「再びこのような事態にならぬとも限らない」と妹の身を案じ、キリーシャが身を隠す場所を探した。

「私、ゴーネのエレギアちゃんと知り合いですし、最初はゴーネを逃亡先の候補にしていたんですけれど、……ほら、あの国って革命が起きたばかりで情勢が不安定でしょう？　エレギアちゃんは優秀だけど、これ以上の荷物を背負わせるわけにもいかず……」

キリーシャはそこまで言って「あら、ごめんなさい。トラゴオイデ家のご長男なのだけど……」と詫びた。

ディリヤもユドハもよく知っている男の名だったが、国王代理という身分を伏せている以上、「ゴーネの青年将校で、革命の中心となった軍人だと存じています」と答えるだけに留めた。

「エレギアちゃんたらすっかり有名人になってしまったのね……」

三十を過ぎた男が、十九の娘に「エレギアちゃん」と呼ばれている事実にディリヤとユドハはなんとも言えず、曖昧に頷くに終始した。

「……それで、兄たちと相談してウルカへ身を寄せることにしました。私の狼嫌いはリルニックでは有名ですから、まさかウルカへ逃げることはないだろうという考えを逆手にとったのです。兄以外、身内も誰も信じられない状況ですから、私の侍女たちはゴーネへ向かわせて、私がゴーネに滞在しているように見せかけています」

「では、あなたは一人でウルカに？」

「えぇ、そうです。ウルカに滞在しているリルニックの役人の妻として旅券を発行し、兄が用意した護衛団とともに船に乗って参りました。あの護衛団はリルニックの正式な軍隊ではなく、三人の兄が共同所持する私兵から選抜した者たちです。ウルカの領土を武力侵犯しているわけではありませんから、その点はどうぞご安心を」

「少数とはいえ、リルニックの軍を動かせばお父君の耳にも入るでしょうしね」

　ユドハはキリーシャの兄の適切な配慮に感心する。

　キリーシャの護衛とはいえ、ウルカ国内へリルニック軍を無断で入国させたとなれば国際問題になる。

　それが宰相の耳に入れば、キリーシャの国外逃亡が露見する可能性もある。キリーシャの兄たちがあえて妹に私兵を付けたことも納得がいった。

「兄たちからコウラン様へ事前に連絡していたとはいえ、コウラン様が温かく迎え入れてくださったおかげで、私はいまこうして父から逃げることが叶(かな)いました」

　キリーシャは目を伏せ、コウランへ向けて改めて首(こうべ)を垂れる。

　彼女はコウランに深く感謝しており、礼儀を欠かさない。それは形ばかりのものではなく、本心からであることが彼女の所作から窺い知れた。

「短い期間ではあるが、儂はリルニックの食客をしとってな。キリーシャ殿の兄君たちの話し相手になっとったんじゃ」

「存じております。私やキリーシャ殿の兄君はみな、師父の弟子ということになりますね」

　スルド、ユドハ、エドナの三人と、リルニックの四兄弟は、兄弟子と弟弟子の関係になる。

　ユドハは、己の師の結んだ縁を蔑ろにせぬよう、コウランが万が一の際にはキリーシャの身柄を引き受けるつもりでいた。

　コウランという仲立ちがあれば、リルニック側は公的経路を使ってウルカに正式にキリーシャの保護を頼むこともできたはずだが、そうしなかったのは頼れる義理ではないからだろう。

　今回の件は、謂(い)わば宰相家の身内の恥だ。公にすることは避け、キリーシャの動向を宰相に感知させず、内々に処理したかったに違いない。

「キリーシャ殿、師父のお言葉に従い、あなたをお助けします。お困りの際はどうか師父に頼るようにお頼りください」

「父が身罷(みまか)りましたらリルニツクへ戻ります。それに、コウラン様は父よりもずっと長く生きてくださいますから、きっと、あなた方の世話になる機会は訪れませんでしょう」

ユドハの申し出に、キリーシャは扇子で隠した向こうの顔を伏せる。

「ですが……」

「兄の便りによりますと、父はそう長くないとのこと。……私だってこんな狼ばかりに囲まれた土地には長く滞在するつもりはありませんから、そちらもどうぞ気負わずにいらっしゃって」

「…………」

「気を悪くなさらないで、金狼族の方。私の都合で、金狼族はご遠慮願いたいのです」

コウランの紹介で互いに名乗り合ったあとだというのに、キリーシャはユドハを名で呼ばず、金狼族の方、と呼んだ。

彼女が狼を嫌っていることは、その言葉からも窺い知れた。

「このお屋敷、コウラン様以外は狼だけで話し相手にもならないし、毎日うんざりしていました。護衛団の方々は人間だけれど、立場が違いますし、……それに、あの方たち物腰は丁寧なのですけど、私とは気が合わなくて……。ですから、ディリヤ様がいらっしゃってくださって嬉しいわ」

狼と交流するつもりはない。

暗にそう言うキリーシャは、ディリヤの立ち居振る舞いと物静かな様子、美しくも珍しい容貌を好ましく思い、「久しぶりにコウラン様以外の人間の方とお話ができます」と喜びを見せた。

「自分に姫君の話し相手が務まるかは分かりませんが、我が伴侶ユドハとともに姫君のお心に添うた配慮を心がけます」

ディリヤはユドハの手に手を重ね、あくまでもユドハと同じ視線、同じ姿勢で、キリーシャへの助力は惜しまないと伝える。

伴侶への侮辱は許さない。ユドハを蔑ろにすることは許さない。ディリヤは、キリーシャと同じ立ち位置ではなく、己のつがいと同じ立ち位置にあることを強調する。

だが、キリーシャがディリヤの敵でないことも確かだ。

なんの理由あって狼を嫌うのかは不明だが、内心、キリーシャは戦々恐々としているのだろう。

狼の中でも特に抜きん出た図体のユドハ、それに匹敵する大勢の武装兵がなんの前触れもなく定婚亭を訪れた。匿われている身の上で「狼は出ていけ」とも言えず、かなり我慢しているだろうことは見て取れた。

見た目は大人と遜色ないが、十九の少女が独りで異国に身を寄せている状況に鑑みれば、ディリヤもさすがに歩み寄らずにはいられなかったし、もしアシュがキリーシャと同じ立場だったらと思うと、身につまされる思いだった。

「私はこれで失礼いたします。……コウラン様、後ほど温かいお茶をお持ちいたします。昼間とはいえ、この国は冷えます」

狼とは一時たりとも同じ場所にいたくない。

そう言わんばかりにキリーシャは席を立ち、コウランを気遣って窓辺の風除(かぜよ)けの布を下ろすと、入室時と同じく優雅に一礼して退室した。

「すまんの、ちょっとばかし姫君は心に余裕がない。キリーシャ殿はこちらへ身を寄せてからというもの、ずっと部屋に閉じこもりきりでな……」

コウランはキリーシャの代わりに詫びて心配を漏らした。

キリーシャは食も細く、果物と生野菜をすこし口にするか、お茶か果実酒を嗜むだけで、狼の手が入った物を食べようとしない。

侍女もなく、身の回りのことにも不便しているだろうが、それでも狼の手を借りようとはしない。

それどころか会話すらも忌避し、コウランの世話人たちもキリーシャを持て余している状態だった。

「ディリヤ殿、そなたは人間だ。あの頑なな姫君の心を無理に開かせる必要はないが、話し相手になってやってくれんか。このように死にかけの老人相手では、さすがの姫も気を遣ってか、なにも打ち明けてくれんのだ」

「コウラン先生に対する気遣いから見るに、悪い人ではなさそうです」

「すまんなぁ……老いぼれは未練がましく心の憂いを取り除いて死にたいと願ってしまう。いきなり呼びつけたうえに厚かましい頼みごとをして本当に申し訳ない」

「頭を上げてください。それに、できる者ができることをすればいい。自分にできるなりに精一杯いたします」

ディリヤはコウランの背を撫で、力強く頷く。

コウランが、「ユドハとディリヤならば……」と見込んでくれたのだ。それに応じるのが男気だとディリヤは思う。

「師父、すこし休まれますか？」

「いや、……あの子のことも話しておきたい。キラム、入っておいで。次はお前のことも頼まねば……」

コウランに呼ばれて、別室に待機していた若い狼が姿を見せた。

まだ子供の域を出ていない金狼族だ。

ディリヤよりすこし目線は高いが、毛皮の色艶には子供特有のやわらかさがあり、あどけなさの残る顔だちをしている。

平然としているディリヤに対して、キラムのほうが明らかに緊張した面持ちだった。

キラムは、ほんの数ヵ月前まではゴーネに与した反狼狩り派の一員であり、ディリヤ暗殺の実行犯に仕立て上げられた若い兵士だった。

『狼狩り！』

あの日、雪原で捕縛されたキラムはディリヤを恨みがましい瞳で睨み上げ、唸った。

『俺がアンタの家族を殺したか？』

『そうだ！』

ディリヤの問いかけにキラムは怒鳴り返し、『殺してやる!!』と凄んだ。

『じゃあ、頑張って生きろ』

ディリヤはその時そう返した。

人でなし。化け物。瞳に憎しみを湛えた若い狼に罵られても、ディリヤは不思議と殺す気にはなれず、それどころか、「アスリフを殺そうとするなんて根性あるな」とその気概を気に入ったし、「まだ子供だ」とさえ思った。

実際、キラムは今年十六歳になったばかりで、事件当時は十五歳だ。正義感を大人に利用されてディリヤ暗殺の実行役にさせられていた。

その後、ディリヤがユドハに「助けてやってくれ」と助命嘆願し、ユドハはキラムを助けた。

ユドハはいつもディリヤの意志を優先し、後押ししてくれる。たとえディリヤの選択が将来的に間違いだったと発覚しても、「お前が提案して、俺が許可した。二人の選択だ」と言ってのけるだろう。

結論として、キラムは軍職を解かれ、地方で蟄居の予定だったが、引き取り先がなかった。

「殿下にできる儂の最後のご奉公になるでしょう。殿下とそのご伴侶が救われた若い命、お預かりいたします」

そんな折、コウランがユドハに申し出て、キラムの身元引受人になった。

以後、この定婚亭とコウランの警護という名目で、コウランの保護下に置かれた。

ユドハによると、コウランに恩義を感じているキラムは、この半年近く、真面目にコウランの世話をし、定婚亭の守護に勤しんでいるそうだ。

「儂はもう寝たきりで、このキラムに身を守ってもらうこともないし、手を引いてもらって歩くこともない。いまはキリーシャ殿の護衛をさせておる」

つかず離れず、見守るだけでいい。

そうして、自分を見てくれる人がいると安心感を与えるだけでいい。

コウランがそう諭すと、キラムはそれを忠実に実行した。

「……まぁ、狼嫌いのキリーシャ殿にしてみれば、世辞のひとつも言えんキラムにつかず離れず傍にいられたら鬱陶しいだけかもしれんがの！　はっはっは！」

「…………」

コウランが話す間、キラムは胃の腑が冷たくなるのを感じつつ、身も心も縮み上がらせていた。

己の生涯でもう二度とお目にかかるはずのない、キラムの崇敬する王が眼前にいる。

キラムはただひたすらに申し訳なかった。

コウランとユドハに対して。

死期の近い老人を自分のせいで煩わせることも、多忙な王の前に己の姿を晒すことも、同じ部屋にいることも、自分が生きていることも、愚かな真似をしたことも、すべてが申し訳なかった。

「キラムは殿下への忠誠も変わりなく誓っており、殿下を敬愛しております。そうじゃな、キラム？」

「はっ」

キラムは反射的にユドハの足下に跪き、臣下の礼をとる。

本能が畏怖を覚え、微動だにできない。

キラムにとってユドハは雲の上の存在だ。

だが、ディリヤは大勢の狼を殺した人間だ。反狼狩り派の大人たちに植え付けられたディリヤへの悪感情はいまも拭いきれずにいる。

なぜ、この至高の王が、その隣に赤毛のけものを置いているのかキラムには理解できなかった。

キラムは、ディリヤのひと言で己の命運が尽きなかったことを知っている。

だからこそ、葛藤があった。

ディリヤはなぜキラムを助けたのか。助けて、どうしたいのか。なにを考えているのか。

この無表情な赤毛のけもののことが、なにひとつとして理解できなかった。

かつて、コウランは『他人の言葉に惑わされず、自分の眼で見極めなさい』とキラムに説いた。

コウランの言葉に従うなら、キラムはディリヤを知り、見極め、理解すべきなのだろう。

だが、自分の家族を殺した男を理解したいとは思えなかった。

「キラムを引き受けると申し出たのは儂からだというのに、面目ない」

キラムの感情を踏まえたうえで、コウランは自分が亡くなったあとをユドハとディリヤに託した。

「キラムのことは、俺がユドハに我儘を言って、いままでコウラン先生に甘えていたんです」

キラムがディリヤの考えを分からないように、ディリヤもキラムがなにを考えているか分からない。

それでも、自分が一度でもかかわった命だ。拾った命への責任がある。生かすにしろ殺すにしろ、ディリヤが責任を持って見届けなくてはならない。

キリーシャについても同じだ。助けてくれる親も後ろ盾もない彼女をできる限り見守っていくつもりだった。

敵か味方。そのどちらとも判断できない相手。切り捨てることはいつでもできる。利用できそうなら傍に置く。それがいままでのディリヤだった。

だが、それだけの価値観で生きていては、ディリヤはいつまで経っても成長できない。

ユドハと生きていくために。

ディリヤは重ねていたユドハの手をしっかりと握った。

コウランたっての願いで、その日は皆で夕食を囲むことになった。

今回、急ぎの旅だったこともあり、移動人数は必要最小限に絞った。ディリヤたちがいつも世話になっている使用人や料理人たちにはトリウィア宮で留守番をしてもらっている。

ウルカの近衛兵団も、キリーシャの護衛団も、各々が食料を持参していて、宿舎で調理と食事をしていた。

定婚亭の台所で作るのは、屋敷に滞在している者の食事のみだ。

定婚亭には、コウランの世話係として十名が常駐している。家令、医師と二名の看護人、料理人、雑事全般をこなす使用人が四名、護衛兼話し相手のキラムだ。彼らは日頃から家族のように生活し、食事も共にしている。

現在はキリーシャが滞在していて、そこに、ユドハとディリヤ、三人の子供、ライコウとフーハク、イノリメとトマリメが加わり、総勢二十名での食事となった。

古式ゆかしいウルカの作法に則って、身分や立場に関係なく、大広間で車座となり、料理を囲むことをコウランは望んだ。

普段は定婚亭の料理人を中心に、手の空いている使用人が食事の支度を手伝うらしいが、今日はディリヤや近衛兵団の到着もあり、使用人たちは宿舎や周辺設備の説明などで多忙にしていた。

「お手伝いします」

夜の仕込みが始まる頃、ディリヤは厨房に声をかけた。

手伝いが望めず、一人慌ただしくしていた料理人はすぐさま顔を輝かせたが、次の瞬間には、「……殿下のご伴侶にそのようなことは……」と声を低く遠慮した。

「自分たち親子が増えた分だけでも手伝わせてください。ユドハには許可をとっています。ご迷惑はおかけしません」

「アシュも、おてつだいできます！」

ディリヤにくっついてきたアシュは、ディリヤの足もとで尻尾をかっこよく立たせる。

「お手伝いさせてください」

「させてください！」

アシュの両肩に手を置いたディリヤがアシュとともにもう一度お願いすると、料理人は「実のところ、手伝っていただけるととても助かるのです……」と二人の助っ人を受け入れてくれた。

「では、指示をお願いします」

ディリヤは、この厨房の主である料理人の指示下に入り、追い回しをした。

「まず、コウラン様のお食事ですが……」

料理人は、コウランの食事から説明に入った。

咀嚼や嚥下の弱ったコウランの食事は食べやすさ重視で調理されている。

食状況に応じた調理方法を聞きながら、ディリヤは手を休めず、料理人とともに野菜の皮を剝き、二十人分の下拵えに精を出した。

「はっぱ〜、はっぱ〜、はっぱっぱ〜……ちっちゃくちぎりましょ〜」

ディリヤの隣に芋の入っていた空き箱を置いてもらったアシュは、そこへ腰かけ、洗い終えた葉物野菜を食べやすい大きさにちぎるというお手伝いをしていた。


当初、料理人はディリヤの家事能力にはさほどの期待をしていなかったらしい。

ユドハのつがい。その印象が先行すれば、想像に容易いのは、「贅沢をしている、大勢の使用人に傅かれている」……といったところだろう。

だが、半刻も経つ頃には料理人は、「ありがとうございます、本当にありがとうございます。助かります。一人でどうなることかと思っていたのですが、順調に工程も進んで、予定よりも早いくらいです」と大喜びしてくれた。

ディリヤは「家では料理していますから」と言い、アシュも「ユドハとね、お休みの日にいっしょにごはん作るのよ。アシュ、はっぱをちぎるのと、スープをまぜまぜするのじょうずよ」と胸を張った。

「……アシュ様もお手伝いをなさるんですね」

料理人は、自分の足もと、厨房の隅で、葉っぱの次に豆の皮を剝くアシュを見てそんな言葉を漏らした。

「はい。よく手伝ってくれます。料理も、掃除も、洗濯も、自分にできることはひとつでも多いほうがいいですから、何事も勉強だと思って手伝ってもらっています」

ディリヤは、「でも、いま、お仕事の邪魔だったら下がらせるので遠慮なく言ってください」と付け加える。

「私は、アシュ様くらいの年の頃から街の食いもの屋で、ああして豆の皮を剝いたり、野菜を洗って働いておりまして、なんだかその頃を思い出して……、一国の王子様でも私と同じようなことをしていらっしゃるのだと思うと……。あぁ、すみません、口が滑りました」

料理人は頭を下げて、自分の生い立ちを語ったことと、いまは伏せるべきディリヤたちの身分について口にしてしまったことを詫びる。

「俺も、アシュくらいの年には生まれた村で、狩った獲物の皮を剝いだりしてました。やっぱり、子供が生きていくなら食い物にありつける環境に身を置くのが一番ですよね」

「ディリヤ様……」

「お互い小さい頃から苦労しましたね」

ディリヤは料理人に笑いかけ、「すみません、味見をお願いします」と小皿を差し出す。

基本的に料理人が調理をして、ディリヤはその補佐に従事していたが、二品だけ料理を作らせてもらった。一皿はコウランの故郷の料理、もう一皿はリルニツクの郷土料理だ。

両方とも、かつての戦争中に、その地方の出身者が作っていて覚えた料理だった。

郷土料理を作る間にキリーシャについて尋ねたり、彼女の食事はどうしているのか尋ねた。

キリーシャはここへ来た初日に「狼の作ったものはいただきません」と宣言して以来、なにを作っても口にしないらしい。

「なかなか根性ある姫様ですね」

「……まぁ、たしかに……」

小皿で味見をしながら、料理人は頷く。

「どうでしょう？　二皿とも味は悪くないと思うんですが……」

「両方とも大変美味しゅうございます」

「恐縮です」

「殿下のご伴侶のお料理をこの舌で味わう僥倖に巡りあえる日がくるとは……。こちらの料理方法、教えていただいても……？」

「俺の料理でよければどうぞ役立ててください。俺も、この魚料理を教えてもらっていいですか？　山のほうの出身なので魚料理はあまり知らなくて……」

「もちろんですとも！」

「ありがとうございます。ユドハが喜びます」

「でん、……いえ、ユドハ様のお口にも入るのですか……？」

「はい。今日の料理も楽しみにしています」

「ひぇ……恐れ多い……」

「ねぇねぇ、もっとおてつだいなぁい？」

　楽しそうに話すディリヤと料理人に、「豆の皮剝き終わったよ」とアシュが服の裾を引く。

　料理人はきれいに剝かれた豆を「ありがとうございます」と預かり、次の用事を探してくれるが、料理は仕上げを残すのみでアシュのすることがない。

「では、ディリヤと一緒にご飯を運ぶお盆を拭きましょう。今日はウルカの伝統食ですから、床に座って食べます」

「はぁい！」

　ディリヤに手を引かれて、アシュは厨房の片隅に置かれた作業台へ向かう。

　作業台には配膳に使うお盆などが準備してあり、食器類や割れ物は部屋の中央の調理台に置かれている。盛り付けなどの最後の仕上げは料理人に任せて、ディリヤとアシュは作業台で片付けや雑事に回った。

「せっせ、せっせ」

　アシュは口でそう言いながら、清潔な布で木製のお盆を拭いている。

　重たくて大きなお盆はディリヤが担当し、アシュはその手で持てる小さなお盆を拭き清めた。

　そうこうするうちに、手の空いた使用人が厨房の手伝いに入って、アシュとディリヤが手伝っていることに驚きつつも、出来立ての料理を次々と大広間へと運んでいった。

「ディリヤ、りるにちゅくってどんな国？」

「リルニツクですか？」

「りるにちゅく、……ふふっ、あしゅ、言えない」

「では、繰り返してみましょう。……リル」

「りる」

「ニ」

「に」

「ツク」

「つく」

「続けて一度で、はい、リルニツック」

「りるにちゅく」

「……っぐふ」

舌の回っていないその声があまりにも可愛いらしくて、料理人も、使用人も、料理の進行度合いを確認しにきた家令すらも、笑ってはいけないのに笑ってしまいそうになり、笑い声を噛み殺す。

「リルニツクの発音は成長したアシュに期待して、横に置いておきましょう」

「よこにおく」

「はい。……で、リルニツク、……リルニツクについてですね……」

「そう、りるにちゅく」

「リルニツクという国は、ウルカやアスリフとはまた違う文化風習のある国です」

「ぶんかと、ふうしゅ……」

「アスリフの俺が言うのもなんですが、死生観が独特です。禍福が表裏一体と言いますか、祝儀事と不祝儀事を同じ程度で扱います。ウルカとの大きな相違点は冠婚葬祭の考え方です」

「かんこんそうさい……」

「はい。リルニツクでは悲しいことと喜ばしいことを同時に行うことで、その家の厄払いになると考えます。とある家で誰かが亡くなりそうな時に結婚式の予定がある場合は、あえて結婚式を延期して、亡くなったあとに式をする風習があります。結婚式の予定がない場合は、死んだ人のためにお祝いの宴やお祭り騒ぎをして見送るのが一番良いことと考えられています」

「……？」

「悲しいことがあったら楽しいことをする、お葬式とお祭りを一緒にする、と覚えておけばいいと思います」

「アシュが転んじゃって泣いちゃった時に、泣きながらお菓子食べるのといっしょね」

「そうそう一緒です。……一緒ですかね？」

「うん！　あとはね、悲しいことがあったら、ディリヤだいすき！　って唱えるのといっしょ。ディリヤのお名前を唱えるとね、アシュ、にこにこだもん！」

アシュがピカピカに拭き上げたお盆を頭より高く掲げ、にこっと笑う。

「ディリヤも、大好きな人のことを考えるとにこにこします」

ディリヤがそのお盆をもらって、仕上げ拭きをする。

そうこうするうちにトマリメが「大広間のお支度が整いましたので、こちらのお手伝いに参りました。イノリメは双子に付き添っております」と厨房に顔を見せた。

「もうすぐおゆうはん？」

「はい、そうですわ、アシュさま」

アシュに問われてトマリメが答える。

「おひめさまも、ごはんいっしょ？」

「お姫様ですか？」

「アシュね、お昼寝から起きて、トマリちゃんとお庭のおさんぽしてる時にね、二階の窓におひめさまを見たよ。トマリちゃんが、りるにちゅくのおひめさまですよ、って教えてくれたの」

「あぁ、だからリルニツクについて尋ねてきたんですね」

ディリヤは、アシュがリルニツクに興味を持った理由を知って頷く。

「おじいちゃんせんせぇもごはんいっしょ？」

「はい、みんな一緒にご飯です」

「じゃあ、アシュ、ごはんですよ、って言ってくるね」

「お願いします。ゆっくりでいいですよ。ご飯がすぐに食べられる状態になったら、ディリヤか大人の人が先生のところへお迎えに行きますから。先生と一緒にお部屋で待っていてください」

「はい！」

アシュは手を挙げて返事をすると、トマリメに手を引かれてコウランの部屋へ向かった。

ディリヤはその背を見送り、夕飯の手伝いに戻った。


アシュがコウランの部屋をそぅっと覗くと、付き添っていたユドハに手招かれ、室内へ入った。

「おじいちゃんせんせぇ、もうすぐごはんですよ」

「おぉ、呼びに来てくれたか、ありがとう」

「おかげんどうですか？」

「お小さいのの顔を見て元気になったわ！　久々に腹も空いた気がしよる。……あぁそうじゃ、キリーシャ姫にも夕飯だと伝えてきてもらえるかな？」

「ひめ……おひめさまね！　はい！　ごはんですよ、って呼んできます！　……あ、おじいちゃんせんせぇはゆっくりしててね。あとで大人の人かディリヤがおむかえにきますからね」

アシュはユドハとコウランに「いってきます」と尻尾を振って、部屋の隅に控えていたトマリメと手を繋ぎ、キリーシャの部屋まで連れていってもらう。

廊下に控えていたフーハクが「お供します」とアシュとトマリメに付き添った。

「フーちゃん、ライちゃんは？」

「ライコウさんはイノリメさんと一緒に弟君の護衛をしてますよ」

「そっかぁ。ごはんですよってライちゃんたちにも言いに行きたいな、ついていきてね」

「はい、もちろん」

「アシュね、おひめさまと仲良くなりたいの。ご挨拶は、こんにちは、でいいかな？　もう、こんばんは、の時間かな？」

「初めまして、こんばんは、……が、よろしいんじゃありませんでしょうか」

そんな会話をしながら、「りるにちゅくの言葉で、こんばんはってなんて言うの？」というアシュの問いに答え、三人で挨拶の練習をして歩く。

キリーシャの部屋がある廊下に出ると、部屋の前に置いた椅子に座っていたキラムが席を立った。

「こんばんは、アシュです」

アシュは初めて会うキラムにお辞儀をする。

「キラムと申します。コウラン様のご下命でこちらの部屋にご滞在中のキリーシャ姫様の護衛をしております」

キラムはアシュに最敬礼をとった。

フーハクとトマリメは、「ディリヤ様のお命を狙った者ではあるが、殿下への忠誠は揺るぎなく、アシュ様への攻撃的な様子もない」とキラムを観察する。

ディリヤは「若さゆえに大人に利用された子供です」とキラムを評した。

確かに、彼は根本的に悪い狼ではないのだろう。だからといってフーハクとトマリメはディリヤのように寛容な心で彼を許したりはしない。

「キリーシャ姫様は？」

「午前中、皆様とご挨拶なさった折に部屋を出た以外はずっと室内に……」

キラムもまた自分が決して許されない罪を犯した自覚があり、緊張の面持ちでフーハクの問いに答えた。

「こんこん、こんばんは」

アシュは、こんこんと声に出しつつ扉を叩く。

一度目は返事がなかった。

アシュがもう一度扉を叩くと、キリーシャは返事をせずに扉をすこし開けて、その隙間から「なに？」と不機嫌に応じた。

「初めまして、こんばんは、あしゅです、ななさいです」

「…………」

キリーシャはリルニック語のアシュの挨拶を無視して、自分の膝のあたりの丸い頭を睥睨（へいげい）する。

「……えっと、あのね……おゆうはんのじかんです。ごはんができましたよって言いにきました。いっしょにごはんたべましょ」

「いや」

「……おなか、すいてない？」

「いやなものはいや」

「…………」

まさか断られると思っていなかったアシュは、二度も「いや」を浴びせかけられて、尻尾を狼狽えさせる。

だが、そこでめげずに頑張って、「ごはんだよ？ディリヤのごはん、おいしいよ？」と、自分なりに精一杯の誘い文句を囁いた。

「いらない」

「…………」

「いらない」

「で、でも……」

「その低い鼻を引っ込めなさい。扉で挟まれたい？」

「…………」

挨拶を無視されたのも、いらないと拒否されたのも、他人から冷たい態度をとられたのも、アシュに優しくない大人も初めてで、アシュはその衝撃のあまり固まってしまう。

キリーシャににべもなく断られたアシュが、「はわ、はわわ……はわわ……」と尻尾でおろおろしているうちに、ばたん！　と鼻先で勢いよく扉を閉められてしまった。

「あ、の……キリーシャ様はご気分が優れないのかもしれません、申し訳ありません」

キラムが床に膝をつき、腰を低くして、茫然（ぼうぜん）とするアシュを気遣う。

「お気になさらず、アシュさま」

「あまり狼を見たことがないからびっくりしたのかも

しれません。アシュさんが嫌いなんじゃないですよ。俺はアシュさんのこと大好きですからね」

トマリメがアシュの背を撫でて、フーハクも大慌てでアシュを元気づける。

アシュはしょんぼり俯き、尻尾もしょんぼりさせたものの、閉じられた扉の前で顔を上げると、扉に向けて話しかけた。

「あのね、おゆうはん、おいしいよ。いっぱいいっぱいごちそうよ。あったかいのもつめたいのもあるよ。ちぎったはっぱにお肉を載せたのもあるよ。お豆さんと海老さんのちょっと辛いのもあるよ。お魚をじゅわじゅわ揚げて、酸っぱいソースで食べるやつもあるよ。パンは焼きたてふぁふぁ、お米もお芋もあるよ。味見させてもらったけど、ふかふかほくほくよ。お菓子は宝石みたいにキラキラしてて、果物はつやつやで、お皿にいっぱいよ！　おなかがすいたら食べにきてね！」

アシュはついさっき台所で見たご馳走の匂いと味を思い出して言葉にする。

アシュの隣にいたキラムはその言葉に喉を鳴らすが、扉の向こうのキリーシャからは返事がない。

「アシュさま、一度コウラン様のもとへ戻りましょう」

トマリメに促されて、アシュはこくんと頷く。

「キラムちゃんは、ごはんくる？」

「自分はキリーシャ姫様の護衛がありますのでお伺いできませんが、後ほど必ずいただきます」

「……うん」

アシュは右手をトマリメと繋ぎ、左手をフーハクと繋ぎ、「おひめさま、おなか空かないかなぁ。もしかして、おなか痛いのかなぁ……こわいお顔してたもんね。ディリヤのごはんも、お料理作ってくれる人のごはんもおいしいのにね……あしゅ、さっき味見させてもらったんだよ……？」とキリーシャのおなかの心配をしながらコウランのもとへ戻った。

その日の夕食の席はたいそう賑やかなものとなり、定婚亭の料理人や使用人たちが「コウラン様がいつもよりたくさん召し上がってくださった」と涙して喜んだ。
ディリヤが作ったコウランの故郷の料理を口にした時などは、「この遥かな地において、生まれ故郷の味

を楽しめる日がくるとは……」と懐かしい眼差しで料理を平らげ、古い思い出話を皆に聞かせてくれた。

だが、結局、キリーシャは大広間に姿を見せなかった。

キラムは、通りがかった使用人に「……ごちそう」と無念そうに呟いていたらしい。

キリーシャが部屋から出てこないのだから、キラムも部屋の前から動けず、ご馳走にはありつけず仕舞いだった。

フーハクとトマリメから一部始終を聞いていたディリヤは、二人の様子を窺うついでに食事を運ぶ役を買って出た。

いままでなら「食わない奴は勝手に飢え死にしろ」方式で見捨てていたが、それができなくなっている自分に驚きつつも悪い気はしなかった。

男子が一人で女性の部屋を訪問するのは歓迎されないだろうからとイノリメにもついてきてもらった。

「メシだ」

ディリヤは、右手と左手、両方に持った大皿の一枚をキラムに手渡した。

「お飲み物はこちらに」

イノリメは壁際の卓子に飲み物とグラスを置く。

「…………」

中途半端に椅子から腰を浮かせたキラムは、有無を言わさず持たされた大皿のご馳走に喉を鳴らし、ディリヤとイノリメにぺこんと頭を下げる。

「キリーシャ姫、食事です」

扉越しに声をかけると、すこしの間を置いてキリーシャが顔を覗かせた。

かろうじて顔が見える程度だけ扉を開き、子供みたいな顔をして唇を尖らせている。

「腹が空きましたか？」

「持ってくるのが遅い」

キリーシャは人間のディリヤ相手なら会話をする気があるらしい。

「下に下りてきて、みんなで食事をとらないからです」

「……だって」

「コウラン先生に頼まれた手前、できる限りの配慮はします」

ディリヤはもう片方の手の大皿料理をキリーシャの眼前に差し出す。

キリーシャは扉を大きく開けて、室内に入るようデイリヤに促した。だが、ディリヤがそこから動かずにいると「早く運んで、食事の支度をしなさいな」と命じる。

「女人の居室には立ち入らない主義です。ご自分でどうぞ」

「なぜ私が給仕の真似事をしなくてはいけないの」

「あなたの希望する女性の人間の世話人がいないからです。イノリメさんが傍にいますから、イノリメさんに食事の世話をしてもらいますか？」

　ディリヤは体を斜めに引き、背後に立つイノリメを仰ぎ見る。

　キリーシャは「女性のおおかみ……」と呟き、逡巡を見せたが、細い指先を震わせ、瞼をきつく閉じ、「いや」と首を横にした。

　キリーシャは常に身の回りの世話をする侍女たちに傅かれる身分だが、定婚亭ではメス狼の世話も拒む徹底ぶりだ。

「ディリヤ、あなた、コウラン先生から私のことを頼まれたのでしょう？　なら、しっかりと私の世話をなさい」

「俺はあなたの従僕になったのではありません」

　ディリヤはキリーシャの部屋には立ち入らず、彼女の両手に大皿を持たせる。

「……重たい」

「がんばれ」

「…………」

　ディリヤが世話をしてくれないと諦めたのか、大皿のご馳走に負けたのか、キリーシャは扉を開け放したまま、自分でそろりそろりとテーブルまで大皿を運んだ。

　ディリヤたちに背を向けているキリーシャは大皿に盛られた料理をじっと見つめて、肩を震わせ、一度だけ涙を拭うような仕草をした。

　だが、ディリヤたちのもとへ戻ってきた時には泣いたような気配はなかった。

「運んだわ」

「頑張りましたね。えらいです」

「馬鹿にしているの？」

「いいえ、本気で褒めています」

「あなた、よく分からない……」

「よく言われます」

「……でも、今夜のお食事はとても美味しそう。今日、ウルカに来て初めて故郷の料理を見たわ。……あなたが作ったの、ディリヤ？」

「そうです」

「やっぱり人間が作ると違うのね」

「そう仰いますが、あなたの食事はウルカの農耕地帯の狼が育て、収穫し、町まで運んで、定婚亭へ配達し、定婚亭の狼の料理人が品質保持しつつ保存して、うちの息子が豆の皮を剝き、葉っぱを千切り、玉葱の皮を剝いたものです」

「…………」

「狼の手が加わっていない料理はありません」

「…………なら、これからはすべてあなたがしなさい」

「人員不足につき、お応えしかねます。あなた個人に世話役を割り当てる余裕がない。食堂で決まった時間にみんなと一緒に食事をとることが難しいならその理由を伺ったうえで、対応可能な範囲で善処します」

「お風呂も着替えも髪を乾かすのも一人で頑張ってる！　ご飯くらいでなによ！　日に三度のお茶と朝起きた時と眠る前のお茶も我慢してる！　お部屋のお掃除も初めて自分でやったわ！　だからディリヤ、これからはぜんぶあなたがして！　狼を近づけないで！」

「ですが、俺は男ですので、女性のあなたのすべてを手伝うことはできません。風呂も同じです。毎日、狼が湯を沸かして、あなたの浴室まで運んでいます。あなたが狼をこわいと言うから、彼女たち、彼たちは、あなたの視界に入らないように細心の注意を払い、気遣いつつ完璧に己の仕事をこなしています」

「…………」

「……では、次はこちらをどうぞ」

イノリメの手からディリヤの手に、そしてキリーシャの手へ陶製の水差しを渡す。

「…………」

キリーシャはそれを胸の前で抱きかかえ、茫然とした。

家族以外に言い返されたことがないキリーシャは、ディリヤの淡々とした口調に、唖然(あぜん)としたような、憮然としたような、なんとも言えぬ表情で立ち尽くしている。

「温かい飲み物が必要でしょうから淹(い)れてきます。先に食事を始めていてください。なにかご要望は？　酒は呑みますか？」

「甘い、食前酒と……、生姜(しょうが)や花梨(かりん)、香辛料のたくさん入った温かいお茶……」

「承知しました」

「……いままでは、誰も……このお屋敷の誰も、私にそんなこと訊(き)いてくれなかったわ……狼は、みんないじわるだわ……ちっとも私の気持ちや欲しいものを察しようとしないのだから……」

「そうですか」

「おおかみは、やさしくない。……こんな気遣いしてくれなかったもの。私、これまで果物と火の通っていない野菜しか食べていないのよ……」

「それは、あなたがこの屋敷に来た初日に、狼の作ったものなんか食べない、と癇癪(かんしゃく)を起こしたからです。それ以後も、料理人は毎日あなたのために食事を作り、見聞きしたこともなく、資料も手に入らないリルニツクの郷土料理を調べて試行錯誤して食卓に載せましたが、あなたが手を付けようとしなかっただけです」

「…………」

「飲み物も同じです。あなたが飲みたいものがなにかなんて、あなたしか分からない。欲しいものがあるなら、声に出してお願いしますと頼めばいい。この屋敷の人たちは、あなたがもうすこし礼節を心がけた態度で話をすれば、欲しいものはありますか？　くらいは訊いてくれます。それすらさせない状況を作ったのはあなたで……っ、！」

「いじわる！」

キリーシャは水差しの水をディリヤの顔面に浴びせかけた。

「…………」

「きらい！　きらいきらいきらい！　だいきらい！　どうして私から歩み寄らなきゃいけないの！　嫌いなものから距離をとってなにが悪いの！　あなたの息子もそうよ！　傷つきたくないなら近寄らなきゃいいだけなのに!!」

キリーシャは勢い任せに叫んで扉を閉じた。

育ちの良さゆえか、大声を出したり、人を罵り慣れていないらしい。

頑張ってディリヤを罵ろうとしたが、汚い言葉に明るくないキリーシャの声は裏返り、「きらい！」を繰り返すだけで終わった。

それを聞きながら、ディリヤは「ケンカする時の精神年齢はアシュと同じくらいだな」と冷静に判じた。

「……ディ、ディリヤ様……すぐにお着替えを……」

濡れ鼠のディリヤの顔をイノリメが己の手巾で拭う。

「水ですからすぐに乾きます。大丈夫です」

「ですが……」

「女性に水をかけられるという滅多にない経験ができました。でも、怒らせました。……正論ぶつけすぎたな。……キリーシャ姫、申し訳ありません、いまのは俺が言いすぎました」

ディリヤは自分の言動を振り返り、扉の向こうに詫びた。

キリーシャは繊細だ。

脅えや恐れといった感情のすべてが直情的で、攻撃的で、心は剝き出しで傷つきやすい。

彼女の話す言葉がそのまま彼女の心の叫びだ。

彼女は彼女なりに抱えるものがあって、精一杯自分を守っている。ギリギリのふちで不安に駆られながら生きている。そういう印象を抱いた。

ディリヤは、すこし前までの自分を見ている気持ちになった。そういう時に、いまのように追い詰めるような言動はいけない。

「本当にすみません。あとで茶と酒を持ってきます。先に食事を始めていてください。腹が減ってると怒りっぽくなります」

「あなたは余計なひと言が多い！　謝ってるの!?　怒らせたいの!?」

「……謝りたいです。ごめんなさい」

扉の向こうからキリーシャに叱られて、ディリヤはいま一度詫びた。

「あぁもう!!　あなたと話しているとおかしくなりそう!!」

「すみません」

ディリヤは謝罪を繰り返したが、それきりキリーシャからの返事はなかった。

「ディリヤ様、そこまで下手に出る必要はありません。彼女はあなた様を下僕として使役しようとしたのです。それどころか、あなた様に水を浴びせかけて侮辱したのです」

イノリメは冷静にキリーシャの無礼を指摘する。

「でも、俺のほうにも改善の余地があると思うんです。キリーシャ姫の言動も、我儘というより、そうあることが当然の環境で育ったってだけっぽいし、話しかければ会話には応じるし、腹が減ったら顔も見せるし、意思疎通する気もあるから、なんとかなるかもしれません」

「……僭越ながら、このイノリメ、ディリヤ様にひとつ助言をしてもよろしいでしょうか?」

「是非」

「肩の力をお抜きくださいな。ディリヤ様の表情は、キリーシャ様とお話を楽しむためのお顔やお声というより、キリーシャ様を分析して、小難しい戦略を練っている時のそれです」

「……なるほど」

ディリヤは助言に大きく頷き、ふと、右隣を見た。

キラムが尻尾をおたおたさせて、「え、っと……すみません、キリーシャ姫が……すみません」と、なぜかキリーシャの代わりに謝り始めた。

「お前も苦労してんな」

「あ、の……俺……」

「お前まだメシ食ってなかったのか? とっとと食えよ。冷めるし、食わないとキリーシャ姫を守れないぞ」

「…………この状況で、俺だけ食えません」

「そうか? ……あぁ、心配するな。お前の皿には俺の作ったものは入ってない。この屋敷の料理人が作ったものだけだ。俺がお前に復讐して毒殺する心配もないから安心して食え」

さすがのキラムも、自分が殺そうとした人間が作った食事は食べたくないだろう。

キリーシャが狼を嫌うように、キラムはディリヤを嫌っている。その料理は狼が作ったものだと伝えて、ディリヤはイノリメとともに台所へ向かった。

日中の大半、ユドハはコウランに付き添いつつ政務も休まずこなしていた。
王城で行う必要のある政務はエドナに一任し、ユドハは彼個人の仕事のほか、王都とは異なる場所に滞在しているのを利用して、周辺地域を含めた普段は目の届かない地域の情報収集や査察を実行し、逐次、改善指示を出している。
相変わらず仕事熱心で、自ら仕事を増やすその心意気は立派だ。その真摯な姿勢が臣民からの絶大な信頼を得る所以であり、ユドハの美徳なのだろう。
「師父に付き添うといっても、話し相手をする以外はなにもできん」

ユドハは己の無力を痛感していた。

実際のところ、昨日今日やってきたユドハよりも、長年寝食を共にしてきた世話人たちのほうがコウランの体調には敏感だ。

それでも、ユドハが付き添うことで看護人や世話人が休息をとる時間が増えたし、コウランも愛弟子が傍にいてくれることが心強く、穏やかな日々を過ごしていた。

ただ、コウランは明け方の冷えた空気に咳き込むことが多かった。

その日も、コウランの咳き込む声が聞こえて、ユドハが様子を見に向かった。そのまま夜が明けるまで付き添い、看護人と入れ替わりでディリヤたちの寝室へ戻ってきた。

「ベッドで眠ってくるか？」

「いや、もう起きている」

寝間着から普段着に着替えたユドハは、くぁ……と大きな口で欠伸をした。

「分かった。じゃあ、ほら、子供たちが起きてくるまでこうして休め」

長椅子に腰かけたディリヤは、ユドハの手を引いて隣に誘い、ユドハの頭をそっと抱き寄せる。

ユドハはディリヤの手に素直に従い、長椅子に横たわるとディリヤの膝に頭を預けた。

ディリヤはユドハの眉間の皺に唇を押し当て、背後から差し込む朝焼けを己の体で遮り、ユドハの胸もとのボタンを二つばかりゆるめる。

大きな狼はまるで飼い馴らされた猫のようにディリヤの言うとおり目を閉じて、肘掛けの向こうに足を投げ出し、深く息を吐いた。

「キリーシャ殿とキラムのこと、お前に任せきりですまん……」

ユドハがそんな言葉を漏らした。

「アンタはコウラン先生の傍にいることだけ考えろ。キリーシャさんとキラムのことは俺が請け負う。いまは役割分担だ」

ディリヤはもう一度ユドハの額に唇を落とす。

キリーシャの我儘やディリヤに水を浴びせかけた暴挙についてはユドハの耳にも入っている。

ユドハはディリヤ一人を矢面に立たせていることを心苦しく思っているようだが、ディリヤにしてみれば、あんなものは子供の癇癪に比べれば些細なものだ。

「キリーシャ殿の護衛団についてだが……」

ユドハは、体は休めても頭を休めるつもりはないらしく話を続けた。

いまはディリヤと話をすることで気分を変えたいのかもしれないと思い、ディリヤはそれに応じた。

「昼間、夕飯の支度を手伝うついでにいろいろと聞いてきた」

料理人や、そこへ顔を見せる定婚亭の使用人たち。彼らから見てキリーシャや護衛団はどんな様子であるか、どこかにキリーシャとの会話の糸口はないかと探ってみた。

キリーシャの護衛団は、現在、キリーシャの居室が見える建物の外周のみ警護し、日に数度、キリーシャがバルコニーに姿を見せ、「大事ない」と彼らに声をかけることで安全確認を行っている。

「定婚亭の人で、護衛団について悪く言う人はいなかった。時々、差し入れなんかを宿舎のほうに持っていくらしいけど、護衛団がキリーシャさんについて愚痴を漏らすこともないらしい。でもまぁ、ちょっと気になるよな……」

「…………」

ユドハが片目だけ開いて、その話題に興味があると示す。

「俺たちはまだここに来たばかりだから判断材料に欠けるけど、あの護衛団、物分かりが良すぎるだろ？　立場を弁えてウルカの近衛兵団に遠慮してるだけって考えればそれまでだけど、でも、行儀の良すぎる奴らってなんか胡散臭いんだよ。大人しくしてるのは悪目立ちしたくないから……って考えてしまう」

「うちの近衛兵長も同じようなことを言っていた」

「それと、キリーシャさんの父親……、リルニックの宰相が死にかけてるって話は本当なのか？」

「あぁ、本当だ。もう一年以上寝ついている。リルニックに潜入しているうちの諜報部からの確定情報だ。信頼できる」

「そっか……」

「師父が亡くなるのが先か、リルニック宰相が亡くなるのが先か……、というところだ」

「コウラン先生、そんなに悪いのか？」

「もうそう長くないだろう……」

「昼間は元気そうに見えた」

「心の臓が弱っているらしい」

「先程、師父とすこし話をした。……師父の心残りについてだ」

コウランは故あって東国からウルカまで流れてきた賢人だ。

コウランの生国である東の国は既に滅んでおり、コウランはその亡国の王室に仕える身分だった。

滅びた国の復興は叶わないが、王室に連なる血筋が、ウルカや、ウルカ以西、以南、以北などへ逃げ延びたという噂があり、コウランはそれを追ってウルカまで旅をしてきた。亡室の血筋を見つけ出し、その身を賭して最期まで主家に仕えるためだ。

コウランは落ち延びた主家の血筋の身を案じ、情報を求め、方々を放浪しながら、ウルカではユドハたちの師となり、リルニツクではキリーシャの兄たちの話し相手となった。

「それで、その人たちは見つかりそうなのか？」

「師父はもう諦めているらしい。……諦めているがゆえに、俺が積極的に探す必要もないらしいが、もし、これから先、その血に連なる者と出会ったなら助けの手を差し伸べてほしい、と……」

「……………」

「コウランさんはすごい人だな……」

ディリヤは感嘆を漏らす。

死の間際まで他人の心配をしている。

キリーシャの命、キラムの将来、かつての主家の血筋の行く末。そして、ユドハとディリヤ、その子供たち。

あちこちを心配して、気を揉んで、最期まで己にできることをまっとうしようとしている。

「師父は、自分の亡きあとの定婚亭で働く者たちのことまで心配していた。俺が考えるから心配は無用だと伝えたんだが……」

「飄々としてるけど、きっと、最期まで皆を心配させないためにそうしてるんだろうな」

「そうして誰かのために懸命になれる師父を尊敬している」

「俺も、そんな人に挨拶できて嬉しい」

ディリヤはユドハを尊敬している。

そのユドハが尊敬するコウランという人物。

ディリヤは、その傑物と顔を合わせることができて嬉しかった。もし叶うなら、ディリヤもコウランに師事してなにか教えてもらいたかった。ユドハという人物を形作ったその一役を担った人を師と仰ぎたかった。

「……親を失うような気持ちだ」

ユドハのその言葉に、ディリヤは胸が痛くなる。

二親を早くに亡くしているユドハが、それと同じほどの悲しみだと言うのだ。

金狼族は身内の死をとても悲しむ。

人間も同じように悲しむのかもしれないが、悲しみというのは誰かと比較するものではないし、どう悲しむか、いつ悲しみが訪れるかも人それぞれで、ディリヤにはユドハの悲しみの底が見えなかった。

「…………」

ディリヤは親の顔も覚えていない。

親を失った記憶もない。

その悲しみを知らないディリヤはユドハを抱きしめることしかできない。

こういう時にかけられる言葉があればいいのに……。

そう思いこそすれ、自分の何気ない一言がユドハを傷つけてしまうのではと尻込みして、声をかけたくても言葉が見つからない。

歯痒い。

愛しい男の心を慰める手段が欲しい。

ディリヤは背を曲げ、ユドハの頬に手を添えて、その毛並みを優しく撫で梳くばかりだった。

コウランに呼ばれて、ディリヤが彼の居室を訪問した。

「おぉ、呼びたててすまんの。こっちゃ来い」

コウランはディリヤの顔を認めると、にかっと笑い、手招いた。

コウランに笑顔で手招きされると、なんだか嬉しくて、まるで小さな子供のようにそそくさと傍に寄ってしまう。なにか楽しいことが起きるんじゃないかと、わくわくしてしまう。コウランはそんな不思議な魅力のある人だった。

「そしたらユドハ、そなたはちょっと下がっとれ」

「師父、お傍におります」

「大きな図体をした狼に四六時中ぴったりくっつかれとったら風通しが悪いわ。ほれ、下がれ下がれ」

コウランはわざとやさぐれた顔を作って、ユドハを下がらせる。

だが、それは思いやりだ。ずっと付きっきりのユドハを休憩させるための方便だ。素直にそう言わないコウランはちょっとばかり天邪鬼(あまのじゃく)なところがあるようで、それがまた可愛い魅力に映った。

「では……」

「それは置いていけ」

ユドハが抱き上げようとした丸い毛玉。それはそのままそこへ置いておくよう申し付ける。

その丸い物体はアシュだ。コウランの寝床に上がったアシュはコウランの袂で丸まって眠っていた。

「分かりました。それでは、この……」

「その二羽も置いていけ」

「……は」

ユドハが窓辺に手を伸ばしかけると、それもコウランに制止される。

コウランの部屋の窓辺では二羽の鷹が羽を休めていた。ユドハが飼っている鷹だ。利発そうな顔をしゅっと澄まして、お行儀良くしている。

「そなたはアレじゃの。まるで子供のように、あれこれと理由を見つけて、なんとかしてここに長居しようと奮闘しておるの」

「…………」

「ほれ、えぇ子じゃ、下がっとれ」

すこしでも傍にいたいユドハの気持ちが分かるのだろう。コウランはユドハの頭を撫でて、「またあとで呼んでやるから、その時は碁盤でも持ってこい。久々に一局相手をしてやろう。アレなら長く儂と一緒にいられるぞ」と尻尾をぱたぱたさせるユドハに笑いかけ、送り出した。

「なにかあったらすぐ呼ぶから」

廊下へ出るユドハにディリヤも声をかけ、コウランに促されるままユドハが座っていた席へ腰かける。

大きな背中がすっかり扉の向こうへ消えるまでコウランと二人して見送って、顔を見合わせ、「あやつ、儂のこと大好きじゃな」「えぇ、大好きです」と微笑み合う。

コウランはユドハに向ける慈しみ深い眼差しをディリヤへと向け、そして、コウランの傍で眠るアシュにも向けた。

「息子がお邪魔してすみません……」

「よいよい、このままで。子供の体温というのは、こうしてここにあるだけでなにやら心が和む」

ディリヤがせめて自分の膝にアシュを乗せようとするとコウランが押し止めた。

アシュはコウランにいたく懐いていて、度々、「おへや入っていいですか？」と顔を覗かせ、手招かれればそろりとお邪魔しては昼寝をし、時にはコウランの寝床の足もとで静かに遊び、コウランが元気な時は二人して楽しそうな笑い声をあげている。

この部屋は、ぽかぽかと春の日差しが差し込み、穏やかに時間が過ぎて、遊ぶにも、本を読むにも、おしゃべりをするにも、昼寝をするにも最適らしい。

「ですが……」

老体を疲れさせるだけではなかろうか。

ディリヤは気を揉んでしまう。

「この子は観察眼の鋭い子よ。儂の具合を見て、元気そうなら傍に寄ってきて、足もとで本を読み、静かに一人で遊び、時折、儂を見てにこりと笑い、話し相手になってくれる。儂の具合がいまいちだと思ったら、大人を呼びに行き、もっと静かにして、けれども大人から外にいなさいと言われない限りはここにいてくれる」

「…………」

「言葉がなくとも心で感じるものがあるようで、儂が独りでさみしくないよう、こうして傍にいてくれる。ありがたいことだ」

「俺が至らず、アシュには小さい頃から苦労をかけていて……」

「そなたとユドハの馴れ初めはおおよそのところ聞いておる。良い出会いをしたではないか。実に運命的、実に抒情的、それでいて一抹の悲壮美すら感じる。……この小さな狼は、そなたらが培った愛を注がれて、こうしてすくすくと伸びやかに育っておる」

「そうだといいんですが……」

「おや、自信のない様子。……どれどれジジイに話してみ？」

「……ご迷惑では……」

「ない。儂は隣の家の夫婦喧嘩や痴話喧嘩や犬も食わぬ話が三度の飯と同じほどに好きじゃ」

「……では、あの……お言葉に甘えて……」

「うむ。話せ」

「俺は、その……親の顔を知りません。家庭的なことも知りません。俺は、自分の決めた鉄則に基づいて物事を判断して、自分の手に負える範囲だけで生きてきました。決して冒険せず、好奇心よりも確実に生き残る選択を優先してきました。でも、アシュには俺のようにはならず、もっと自由に育ってほしいと考えています」

「……なるほど。では、ジジイからひとつ面白い話をしてやろう」

「お願いします」

「ユドハがまだクソガキだった頃の話だが……」

「……クソガキ」

「そう、クソガキ。すぐに図書館で昼寝をしてサボるくせに、病弱な兄の代わりを務めようと人前では必死に偉そうぶっていたクソガキだ。その頃のユドハとアシュはよう似とる。隙あらば昼寝をするところなぞはあまりにもそっくりで驚いたわ」

「……確かに、アシュもユドハもよく寝ます」

「そう、それに、ユドハも、アシュも、まず誰かのための優しさが先に立つ。ただ、ユドハは己を律することを求められたが、そこでぐぅすか寝こけておるのんびり狼殿は幸いなことに両親がそろっており、自分を自由に表現している。ただまぁ、ちょっと良い子でありすぎるきらいはあるな」

「良い子でありすぎる。それはきっと俺のせいです。俺の育て方が……」

「育て方が悪いのではない。良い子であることは良いことだ。だがまぁ、そうじゃの……この小さな子の輝かしい未来を拓く手伝いをジジイにさせてもらえんかの？」

「それはもちろん。お願いしたいのですが……」

「なんじゃ？　いまにもくたばりそうだからやめておけと言いたげな目だな？」

「いえ、そんな……まだ当分くたばりそうには……、あ、いや、すみません……」

「ほっほっほ、よい、よい、よいぞ。儂の前ではそう畏まらんでよい」

「ですが、あの、どうやって……」

「ないしょじゃ」

「ないしょ」

「そう、ないしょ。楽しみにしておれ。悪いようにはせん。……さて、先程、儂はアシュが良い子であると言ったが、ディリヤ、そなたも良い子が過ぎる」

「ユドハにも、先日、同じようなことを言われました」

「さすがは我が弟子。着眼点が良い」

コウランは膝を打ち、ディリヤをまっすぐ見つめる。

それからおもむろに、「食事の席でも思うたが、そなたは大勢の前ではほとんど喋らんな。表情や仕草も実に見事に抑制されとる」と指摘した。

「仰るとおりです」

「そなたは用心深すぎて言葉を選びがちだ」

「選んだ結果、先日、早速キリーシャさんを怒らせてしまいました」

「キリーシャ姫やキラムのことでは迷惑をかけている。負担をかけて、己を殺しているようならば無理はいかん」

「いえ。自分の力が及ばないだけです。頑張ってはいるんですが、空回りしているようで……、他者と心を通わせることはどうにも不得手です」

「まぁ、あの姫もあの姫で、年の離れた兄らに随分と甘やかされておるからな。間違いを正面切って指摘された経験がない。これも良い薬じゃ」

「ですが、優しくなかったと思います。それに、相手はリルニツクの姫君です。俺はもうすこし立場を弁えて行動すべきでした」

ディリヤは、定婚亭へ出発する前にウルカの大臣たちから指摘されたことを思い出す。

「なにやら思い当たる節でもある様子じゃな」

「何事においても、俺は出しゃばりすぎるようです。口が重いし、言葉も拙く、話も下手なのに、変なところで行動力ばかりあって……」

「そなたは口下手なのではなく、用心深いだけだ。慎重に言葉を選びながら話しているから、他者はそのように誤解し、愚か者で厄介者だとそなたを蔑む」

コウランはディリヤの行動を言葉で解きほぐしていく。

ディリヤは自分の心を語る言葉を持っていても、それをまっすぐ表現することを恐れる。

弱みを見せるような気がして、自分の何気ない言葉が命取りになるような気がして、防衛本能が働いて、身構えてしまい、言葉を発することを躊躇ってしまう。

表情も同じだ。

そこから敵に策を読まれる可能性を知っているからこそ、自然と表情は乏しくなり、感情を殺し、敵を牽制するために警戒心を強める。

そんな生き物が、ユドハに愛を教えられ、恋を知り、アシュたちを授かることで親心を知った。

「いま、そなたは他者に歩み寄る努力をしておるようだの？　自分のなかに生まれた優しさを他者へも向けようとしている」

「自分が自分じゃない生き物みたいで、違和感があって落ち着きません。嫌いな感覚というわけではないんですが……」

「まぁ、けものが人間らしさを覚えていく過程だと思っとれ。そう一朝一夕でいくものではない」

「そう言ってもらえると気が楽になります」

「生きとれば好きな奴も出てくるし、嫌いな奴も出てくる。向こうから勝手にケンカ売ってくる奴もいれば、心の底から感心するほどの馬鹿もおる。己が優しくあろうと努力しても、相手の優しさとは歯車が噛み合わん時もある。自分だけでは世の中はどうにもならんからな。はっはっは！」

「………」

コウランに快活に笑い飛ばされてディリヤは心が軽くなる。

すごいなぁ。そう思う。

自分がどれだけ頑張っても報われない時はある。世のなかも、人の心も、ままならない時がある。王都の大臣たちのことも、キリーシャのことも、キラムのことも、今日明日でどうにかできることではない。

「すこしずつ歯車が噛み合うように調整していきます」

「自分をすり減らしてばかりではなく、時には相手もすり減らしてやれ。こちらばかり目減りしては疲れるからな。油の差しすぎも良くないぞ。甘やかすとつけあがる輩もおるから、王都においては、相手の速度に合わせるのではなく、己の速度に巻き込んでやれ。舵を握っているのはそなただ、ディリヤ」

「……コウラン先生は、もしかしてわりと好戦的ですか？」

「いかにも。負けるのは大嫌いじゃな」

「俺もです」

「勝ち気な男は良い男じゃ。幸せを自分で勝ち取るからの。……なぁ、ディリヤよ、王都での生活はつらいこともあろうが、ユドハと二人、手に手を重ね、末永く幸せにな。……我が愛弟子は心根の良い男だ。そなたも強く優しい良い男だ。どうか、ユドハを頼む」

コウランは居住まいを正し、ディリヤの手をとり、深々と頭を下げる。

「はい」

ディリヤはコウランの手に手を重ね、コウランよりももっと深く頭を下げ返した。

コウランの痩せた手は皺が深く刻まれ、彼の生きた歴史を物語っている。

背を曲げて年若いディリヤにいつまでも頭を垂れ、そのしわくちゃの手で強くディリヤの手を握り、どうかどうか、この若い夫婦に幾久しい幸せな未来を……と心の底から願ってくれる。

コウランの言葉は、心が伴っていた。

コウランの手やその行動は、言葉があっても、表情が見えなくても、優しくて、正直で、思いやり深く、それでいてひたむきだった。

ディリヤは、こんなにも自分たちの幸せを願ってくれる人に出会えた幸せを想うと、またひとつ頭が下がった。

「……ん～……どうしたのぉ？　おつむ、お膝にこつんってなっちゃうよぅ……？」

目を醒ましたアシュが、頭を下げあうディリヤとコウランの間にずぼっと頭を差し入れた。

眼前に突如現れた寝惚け眼（まなこ）の狼に、ディリヤとコウランはそろって吹き出してしまう。


きょとんとしているアシュは、コウランとディリヤが笑うのにつられて、ふふっ、と、はにかみ笑いして尻尾をぱたぱたさせた。

アシュは起きぬけから元気でいっぱいで、コウランの脇の下から枕もとのクッションの山に潜り込み、尻尾とお尻だけを見せた状態で窓際まで匍匐（ほふく）前進で進むと、窓辺で羽を休める二羽の鷹の前に「ぷぁ！」と顔を出す。

「こんにちは、げんき？　おなかすいてない？　おやつどうぞ」

二羽の鷹に話しかけ、懐から油紙に包んだ鷹用のおやつを出すと、手ずから食べさせる。

二羽は、アシュのやわらかい掌を傷つけないように、上手に嘴（くちばし）で啄（ついば）み始めた。

ディリヤが不思議そうに見ていると、「さっきね、ユドハとおじいちゃんせんせぇに鷹のおやつのあげ方を教わったのよ」と教えてくれる。

「あ……」

「どうしました？」

不意にアシュが声を上げたので、ディリヤは席を立つ。

「変わった鳥が飛んでる」

アシュは両手を鷹に差し出したまま、遠くの空を飛ぶ鳥を金色の瞳で追いかける。

「あれは……たぶん、鳩ですね。確かに、このあたりでは珍しいですね」

ディリヤは目を凝らし、アシュの視線の先を追った。

「おじいちゃんせんせぇ、見える？　はとさん、ユドハの鷹より小さい？」

「おお、見えるぞ。鳩は鷹より小さいの。しかしながら、……はて、確かにこの辺りであの手の鳩が飛ぶのは珍しいな」

コウランが目もとに手を翳(かざ)して陰を作り、空を見やる。

だが、間もなく鳩の姿は木々の陰に紛れてしまった。

「おひさま、まぶしい？　アシュが日陰になるね。……ちょっと待ってね、移動するね……よぃしょ、……どう？　まぶしくない？」

アシュは寝床の上を移動してコウランのための日陰になり、尻尾でそよ風を送る。

春の終わりとはいえ、近頃は陽射しが夏のように眩(まぶ)しい日があり、窓辺には薄絹の日除けが掛けられていた。

アシュは、自分が眩しい時に、ユドハが「ほら、お父さんの後ろに入れ」とアシュの陰になってくれることを思い出して、自分もそうしてあげたいと思ったのだ。

「おぉ、それで眩しゅうないぞ。えぇ子じゃな、ほれ、もそっと右へ寄れ。窓辺は落っこちると危ないぞ」

コウランはしわくちゃの顔をもっとしわくちゃにして、孫を見るような眼差しを向ける。

事実、コウランはアシュを孫のように可愛がっていた。

残念ながら、曾祖母であるクシナダとは良好な関係を築くに至らなかったが、血の繋がりこそなくともアシュが祖父のように慕える存在に巡りあえたことがディリヤにはありがたかった。

「ふふっ、……エリルちゃん、ニリルちゃん……くすぐったい……」

アシュが二羽の鷹と戯れる。

壁に凭(もた)れかかっているアシュが窓の向こうへ落ちないように、エリルとニリルのつがいの鷹がアシュの背後に回って、落下防止柵の代わりになってくれていた。

二羽の鷹は、自分たちより幼いアシュを赤子のように思っているらしい。胸元の立派な羽毛でアシュの後ろ頭をふんわり受け止め、その嘴でアシュの頭のてっぺんを優しく啄んで羽繕いしている。

右と左の頬をそれぞれエリルとニリルに挟まれたアシュは「ふかふかね〜」と楽しげに尻尾を揺らし、お返しの毛繕いをしていた。

「この子はほんに優しい子よなぁ」

「ユドハに似たんだと思います」

「そなたはアレだの、アシュの美点はすべてユドハから引き継いだものだと思うておるな？」

「はい。好きな人のいいところはたくさん受け継いでほしいです」

「真顔で惚気おるな……」

「時々、ほかの人たちにも天然で惚気がすごいと言われます。……でも、ユドハにはいいところがたくさんあって、尊敬できるし、見習いたいところがたくさんあるのは本当です」

「おぬしはもっと自分に自信を持っていいと思うがのぉ」

「俺はまだまだ未熟です」

「性格上、そなたは息をするように自然と自身に我慢を強いる。過度な抑制は、いずれはそなたの自信を奪っていく。自分に自信を持って、もうすこし自分の好きなように、もっと自分の心に素直に生きてみ？　そうすれば、きっともっと人生が楽しくなる」

「……それも、同じようなことをユドハが言ってくれました」

「さすがは儂の弟子じゃな……と言いたいところだが、あやつ、抜け目ない男じゃな。せっかくかっこよく決めようと思うたのに儂が二番煎じになってしもうたではないか」

「ユドハは抜け目ないカッコイイ男です」

「惚れとるなぁ」

「惚れてます」

ディリヤは、コウランの言葉を腹の底で咀嚼する。

ユドハが言ってくれたのと同じ言葉をコウランもくれた。いつもディリヤの傍にいる人と、最近知り合ったばかりの人。すくなくとも二人は、ディリヤの生き方が窮屈に見えるらしい。

好きなように生きるってなんだろう？

いまも好きに生きているつもりなのだが、周りから見たら窮屈な生き方に見えるのだろうか？

なにかに怒ることも、物事に憤ることも、誰かを憎むことも、冷静な判断力を奪うだけだ。

時には、心ない攻撃に苛立つこともあるが、その感情を抑制して、理性で生きるのが生き残る術だ。

なのに、心を優先してみては？　と提案された。

心の赴くままに生きるなんて恐ろしい。

ユドハを愛することだけは心の赴くままにできるようになってきたが、そんな自分さえ、ほんの数年前の自分なら信じられず、「気でも狂ったか？」と思ってしまうだろう。

「心に素直に生きるって……どういうことなんでしょうか……」

「悩むがよい、青年よ」

羽繕いされてうとうとし始めたアシュを膝に乗せ、コウランは微笑んだ。

その日の夜、アシュはコウランの部屋にお泊りすることになった。

「アシュ、今日はおじいちゃんせんせぇのところに秘密のおとまりするの」

「儂、今日はこの仔狼と内緒の話があるんでな。あとほれ、そこの若いの……あー……なんじゃったか、ヘーハクとかホーハクとか」

「フーハクです」

「おおそうじゃそうじゃ、そなたは不寝番をしとれ」

「はい」

「それとな、儂の台所を預かってくれとる料理人を部屋に呼んどくれ」

「すぐに呼んで参ります」

間もなく、フーハクに呼ばれた料理人がコウランの部屋を訪れると、二人は部屋に閉じこもり、ひそひそと話したのも束の間、「はっはっは！」「承知いたしました！」と廊下まで笑い声を響かせた。

ユドハとディリヤは首を傾げつつ、「アシュは寝相も悪く、師父のご負担に……」とコウランの体調を慮ったが、「ならば、アシュの寝床をこちらへ運んで、儂の寝床の傍に置けばよい」と提案があった。

医師からは「脈も正常、心の臓の拍動も力強く、血色も良好、食欲もあり、夜はよく眠っていらっしゃいます。たまにはよろしいでしょう。隣室には看護人や私も控えておりますので……」とお墨付きをもらった。

「くたばるなら真夜中にひっそりとではなく派手に酒をかっ食ろうて女人と書物に埋もれて死ぬるわ。せっかくだ、一晩くらい年寄りに子を任せて新婚夫婦はしっぽりせよ。そなたら、結婚したばかりだというに、まるで熟年夫婦のような落ち着きぶりではないか。もっとはしゃげ」

「師父の前でそのような……」

「えぇから下がれ。アシュ、ほれ、こっちゃ来い。ジジイと悪だくみしようぞ」

「はぁい！」

アシュはコウランの寝床に上がると、「じゃあね、ディリヤ、ユドハ、アシュはおじいちゃんせんせぇと悪だくみします」とにこにこ笑って、尻尾で「おやすみ〜」と二人を見送った。

それがほんの数時間前の出来事だ。

夜、いつもより早く寝静まった定婚亭は静寂に包まれていた。

「おじいちゃんせんせぇ、フーちゃんはしっかり居眠りしてるよ。……じゃあ、アシュちょっと行ってくるね」

「おぉ、頼んだぞ」

「ふっふっふ」

「はっはっは」

アシュとコウランは悪い顔でほくそ笑む。

アシュは足音を殺して部屋を出て、コウランはその背を見送った。

「さて、ヘーハクだったか、ホーハクだったか……」

「フーハクです。……間違えるの、わざとですね？」

「わざとじゃ。では、頼むぞ」

「は……」

廊下に控えていたフーハクは狸寝入りをやめて、コウランの言葉に従いアシュのあとを追った。

「ないしょのないしょのわるだくみ〜」

アシュは金色の眼をぴかぴか光らせて、夜の定婚亭を歩いていた。

二階のコウランの部屋から、長い廊下を渡って一階へ下りる階段へと差しかかる。

「階段は……あぶないから……大人の人と手を繋ぐお約束だけど、大人がいないから、手すりを持って、しっぽちゃんで体を支えて、一段ずつ、そうっと……下りて……みぎあし、ひだりあし……」

声に出しながら、そろりそろりと階段を下りる。

「とうちゃく！　……あ、おっきい声だしちゃった。しずかに、しずかに……階段を下りたら、廊下を右へ行って……お台所に行って……、お台所の前には、白いお花を飾った花瓶があるから気を付けて……」

白い花の前を通り過ぎ、アシュは台所へ入る。

背後をフーハクに尾行されていることには気付いていない。

ユドハを真似て、耳と尻尾で周囲を警戒しているが、

「尻尾はかっこよく！　お耳はぴしっと前を向いて……、お鼻で匂いをくんくんして……さっきの白いお花、いいにおい……は、たいへん……油断しちゃった……尻尾は立てて、おしりはぽよぽよさせない……」

と自分に言い聞かせているうちに、ついつい警戒が疎かになる。

「お台所へ入ったら、右の戸棚の下の、小さいテーブルの……小さい壺がひとつあるから、その壺を持って……それから、壺の傍にある蜂蜜棒を二本持って……あ、あった！」

背伸びしてテーブルの小さな壺を手に取ると、その隣に置かれた蜂蜜棒を二本見つけ、それもしっかり握る。

「壺を、……割らないように……寝間着のぽっぽに入れて……」

両手で持った壺を寝間着の右ポケットに入れて、蜂蜜棒は反対側のポケットに入れる。

壺と蜂蜜棒の代わりに、ポケットに入れておいた手紙をテーブルに置く。

手紙には「壺と蜂蜜棒はもらった。あとで返します。ごめんね」と書いてある。

これで、悪だくみの半分は達成だ。

「ふふ……アシュ、夜中にねんねしないで冒険しちゃった……わるいこ……ふふ……」

アシュは一人で笑って台所をそろりと出ると、来た道を戻る。

「階段を上がる時も、ゆっくり、そっと……手すりを持って、しっぽちゃんで支えて、みぎあし、ひだりあし……じゅんばんに、いっこずつ……」

重たくなったポケットを気にしながら、尻尾で体勢を保ちつつ、一人で階段を上がる。

フーハクは背後で息を潜めながら「……アシュさん、

がんばって……！　そう、そうです！　右足と左足を順番交代して上がるんです！　上手！」と心のなかで盛大に応援し、階段から滑り落ちそうな時はいつでも助けられるように両手を広げていた。

「ふぅ……」

アシュはそんなフーハクの心配も露知らず、階段をすっかり上がりきると、コウランの部屋へ続く廊下を歩いた。

フーハクは、右へ曲がったアシュとは反対の左へ回り、大急ぎでコウランの部屋へ先回りすると、室内のコウランに「もうすぐ戻ってきます」と声をかけ、廊下に置いた椅子に腰を下ろし、腕を組み、また狸寝入りをした。

間もなく、アシュの間延びした歌が聞こえてきた。

「あしゅはとってもわるいこよ～、よなかに冒険しちゃったの～……おとなもびっくりわるだくみ～、しろいおはながきれいなの～……でも、夜道はとってもあぶないの～、おめめぴかぴか、がおーって吠えて、かっこよく進むのよ～……ふふ、ふーちゃん、ねんねんしてる。アシュが脱走したの、きづいてないのね」

よしよし。しめしめ。

アシュは、くふふ、と肩を揺らして笑って、フーハクの尻尾を撫でると、「ただいまぁ」とコウランの部屋へ入った。

「おぉ、ちびっこいの、任務は達成したか？」

「したよ！　ほら！　こっちのぽっぽに……おじいちゃんせんせぇの言ってた、ちっちゃい壺でしょ？　こっちのぽっぽには……はちみつを食べる時の棒！」

アシュはコウランの寝床に上がり、任務の成果を披露する。

「完璧じゃ……！」

「やったね！」

「やったな！　……では、さっそく……」

コウランは小さな壺を手に取り、紐（ひも）で縛った油紙の封を解く。

「甘いにおい……」

「麦芽糖、……要は水飴（みずあめ）じゃな」

「とろとろしてる……これ、飴ちゃん？　甘いおやつの？」

「そうじゃ。では、早速……」

蜂蜜棒を小さな壺に差し入れ、くるりと回して引き上げる。

すると、琥珀色をした飴がとろりと絡み、月明かりにキラキラと輝いた。

「わぁ……」

アシュは、自分の瞳と同じ色の食べ物に瞳を輝かせる。

蜂蜜のような、お星さまのような、キラキラとした金色。とろりと糸を引いて壺に流れ落ちるそれは、まるで金色の星でできた川のよう。

そのうえ、ふんわり幸せな甘い匂いがアシュの鼻先をくすぐる。

「ほれ、悪だくみの仕上げじゃ」

水飴を蜂蜜棒にしっかりと絡めあげ、それをアシュに持たせる。

もうひとつ同じように蜂蜜棒に水飴を絡め、それはコウランが自分で持った。

「ど、どうするの……？」

「こうじゃ」

ぱくり。コウランはそれを口に入れて、味わった。

ほのかな甘みが舌に広がり、コウランは目を閉じてそれを味わう。

「た、たべちゃった……」

アシュはおおいに狼狽えて、尻尾を右往左往させる。

「なんじゃ？　ほれ、小さいの、そなたも味おうてみ？　今宵の戦果じゃ」

「……で、でも……いま、夜だよ？」

「さようじゃな」

「はみがきしたあとよ？」

「したな」

「むしばになっちゃうよ……ディリヤとのお約束、やぶっちゃうよ……」

「なんの約束じゃ？」

「はみがきしたあと、夜は甘いものも、しょっぱいものも食べないお約束」

「今日はその約束なし！」

「えぇぇ……なしなの!?」

「なし！」

「…………」

「ほれ、食え」

「…………た、たべてる……おじいちゃんせんせぇ、夜なのに食べてる……」

アシュはこくんと喉を鳴らし、「ディリヤとのおやくそく……でも、飴ちゃん……」と葛藤している。

「飴ちゃんを食ろうても、あとで白湯を飲めば大丈夫」

「だ、大丈夫なの……？」

「大丈夫。ついでに、儂とアシュの二人の秘密だから、食べたことは誰も知らない」

「……だ、だれも……」

「知らない。あー……うまい、美味じゃ、甘露じゃ」

「……っ」

アシュは舌鼓を打つコウランを見て、自分の手の飴を見て、もう一度こくんと唾を飲むと、ちいちゃな舌で、ぺろ……と舐めた。

その瞬間、アシュの金色の瞳がいっそう輝いた。

甘味の幸せは脳天まで響いて、アシュは尻尾をふるりと波打たせる。

「うまいじゃろ？」

「お、おいしいね……」

「はっはっは」

「なんでこんなにおいしいの？」

「禁断の味じゃからな」

「……アシュは、きんだんのあじを知ってしまったのね……つみづくりね……」

「ほう、難しい言葉を知っておるな」

「ユドハがね、ディリヤへの贈り物を考えてるからね……って言いながら、ディリヤの可愛さは罪作り……って言いながら、ディリヤへの贈り物を考えてるからね」

「なるほど。あやつ、嫁のこと大好きじゃな～……、ほれ、お小さいの、もっと、こう……豪快にぺろっといかんか」

「……だって、豪快にぺろってしたら、なくなっちゃうよ」

「なくなったらおかわりがある」

コウランは得意げに壺の中を見せる。

料理人が気を利かせて、おかわりできる量を壺に小分けにしておいてくれたのだ。

もちろん、目印になるように白い花を飾り、アシュが見つけやすい位置に蜜壺と蜂蜜棒を準備することも、コウランと料理人が事前に示し合わせたからだが、アシュが知らなければそれでいい。

「じゃ、じゃあ……豪快にぺろってするね……」

アシュはぺろっと大きく飴を舐めて、じたじた、ばたばた、もだもだ、尻尾と体で喜びを表す。

「内緒の味は格別じゃな」

「ないしょのひみつは、かくべつね……アシュ、今日は、わるい子になっちゃった……ふふ……わるいこ、たのしいね……」

「誰にも迷惑をかけん悪いことは、楽しいものだぞ」

「良い子でいるのも楽しいけど、悪い子も楽しいのね。アシュ、悪いことをしたら、お胸がかなしくて、きゅうきゅうするばっかりだと思ってたよ」

「人に悪いことをすればお胸も悲しくなろう。だが、いつも良い子を頑張っている自分に、ちょっと悪いことを許してみるといい」

「夜中の冒険と、飴ちゃん食べること？」

「そうじゃ。大きな声で歌ってもいいし、お外をたくさん走ってもいいし、夜中じゅうずっと起きて好きなことをしてもいいし、やりたいことをやればよい。人を傷つけずに、自分のことも傷つけずに、いつもは自分にしてはダメだと約束していることをしてみるのだ」

「ごほうびね！」

「あぁ、ごほうびだ」

「ディリヤにも教えてあげよ」

「あぁ、教えてあげるといい。ディリヤもいつもたくさん頑張っているからな」

「……おひめさまは？」

「うん？　キリーシャ姫か？」

「うん。……おひめさまも、ひとりぽっちで頑張ってるよ。おうち、遠いんでしょ？」

「……さようじゃなぁ……遠いなぁ……」

「アシュがごはんですよ、って呼びに行った時にね、いや、っておひめさまに言われて悲しかったの。でもね、ディリヤは毎日ご飯を運んで、ご挨拶して、仲良しになろうとしてるの。……アシュも頑張ってお話ししたいな、って思うの」

「そうかそうか」

「でもね、お友達と遊ぶ時もね、お友達が、いやって言ったら、わかったよ、って言って、待つのもだいじなんだって。だから、……えっと、めいわく？　おひめさまが、いやがらないようにお話ししたいな」

「そなたは頑張るなぁ」

「おひめさまも、ディリヤも、がんばってる！」

「みな、頑張っとるなぁ」

「うん、だからアシュ思うの。がんばってる子にはいきぬきが必要ね！」

「さようさよう！　賢い子じゃ！　……ほれ、飴をすっかり食うてしもうたな？」

「おかわり？」

「ふっふっふ……おかわりだ……」

「へっへっへ……おかわりだね……」

二人して悪い顔をして、悪者みたいな声で、こつんと額をくっつけて笑う。

夜更かしして食べる内緒の禁断の水飴は、とってもとってもおいしかった。


翌朝、「おとまりはどうだった？」と尋ねるディリヤとユドハに、アシュはこう答えた。

「アシュは……きんだんの味を知ってしまったのです……、またひとつ、おとなです……。あれは、たまにするからいいのです……一年に一回くらいがいいらしいです……おじいちゃんせんせぇがそう言ってました……」

すべてを悟ったような眼差しで、アシュは、ふっふっふ……、と肩と尻尾を揺らして笑った。


アシュがおとまりする夜、ディリヤとユドハは久しぶりに二人の時間を過ごした。

明朝の二人きりの時間を長くとるために、夕食後、ユドハはコウランの書斎を借りて側近や部下数名と今後について会議の場を設けた。

先に片付けるべき仕事を片付けたは良いものの、会議が長引き、ディリヤを待たせてしまった。

まだ夜も浅くディリヤは起きて待っているだろうが、ディリヤが待っていると思うと、一階の書斎から二階の居室へ戻るユドハの足取りが急いた。

「ただいま……、ディリヤ？」

室内に声をかけ、帰宅を報せる。

いつもはすぐに返ってくる「おかえり」という言葉がなく、ユドハが足もとを見やると、扉のすぐ傍、壁際の床で膝を抱えて座り込むディリヤがいた。

小さく丸まって、三角に立てた膝を両腕で抱え、膝頭に頬を乗せて、じっと目を閉じている。

まるで、寒い玄関で飼い主の帰りを待つ仔猫のようだ。

どれほどの時間そうしていたのか分からないが、ユドハがその場に膝をつき、寝間着姿のディリヤの肩に手を添えると、夜気に晒されたそこがひどく冷えていた。

「……ディリヤ、どうした？」

「………………」

ディリヤはうっすらと瞼を開き、何度か瞬きする。

ぼんやりとユドハを見つめて「……待ってた」と寝起きのかすれ声で応えた。

「寝室か、せめてソファで寝てくれ」

「…………帰ってくるの、待ってた」

「そうか。待たせたな」

同じ言葉を繰り返すディリヤに、「上手に待てができたな」と猫の仔を褒めるように撫でる。

「おかえり？」

「ただいま」

ユドハは床に蹲ったままのディリヤを抱き上げ、寝椅子へ運ぶ。

ディリヤはまだ半分夢の世界のようで、寝椅子へ寝かされてもぼんやりとしていて、床に片膝をついたユドハの鬣に触れて、本物かどうか確かめていた。

「……うたたね、して……起きたら……一人で……」

「仕事をしていた」

「ああ、うん……そうだった……」

「俺を探してくれたんだな」

起きてすぐにユドハの姿が見当たらず、ディリヤはユドハを探したらしい。

ディリヤは、時折、夜に目を醒ます。

ゴーネの時のようにユドハと長く離れたあと。昼間、たくさん感情が揺さぶられた日。なにか思い詰めている時。眠っている時に不意に目を醒まし、ユドハを探す。

おそらくは、昼間の経験を睡眠中に頭で整頓しているのだろうが、感情の揺れを処理しきれずにこうなる。知恵熱なのか、夜に微熱を出すことも稀にある。朝には下がっているが、心に負荷がかかっているのは確かだ。

もしかしたら、この生活はディリヤにとって負担が大きすぎるのかもしれない。

二十数年、ディリヤは一人で生きてきた。ユドハとの関係や城での生活がディリヤの生き方にそぐわないのかもしれない。

そういう時のディリヤは、「まぁ、二十五年生きてきて初めて家族と生活するからなぁ……、慣れてないんだろうな、ごめんな」と困り顔で笑う。

いつも、なぜか、一度目は笑い話のように軽く流して、強がる。

ディリヤの口から、最初から「なんか、しんどいんだよな。心が跳ねて、あちこち飛んで、心臓がどきどきして苦しい」という弱音は聞けない。

弱音を聞き出したいわけではないが、ユドハの胸が締めつけられるのは、夜に目を醒ましたディリヤが、いつも声を出さないことだ。

感情が溢れて泣きそうにしていても、不思議と涙を流さず、表情にも変化がない。

気を失いそうになる寸前まで息を止めて、処理の追いつかない思考を停止させ、夢現の延長線上で乱れたままの心を殺す。

無意識に、己を殺す。

それから、静かに状況を確認して、ユドハを探す。

「今日は、ちょっと……失敗した……」

今夜のようにユドハが傍にいない時、ディリヤは自分一人で乗り越えようとして失敗してしまう。

「手が震えている」

ディリヤの手をとり、その指先に唇を押し当てる。

「時々、アンタのことが好きすぎて……吐きそうになる」

ディリヤはユドハの手を引いて己の胸もとへ誘うと、懐にユドハの頭を抱きしめ、毛皮に埋もれる。

「……？」

初めて言われる種類の口説き文句に、ユドハは首を傾げた。

「目が醒めた時に、アンタがいなくて、……なんでいないんだ、って悲しくて、さみしくて、アンタがいないことに腹が立って……なんでそんなことで腹が立つんだよ……って、びっくりして……」

「びっくりして？」

「俺はそんなにアンタのこと好きなんだ……って改めて自覚したら、好きすぎてびっくりして吐きそうになる」

「分離不安の猫のようだ」

「ねこ？」

「ああ」

「じゃあ、構ってほしい」

ディリヤはユドハの指を噛み、猫のようにじゃれる。

猫を構うように、ユドハに撫でられて、可愛がられて、特別思いきり構い倒されたい。

構われすぎて引っ掻くかもしれないけれど、許してほしい。

「どんなふうに構ってほしい？」

ユドハはディリヤの胸に顎下を乗せて、ディリヤの反応を見ながら掌でその腹を撫で下ろす。

寝間着の裾から手指を忍ばせ、臍のくぼみに親指の腹が触れると、それ以外の指にディリヤの下腹の傷が触れる。

鍛えられているけれども薄い腹はいつも頼りなく思えて、ユドハは、この腹に己の一物を突き立てるたび壊してしまわないかと不安に駆られる。

腰を摑めば、肉よりも骨に触れてしまうし、尻を持ち上げた時などはその軽さのあまり、「人間はやはり脆い」と感じてしまう。

「……ん」

ディリヤはユドハの手に従順に反応する。

下着の下に潜り込んだユドハの手に腰を揺らし、内腿をすり寄せる。

まだ勃ちあがっていないそこに触れると、嬉しいくらい素直にユドハの手で熱を持ち、じわりと先走りを滲ませる。そのぬめりを借りて上下に扱けば、ディリヤは薄く唇を開き、悩ましげな吐息を漏らす。

「……っ、ふ……」

ディリヤはクッション代わりにユドハの頭を両腕で抱きしめ、声を搔き消す。

意識的にそうしているのではない。

これは、ディリヤの甘える仕草だ。その身を苛む悦びに脅えてしまうディリヤは、気持ちいい時には背を丸めて小動物のように震える。

震えるような快感を受け止めきれず、ユドハに縋りついてくる。普段の好戦的な姿からは想像もできぬほど、寝屋でのディリヤは初心だ。

「ほら、手を貸してやるから好きなように腰を動かせ」

甘い声色を使って、淫らな姿を見せろと唆す。

ユドハの言葉に誘われてディリヤはぎこちなく腰を振り、ユドハの手中で陰茎を硬くする。

「……は、っ、ぁ……ぅ、ン……っ、んぅ」

猫が、発情期の声で鳴く。

ユドハの耳にだけ届く、かすかな鳴き声だ。

薄い唇に唾液の糸を引き、目尻を朱に染め、静かに乱れる。寝姿勢では腰を使いにくいのか、時折、腰を浮かせて寝椅子を軋ませる。

ユドハの掌に裏筋を押し当て、下着の内側を粘つかせる。

にちゃりといやらしい音が狼の耳を打つたび、まるで、初めての発情期で上手な射精の仕方が分からない仔猫に手解きしているような気持ちになった。

「ん、ぁ……」

「……っ」

猫が、ユドハの耳を噛む。

ユドハは息を詰めるが、声は上げずに猫の甘噛みを受け入れる。

「ひ、ぅ」

すこし指先に力を籠めると、ディリヤの腰が跳ねる。

陰茎をゆるく圧迫するように掌で握り込むと、ディリヤがユドハの耳に舌を這わせ、音を立てて舐めしゃぶってくる。

そんなことをしてもらったのは初めてで、ユドハの尻尾が激しく床を打った。

緩急をつけて赤毛の猫の生殖器を弄び、ユドハに見られていることも構わず静かに乱れていく様を鑑賞する。

「……も、イきたぃ……」

赤毛の猫は、息継ぎの合間に狼耳を噛む。

「我慢だ」

切なげな仕草で眉を顰め、恥じらいつつも乱れる姿をもうすこし見たくて、いじわるをする。

すると、ディリヤはなりふり構わずユドハの背に回した爪を立て、じゃれてくる。

精一杯の甘える仕草では射精を許してもらえないと分かると、今度はユドハに仕込まれた媚び方で、下腹でオスを締めるように腹筋を使う。

「お前のオスはいま腹に入っていないから、その媚び方をしても意味がない」

「………」

あどけない表情でディリヤが困り顔を見せる。

その顔があんまりにも可愛くて、我ながら甘いとは思いつつもディリヤの顎を口吻の先で撫でくすぐり、ぺろりと舐めて甘やかしてしまう。

「だして、いい……?」

「いいぞ」

「……っ、ん……ぁ」

陰茎を戒めていた指をゆるめると、ディリヤはユドハの手に精を吐き出す。

息を詰め、背を丸め、啜り泣くような声音で絶頂に浸る。

ようやく許された快感に感じ入るディリヤから一瞬たりとも目を逸らさず見入っていると、ふと視線が絡み「……はずかしい……、見るな」と、ぐずぐずのかわいい顔を見せてくれる。

「……っ、ぶ」

「見たら、だめだ」

「くるしい」

ディリヤの胸にきつく抱きしめられ、両目を隠される。

お返しとばかりに、ユドハは、己の指で押し出すように陰茎を下から上へゆるく扱き、びくびくと震えるそこから残滓を絞る。

ディリヤの腰が跳ね、薄く開いた唇からまた喘ぎ声が漏れる。

すっかりその痴態を堪能して、発情したメス猫の首筋を伝う汗を舐めとり、ディリヤの吐き出したものでで濡れた掌を使って下腹を撫でてあげ、息が整うまで毛繕いしてやる。

「とびらの、まえで……待ってるの……だめ?」

ふと、ディリヤが問うてきた。

どうやらユドハが射精を許さなかったのは、それに怒っているからだと思ったらしい。

一刻でも早くユドハに会いたいと思ったら、そうせずにはいられなかっただけ。

だから許してほしい。

ディリヤはそう訴えかけてくる。

「待ってる、だけで……迷惑、かけないから」

さみしいとか、早く帰ってきてとか口にしないし、帰りが遅いと文句も言わない。自分にできることならなんだってして、誰になにを言われても堪えて、この生活に馴染めるように努力する。

だから……。

「……また、待っていいか?」

「そんなに待っていて、どうするんだ?」

「好きな人、待ってるの、……しあわせ」

そんなことで、ディリヤは幸せを感じる。

幸せの満足点が低く、愛を欲張ることもない。それで本人が幸せだとしても、ユドハには、どうにも不憫でならない。

こんなに広い部屋にいるのに壁際に蹲り、すぐ下の階にユドハがいるのにそこまで会いに行くことすら遠慮して、ただただじっと待っている。

ユドハの愛がなくては生きていけない生き物が、その愛が帰ってくるのを待ってくれている。

「じゃあ、待っていてくれ。必ず帰ってくるし、お前がどこかへ出かけたら迎えに行くから」

「……うん、待ってる」

望む答えをもらえて落ち着いたのか、程好い肉体的疲労ゆえか、ディリヤは静かな寝息を立て始めた。

猫とは気まぐれなものだ。

時にはこんな夜もある。

ユドハは規則正しく眠るつがいの下肢を清め、着替えさせると、猫を寝室へ連れこみ、懐に抱いて眠った。


翌朝、すっきりと清々しく目を醒ましたディリヤは「あー……よく寝た。……ん？　昨日、寝る前と着てる服が違う……？」と首を傾げながら、噛み痕のついたユドハの耳を引っ張って「誰にやられたんだ？」と撫でて笑っていた。

「お前だ」

ユドハは肩肘をついて寝転んだままディリヤの鼻先を尻尾でくすぐる。

「……俺か？」

「ああ、俺の目の前の赤毛の猫だ」

「……ちょっと待て、思い出す」

「どうぞ？」

「俺が、耳を齧った……ああ、そうだ……俺だ……俺だよ……俺がやった、……やりました……」

じわじわ思い出したディリヤは寝床で耳まで赤くして、「昨夜は……たいへん、失礼を……」とユドハの懐の毛皮に隠れた。

「粗相の多い猫の躾は次に持ち越してやろう」

「……おてやわらかに……」

「さぁ、どうしたものか」

昨夜は味わい損ねたディリヤの尻を揉みながら、「一人だけ気持ち良くなってごめんな？」と甘噛みして機嫌をとってくるディリヤの耳を噛む。

「猫の世話はなかなか楽しかった」

「……はずかしい」

抜いてもらって一人だけすっきりして寝落ちなどという失礼極まりないことをしてしまった。

　しかも、好きな人を放置してしまった。

「せっかくゆっくりできる時間だったのに……」

「なに、アレはアレで有意義な時間だった。お前のかわいい顔や仕草を明るい部屋で見るのも乙だ」

「変なこと、口走った記憶がある……」

「別に変なことではないな」

「めんどくさい奴でごめん」

「お前は昼間に言葉を飲みこむからな。夜に表に出てくるんだろうな……」

「……この癖、だめな気がする。ちゃんと治す……」

「まぁそう気負うな。昼間に自分の感情を優先できるようになれば、夜にああなることも減るだろう」

「アンタの貴重な睡眠時間なのに……」

「二十数年かけて培った生き方を、いま、お前は俺のほうへゆっくり時間をかけて傾けてくれているんだ。ありがとう」

「あー……もう、アンタは俺を甘やかしてばっかりで、全然厳しくない」

「厳しくしたら可哀想だ。こんなにかわいいのに」

「…………」

「かわいい」

「…………」

「とてもとてもかわいい」

「もう可愛いは充分」

「そうか？」

「そう。……それで、あのさ、ユドハ……」

「なんだ？」

「俺、いま、コウラン先生曰く、成長中らしいんだ。……けものから、人間っぽくなる過渡期らしい。だから、昨日の夜みたいに玄関で待ってたり、ちょっと呆れるくらいアンタのこと好きすぎて変な行動に出ちゃうかもしれないけど……」

「けど……？」

「絶対イイ男になるから、最期まで見捨てないで飼って」

「ああ、最期まで愛した責任を持とう」

　ユドハはディリヤを強く抱擁し、くちづける。

　けれども、ユドハは知っている。

　ディリヤのその言葉がユドハを安心させるための言葉であることを。

　ディリヤは、いつも覚悟を決めている。

　二人ではどうしても乗り越えられない困難が立ちは

だかった時、どれほど足掻いても離れればなれになるしかないと判断したら、ディリヤはユドハのもとを離れるだろう。

最期まで愛して。そんな言葉を使っておきながら、ディリヤはきっと最期までディリヤを愛することをユドハに許してはくれないのだ。

「俺も、……たぶん、きっと、まだ成長中だ」

ユドハの愛も、まだ成長中だ。

将来、何年も、何十年もずっと連れ添うために、ユドハは諦めない。

ディリヤがすっかり観念して、「あぁもう好きにしてくれ。どう足掻いても離れればなれになるしかないなら、いっそアンタと同じ墓に入ってでも一緒にいるしかない」と笑って、心底ユドハに愛されることを自分に許すその日まで、ユドハはこの愛を大きく育てて、ディリヤに差し出すのだ。

ディリヤがその愛に溺れて吐いてしまいそうなほどに。

悲しいかな、キリーシャはアシュを「けものの子」と呼び、遠ざける日々が続いていた。

アシュもキリーシャと仲良くしたい気持ちはあれども、前回のことがあって尻ごみしそうになっていたが、そこはやはりアシュだ。

「ディリヤも、おひめさまを怒らせちゃったって言ってたけど、毎日がんばってるもん」

一度くらいではへこたれない。

ディリヤの背中を見ていたアシュも再びキリーシャとお友達になろうと思い立った。

「アシュさん、それ、なんですか？」

アシュの隣に立つフーハクが、その手に握られた紙を見やる。

「ないしょ！」

アシュは筒状に丸めた大きな紙を自分の胸に抱きしめる。

「ディリヤさんから、あんまりキリーシャ姫様のところにお邪魔しないようにって言われてるでしょ？　それでもお話しするるんですか？」

「うん！」

「キリーシャ姫様は狼が苦手らしいですよ？」

「うん！　でもね、アシュはキリーシャちゃんのこと嫌いじゃないから！　……こんにちは、キリーシャちゃん。アシュです！」

アシュはかっこよく胸を張ってキリーシャの部屋の扉を叩いた。

アシュの声は届いているだろうに、キリーシャからの返事はない。

「姫様、アシュ様がお越しです」

今日も真面目にキリーシャの護衛をしているキラムが室内に声をかけた。

それでも返事はなく、フーハクが「お加減が優れませんか？」と問いかける。

「元気に決まっています！」

部屋の向こうから元気な声が返ってきて、オス狼二匹と仔狼一匹は三角耳を押さえる。

「……フーちゃん、キラムちゃん、ここはアシュにまかせて」

「アシュさん、なにか名案があるんですか？」

「あのね、おひめさまはきっと、おっきい狼がこわいのよ。だから、アシュ、ひとりで渡してみる。アシュ、ちっちゃいおおかみだし！」

「分かりました。……おい、お前、来い」

フーハクは一歩下がり、キラムを指先で引き寄せ、壁際に姿を隠してアシュを見守る。

「おひめさま、こんにちは。アシュ、ないしょのお菓子を持ってきたの。贈り物もあるよ。お顔を見せてください」

アシュは閉ざされた扉を見上げて話しかける。

だが、キリーシャが出てくる気配はない。

「おひめさま〜」

歌うように呼びかける。

返事がないので、「あしゅ、踊りもおどれるよ〜、がおーって遠吠えの入る踊りだけど、こわくないよ〜」と扉の前で踊ってみせる。

「アシュさん、……いまは諦めて、またあとで試してみませんか？」

「いや」

アシュは首を横にして、諦めずに呼びかける。

それから何度呼びかけてもキリーシャは返事をしてくれず、扉が開かれることもなく、アシュはついに立っているのも疲れて扉の前に座りこんだ。

「一回、部屋に帰りませんか？　おやつのパン食べて、お昼寝して出直しましょ？」

壁に凭れて座るアシュの隣にフーハクも座り、アシュと同じように膝を抱える。

「いや」

「あの、……せめて、椅子に座りませんか……」

国王代理の息子が廊下に座りこんでいるのに自分一人だけ椅子に座るわけにもいかず、キラムもアシュの隣に腰を下ろし、アシュには着席を勧める。

「いや」

アシュはこれにも首を横にして、じっと扉が開かれるのを待った。

三人で廊下に座りこみ、通りすがりの使用人に「アンタたち、なにしてるの」と驚かれていた。

また別の時に通りかかったユドハには「アシュ、姫様にご無理を言わないように。それと、うちの息子がすまん……」と謝られた。

ララとジジを抱いたディリヤからは、「アシュ、日を改めてください。……それと、今日は三人の好物を作ります」と夕飯の楽しみを増やしてもらいながら、長い時間ずっと待った。

「狼、お茶の支度をするようディリヤに伝えなさい」

そして、長い忍耐の末、ようやくその時が訪れた。

喉の渇きを覚えたキリーシャが扇子を片手に自ら扉を開けたのだ。

「……なにをしているの」

廊下に座りこむ大中小の狼を睥睨して、キリーシャは頬を引き攣らせる。

「こんにちは、おひめさま！」

アシュは慌てて立ち上がり、服を、ぱっぱと払うと、背筋をしゃんと伸ばしてお辞儀をする。

「なによ、毛団子」

「けだんご……。お団子じゃないよ、アシュだよ。おひめさまは……えっと、キリーシャちゃん！」

「けものの子、うるさい」

「けものの子だけど、けものの子ってお名前じゃないよ。アシュはアシュってお名前です。ほんとのお名前はもっと長いのよ、でも、アシュなのよ」

「うるさい。黙りなさい。黙らないと、その口、縫うわよ」

「はわ、わ……」

アシュは自分の口を押さえて、両眼をきょろきょろさせる。

でも、ここでびっくりしていたらまた前と同じになってしまう。そう思ったアシュは、「新聞をつくりました！　読んでください！」と、その手に持っていた筒状のそれをキリーシャに差し出した。

仲良くなるには自分のことを知ってもらうのが一番。アシュは、「狼がこわくってお話ができないなら、新聞を読んでもらおう！」と考えたのだ。

ディリヤのことも、ユドハのことも、おっきな狼も、ちっちゃな狼も、こわくないよ。そう伝えるために、金狼族を知ってもらうために、家族新聞第二弾を作った。

「あとね、これね……いっしょにどうぞ」

受け取ってもらえない新聞を右手に持ち替え、左手でポケットから小さな壺を出す。

コウランと一緒に食べた水飴と同じものだ。

キリーシャが食べやすいように、朝からディリヤや台所の人に手伝ってもらって、小さな飴のお菓子にした。

アシュは、キリーシャが受け取りやすいように爪先立ちになって背伸びをして、両腕をめいっぱい伸ばし、キリーシャに二つの贈り物を差し出す。

「藁団子、あなたおいくつ？」

「……わらだんご……、えっと、黄色いけど、藁じゃないよ。アシュよ。……でも、わらだんごでもいいよ。わらだんごは、ななさいです」

「あなた、ちょっと年齢より幼いんじゃなくて？　私があなたの年の頃には、もっと状況をよく見て判断したものよ」

「あのね、それはね、狼と人間には寿命の差があって、狼はちょっと長生きだから、アシュは七歳だけど、人間の子の七歳よりちっちゃくて……」

「そんなこと聞いてない」

「…………そっかぁ。……あ！　でもね、しんぶん読んで！　狼と人間の長生きについて書いてあります。えっと、……りかい？　理解が深まります！」

アシュが新聞を書いているのを見たユドハとディリヤが「新聞は素敵ですね」「アシュについての理解が深まるな」と言ってくれた言葉をそのまま反復する。

「諦めの悪い丸毛玉……」

「うん！　諦めないよ！　アシュはキリーシャちゃんと心をかよわせたいんだもの！」

「…………」

「それでね、しんぶんの……ここ、ここを見て……？あ、しんぶんを開くから、これ持ってて」

アシュは飴の入った壺をごく自然にキリーシャに持たせ、キリーシャによく見えるように自分の顔の前に新聞を開く。

「しんぶんには、アシュの家族やお友達、群れの仲間について書いてあります。ユドハとディリヤはおとうさんとおかあさんです。ララちゃんとジジちゃんはおとうとです。ライちゃんとフーちゃん、イノリちゃんとトマリちゃん、おじいちゃんせんせぇ、アシュの知ってる人はみんなアシュの仲間で、家族です。お名前のうえに描いてあるのは似顔絵です。キリーシャちゃんの似顔絵もあります」

アシュは新聞を持ちながら指先を一本だけ伸ばして、キリーシャの似顔絵を指さす。

似顔絵はあるが、キリーシャの紹介文は空白だ。

「アシュね、キリーシャちゃんのこと知らないの。だから、どういう人か書けないの。おしえてください。

はい、しんぶん、どうぞ」

アシュは頑張って演説を終えると、にっこり笑いかけた。

アシュの知っている仲良くなる方法は笑顔だ。自分が相手からもらって一番好きなことも、笑いかけてもらうことだ。だから、アシュは「キリーシャちゃんだいすき」の心をこめて、にっこり笑った。

「いや」

キリーシャは、アシュが掲げ持つ新聞を扇子で叩き落とした。

新聞を叩き落とす時に扇子の端がアシュの手の甲に触れ、新聞は空しくも床に落ちる。

「………」

アシュはほんのすこしの痛みと、足もとに落ちた悲しみに、一瞬、表情を暗くする。

「私は狼が大嫌いです。近寄らないで」

「………ごめんなさい」

アシュは、耳と尻尾と顔を俯けて謝る。

キリーシャの顔を見ることもできず、自分の足を見たままキリーシャに背を向け、とぼとぼと立ち去った。

「アシュさん!」

フーハクは慌ててアシュの後ろを追いかける。

「……子供だからってみんなに好かれると思わないで」

キリーシャはバツの悪そうな仕草で、掌中の小さな壺と扇子を弄ぶ。

「狼が嫌いでも、いまのは人としてやっちゃいけないことだと思います」

床に落ちたままの新聞をキラムが拾い上げ、キリーシャに押しつけた。

「……なによ! お前まで!」

キリーシャは後悔の表情を浮かべ、壺と扇子、新聞を胸の前に握りしめ、扇子だけをキラムに投げつけた。

「……っ、痛……、ちょ、姫様……!」

「うるさい!」

キラムの鼻先で扉を閉じ、日除けを下ろしたままの薄暗い部屋でキリーシャは床に蹲る。

キリーシャは膝を抱えて小さな子供のように頭を抱え、これは言い訳だと自分で分かっていながらも、

「でも、しょうがないじゃない……あんなに小さくて可愛い狼も、大人になったら恐ろしい大人のオス狼になるのよ……、そしたら、人間を簡単に殺すのよ……」

と肩を震わせ、涙した。

定婚亭へ来て九日が経った。

喜ばしいことにコウランは容体が持ち直している。

医師は「長丁場になるやもしれません……」と前置きしつつも、「コウラン様が心身ともにお健やかに日々をお過ごしになっていらっしゃることが良い方向に働いたのやもしれません」と、幸先が明るい可能性も見出(みいだ)していた。

いつまで定婚亭に滞在できるか分からないが、ユドハも可能な限り付き添うつもりでいる。

幸いなことに、子供たちもこちらでの生活を楽しんでいて、アシュが「おうちに帰りたい」と言うでもなく、ララとジジが体調を崩すこともない。

ディリヤは毎日キリーシャのもとへ食事を運んでいた。

扉の前で朝昼夕の挨拶をして、コウランの体調が良いことを簡潔に伝えている。短い言葉でも交わせば、キリーシャも「私はまだ見捨てられていない」と安心するかもしれない。ディリヤという人間の味方が一人増えたと思えることで、ただそれだけで安心できるかもしれない。そう思って扉に話しかけた。

「……難しい年頃だよなぁ……」

キリーシャはまだ十九歳の女の子だ。

対してディリヤは今年二十五歳。

二人に共通項は見当たらないし、話を合わせようにも気の利いた話題が見つけられない。

「なーぅ」

「んなぁぅ」

ディリヤの困り顔を見て、腕に抱いたララとジジがディリヤと同じ表情を作る。

本能的に親の表情を反復しただけなのだろうが、その顔が可愛くて思わずディリヤの頬もゆるむ。

「あら、かわいらしい」

「近頃は表情が増えましたね」

「元気でよろしいことです」

トマリメとイノリメ、今日の双子の護衛役のライコウ。三人ともが双子の声と仕草に相好を崩す。

近頃は双子もすっかり表情が豊かになってきた。

喋るのはまだもうすこし先だが、どんなふうに喋って、笑って、動いて、遊ぶのか、いまからそれを見るのが楽しみでならない。

「……ディリヤ」

「アシュ、どうしました？」

フーハクに伴われたアシュが落ち込んだ顔をして部屋に入ってきた。

ディリヤはアシュの異変に気付き、ララとジジを揺り籠に寝かせる。

ディリヤが床に両膝をつき、両手を広げると、アシュはまっすぐディリヤの懐に入ってきて、きゅっとしがみついた。

ライコウがフーハクに視線で「なにかあったのか」と確認すると「キリーシャ姫と……」と唇だけでフーハクが答える。

アシュはなにも言わないが、赤ん坊の頃のようにディリヤの膝に抱かれて丸くなり、尻尾をディリヤの腕に絡め、額を腹に押し当てて甘えている。

ディリヤはその場に胡坐を掻いて腰を下ろし、しっかりとアシュを抱き直すと、赤ん坊を寝かしつけるように優しく背を叩き、元気のない耳と耳の間に唇を押し当てた。

無理に話を聞き出そうとせず、「お話ししたいことがあったらお話ししてください」とアシュから話し始めるのを待った。

「おてて、ぺちんされたの……」

長い時間そうしていると、アシュがぽそりと言葉を漏らした。

「手を叩かれましたか？」

「……せんすがね、ちょびっと当たったの……」

「痛かったですね」

アシュが右手を差し出すから、その手を取り、優しく撫でる。

見たところ怪我にはなっていないし、赤くもなっていない。骨が折れている気配もない。本当に、すこし扇子が掠った程度なのだろう。

「痛くてびっくりしてしまいましたか？」

「うん」

「それは可哀想でしたね」

「でもね、アシュもキリーシャちゃんをびっくりさせちゃったかもしれないの……」

「…………」

「キリーシャちゃんは、アシュと仲良くなりたくなかったのかな……？　怒っちゃったかな……？　おひめさま……あしゅのこと、だいきらい、ちかよらないで……って」

そこで堪えきれなくなったのか、アシュはしくしくと涙を流す。

「まずは痛かったところを手当てして、包帯を巻いて、大事に大事にしましょう」

「……よしよしして」

「よしよし、いいこいいこ、大丈夫ですからね。痛いのも、悲しいのも、ディリヤがぜんぶ治しますからね」

「うん……」

「ディリヤ様」

トマリメが気を利かせて救急箱を持ってきてくれる。ディリヤは礼を言ってそれを受け取り、アシュの手に大袈裟なくらい包帯を巻く。

たくさん包帯を巻いてもらうと、アシュは自分が大事にしてもらえた気がして、心が慰められていく。

そうしてゆっくり時間をかけて丁寧に包帯を巻いていくうちに、アシュはうとうとし始め、泣き疲れて眠ってしまった。

「ちょっと行ってきます。フーハクさん、イノリメさん、一緒にお願いします」


ディリヤはアシュを抱いたまま立ち上がり、まず、ユドハのもとへ向かった。

その道すがら、フーハクから説明を受けた。

コウランの部屋にいるユドハにアシュを預けて、「悲しいことがあったから寝かせた。アンタの懐だとあったかいし、安心してよく寝るから抱いてやってて。詳細はフーハクさんから」と説明し、ディリヤはイノリメとともにキリーシャの部屋へ向かった。

「……っ！」

ディリヤの姿を見るなり、キラムが尻尾を逆立て、直立した。

ディリヤはキラムを手で制し、扉越しに「失礼します」と断りを入れ、返事を待つ。

キリーシャは自分に非があると自覚しているからか、そう間を置かずに扉を開き、ディリヤを室内へ招き入れた。

イノリメが膝を折って一礼し、ディリヤのあとに続いても出ていけとは言わない。

扉は開け放したままディリヤは部屋の中央まで歩み、逃げるように窓辺に腰かけるキリーシャを見据えた。

「故意ではないとはいえ、子供に暴力はいけません」

ディリヤは努めて冷静に告げた。

「………あなたたちだって、子供の私に暴力をふるったじゃない……」

キリーシャはディリヤを見ず、窓の向こうの景色に対して震え声で呟き、唇を尖らせる。

それ以上話す気はないようで、ディリヤがその言葉の意味を問おうとも、イノリメが声をかけようとも、あのキラムですら扉の向こうから「思うことがあるなら素直に話したほうがいいと思います」と助け船を出そうとも、梨の礫だった。

「出直します」

ディリヤは一礼して、イノリメとともに退出する。

キラムに「姫様をよく見ておけ」とだけ伝え、アシュの様子を見に戻った。

アシュの目が醒めるまではユドハとともにコウランの部屋に滞在し、夕方、台所の手伝いをして、いつものようにキリーシャの部屋に食事を運んだ。

今日も戸口にはイノリメに立ってもらい、扉も開け放してある。

これまでのディリヤなら、「子供を傷つける奴のことなんぞ知るか、ぶち殺す。メシも与えない。飢え死にしろ」と敵に容赦しないだろう。

だが、「なぜ、この人はそうしたのか」、それを理解すべきだと思った。

力の強いディリヤが一方的に弱者を追い詰めるのではなく、人間らしく対話することにした。

「アシュに悪いところがあり、押しが強かったところは親として自分が謝罪します。申し訳ありません。あなたは狼嫌いを公言していたのに、自分が配慮を怠った結果です」

まず、謝罪から入った。

扉の前で食事を手渡すのではなく、室内へ持って入り、ディリヤがテーブルへ置いた。

テーブルにアシュの新聞が置かれていて、扇子で叩いた時に皺になった箇所には重石が載せられ、皺が伸ばされている。菓子の入った陶器の壺も、埃ひとつないテーブルの上に置かれていた。

キリーシャは不慣れながらも自分で自分の部屋を掃除して、整頓していた。

……というよりも、荷物は最低限のみで国を出たようだ。早く故郷へ帰りたい気持ちもあるのかもしれない。いつでもすぐに部屋を出られるようにしている印象だった。

「お茶はいつもと同じものを用意しました。ほかに入り用は？」

「叱らないの？」

一向に責めてこないディィリヤに、キリーシャからそう問うてきた。

「叱ってほしいですか？」

いっそ叱られたほうが気が楽になるのだろう。

キリーシャは自己嫌悪が丸分かりの表情でディィリヤを見ていた。

「あの子の手の怪我、ひどいの？」

「毛皮が守ってくれましたから、怪我はないです」

「そう……」

あからさまな安堵の声を漏らしたのも束の間、キリーシャは「べっ……別にっ、狼のことを心配してるんじゃないから……」と我を張る。

キリーシャは愚かな姫ではない。

その声色や表情から、ディィリヤが叱らずとも自分は叱られるようなことをしたのだと認識していることが見てとれた。

キリーシャは、根は優しく、狼が相手でも心配できる心の持ち主だ。

だが、狼に牙を剝いてしまうなにかがある。

それはおそらく、「あなたたちだって子供の私に暴力をふるったじゃない」という言葉や、異様なまでに大人のオス狼を恐れる態度に裏打ちされたものだろう。

「あの子は……泣いていた？」

「すこし」

「怪我、本当になんともないのね？　血は出ていなかった？」

「はい」

「そう、じゃあよかった……」

「手に怪我はなくても、心に傷は残ります」

「…………」

「あなたも同じだ。あなたは狼に傷つけられて、心に傷が残っているんじゃないですか？」

過去になにかあってキリーシャが心に傷を負ったのだとしたら……。

過剰なまでに狼を恐れることの裏返しがアシュへの攻撃なのだとしたら……。

「あなたには関係ないわ」

「そうですね。俺には関係ない。……でも、俺もそうやってずっと自分以外はぜんぶ敵だと思って、誰にも心を許さず生きてきました。それしか自分を守る方法を知らなかったから」

「…………」

「俺でよければ話を聞きます。女性がよければイノリメさんかトマリメさんを。気が向いたら声をかけてください。……あぁ、それと」

「なに……？」

「俺はこれからもあなたに三度の食事を運ぶし、健康状態にも気を遣うし、あなたを思いやるつもりです。まぁ、俺は人に優しくするのが得意ではないので俺なりのやり方になってしまいますから、あなたを怒らせるかもしれませんが、めげずに世話を焼いていくのでよろしくお付き合いのほどを」

ディリヤは茶器に最初の一杯を注ぎ、「ゆっくり味わってください。今日もあなたの故郷の料理を作りました」と声をかけ、退室した。

「姫様のご様子は……？　姫様は怒られ慣れてないから、すぐに臍を曲げるんです」

ディリヤを待ち構えていたキラムが、扉の前で尻尾をおろおろさせていた。

「怒ってないから安心してお前もメシ食ってろ」

ディリヤはそう返事をして、ユドハのもとへ向かった。

幸いなことに、夕飯の時刻になると、アシュはすこし元気を取り戻した。

「ごめんなさい。アシュがいっぱい喋ったせいでキリーシャちゃんをびっくりさせちゃったの。キリーシャちゃん、おおかみきらい、って言ってたのに……」

アシュはそんなふうに自省し、「次はもうちょっと、ゆっくり、そうっと、静かにして、キリーシャちゃんからお話ししてくれるの待ってみる」とディリヤに笑いかけた。

笑いかけたものの、その夜はやはり寝つけなかったようで、ディリヤとユドハの寝床に潜り込んできて、二人の真ん中にむぎゅっと挟まって、ようやく眠った。

翌日は、朝から茶会の準備で慌ただしく始まった。
正確には昨夜の仕込みからてんてこ舞いだったのだが、頭より体を動かしているほうが得意なディリヤに

とって茶会の支度は良い気分転換になった。

だが、慌ただしい日常と慣れない人間関係の取り持ちという作業に人知れず溜め息をついているのもまた事実だった。

「ユドハ、頼みがあるんだが、……いいか？」

茶会が始まる前、ディリヤは、書斎で一人で本を探すユドハに声をかけた。

「あぁ、もちろんだ。どうした？」

「………………」

「ディリヤ？」

「………………いや、やっぱりいまのは忘れてくれ」

自分の言おうとした言葉がどうにも恥ずかしくて、ディリヤは首を横にした。

「ディリヤ、待て」

「アンタ、コウラン先生に頼まれて本を探してたんだろ？　俺の用件は別に今日でなくてもいいから。……手を止めさせて悪かった」

ディリヤは逃げようとするが、ユドハの手がディリヤの腕をとり、それを阻む。

「そのコウラン先生と話して、いつもよりすこし素直に、我儘に、欲に忠実になると決めたんだろう？　お前に一番近い存在の俺にこそ、言い淀んだ言葉を伝えてみるべきではないか？」

「それは……、そう、だけど……」

「なら、いま飲み込んだばかりの言葉をさらっと俺に言ってしまえ。何事も練習だぞ、練習」

「……練習」

「頑張って一緒に練習して成長しよう」

「………………じゃあ、あの……言うけどな……」

「ああ」

「ほんとに、たいしたことじゃないからな？」

「たいしたことじゃないなら、なおさら言ってしまえ」

「……っ…………な、……っ、さめて……」

「聞こえない。ほら、その小さな口を大きく開いて、かわいい声を聞かせてくれ」

「な、……さ、め……」

「うん？　どんどん声が小さくなっていくぞ？」

「…………な、ぐさめて……くれ」

ユドハに見守られ、両手を繋がれて、ようやく、その言葉を絞り出す。

ユドハのところへ行って、躊躇しながらも自らすんで「慰めてくれ」と言葉にして甘える。それはデイリヤにはとても勇気がいることで、自分でも顔が真っ赤になっているのが分かった。

「……ごめん、アンタも心に余裕のない時に……甘えたいなんて言って……」

「なにを言う。ほら、おいで」

ユドハが両手を広げるから、ディリヤはそこへすっぽり収まる。

よく弾む胸筋と胸の毛皮に埋もれて、ディリヤは広い背中に腕を回した。

「……はずかしい」

「なにがだ？」

「……好きなひとに、甘えたいって面と向かって言うの」

恥ずかしいのに、嬉しくて頬がにやけてくる。

しまりのない顔を見せたくなくて、ユドハの胸にめいっぱい埋もれる。

書斎の古びた本の匂いとユドハの匂い、衣服に焚き染めた控えめな薫香が混じって、息を吸うだけで心に穏やかな風が吹く。

ユドハの尻尾が深呼吸をするディリヤの太腿に絡みつく。

背伸びしてもっといっぱい抱きつけば、ユドハも背を屈めて体ぜんぶでディリヤを抱きすくめてくれる。

ユドハはディリヤの肩口に顎を乗せるように首を傾げ、すこしでも二人が触れている面積が多くなるようにしてくれる。

「頑張れって言ってくれ、そしたらもっと頑張れるから」

ユドハに発破をかけてくれとねだる。

「頑張れ」

「うん」

「だが、一人で頑張らずに、もっと俺に感情をぶつけろ」

「いま、こうして甘えてる。俺はアンタにこうして抱きしめてもらうと元気になれる。不思議だな。アンタはすごい。俺のことといっぱい元気にしてくれる」

しかも、笑顔にもしてくれる。

ディリヤは「好きな人がいるってすごいな。いっぱい頑張れる」とはにかみ笑いして、「ただ待ってるだけじゃなくて、思い立った時に自分からこうやってアンタに甘えに行けるようになりたいな」と、ちょっと成長した自分を思い描く。

「……ディリヤ、かわいいディリヤ、お前の可愛さは天井知らずだ」

「よし！　元気出た！」

ディリヤはユドハから離れると、「気合入った！」と朗らかに頷く。

「……もういいのか？」

もっと抱きしめたいユドハは、尻尾でディリヤを追いかけ、残念がる。

「あぁ、もう充分だ。ありがとう」

「もうすこし、こう……俺を堪能していかないか？　お前の好きな男は、今日もふわふわのもふもふだぞ？　ほら、この胸のあたりと顎の下あたり、腕も撫でると気持ちいいぞ」

「あとで」

「……あとでかぁ」

「そう、あとで。……まずは、茶会だ」

がっかり肩を下ろすユドハと腕を組み、書斎から連れ立ってテラスへ向かった。

本日の定婚亭は晴天。

二階で一番広いテラスに机と椅子を出し、屋根のないテラスに支柱を立てて日除けの覆い布を掛け、ディリヤ主催の茶会は始まった。

茶会には、いくつか目的があった。

ひとつは、コウランの気分転換。もうひとつは定婚亭で働く皆を労うこと。いまひとつはキリーシャとアシュの間を取り持つこと。最後のひとつは、定婚亭で長く生活するうちにディリヤなりに気付いたことがあり、それを確かめる意味合いがあった。

「お茶にしますが、どうです？　今日の昼食も兼ねています。甘いものもありますし、軽食もあります。

……狼と一緒ですが」

「…………お招きありがとう」

キリーシャは断るかと思ったが、存外、素直に部屋から出てきた。

彼女は、その生まれゆえか物事を察するのが得意だ。他人の顔色を見ることに長けているし、この茶会に誘われたのも、アシュへの謝罪の機会を与えるためだと正しく理解している。

「お前も来い」

「……はい」

キラムは頷いてキリーシャの後ろに続いた。

茶会は和やかに進んだ。

テラスに寝椅子を出し、コウランはそこへゆったりと体を預けて外の空気を満喫している。

いままでは、誰かに負ぶわれてしか部屋から移動できなかったが、今日はなんとユドハの手を借りつつ、杖をつき、一人でテラスまで歩いた。

ララとジジもコウランの広い寝椅子の隅を拝借して、元気にコウランにちょっかいを出している。

「尻尾の虫干しにも丁度良い加減で……」

定婚亭の使用人たちも和気藹々と楽しみ、天幕越しの爽やかな日差しに尻尾を振っていた。

フーハクとライコウ、イノリメとトマリメの四人も今日ばかりは子供たちの世話や護衛ではなく、心行くまで腹を満たしてもらい、話に花を咲かせてもらえるよう、ディリヤとユドハは心を尽くした。

定婚亭に滞在中は休暇らしい休暇を出すこともできないから、せめてもの気分転換になればと思った。

キリーシャとキラムは、テラスの隅にいた。

キリーシャは紅木で造られた一人掛けの榻に腰かけ、キラムは背後に立ち控えている。

何度かアシュに歩み寄り、扇子に隠した口もとで謝罪を口にしようとしたが、彼女は彼女で素直に謝れず、アシュもアシュでフーハクの後ろに隠れてしまい、上手くいかなかった。

だが、キリーシャは決して自棄にならず、金狼族と同じ空間で同じ時間を過ごし、同じものを食べ、同じ茶を飲んだ。狼がこわいと公言こそしているが、それを表に出して侮られるのは彼女の許さないところなのだろう。背筋をまっすぐ伸ばし、凛とした姿は見事だった。

「キリーシャさん、よかったらこれもどうぞ」

ディリヤは菓子と軽食を皿に盛って、「首尾は如何ですか」と尋ねる。

「謝るのって……難しい」

「時間をかけてゆっくりでいいと思います。アシュも、あなたのことが気になっていて、尻尾があなたのほうを向いていますから」

「そうなの？　あの子は、あんなことをされてもまだ私を嫌っていないの……？」

「はい。あまり深く考えず、ゆっくり楽しんでいってください」

ディリヤはキリーシャにそう声をかけ、そのすぐ傍のキラムの隣に立ち、テラスの欄干越しに屋敷の外周を見渡す。

「なにか気がかりでもありますか？」

「下にいる奴らにも茶と菓子を持っていったら喜んでもらえた」

キラムの問いに、ディリヤは視線で一階の庭を指し示す。

眼下では、キリーシャの護衛団が屋敷周辺を警護しつつディリヤが差し入れた茶と菓子を楽しんでいた。

護衛団が「美味しくいただいています」とディリヤへ向けて茶器を掲げるのにあわせてディリヤも一礼を返す。

「キラム、そのままさりげなくアイツらをよく見ておけ」

「……？」

ディリヤに言われるがままキラムは自分も挨拶する体で護衛団のほうを見やる。

「いつも、外を向かずにずっと定婚亭のほうを向いて立ってる奴がいる」

「……そうなんですか？」

「ああ。キリーシャさんを外敵から守るなら、外を向いて、外部からの侵入者を警戒する。だが、そいつだけは内側を向いて、定婚亭から出てくる者たちを見張っている。今日だけじゃなく、毎日な。……キリーシャさんは守られてるんじゃない、監視されてる」

「なんで……」

「さぁな」

これにはユドハも違和感を覚えているようだが、護衛団は尻尾を摑ませない。

近衛兵団にも命じて裏を取らせているが、驚くほどに清廉潔白で裏がないのだ。

コウランが健勝であったなら彼がこの違和感に気付いていたかもしれないが、いまのコウランにそこまで求めるのは酷というものだ。

「いつ気付いたんですか？」

「いろいろ観察しているうちに」

「俺は気付きませんでした」

キラムはディリヤの慧眼に目を瞠るが、いまだディリヤへの反発心もあり、悔しそうに拳を握りしめる。

人間のディリヤに対して自分に及ばないことがあるのが許せないのだ。

「次は気付きます」

「なら、いままで以上に目と気を配れ」

キラムに忠告して、ディリヤはその場を離れた。

「ディリヤ、……はとさん」

ユドハの足にしがみついていたアシュが、ディリヤに駆け寄ってくる。

また鳩が飛んでいる。先日、コウランの部屋から見た時と同じ進路だ。

「このあたりに根城があるのかもしれませんね」

ディリヤは日除け越しでも眩しい空を見上げる。

アシュを抱いてユドハの隣に並び立ち、ユドハに視線で合図する。

「はとさん、脚になにかくっついてるよ」

「あぁ、本当だな」

ディリヤの目では確認できないが、アシュとユドハの眼には見えたらしい。

だが、その鳩はもう捕まえられないほど遠くへ飛んでしまっている。

「あの鳥、欲しいな」

「ああ」

ディリヤとユドハはまるでくちづけを交わすように鼻先を寄せ、獲物を見つけた眼で口端を持ち上げた。


ディリヤとユドハは屋上に出て鷹の世話をしていた。

エリルとニリルの二羽の鷹はユドハから上等の生肉をもらってご機嫌だ。その大きな嘴で上手に啄む姿は実に知的で愛らしい。

「ディリヤ、おでましだ」

ユドハの言葉でディリヤは顔を上げる。

待ちに待った鳩が空を飛んだ。

不定期的に一定区間を往復しているらしく、ライコウやフーハク、イノリメやトマリメと交代で何日も見張って、ようやく南の方角から戻ってくる姿を確認できた。

「エリルさん、ニリルさん、よろしくお願いします」

ディリヤは「あの鳩を捕まえてきてください」と頼み、ユドハの合図で放つ。

二羽の鷹は大きな翼を広げ、青空に羽搏(はばた)いた。

「エリルとニリルは、長年の付き合いの俺と同じくらいお前の言うことを聞く」

「俺からアンタの匂いがするからだろ」

あの二羽がディリヤにも懐いてくれるのは、きっとユドハの匂いがするからだ。

エリルとニリルがアシュのことを可愛がってくれるのも、「ご主人様と同じ匂いのする赤ちゃん」だと思っているからに違いない。

コウランの心の慰めにと連れてきたが、二羽は久方ぶりの狩りに意気揚々とその勇姿を誇った。

鳩を弓矢で射れば羽を傷つけたり殺してしまう可能性がある。傷をつければ敵に勘付かれてしまう。地上の獲物を狩ることの多い鷹だが、この状況で二羽は心強い味方だった。

賢い二羽はいとも容易く鳩を生きたまま捕獲してディリヤに渡し、ユドハの腕に羽を下ろした。

「いい子だ。よくやった」

ユドハが二羽を褒めて肉を与える。

ディリヤは鳩の脚に括りつけられた通信筒を確認する。

「……書簡だ」

修復不可能な封がされていない通信筒だ。筒内に収められた紙片を取り出すと、文字と記号が書かれていた。事前に準備していた筆記用具で手早く書き写し、再び通信筒に戻す。

ディリヤはユドハに合図してから鳩を放ち、ユドハが「頼むぞ」とエリルとニリルに声をかけ、鳩がどこへ飛んでいくのか追跡させた。

「ディリヤ、どうだ？」

「軍鳩だった。足輪はあったけど認識番号は刻まれてない。通信筒には一つだけ刻印があった。見たことない模様だけど、たぶん割符なんだろう。……書かれていた内容はこれ」

ディリヤは書き写したものをユドハに手渡す。

軍鳩から得た手紙は暗号で記されており、一見しただけでは意味を成さない文章だ。

「王都の諜報部で解読させるのが最速だろうが……、時間がかかりそうだ」

「ウルカ、ゴーネ、リルニツク、ナスル、東と南の何ヵ国か」

「……なんだ？」

「アシュが生まれたのが七年前だから……、八年くらい情報の更新してないけど、終戦間際あたりまでなら大体の暗号表と鍵を覚えてる」

「……すべて覚えているのか？」

「うん。でも、ずっと使ってなかったからな……試してみるけど、現役の頃の速さは期待できない」

ディリヤはユドハから再び紙を受け取って、陽に透かしてぼんやり見つめ、暗号の周期を探す。

八年前までと同じなら、もしそれがディリヤが慣れ親しんだものなら、こうして眺めているだけでなんとなく見えてくる。

「どれくらいかかる？」

「文章が短いし、情報が少ないから……、どこの国の暗号か分かれば、……というか、たぶん、この文字の並びと記号に見覚えあるからリルニツクだと思うけど、これがリルニツクの暗号だとして、どの鍵を使うか見つけるのに六日か、七日……、鍵が見つかれば平文にするのは瞬きするくらいの時間があればいい」

「……ということは」

「まぁなんとかなる。王都の諜報部に解読依頼を出すよりも速いとは思う。アンタに手伝ってもらえると、もっと速く済むと思う。アンタも暗号の解読方法は頭に入ってるだろ？」

「ある程度ではあるが……、なぁ、ディリヤ」

「うん？」

「お前はなぜトリウィア宮で静かに暮らし、俺のつがいをしているのだろう」

「アンタが好きだからだろ？　なに言ってんだ？」

「俺は本当に果報者だと思う。俺の傍にいてくれてありがとう、ディリヤ」

「面と向かってそう言われると俄然やる気が出る」

ディリヤは照れ笑いして、「ほら、時間が惜しいから作業を進めよう。白墨か、ろう石あるか？　エリルさんとニリルさんが戻ってくるまでにちょっとでも進めとく」とユドハに筆記具をねだり、屋上の床一面を帳面の代わりにして解読に乗り出した。


その日の深夜、ディリヤとユドハは定婚亭を抜け出し、エリルとニリルに軍鳩の棲み処まで案内してもらった。

軍鳩は定婚亭の裏にある木立で飼い主の手に止まったようだ。

飼い主は軍鳩を連れて徒歩で移動したらしく、最終的に到着したのはキリーシャの護衛団が寝起きする宿舎の一角だった。

軍鳩の飼い主が護衛団の誰かであることは間違いな

い。

方角的に見ても、間違いなく南のリルニックへ向けて鳩を飛ばしている。

その夜から、ディリヤとユドハは定婚亭の一室を使い、暗号の解読を始めた。

キリーシャの我慢の限界がきた。

四月の終わりのある日、癇癪を起こしてディリヤに当たり散らした。

食事を運んできたディリヤの手を撥ねつけ、いつまで続くか分からないこの生活や将来への不安、死への恐怖を震え声で口走った。

食器の割れる音を聞きつけ、ユドハが武器を手に姿を現したことで、余計に彼女の恐怖心を煽ってしまったらしい。

「大丈夫。俺に任せてほしい。俺に当たり散らすってことは、俺に甘えて、心を許してくれてる証拠だから。いまは見守ってて」

助け船を出そうとしたユドハを下がらせ、ディリヤだけが部屋に残った。

ユドハの姿を目にしてから、キリーシャは顔色を失くし、家具にぶつかりながら部屋の隅へ逃げ、震えていた。

大人のオス狼よりはずっと小柄なキラムが室外で護衛に立つならまだしも、大人のオス狼のなかでも特に図体の立派なユドハともなると耐えられない恐怖らしい。

「キリーシャさん、もう大きい狼はいません」

膝を抱えて蹲るキリーシャの前に膝をつき、十九歳の女の子ではなく子供たちに話しかけるように声をかける。

「ディリヤが傍にいます。大丈夫です」

「だいじょうぶだなんて……気安く言わないで」

「すみません。ですが、ここには、あなたを怖がらせる狼も、あなたの死を望む父親もいません。あなたの将来にも悪いことはなにも起こりません。起こったとしても、俺が助けます」

「なら……たすけて……私、家に……かえりたい……」

狼はこわい。狼のいない場所に行きたい。守ってくれる家族のいる家に帰りたい。帰れば殺される。だから帰れない。殺されないために逃げてきたのに、このままでは心が死んでしまう。

「おとうさまは……どうしてわたしを殺すの……」

「それは……」

「理由なんか分かってる。私のことを憎んでるから。おかあさまが死んだ原因が私だから……、私は、ただ……あの子みたいに、おとうさまに抱き上げてもらいたかっただけなのに……」

「あの子……？」

「あなたのところの、一番上の小さいおおかみ……」

「アシュですか？」

「そう」

閉じ籠もりきりのキリーシャの毎日に、狼の一家がやってきた。

先に大きな狼がやってきて、次に、小さな狼が三匹と赤毛の人間。たくさんの狼に守られて、大事にされて、馬車から降りてきた。

それ以後、定婚亭には、子供の笑い声や部屋の前を走る可愛い足音が響くようになった。

窓越しに狼の一家を眺めていると、「ユドハ！」と無邪気に父親を呼んで、その大きな懐に飛び込む姿があった。

また別の日には「ディリヤ！」ともう一人の父親を呼んで、めいっぱい抱きしめてもらう姿があった。

まるまる、ころころ、ふわふわ。毛先が苺色をしている金色のたんぽぽみたいな仔狼。

自分が呼びたい時に父親を呼べば応えてもらえるという絶対の信頼感。いきなり飛び跳ねても受け止めてもらえるという絶対の安心感。父親からいつも自分を見てもらえている、愛されているという絶対の自信。

窓越しにその声を耳にし、姿を目にするたび、悔しさと、羨ましさと、「どうして私は父親に愛されず死ねと言われているのだろう」という惨めさが押し寄せてきた。

「私なんか、死ぬことでしか父親に見てもらえないのよ？　あなたなんかにこの気持ちは分からないわ」

「……配慮が足りず、申し訳ありません」

「ちがうのよ……あなたと、あの大きな狼が……私に配慮して、庭で遊ぶ子供たちに静かにしなさいと言い聞かせて、外で遊ぶのを我慢させて室内で遊ばせているのは知っていたから……、だから、余計に惨めだったのよ……私は、あなたたちにどう気遣われても、どんなふうに優しくされても、ずっと……惨めなのよ」

これは被害妄想で、八つ当たりだ。

自分が一番可哀想だと思っていたいから、世の中のありとあらゆる物事すべてに傷つかずにはいられないのだ。

傷ついていると、安心できるから……。

「わたしも……おとうさまに……一度でいいから……だっこしてもらいたかった……」

「………」

「あなたを見ていると、すごく、……胸がむかむかする」

「すみません」

「あなたが子供たちをあんなふうに優しく抱きしめられるのは、あなたもきっと親から大事に抱きしめてもらったから。そうやって勝手にあなたの親のことまで想像して、あなたのことなんてなにも知らないのに、恵まれたあなたを想像して、八つ当たりして……馬鹿だわ……」

「あなたの目から見て、俺が子供たちに優しくできていたなら嬉しいです」

「……あの子たちが、うらやましい」

「………」

「おとうさまに、あいしてほしかった」

「父親からの愛というのは、そんなに欲しいものですか」

「当たり前でしょ!?」

「……すみません」

ディリヤには親の記憶がない。顔さえ知らない。

そのせいか、親からの愛が欲しい、という気持ちには疎い。

誰かに愛されたい、必要とされたい、自分が死んだ時に自分の墓に愛しい人からの愛の言葉を刻まれるほど愛されてみたい。そう思ったことはあるし、そうした愛を早いうちに諦めた経験はある。

でも、親からの愛を欲しいと思ったことは一度もなかった。

「俺は、……恥ずかしながら親の顔も知らず、記憶もないせいか、親からの愛を欲しがる心には疎いです。いまも、あなたの心にどれだけ踏み込んでいいのかも分からない武骨者です」

「なぜ、親の記憶もないの……」

「分かりません。物心ついた時にはそうでした」

「じゃあ、あなた……親に愛されてないのね」

「……はい」

「兄弟姉妹は？」

「いません」

「ふふっ、……あなたは私よりも可哀想な人なのね。私は四人の兄様たちに愛されたけど、あなたは誰にも愛されなかった……」

キリーシャはわざとディリヤを不快にさせる言葉を選ぶ。

親に愛されなくても自分の子供を愛せる生き物が目の前にいる。

親に愛されないことで臍を曲げている己の狭量さ。ディリヤがいるだけで、自分の欠点を眼前につきつけられて苛立つ。

それになにより、キリーシャはそんなふうに考える自分が許せなかった。

「コウラン先生にあなたを託されました。あなたがわざと俺に嫌われるようなことを言って俺を遠ざけようとも無駄です。俺は、責任をもってあなたを守ります」

ディリヤは自分にできるなりの表現を使った。

責任よりも愛が勝ることもあるが、愛よりも責任のほうが信頼できる場合もある。

ディリヤから、親愛ゆえに守ると言われるよりも、責任ゆえに守ると言われたほうがキリーシャには響く気がした。

「あなたは、いまも、これからも、生きていていいんです。あなたが父親のことで苦しむ必要はない。幸せになるべきだ。あなたがどれほど俺に対して当たり散らして攻撃しても、俺はあなたを見捨てない。あなたを嫌わない。俺はあなたの味方だ」

ディリヤの口をついて出たのは、ユドハがディリヤに言ってくれた言葉だ。

ディリヤがユドハからもらって嬉しかった言葉だ。

「あなたは生きていていい」

「何度も言わなくても……分かります……」

キリーシャは顔を上げ、涙をぐっと堪える。

生きていていいと誰かに肯定してもらえたことが嬉しくて、泣きそうなことを悟られたくなくて、ずっと握りしめたまま離さなかった扇子をきつく握り直し、立ち上がる。

「キリーシャさん？」

「外の空気を吸ってきます！」

キリーシャは語尾を強く己を奮い立たせ、扉を開け放したままの部屋を出る。

「……あの、姫様……」

「ついてこないで！」

追いかけてくるキラムに扇子を投げつける。

キラムのことも、キリーシャは腹が立つ。

どれだけぞんざいに扱っても、無視をしても、「お茶を用意させなさい」と命じても、キラムはいやな顔ひとつせず、顔を合わせれば「おはようございます」と挨拶し、「お加減は如何ですか」と体調を気遣い、「それはしちゃだめだと思います」と指摘してくれて、キリーシャが人としてしてはいけないことをしたら文句も言わずに護衛に立つ。

「なんで、みんな……やさしいの……」

狼なんか嫌いなのに……。

なぜ、知り合う狼はみんなこんなに優しいの。

故郷の人間だって、時にはキリーシャを傷つける。なのに、昨日今日出会ったばかりで、酷いことばかり言うキリーシャにディリヤと狼たちは親切にしてくれる。

優しくされたからって、泣きたくないのに……。

「……なきたく……ないのに……っ」

こんな敵だらけの場所で涙なんて流したくないのに……。

廊下の隅、飾り棚の陰に隠れて蹲り、膝頭に瞼を押し当て、肩を震わせる。

泣き声を噛み殺し、爪が真っ白になるほどドレスを握りしめた。

引き攣った泣き声なんて聞き苦しい。泣き顔なんて見苦しい。しくしく啜り泣くなんて弱者のすること。故郷を離れる時でさえ泣かなかったのに、優しくされたから泣くなんて許せない。

「……だいじょうぶ？」

キリーシャの頭上に、やわらかい声が降ってきた。

泣き声を聞きつけたアシュが部屋から顔を出し、廊下の隅で隠れて泣いているキリーシャを見つけて歩み寄ってきた。

「だいじょうぶ？」

その場に屈みこんでキリーシャより目線を下にして、もう一度声をかける。

「だいじょうぶじゃない！　あっちへ行って！」

「でも、泣いてるよ」

「うるさい！」

「……えっと、あのね……ごめんね？　アシュ、仲良くなりたくて、いっぱいお話ししちゃったけど、キリーシャちゃんはそういう気持ちじゃなかったのよね？　ごめんね？」

「高貴な者は簡単に頭を下げるべきじゃない」

深々と丸い頭のてっぺんを見せるアシュに、キリーシャは苦言を呈す。

「……？　ごめんね？」

「簡単に謝らない！」

「でもね、アシュがキリーシャちゃん泣かせちゃったら、ごめんなさい、って言わないと……」

「ちがうの？」

「いま、それで泣いてるんじゃない」

「ちがう」

「……あ！　わかったよ！　ここ、知らない人いっぱいだからびっくりしちゃった？　おおかみいっぱいでこわかった？　ユドハ、おっきいもんね。おしっこ、びゃっ！　ってなっちゃうね」

「わたしはもうおねしょしないわ」

「しないの!?　すごいね！　アシュも七歳だからね、もうしなくなったよ！　たぶんね！」

「あなたのことなんてどうでもいいわ」

「あなた、じゃないよ。アシュだよ」

「狼なんてみんな同じよ」

「おおかみ、覚えたらみんなちがうよ」

「もう……やめてよ……」

私、あなたのこと好きになりたくないの。

嫌いでいたいの。

「ごめんね」

「……っごめん……ね、……って言わないでよぉ……」

堪えていた涙が決壊する。

こんなに小さな子が、なにも悪くないのに謝ってくれている。

「うぇえっ、……ひっ、ぅ、……ぇえぇ～……」

キリーシャがぐずぐずと語尾を弱らせて声を震わせると、アシュが唐突にぼろぼろと泣き始めた。

「なんであなたが泣くのよぉ……」

「だってぇ～……」

アシュが情けない顔で口角と眉尻を下げて、顔を歪めた。

アシュから見たキリーシャの表情は、いつも悲しそうだった。

　アシュはいつもほっぺが持ち上がっていて、「あら、今日もにこにこ」「ごきげんさんですね」とイノリメとトマリメに頬ずりしてもらえるけれど、キリーシャのそんな顔は一度も見たことがなかった。

「きりっしゃ……ちゃ……っ、いつも、泣きそうな……お顔……でっ、あしゅ……かなしくっ、て……」

　ひっ、ひっ、としゃくりあげながら、アシュは涙をぽろぽろ流す。

「やめてよ……泣かないでよ……っ」

「ごめっ……ごめんね、……あしゅ、かなしいの、……きりーしゃ、ちゃ、の……かなしいの、よしよしできなくて、ごめんね……でもね、だいじょうぶ、だいじょうぶよ……あしゅ、いっしょにいるからね」

　泣きながらキリーシャを抱きしめる。

　小さな腕をめいっぱい広げて、ユドハやディリヤに抱きしめてもらうみたいに優しく包みこみ、大事に大事にして、そっと頬を寄せ、ぎゅっとしがみつく。

　アシュの言葉は、幼くて、拙い。

「きりーしゃちゃん、かわいいね、しあわせね、おいしいね、おはよう、おやすみ、あそぼ、にっこりね。だいじょうぶ、だいじょうぶよ」

　アシュが言われて嬉しい言葉を、自分がみんなから元気づけてもらった言葉を、たどたどしく伝える。

　キリーシャが元気になりそうな言葉を繰り返し繰り返し、涙と一緒にぽろぽろ零(こぼ)す。

「あなたは生きていていいんです」

　アシュのやわらかな言葉を聞いていると、ディリヤの声が蘇る。

　あなたは幸せになるべきだ。

　生きていい。

　そうして肯定してもらえた時の感情は何物にも代えがたい。自分が存在することを許された気がして、ずっとキリキリしていた気持ちが揺らいで、揺らいだところから堰(せ)き止めていた涙が溢れて……。

「っ、ぅ、あ………」

　キリーシャの薄い唇から、嗚咽(おえつ)が漏れる。

　家に帰りたい。でも殺されるのはこわい。おとうさまには死んでほしくない、でも、死なないと帰れない。父親に愛されたい。でも愛してもらえることはない。

　守ってほしい。抱きしめてほしい。愛してほしい。ただそれだけなのに……。

「コウラン……っ、さま……っ、しんじゃう……っ」

ウルカに来て右も左も分からないキリーシャに親切にしてくれて、助けてくれた人。まるで自分の祖父のようにキリーシャを慈しんでくれた人。

でも、人の命は儚い。コウランの具合が良くなっていると聞かされても、万が一がある。

もう、そうやって脅える日々を送りたくない。

「……お祝いもっ、お祭りも……、宴の準備もしたくない……っ、生きててほしい……本当は、死んでほしくないの……コウランさま、しんでほしくないの……いきてほしいの、もっと傍にいてお話ししたいの……」

死んでほしくない、優しい人。

でも、覚悟しなくてはならない。いつまでも守ってもらえるわけではない。コウランの言葉を信じて、狼を信じなくてはならない。

「……しんでほしくないだけなのに……っひ、ぅ……、っ……っひ、ぅ」

「きりっ……しゃ、ぢゃ……なぁないでぇ～」

アシュとキリーシャが廊下の隅に蹲って泣きじゃくる。

二人の泣き声につられて、子供部屋にいたララとジジが狼の遠吠えと勘違いして、元気に「おぉ～」「ぁあ～」と唱和する。

ディリヤは、キリーシャのあとを追いかけたものの声をかけるべきか判断にあぐね、二人を見守っていた。

いまは泣かせたほうがいい気がした。

もしかしたら、キリーシャは、ただ一緒に泣いてくれる人が欲しかっただけなのかもしれない。

心に寄り添ったり、歩み寄ったり、理解するより先に、不安や悲しみを分かち合い、共に涙する存在が欲しかっただけかもしれない。

アシュのほうがディリヤよりもよっぽど上手に相手に共感できる。

こうして一緒に泣くだけでいい時もあるのだ。

人生で泣いた経験なんて数えるほどもないディリヤには到達できなかった解決方法だった。

「アシュはすごいな……」

思わずそんな言葉を漏らしてしまう。

「アシュ様をそう育てたのはあなただ、……です、と思います」

「キラム……」

酸欠になりそうなほど泣く二人を心配して、ディリヤの後ろでキラムが尻尾をうろうろさせていた。

ディリヤはすこし驚いた顔をして、「ありがとう」とキラムの言葉を噛みしめた。

「いえ……」

「お前も災難だったな」

扇子を投げられた時にできたキラムの額の瘤(こぶ)を撫でて、笑いかける。

キラムが目を丸くするから、「すまん。アシュにするようにしてしまった」と詫び、続けて、「甘いお菓子と飲み物、あったかい手拭いと冷たい手拭い、二人分用意するから手伝え」とキラムを手招いた。

イノリメとトマリメが泣きじゃくる二人を宥(なだ)めていたが、ディリヤが菓子と温かいミルク、手拭いを差し出したら、それでまたキリーシャがびゃんびゃん泣いて、アシュもびゃんびゃん泣いて、泣きながら二人ともお菓子を食べて可愛いかった。

ユドハは側近に命じて護衛団を探らせた。

護衛団を泳がせてひとつでも多くの情報を得るため、大々的に捕り物を行わず、秘密裏に事を運んだ。

軍鳩の飼い主についても目星がついていたが、目立った動きはなく、監視を続けた。

それが功を奏して、最初の暗号文を手に入れて以降もいくつかの暗号文を入手できた。

その夜も、ディリヤとユドハは月明かりとランプの灯(あか)りで夜通し暗号解読を続けていた。

屋上の床一面に書いた文字や数式は人目につく前に消去している。いまは、絨毯(じゅうたん)敷きの床で膝を突き合わせ、黙々と作業中だ。

解読を急ぐあまり文字は乱れる。書き殴った墨が乾く間もなく次の解読を行い、手指は墨に汚れ、床についた膝も汚れるが、二人ともなにやら楽しい。

床に広げた大きな紙一枚の好きなところを使って解読を試み、時には向かい合い、時には背中合わせになり、気が付けば紙の端と端を使っていたり、夢中になるあまり額をぶつけたり、額をぶつけたのにすら気付かぬまま熱中し続ける時もあった。

だが、どちらかが顔を上げると、もう片方も顔を上げ、ふとした瞬間に目が合う。目が合ったら、なんとなしに、どちらからともなく唇を触れ合わせる。

これがなんとも言えず、適度な気分転換と緊張の緩和になった。

「こんなに楽しい暗号解読は初めてだ」

「俺も」

二人で朝まで乱れるのも、暗号の規則性を見出すのも、ディリヤとユドハにとっては、つがいが仲睦まじく楽しむ行為だ。

定婚亭に来てから、二人とも肌を重ねることは控えていた。

アシュがおとまりをした日だけは、なし崩しで艶っぽいことをしてしまったが、コウランの邸宅で事に及ぶのが失礼な気がしたし、ユドハはコウランのことが気がかりでそういう気分になれないようだったし、ディリヤもそれを察していたからだ。

「昼間、お前をほったらかしにしているだけでもすまないのに、夜も別になることが多い」

「交尾しなくても好きって伝える方法があるって教えてくれたのはアンタだろ」

ディリヤはユドハの尻尾を墨に汚れた手で撫でて、「ごめん、尻尾に墨が移った」と詫びる。

二人で肌を重ねなくても、二人で墨に汚れることができる。ディリヤはそれだけで幸せだ。

時には、どちらか片方だけが肌を重ねたくない気分の日だってある。

これは、どちらかだけが我慢することではない。

二人ですることは、二人で我慢すればいい。

禁欲的な日々も、それはそれで長く連れ合う人生の喜びだった。

「ディリヤ、……ちょ、っと……すまん」

ユドハがふと顔を上げた。

解読途中でこれは解読の法則に当て嵌まらないとディリヤが判断した下地に視線を注いでいる。

ディリヤと場所を取って代わり、ユドハがその下地を使って一気に解読を始めるから、ディリヤは黙ってユドハがすることを見守った。

「……これで、文章になったはずだ」

「…………うん、文章になってる」

ユドハが書き上げた端からディリヤが目を通し、辻褄が合う文章になっていることを確認する。

「ユドハ、すごい。解読成功だ」

「いや、待て、糠喜びになるかもしれん」

「そうだな。もう一回やっとこう」

二人は顔を見合わせ、ちゅ、と音を立てて唇を啄み、冷静になってから、二度、三度にわたり確認した。

　再三の検証の末、二人は力強く頷き、がっつり抱きしめ合い、服や顔が墨に汚れるのも構わず紙の上を転がり、けものがじゃれあうように喜んだ。

　窓の外はランプの灯りが不要なほどすっかり明るくなっている。

　だが、喜びも束の間、暗号文の内容は眉を顰めるものだった。

　暗号文はリルニツクの地方言語で書かれていた。入手順に読み解いていくと、古いものは定例報告や、ユドハたちの来訪とその対応についての指示などだ。

　最新のものは、要約すると、『リルニツク宰相の死期近し。迅速かつ秘密裏にキリーシャをリルニツクへ戻せ』と指示があった。加えて、『リルニツクに到着後は所定の場所へ運べ。以降、指示あるまで生かしておけ』と結ばれていた。

「指示があるまで生かしておけ……ということは、いずれ殺される可能性があるということか？」

　ディリヤとユドハは顔を見合わせる。

「いま、キリーシャ姫は？」

「いつもなら、もうそろそろ起きる時刻だ。部屋の前にはキラムが護衛に……」

「確認しておこう」

　言うなり、二人は墨に汚れた手や尻尾もそのままキリーシャの部屋へ急いだ。

「キリーシャさん、いらっしゃいますか。朝早くにすみません、ディリヤです」

　立哨(りっしょう)しているはずのキラムがおらず、キリーシャからの返事もない。

　無礼を承知で、断りを入れてからディリヤが踏み入ると、室内にキリーシャの姿はなかった。

　一階へ下りて使用人に尋ねると、「姫様でしたら、コウラン様とご一緒に庭へ散歩へ出ると仰って……、心配だからってキラムもついていきましたよ」と明確な回答を得られた。

　だが、庭にキリーシャとキラムの姿はなく、コウランもまた見つけられなかった。

　ユドハが即座に近衛兵を召集し、定婚亭内外の捜索命令を出した。

　キリーシャの護衛団も状況を把握できていないらしく、ウルカの近衛兵が彼らの宿舎を捜索し、武器や移動手段を取り上げる間も神妙な態度だった。

「キリーシャさんがリルニックへ戻るとして……手段は陸路と航路がある」

「足がつきにくいのは陸路だが、航路の何倍もの時間が必要だ。リルニック宰相の死期が近いなら航路を選ぶだろう。定婚亭から西へ向かえばリルニックに最短距離で行ける港がある」

ユドハは部下に命じて陸路の追尾を命じ、己とその精鋭は航路を追跡するための準備を始めた。

「ディリヤ、お前は……」

「ついてくるなとか言うなよ」

「…………これの乗れる馬を一頭」

ユドハは苦笑し、側近に命じてディリヤのための馬を仕立てさせる。

「ディリヤ！」

両脇にララとジジを抱えたアシュが、慌ただしい庭先に姿を見せた。

子供たちの傍にはイノリメとトマリメ、ライコウとフーハクが付き添っている。

アシュは両脇に抱えたララとジジの尻尾を引きずって歩き、ユドハとディリヤの前に立った。

「アシュ……」

「お仕事？」

アシュはディリヤを見上げ、「アシュ、なんでもお見通しよ！」と胸を張る。

アシュは湖水地方の村でディリヤと二人で暮らしていた時から、毎朝、仕事に出かけるディリヤを見送ってきた。ディリヤの顔で、今日はお仕事なのか、お休みなのか分かる。

「はい、今日はお仕事です。……お仕事なのですが、……やっぱり、やめます」

「どうして？」

「アシュたちの傍にいるほうが大切だからです」

離れずに傍にいることを優先すべきだ。

その考えが瞬時に脳裏をよぎり、ディリヤは子供たちの傍にいることを選んだ。

「いらない！」

アシュは満面の笑みでディリヤの在宅を断った。

「……どっ、どうしてですか……」

「だって、お仕事してるディリヤかっこいいから！」

「…………」

「今日までいっぱいおうちにいてくれたから、お仕事してきていいよ！　はい、ららちゃん、じじちゃん、ディリヤとユドハにいってらっしゃいしましょうね」

よぉいしょ、とララとジジを自分の顔の高さに持ち上げて、三人むぎゅっと頬を寄せる。

ララとジジはきょとんとした顔で「おにいちゃんのほっぺ、ふにふにね～」「ね～」と、ふにふにのやわらかいほっぺをとろけさせ、喉をうるうる鳴らし、アシュの頬を齧る。

「本当にディリヤが仕事へ行っていいんですか？」

「いいよ！　アシュ、お留守番できるからね！　お留守番かっこいいし！」

アシュはディリヤの瞳をまっすぐ見て力強く頷き、ディリヤもまたその瞳に勇気を得る。

「では、お言葉に甘えて、ディリヤはこれからちょっと仕事をしてこようと思います」

「はい！」

「今回の仕事は留守が長くなるかもしれませんし、あっという間に帰ってくるかもしれません」

「だいじょうぶ！　おとまりのお仕事ね！　アシュ、昔はニーラちゃんのおうちにおとまりして帰ってくるの待ってたもんね！」

「はい、そうです。それです」

「イノリちゃんとトマリちゃんがご飯くれるし、ライちゃんとフーちゃんと一緒にお風呂に入るし、ララちゃんとジジちゃんはアシュが守るからだいじょうぶよ！」

「頼もしいです」

「ふふ！」

「ディリヤはアシュがだいすきです」

「アシュもディリヤだいすき！　いってらっしゃい！」

「いってきます」

ディリヤは地面に膝をつき、三人の子供をまとめて抱きしめた。

「ユドハもいってらっしゃい！」

「あぁ、いってきます」

ユドハはその逞しい両腕でディリヤごと子供たちを一度に全員抱きしめた。

⸻✦⸻

ディリヤとユドハはキリーシャを追った。

戦狼隊の精鋭がディリヤとユドハに追随し、一本道に残る馬蹄の後を追い、鬱蒼とした木立へ入った。

それから間もなくして、山賊の風体をした男たちがディリヤ一行を奇襲した。

ならず者の集団で、人間は一人もおらず、狼だけで徒党を組んでいた。足止めのために待ち伏せていたことは明白だった。

「殿下、先をお急ぎください！」

戦狼隊がユドハとディリヤのために道を拓いた。

ユドハの側近とともにディリヤたちは敵の中央を突破し、港へ馬を走らせた。

「ディリヤ、港だ」

木立を抜けて、港町を迂回し、埠頭に出る。

「……っ！　ユドハ、後ろ！」

ディリヤが背後に視線を促す。

一行の背後から騎馬した狼が迫りつつあった。数は少ないが、こちらの兵を振り切って追ってきたらしい。

「リルニツク風の人間が乗った船は⁉」

波止場には、無数の船が停泊している。

ユドハが馬上から検疫所の役人に問い質した。

「でしたら、あちらで……」

ユドハの身なりと風情から自分より上の立場だと判じた役人は、一隻の商船を指し示す。

キリーシャを乗せたであろう船は既に錨を上げ、港を離れつつあった。

係留用のもやい綱が船体を滑るように巻き上げられ、船内に引き上げられている。

あの船に乗りこむには……。

ユドハとディリヤの考えることは合致していた。二人は防波堤の先へ馬首を巡らせ、ゆっくりと進む船と並走する。

「ディリヤ！」

「……っ！」

背後の敵が単独で抜きん出て、ディリヤに弓を射かける。

回避不可と判断したユドハが飛来する弓矢の導線上に入り、ディリヤを守って肩に矢傷を受ける。

「ユドハ！」

ディリヤはユドハの肩越しに短刀を投擲し、一撃で敵を仕留める。

「大事ない！」

ユドハは矢柄を中程でへし折り、「お前のオス狼は強いぞ、多少の矢傷はこの毛皮の下の筋肉で弾く」と笑い飛ばす。

　間もなく、側近が残る敵を排除し、ディリヤとユドハに追いつく。

「殿下、これ以上は危険です！」

「お引きください！」

　船の真横を走ってこそいるが、防波堤の先端が見えていた。

　そのまま走れば先は海だ。

「……ユドハ、そっちに乗り移るから前を走ってくれ」

「ディリヤ？」

「愛してる」

　ディリヤはギリギリまで馬を寄せ、ユドハの尻尾の先に唇を落とすと、ユドハの斜め後ろまで馬を下げた。

　ユドハに前を走らせ、ディリヤは自分の馬の手綱を手に鞍の上に立ち、飛び跳ねた。

　跳ねた勢いでユドハの背に着地して、その広い背中を踏み台にして助走をつけ、船腹に飛び移り、二、三歩ばかり船の腹を駆けて、引き上げ中のもやい綱を摑み、大砲用の四角い穴から船内への侵入を果たす。

　瞬く間の出来事に呆気にとられたのも束の間、ユドハはディリヤが無事に船内に入ったことに胸を撫で下ろすと同時に、歯噛みした。

　あの侵入口はユドハの図体では難しい。

　この状況をディリヤに任せることにはなんの不安もなかったが、一人危険に身を晒させることには悔しさがあった。

　だが、それと同時に、あの身の軽さ、思い切りの良さ、背中を踏んだ時の力強さ、人前では尻尾にしかくちづけしない奥ゆかしさ、尻尾に唇を落とした時にユドハを見つめた眼差し、すべてが美しく、愛しかった。


　だが、ユドハの側近たちが思うことはすこし違った。

「殿下の嫁やべぇ、国王代理を足蹴にした……」

「おい、声に出てるぞ……あ、でも、……すげぇ、殿下の背中にくっきり足跡ついてる……」

「なんの断りもなく完全に思いっきり踏み台にしたよな……？」

「お前たち、我が嫁を見たか？　うちのつがいは元気でなによりだ！　そう思わんか？」

　ユドハは尻尾をぱたぱたさせて肩を揺らして笑う。

　つがいのお転婆を鷹揚に許すユドハに、「殿下も殿

下で豪放磊落(らいらく)というか……」「……いまの許すんだ?」と、国王代理殿下の愛してやまないつがいへの愛に感服した。

木立で待ち伏せていた山賊まがいの狼どもは、まったく事情を知らされていない金で雇われただけのならず者だった。

キリーシャの護衛団もウルカ軍の尋問に丁寧に受け答えし、自分たちは本国からの命令通りに動いただけだという主張を貫いた。

両者は現在ウルカ軍の監視下に置いているが、目立った動きはない。

ただ、護衛団に所属する一名だけ所在確認が取れなかった。

その人物は軍鳩の扱いなど微塵も知らぬ一介の兵士のフリをしていたが、茶会あたりからディリヤが目を付けており、ユドハの指示でウルカの兵に見張らせていた。

その伝令係は、キリーシャが行方不明になる直前まで姿を確認できていたが、定婚亭の混乱に乗じて逃走したようだ。

ウルカ国内の捜索で発見に至らなかったことから、あの船に乗ったのだろうと見当をつけた。

キリーシャを攫(さら)ったのは、その伝令係を中心とした数名の人間だ。

木立には、わずかに人間が滞在した形跡があった。その痕跡は消されていたが、通常なら、狼の鼻と探索能力は誤魔化せない。近衛兵団による連日の周辺警備で事前の発見に至らなかったのは、キリーシャを拉致する前夜に定婚亭へ接近したからだと推測された。

護衛団、山賊、伝令係、拉致実行犯。情報を秘匿、分断するために完全分業制にしていることから、敵はなかなかの手練(てだ)れだと判断された。

だが、港から出た船がリルニツク船籍であることをユドハは既に摑んでいた。間もなく、船主も特定できる目途が立っている。

並行して、ユドハはリルニツク行きの船の出港準備をしていた。国王代理御用達(ごようたし)の船だ。通常ならば十五日から十八日程度を要する行程だが、十日ほどでリルニツクに到着できる。

暗号文にはリルニックの宰相の死期が近いとあったが、ウルカにはそういった報せも訃報も届いていない。真偽は調査中だが、未だ存命である説が濃厚だった。

よって、ユドハの訪問は、表向き、リルニックの宰相の見舞いと称したものとなった。

「リルニックとの貿易通商協定を含め、同国との折衝は姉上が行っています。この場合、姉上が赴くのが筋ですが……」

「そもそもわたくしが彼(か)の国を訪問できるほどの関係まで進展させたのは、ユドハ、あなたの功績です。わたくしが政治から遠ざかっていた期間の話ですもの。ですから、わたくしより身分が上のあなたが宰相閣下を見舞うなら、それは失礼に当たらないでしょう。むしろ、国王代理が見舞うことであちらは箔(はく)が付くと喜ぶわ」

エドナのその言葉で、ユドハがリルニックを訪問する大義名分とした。

「また留守を任せてしまいます」

「任せてちょうだい。……先方は受け入れを快諾したのでしょう？」

「はい」

「あの国、不祝儀事と祝儀事を続けて行う風習があったわよね？　一応、両方の礼服を持っておいきなさいね。……ということは、贈り物も、冠婚用と葬祭用の両方が必要になるのかしら。総務と外交儀礼に明るい部署に調べてもらって用意しておくわ」

「助かります」

「ディリヤの分も必要ね」

エドナが気を回して雑事を一手に引き受ける。

現在、エドナは定婚亭に滞在するユドハのもとを訪問していた。

互いの情報を共有し、ウルカ政府中央部とユドハとエドナで足並みを乱さぬよう入念な打ち合わせを行うためだ。

優秀な姉は、弟がつがいと離ればなれになったことを可哀想に思い、ひとつでも憂いを取り除こうと気を揉んでくれていた。

「姉上、そう心配していただかずとも大丈夫です」

「あなたの心配はすこしよ。いま目の前にいるんだもの。それよりディリヤよ。早くディリヤのもとへ行ってあげなさい。わたくしは、そのために煩雑な手配を買って出ているの」

「なるほど……。かわいいディリヤのためですか」

「えぇ、そうよ。かわいいディリヤがあなたと再会できたら、あなたもしあわせ。あなたがしあわせなら、わたくしもしあわせ。……あらあら、なぁに、尻尾をぱたぱたさせて」

「姉上の優しさにはいつも助けられています」

「ふふっ、わたくしに感謝する暇があるならディリヤのことを考えなさいな。心配でしょう？」

「ディリヤは必ず己のなすべきことをまっとうします。ゴーネの件で、私はそれを知った。ディリヤのその強さを信じています。……ですが」

「ですが？」

「ディリヤの弱さ、さみしがりなところ、頑張りすぎるところも知っているので、一刻も早く迎えに行って抱きしめないと……とも思う次第です」

「あら、ご馳走様。……なら、よりいっそう頑張らなくちゃね。……あぁ、そうそう、子供たちは置いていくのでしょう？」

「はい、そのつもりです」

「では、そちらも責任をもってわたくしが預かりましょう」


「お願いします」

エドナとユドハは隣室の子供たちに目をやる。

アシュは部屋の隅に巣穴を作り、ララとジジと一緒につめつめになって丸まっていた。

もちろん、巣穴にはディリヤの服がたくさん敷かれている。

ララとジジのお尻を隠している布はディリヤの上着で、三人兄弟がその鼻もとで可愛い前脚をそろえて、ぎゅっと握っているのもディリヤの普段着だ。

「ディリヤはおしごとですからね。いい子いい子で待ってましょうね。……分かる？　おしごとだよ？」

三人仲良く団子のようにまとまって、アシュが双子に説明している。

双子は、「おぃおお！」「おぉお～」と分かっているのか分かっていないのか、ふんふん、と頷き、アシュにじゃれついて、鬣や耳にしゃぶりついていた。

「いまでこそああして楽しそうに笑っているけれど、夜泣きはしてない？」

エドナは三人に微笑みかけ、ユドハに尋ねる。

「それが……していないのです」

「まぁ、お利口！　でも、何日もつかしら……」

「ララとジジはいずれ泣くでしょうが、アシュは、親の自分が驚くほどに強くなって……。アシュに、さみしいだろう？　と問うたのですが……」

ユドハの問いかけに、アシュは「さみしいよ。でも、ディリヤお仕事だもん。お仕事行ったら、いつもちゃんと帰ってくるもん」と笑った。

かつて、ゴーネとのいざこざでディリヤと離ればなれになった時とは異なり、今回、ディリヤとアシュは「お仕事にいってきます」「いってらっしゃい」と目を見て言葉で伝え、抱きしめあい、心が通じたうえで離れることができた。

それに、アシュは、過去の経験から「ディリヤだいすき！」と言えば自分は強い子になれると知ったからか、泣きはしない。

それどころか、「アシュは強くてかっこよくて、立派なもふもふのおおかみになるの！　ララちゃんとジジちゃんは、まだ弱くてちっちゃいから、ディリヤがいなくてしくしくしちゃうけど、おにいちゃんのアシュがまもってあげるの！」と胸を張った。

「泣くのを我慢しているのかしら？」

「さみしいのは確実に我慢しています。ですが、成長とともに、心に限界がきて泣くまでの期間が長くなったようです」

「まぁ、……もしかしたら、ほかのことを考えているからかもしれないけれど……」

エドナが視線だけで子供たちのほうを見ろと合図する。

「……？」

すると、ほんの一瞬ユドハが目を逸らしただけで、先ほどまで巣穴にいたはずの三匹が失踪していた。

ユドハが慌てて隣室へ向かい、エドナも続く。

イノリメとトマリメ、ライコウとフーハクの四人が、静かに隣室を指し示す。どうやら、アシュに口止めされていて喋れないから、手振りでユドハに伝えているらしい。

「にもつ、ぎゅっぎゅ」

足音を殺し、ユドハとエドナがそっと隣室を覗くと、アシュが荷造りをしていた。

着替えや勉強道具、玩具を手当たり次第、鞄(かばん)に詰め込んでいる。

「ららちゃん、じじちゃん、おてつだいしてください」

「おぁーぅ」

「ぁあーぅ」

「しー、ってしてください。遠吠えはだめよ。静かにしないと、ユドハとエドナちゃんに気付かれちゃう」

せっせせっせと双子のおむつや哺乳瓶をもうひとつの鞄に詰めていく。

「……アシュ」

「……は！　ユドハ！」

アシュは、ささっ……と立ち上がり、鞄の前に立って荷物を隠す。

「残念だが、お前たちは連れていかないぞ」

「連れていくよ」

「いかない。お前たちは留守番だ」

「でも、アシュ、ディリヤのおむかえに行かないとだし、おじいちゃんせんせぇともっとお話ししたいし、キリーシャちゃんともっと仲良しになりにいくの」

尻尾と耳を立てて腕を組み、えへんと鼻先を持ち上げ、すっかり自分もリルニツクに行く気満々だ。

「連れていかないぞ」

「いくの！」

「いかない」

「いーくーの！」

「連れていきません」

「連れていくます」

「いくます、ではない、いきます、だ」

「連れていくのね！　やったぁ！」

ぴょん！　アシュが跳ねて喜ぶ。

「ちがう、いまのは言い間違いだ……、アシュの言い間違いを正したんだ。連れていかないぞ」

「……ユドハ、ひとまずここは引き下がって……」

エドナが笑いを堪えながら、お父さんをしている弟の愛らしい姿に肩を震わせる。

この弟はいつも完璧で、血の通った生き物としての側面を見せないように振る舞い、人前で滅多に自分を出さない子だったから、ユドハの温かな一面を見て、エドナはなんだか嬉しかった。


結局、その後、ユドハが何度荷物を片付けてもアシュはめげずに何度も荷造りをした。

ララとジジは、ユドハがリルニツクへ持っていく服や荷物が入っている行李（こうり）に自ら潜り込んで運ばれようとするし、ユドハが何度出しても何度でも入って、暴れて泣いてユドハを噛んで涎まみれにして、「……我が強い……」とユドハをへとへとにさせた。

あまつさえ、隙あらば定婚亭を脱走して、三匹で勝手に港へ行こうとして、大人たちをおおいに慌てさせた。

「もういっそのこと連れていきなさい。状況が落ち着いてから別の船で行かせたとしても難破した時のことを考えたら恐ろしいいし、あなたの船が一番丈夫。城から脱走しようとして怪我をしたり、脱走を防ぐために城で軟禁するより、あなたと一緒にいたほうがこの子たちの心が健康だわ」

最終的に、エドナにそう諭された。

根負けしたユドハは連日の荷物の出し入れの攻防戦で若干げっそりしながら、満面の笑みの子供三人を腕に抱いて、リルニツクへと旅立った。

第三章

　ディリヤの乗り込んだ船は、外観こそ商船風だったが、内部を探索すれば一見して貴族の持ち物であることが分かる豪奢(ごうしゃ)な内装だった。

　船内はいくつかの階層に分かれていて、上層階と下層階で明確な貧富の差があり、下層階では船を動かす奴隷を多く見かけた。

　リルニツクでは国民より奴隷のほうが数が多く、船を動かすのに奴隷を使役するのは一般的だ。

　金狼族は一人もおらず、人間しかいない。乗客の姿もなく、この船がキリーシャを移送するためだけに用意された船であることは明白だった。

　リルニツクまでの旅は長い。船倉に隠れつつ、ディリヤはキリーシャたちを捜した。

「船がリルニツクに到着する前に船乗りは全員殺して口を封じろ。海流に流せ」

　キリーシャたちを捜していると、リルニツク人風の男が部下に命じていた。

　船乗りというのは、奴隷のことだ。

　この船には、リルニツク軍から派遣された船員は乗船しておらず、船長や航海士などの要職を除いて、船を動かす作業はすべて奴隷によって賄われていた。

　リルニツク近海は海流が複雑で波も荒く、死体を投げ込めば水底に沈んで浮いてこない。

　奴隷の口を封じることによって、この船を動かした事実そのものを闇に葬り去るつもりなのだろう。それは、この船旅が何者かの密命によって実行されていることの証左だった。

「…………」

　ディリヤは口もとに手を当て、浅く息を吸い、細く吐いた。

　時間は夜だが、海は休みなく荒れ狂い、横殴りの風は恐ろしい音を立てて吹きつけ、波は大きな壁のように逆立ち、大海原に浮かぶちっぽけな船を乱高下させ、耳や目がおかしくなるほど揺さぶり続ける。

　まだ船に乗って丸一日程度だ。

　なのにもう船から降りたくて仕方なかった。

　勘弁してくれ……。

　人生で初めて、「逃げたい。もういやだ。死ぬ」と思った。

生まれて初めての船酔いだった。

これまでも船に乗ったことはあったが、こんなに荒れる航海は初めてだ。

ずっと胃の腑がひっくり返ったままで、食べてもいないのに吐くし、口の中にはいつも酸っぱいものが溢れていて、唾液が出てもその唾液でまた吐き気をもよおす。

蒸し暑い船内では磯臭さと潮風の匂い、奴隷たちの不衛生な臭気が充満し、これがあと十日以上続くのかと思うと、「俺は大抵のことでは死なないけど、船酔いでは死ぬかもしれない」と死を覚悟した。

本当に死なないと分かっているのだが、それくらい苦しかった。

悪阻（つわり）とどちらがつらいかと問われたら、どちらも比較にならないほどつらいと答える。

悪阻なら傍にユドハがいて介抱してくれたし、清潔かつ快適な生活環境を保ってくれていた。

いまディリヤが潜伏している船倉は劣悪な環境で、換気もできず、ずっと湿気ていて黴（かび）臭く、淀んだ空気が滞留している。

ディリヤは「とにかく、吐きそうなことを考えるな。気持ち悪いことから目を逸らせ。アシュの頭のてっぺんのふかふかの匂いや、ララとジジの口周りの乳臭くて甘い匂い、ユドハの胸の匂いを思い出して働け」と自分に言い聞かせて動いた。

「どうやってここに……」

「説明はあとだ」

ディリヤは自分の唇に人差し指を押し当て、大きく目を見開くキラムに「静かに」と指示する。

キリーシャとキラム、コウランの三名が一等客室にいることを突き止めたのは今日の夕方だ。

日中は見張りの目が厳しく、夜を待って三人と接触した。

「まずは、ご無事でなによりです」

見たところ、三人が手荒に扱われている様子はなかった。

客室内部は広くゆったりとした空間で、リルニツク宰相家の姫君に相応（ふさわ）しい調度品が設えてあった。

ディリヤは自分がここに至った経緯を説明し、キリーシャたちにも状況の説明を求めた。

「自分が説明します」

キラムが申し出た。

あの日の朝、キリーシャはコウランを誘ってキラムとともに庭へ出た。

そこへ、リルニツクからの急報を携えた男が現れ、急ぎ故国へ戻るようキリーシャに耳打ちした。

「リルニツク宰相の死期が近付いております。ですが、これはお国の大事。定婚亭に滞在中の金狼族に伝えることはできません。それは国家間で定められた条約に基づいて行うべき伝達事項です。どうか内密にと兄上様からのご命令もあります」

兄に絶対の信頼を置くキリーシャは一度はそれで納得した。

「ですが、せめてお世話になった方へはご挨拶を。私が国元へ戻るそれらしい理由を用意すればよろしいでしょう？」

思い直したキリーシャはそう提案した。

だが、剣で脅され、コウランを人質にとられ、訳も分からず荷物のように担がれて定婚亭の外へ連れ出され、船に乗せられた。

拉致犯は伝令係の手引きで定婚亭へ侵入したが、狼嫌いのはずのキリーシャの傍にキラムがいたこと、生かしても殺しても騒ぎになるコウランがいたことなどから、キリーシャを言い包(くる)めて連れ出すのは不可能と判じ、三人まとめて拉致するという強硬手段に出た。

「姫様たちを港まで運んだ馬は木立に隠してありました。自分は、姫様をお守りすることも叶わず……」

「私が戦うなと命じました。コウラン様のお命に万が一があってはなりませんから」

キリーシャは、船窓の傍に置かれた寝椅子に横たわるコウランを見やる。

急激な環境の変化と荒れ狂う海は、コウランには少々酷だ。土気色をした顔は眉間に深く皺が寄り、呼吸も浅く、喘鳴(ぜんめい)が聞こえた。

「キラム、キリーシャさんを拉致した奴らについて覚えてることは？」

「合計四名で、一名は護衛団にいた男です。あの茶会の時の男で、乗船時に鳩を入れた鳥籠を持っていて、伝令の役割を担っている模様です。ほかの三名のうち一人が命令系統を握っていて、伝令係も彼の指揮下に入っています」

「部屋の前にも、どこにも見張りがいないのは船内で逃げ場がないからだとして、……そいつらは定期的に様子を見に来るか？」

「はい。ですが、姫様への物腰は丁寧です。剣を向けて乱暴に攫ったことも詫びました。船長たちも姫様の前ではとても礼儀正しく、敬意を払っています。でも……姫様の目がなくなると、まるで海賊です」

「まぁ、礼儀正しかろうが海賊だろうが全員グルだな。キリーシャさんだけは丁寧に扱うよう命じられてるみたいだが……」

「あの、リルニツクの宰相閣下が……姫様のお父上が亡くなったというのは本当なんですか？　それとも嘘なんですか？　……もし、その、嘘なら、姫様がいまリルニツクへ戻ったら……」

「ひとまず船上でキリーシャさんが殺される心配はない。リルニツク到着後は、その危険がある。用心すべきはリルニツクに入ってからだ」

「一体誰がこんな大それたことを……、まさか、お父様……？」

「宰相殿かもしれませんし、それ以外かもしれません」

「……それ以外？」

「たとえば、この規模の船を動かせるほどの権力者、リルニツクの大臣や、キリーシャさんの三人の兄」

「兄たちはそんなことしません」

「それは黒幕を暴けば分かることです。それまでキリーシャさんは身辺に気を配り、何事も慎重にお願いします。もちろん、俺のことも黙っていてください。下船後は、俺と逃げてもらいます。幸いにも見張りが少ないのでなんとかします」

「逃げてどうするのです」

「黒幕が判明するまでは、ご実家にも戻らず、どこかに潜伏していただきます」

「……そんな、兄のもとにも戻れぬのですか……」

「はい。誰も信じないでください。全員を疑うべきだ」

「…………なんてこと……ひどい……」

キリーシャは己の状況を理解した途端、顔色を失くし、瞳に混乱を浮かべた。

キリーシャは三人の兄に絶対の信頼を置いている。兄を信じたい気持ちは大きいが、兄のことすら疑えというディリヤの言葉も疑いづらい。

定婚亭でキリーシャがどんな癇癪を起こした時も、不安に苛まれた時も、ディリヤは見捨てなかったし、支えてくれた。

その人の言う言葉を信じたい。

「私、……兄のことも、あなたのことも信じてはいけないの……？　一人でみんなのことを疑わなくてはいけないの……？」

「落ち着いてください。大丈夫です。俺は定婚亭にいた時と変わらず、常にあなたの味方です」

ディリヤは努めて優しく話しかけ、キリーシャの不安を取り除く。

アシュのように一緒に泣くことはできないが、「あなたが泣かないで済むように必ずお守りいたします」と誠心誠意、向き合う。

すると、キリーシャがいまにも泣きそうな顔で微笑んだ。

「あなた、いつも他人の心配ね」

「……？」

「私だけでなく、コウラン様や、キラムのこともいつも気にかけている。他人の心ばっかり救って……自分のことは後回し。かわいそう。自分を一番にできないのね」

「キリーシャさん……」

その言葉が、キリーシャなりのディリヤへの心配りであり、こんなことに巻き込んで申し訳ないという詫びの気持ちからくるものだということは、その声音からも伝わってきた。

「ディリヤ、あなたは、自分で自分のことを一番に考える時も必要だと思います。……まぁ、いつも自分が一番の私には言われたくないでしょうけど」

「俺のことはユドハが一番に考えてくれてますから。……でも、俺のことを気遣ってくれてありがとうございます」

ディリヤは平然と惚気て、キリーシャに礼を述べる。

「あなたは私のためにここまで来てくれました。その優しさや強い心に感謝を申し上げます。そして、これまでの謝罪を……」

キリーシャはディリヤが苦手だった。

冷たい態度や人間らしさに欠けた表情、キリーシャの心の機微なんてちっとも意に介さない強い性格。

ディリヤという生き物はきっと不安を感じないのだと思い、それが恐ろしくて当たり散らした。

「その感謝と謝罪、お受けします」

ディリヤが謝罪を受け入れたことで、キリーシャはようやく強張っていた頬をゆるめた。

「謝罪と感謝を受け入れてくださったついでに、私の狼嫌いについて聞いてください。私はあなた方にとって納得のいかぬ言動ばかりしましたから……」

キリーシャはおもむろに口を開く。

八年前の戦争末期、金狼族がリルニックの領地に侵攻した。

その時、キリーシャは二番目の兄とともに金狼族の兵に追い詰められ、剣を向けられ、命を奪われかけた。二番目の兄がキリーシャを守ってくれたが、代わりに大好きな兄が目の前で殺された。

それ以来、キリーシャは狼がこわい。

大好きな兄を殺した狼が憎くて、大嫌いになった。

「だから余計にあなたが分かりませんでした。……それに、恐ろしかったのです。狼とつがいになる人間、という存在が理解できませんでした」

「あなたの過去は想像すらつきませんが、狼を恐ろしく思っても当然の出来事だと思います」

「兄の首を食いちぎったあの獰猛な牙、真っ赤に染まった金色の体、肉を裂いた鋭い爪、低い唸り声、雄叫び、……私は恐ろしい。ディリヤ、あなたは恐ろしくないの？」

「俺はそれらに対処する戦い方を知っているので恐ろしくありません。……いや、すみません、正確にはこわいし、戦争中に狼と鉢合わせたら、うわ、勘弁してくれ……って思いました。狼は恐怖の対象でした。どうやって排除するかしか考えてなかった。殺されそうになったことも何度もある」

「じゃあこわいのね？」

「でも、それは向こうも同じです。狼も俺を見て敵だと思っただろうし、俺は狼狩りという部隊にいて、赤毛で目立っていたので……。そのせいか、いまも狼からは印象が悪いです」

キラムを視界の端で見やり、苦笑する。

できるだけ誠実に、尋ねられたことには嘘偽りなく、自分を大きく見せずに、キリーシャにも、キラムにも、自分がどういう想いで狼の傍にいることを選んだのか伝える。

「……ただ、ユドハだけは別だったんです」

「別……」

「かわいいんですよ、ユドハ」

ぜんぶ、ぜんぶ、かわいい。

出会った瞬間からディリヤに愛を教えてくれるよう

な懐の大きなオス狼。

　知れば知るほど恋の深みに嵌まっていく素敵な狼。

　ディリヤにとって、ユドハだけが特別。

「俺も、狼と……ユドハと仲良くなるまでは狼の可愛いところに気付けませんでした」

「あなたのつがいの狼が一番大きくて、私は、とてもこわいと思ったわ。あんな大きな狼が傍にいたら、背の高いあなたでも陰に隠れてしまうし、あの大きな口でがぶりとされたらと思うと……」

「じゃれて甘噛みしてくるのかな？　って可愛いです」

「…………」

「惚れた弱みだというのは重々承知しています。あなたが狼を可愛いと思えなくても当然です。俺の意見はきっと参考にならない。でも、確かに、たくさんの狼と生活をともにしているなかで不安になることもあるし、思わず身構える時もあります」

「身構えるの……？」

「身についた習性なのか、俺に敵対心を抱いていて、俺を一撃で殺せるような狼に近寄られると、ちょっと息がしにくいです。いつも恐怖心を悟られないようにするのが精一杯です」

「あなたが常に泰然自若としているのは、自分を律しているからなのね」

「弱いところを見せるのが嫌いなんです。コウラン先生にも、もうすこし自分の感情に素直に生きるといいと言われたばかりです」

「あなたは強いから……」

「俺は家族を得て強くもなりましたが、弱点も増えました。守りたいものをぜんぶ隠しておきたい性分だから、余計に口を噤んでしまう。……それでも、昔の自分より、いまの自分のほうが好きです」

　自分を好きだと言えるのは、ユドハの愛がディリヤを変えてくれたから。

　これからも変わっていけるなら、こわいことも、苦手なことも、ちょっとずつ頑張って克服していきたい。

　もちろん、現状維持でいいと思うところもあるし、どうしても変えられない根っこの部分もある。

　それでも、いま目の前で困っている人や危険があるかもしれない人を見捨てるような、そんな男にはなりたくない。

　ユドハに相応しい男でありたい。

　そうなれるように成長したい。

きっと、どう変化してもユドハはディリヤを愛してくれる。

ずっと一緒に成長してくれる。

「好きな人のために頑張れるのは幸せです」

「あなたみたいに頑張れば……私も狼がこわくなくなるかしら……」

「さぁ、どうでしょう」

「あなたって、本当に誠実ね。そこは嘘でも、きっとこわくなくなりますよ、と言うところなのに……、そう言わないのがあなたらしさね」

「あなたの心はあなたのものです。……でも、狼とお近づきになりたい時は声をかけてください。幸いにも、うちには、まだ牙も生えそろっていない乳児と、毛皮がやわらかくて人懐っこい幼児がいますから」

「……ディリヤ、あなたの子供を叩いてごめんなさい」

「本人に言ってください。それと、俺の長男の名前はアシュです」

「アシュ……」

「名前を呼んで、こんにちはと挨拶をして、抱きしめて、頬ずりをすると喜ぶので、今度会ったら、……もし、その時、あなたがアシュのことがこわくなかったら、その時は、いま言ったどれかひとつでもしてあげてください」

「……うん」

キリーシャは子供のように小さく頷く。

アシュと大泣きしてから、キリーシャは警戒心が薄れたように見受けられた。ディリヤの言葉にも素直に耳を傾けてくれるし、いまの状況も受け入れているし、キラムと同じ部屋にいても過剰な防衛本能を働かせていない。

それはきっとアシュのおかげだ。

あの小さな狼の、人の心を揺り動かす力は本当に大きい。

「俺はこれから船内を探索して、今後の段取りをつけます。不定期的に様子を見に来ますが、俺は船倉にいますから、火急の際はキラムに申し付けてください」

見張りもなく、キリーシャを落ち着かせるためとはいえ、長居が過ぎた。

「では、私はコウラン先生のご様子を……」

キリーシャがコウランの具合を確かめに寝椅子へ向かう。

「すみません、これ、いただいてもいいですか？」

キリーシャに断りを入れ、ディリヤは壁際のテーブルの水差しからグラスに水を注ぎ、その場で果物を齧る。

　他人の心配をしている間は感じていなかった吐き気が、いまになって襲ってきた。

　酸味のある果物を齧りながら、キラムを指先で手招き、その場にある茶器やグラスを並べ替えてキラムに状況を説明し、おおまかな見取り図を頭に叩き込ませる。

「……お前、よく殺されずに済んだな」

　ディリヤは声を低くしてキラムに尋ねた。

用があるのはキリーシャだ。人質ならコウランがいる。攻撃力の高いキラムは排除対象のはずなのに、なぜ無事なのか理由が分からなかった。

「姫様が咄嗟(とっさ)に庇(かば)ってくれました。俺は姫様の奴隷だ、と……」

「あぁ、それでか……リルニツクじゃ奴隷は個人の財産だからな。お前を殺さないほうがキリーシャさんを扱いやすいって判断されたんだろう」

「はい」

「なら、キリーシャさんの傍を離れるなよ。離れたら最後、お前、海の藻屑(もくず)だ」

「……っ」

　暗に、殺されるぞ、と示唆され、キラムは唾を呑む。

　死を嗅ぎつけるディリヤの鼻の良さ、生き物の冷酷さに対する想像力、生き延びる方法や敵意を察する野生の勘。狼よりも狼のような本能にキラムは畏怖する。

　けれども、この恐ろしさは、ディリヤが狼の側にいる時は最大の強みだ。キラムはそれだけは履き違えぬよう、ディリヤへの脅威を「この人は敵じゃない」と自分に思い込ませることで封じる。

「二度と殿下を裏切る真似はせず、正しいことを正しく判断して、命に代えても姫様を守ります」

「いや、お前はいまキリーシャさんの権威に守ってもらってるだけの役立たずだからな？」

「やくたたず……」

「お前が役に立つのはリルニツクに到着してからだ」

「一度は殿下に救っていただいた命、必ず役に立ちます」

「……逝き急ぐなよ」

　キラムのその表情は、とてもではないが十六歳がする表情ではない。まるで、ディリヤに切っ先を向けてきた時と同じ、命懸けの表情だ。

十六歳は、もっと子供でいいのだ。

十代の子供であるキラムやキリーシャの置かれた境遇を想うと、ディリヤは、年長者である自分の腑甲斐なさを痛感した。

明日にはリルニツクへ到着だというのに、船は、立って歩くことはおろか座っていることさえ困難なほどの大時化に見舞われていた。

拉致犯は、船内に積んでいる大型馬車にキリーシャとキラムとコウランを乗せて、港へ降ろす段取りをつけていた。

その馬車にディリヤが事前に潜み、御者から手綱を奪って逃走するというのがこちらの作戦だった。単純だが、最も危険度が低い。足腰の弱っているコウランや武力のないキリーシャを連れて大人数で移動するのに合理的だ。

ディリヤは今晩のうちから船倉の馬車に潜んでいた。

船がリルニツクへ近づき、南下すればするほど、日増しに暑さは過酷になっていく。蒸し返す船内では、じっとしているだけでも汗が滴り、船酔いと相まって不快感が増す。

すこしでも息苦しさを除こうとディリヤは薄着になった。

キラムがディリヤのもとを訪れたのはそんな時だ。

「もうすこしなにか着たほうがいいと思います」

「暑いのは嫌いだ」

キラムは目のやり場に困っているが、ディリヤは腰に巻いた上着を羽織る気にはなれなかった。

「せめて、その……はだけた服の前を……」

「分かった。……しかし、……っ、クソ……あっついな……」

年下に真面目に諭されて、ディリヤはゆるめていた服の前を閉める。

「アンタ、口悪いな」

無表情で悪態をつくから、キラムはディリヤのことを知れば知るほど分からなくなってくる。

我が王は、この赤毛のけものの、この自由な気風が好ましかったのだろうか……。そんなことを想像してしまう。

「……で、お前なにしに来た？」

「これ、持ってきました。……あと、ちょっと話がしたくて……」

　キラムは懐に入れていた林檎（りんご）と軽食をディリヤに差し出す。

「気が利くな。……話はなんだ？　コウラン先生の具合が悪いか？」

　ディリヤは出入り口の死角に腰を下ろし、林檎を齧る。

「先生も姫様も元気にしてます。……あの、この船って奴隷が動かしてるんですよね」

「ああ。あちこち擬装してるが、本来はそうだろうな。奴隷は鎖に繋がれていて、船を動かす以外は自由に動けない」

「なんでそんなことが分かるんですか？」

「船底にその痕跡があった。この船は日常的にウルカに奴隷を密輸入と密輸出している。行きは人間を積んでウルカで売り捌（さば）き、帰りはウルカの狼を積んで国内外へ売り払う。まぁ人身売買だな」

　ディリヤは顎先を滴る汗を手の甲で拭いながら説明する。

「ウルカでは奴隷の所持も売買も禁止されてるはずです」

「表向き禁止だが、リルニックや北のナスル国から奴隷を密輸入してる業者や個人がウルカ国内にもいて困ってるってユドハも頭を悩ませてた。……せっかくだから、そのあたりもユドハの役に立つ情報くらいは仕入れたいところだ」

「なんで、そんなに頑張るんですか」

「ユドハのために決まってんだろ」

　ディリヤの行動原理はすべてユドハだ。

　どんな汚れ仕事も、胸糞（むなくそ）悪くなる経験も、吐きそうな航海も、好きな人のためになると思ったら、途端に、花畑で家族みんなで行楽をしているような心持ちになる。

「国のためじゃなくて、殿下のため……」

「子供のためでもある。国がちょっとでも良くなれば、将来、子供たちが幸せに過ごせる率が高くなるし、もし、子供たちの誰かが王位に就くなら、その時までにちょっとでも国を良くしておきたい。それは大人の責任だ。俺やユドハの代でひとつでも多く問題を片付けておけば、次の代はそれ以外の問題に取り組むことができる。まぁなんだ……あれだ、親心だ。お前もまだ子供だから、お前が大人になった頃にはちょっと世の中が良くなっていると嬉しい」

「………」

働き者で、滅私奉公で、完璧主義。

嫌っていたはずの人間を尊敬すると同時に、「愛する人のためだけにこんなにも頑張れるものなのか？」とキラムは自分の知らない感情で動く生き物を奇異の目で見やる。

「まぁ、カッコつけたが、正直なとこ言うと、俺はなんでもできる天才じゃないし、聖人君子でもないし、器用に生きれる性格でもないから、お前やキリーシャさんのことも、ほんとはもっと上手に世話してやれたんじゃないかとは考える」

「……はぁ」

「俺は元々そんなに他人に興味ないし、自分と自分の群れさえ良ければいいっていう利己的な男だ」

「………はい」

「なのに、最近の俺、なんでこんなに頑張ってんだろって思う。まぁ、頑張ろうって決めたなら、とことんまで突き詰めるしかないんだけどな」

「なんで、……アンタは怒らないで頑張れるんだろう」

「なにに怒るんだ？」

「俺や、反狼狩り派や、アンタを嫌って攻撃してくる狼たち」

「怒っても誰も助けてくれない」

「………」

「変なこと訊くんだな、お前。……そもそも、怒ってもどうしようもない。いざとなったら殺せる程度の相手に怒ってどうする。他人に向けて怒りを覚えるくらいなら殺せ」

「………」

生きてきた世界が違いすぎる。

ディリヤの達観した物の見方にキラムは言葉を失い、茫然としてしまう。

「いまのは忘れろ。俺は時々ちょっと人とは倫理観が違っておかしい時があるから真に受けるな」

キラムの戸惑いの表情から、ディリヤはそう付け加えた。

殺すか殺さないかの二択でカタをつけるのは、たぶんきっとキラムの求める答えではないはずだ。

「それより、お前、ちゃんと食ってるか？　毛艶が悪い。目もとも落ち窪（くぼ）んで痩せてる。この船、乗船してるのは人間だけだからな。食事も人間の分量しか用意されないだろうから、腹いっぱいになんないだろ」

ディリヤはキラムが持ってきた軽食のほうを差し出し、その手に握らせた。

「……姫様の言うとおり、アンタはいつも他人の心配ばかりだ」

「いいから食え。俺は船酔いで食欲がない。無駄になる」

「すみません、いただきます」

よっぽど空腹だったのか、キラムは頭を下げるなり肉を挟んだパンにかぶりつく。

本当のところ、キラムの食事はとてもではないが足りていなかった。

「お前、家族はいないんだったな……」

食べこぼれて毛皮に落ちたパンくずを取ってやり、ディリヤは尋ねた。

自分からわざわざそんな深い話を持ちかけるなんて、ディリヤにしてみれば珍しいし、初めての経験だ。

他人の家族構成なんて興味の対象ではないが、キラムがこうしてディリヤを訪ねてきて話がしたいというわりに本題を切り出せずにいるから、そんなふうに話を持ちかけた。

キラムの家族構成は、ユドハから聞かされている。

家族や親類は戦死が多く、母親がいたが、その母親も家族を大勢失くしたことから心を病み、亡くなった。

キラムは天涯孤独だ。

きっと、そうした境遇もあって、大人たちに利用されたのだろう。

「家族がいないからって自暴自棄になるなよ」

「……アンタの家族は？」

「お前も知ってる国王代理殿と息子が三人」

「そうじゃなくて……アンタの、親……」

「顔も覚えてない」

「………」

「それはそれで幸せだ。お前みたいに、親の死で悲しまなくていい」

「姫様は、母親の顔は知らず、父親の顔は知っているけど、どっちにしろ幸せそうに見えない」

「他人の幸せなんて分かんないもんだな」

キラムの口からキリーシャの名が出たことで、やっとキラムが話したかったことを悟る。

キラムは、キリーシャのことが心配なのだ。

明日、逃走に失敗したらキリーシャの命に危険が及ぶ。キラムはまた選択を誤って失敗するかもしれない。それに脅えているのだ。

「命に代えても守る気持ちはあるのに、……結局、俺は守ってもらって、姫様のために死ねなかった」

「キリーシャさんの傍にいるだけで充分支えになってるんじゃないか？」

「傍にいるだけで、なにもできない……あの人は、いつもちっとも幸せそうじゃない……」

「傍に誰かいてくれるだけで救われるものもある」

「アンタは、殿下と出会って救われたのか……？」

「救われた」

ユドハのことを脳裏に想い描く。

ただそれだけでディリヤは己の口もとがゆるむ。

離れていても心は通じているなんて愚かな恋物語だと鼻で笑っていた自分が懐かしい。

「俺はもう……むりだ……取り返しのつかないことをした。殿下の大切なものに刃を向けた。姫様にも守ってもらって、情けない……死んだほうがいい……」

「まぁそう言わずに死なない方向で頑張れ」

「…………」

「俺がお前くらいの年齢の時、しょっちゅう死にたくなってた。……特に、自分を引き止めるなにかに欠けてると、……自分にはなにもないって分かってしまうと、ああもういいや、……ってなる。だからまぁ、とにかく、お前は死ぬな」

「なにが言いたいんだよ」

「俺も自分が言いたいことが分からない。とりあえず、生き長らえたその命を、今度は誰かを守って死ぬことで贖おうとか、そういうことは考えるな」

「だって……死ぬ以外に……詫びる方法が見つからない。俺は、アンタを殺そうとしたのに……」

「ほんとにな」

感情で生きてきたけもの。そんなディリヤが若い命を惜しんで、言葉でキラムを諭す。

自分でも驚きだ。

「殿下にも、アンタにも、顔向けできない……はずかしい……」

「もしお前が死ぬなら、それが死ぬ時なんだろ。好きなように死ね」

「……はい」

「でも、死ぬなら、死に方を間違えるな。ちゃんと納得のいく死に方をしろ。中途半端に死ぬな。ちゃんと死ね。死に方も分からないなら、俺が教えてやる。迷ったら助けてやる。見捨てない。お前が死ぬ時は俺が見届けてやる。だから、どうしようもなくなったら俺のところに来い。大丈夫、お前はいい子だ。ちゃんと考えて生きていける」

　ディリヤはキラムの手を引き、強引に隣に座らせる。

　図体だけはディリヤより立派なくせに、中身はまだ子供だ。

　アシュにするみたいに背中を優しく叩いてやると、子供のように肩を震わせ、尻尾をしょぼんとさせて、必死になって泣くのを我慢している。

「なんで……っ、アンタは、自分がひどいことされても、優しくできるんだよ……っ、もう……わけ、わかんねぇよ……っ、罪悪感で……俺が、死ぬ……」

「俺だって、自分が誰かにこんなふうに優しくできるなんて想像もしてなかった」

　そういう優しさは、ぜんぶユドハが教えてくれたことだ。

　ディリヤの行動に、「お前のそれは思いやりと言うんだ」とか「お前が真面目に頑張った結果だ」とか優しい名前をつけてくれて、自分も誰かに手を差し伸べることができるのだと気付かせてくれた。

「アンタ、さっき、俺くらいの年齢の頃には、しょっちゅう死にたくなってたって言ったけど……」

「……そんなこと言ったか？」

「言った」

「……口が滑った。忘れろ」

　暑さにやられて呆（ほう）けていたのか、余計なことを口走ってしまったらしい。

「はぐらかすな。……アンタは俺には死ぬなって言って、俺を救おうしてるんだから、アンタの死にたい気持ちだってちゃんと救われるべきだ」

「変な理屈だな」

「だから……っ！　それ、アンタのつがいに……殿下に言ったのかよ」

「あぁもう暑苦しい。怒るな。……ユドハには言ってない。心配かけるし、昔のことだし、たぶん、それくらいのことは生きてたらけっこう誰でも考えることだ。……おい、なんでお前が泣くんだ」

「だって……」

「アシュ並に感情の起伏が忙しい奴だな……落ち着け」

「……すみません」

「でもまぁ、ありがとう。他人が俺のために泣いてくれるのって、こういう気持ちなんだな」

「…………アンタの言葉は、いちいちさみしい」

「俺は、自分がさみしいって気付いたのも最近だ」

「殿下と出会ってから？」

「ああ。……でも、そのさみしいって感情も大事にしていきたいと思ってる。ぜんぶユドハと一緒だからこそ知れた感情だから。……だから、お前も、なにか自分だけの特別なもの、見つけられるといいな」

自分自身でもいい、自分以外の誰かでもいい。

なにか特定の信念でもいい。

なんてことない心の機微でも構わない。

決して揺らがぬ心の支柱になるものがひとつあれば、人はとても強くなれる。

どうかキラムにもこれからの長い人生でそういったなにかが見つかればいい。

ディリヤはそう願った。

⋆

夜明け前、嵐の最中に船はリルニックの港に着岸した。

下船後、手筈通りディリヤはキリーシャとキラム、コウランを乗せた馬車を強奪し、リルニックの都を駆け、見事に逃走を果たした。

ついでに、車内にいた拉致犯と御者をしていた拉致犯の合計四名のうち三名を排除し、残る一名のみ生きて捕らえた。

キリーシャとキラムとコウランの三名には事前の打ち合わせで目星をつけていた潜伏先に身を隠してもらい、拉致犯は別のところへ移動させた。

その後、ディリヤは単独で馬車を走らせ、郊外の荒れ地に放置し、都へ引き返した。すこしでも敵の目を晦まし、足取りを摑めなくするためだ。

リルニックはその名を冠した都を出れば、途端に荒れ地が広がる。身を隠す場所はいくらでもあるが、人を隠すなら、岩山や荒野ではなく人の生活圏のほうが有利だ。

ディリヤたち四人は険しい荒野に逃げることを選ばず、リルニックの都に潜伏した。

リルニックの地理に明るいのは、コウランとキリーシャだ。船内にいる間に、二人から潜伏に適した地区を推挙してもらい、貧民街の一角に決めた。

ディリヤは貧民街の顔役に話をつけ、幾許かの金銭を渡し、キリーシャたちを匿う場所を確保した。

そこは都の外れにあって、流れ者の多い地域だ。

市場の近くの雑多な裏通りで、乾いた土の建物が密集し、細い路地が入り組み、朝も夜もなく音楽が流れ、市場の呼び込みや怒声が響いている。

コウランの体調とキリーシャの引き攣った表情に鑑みれば、もうすこし治安の良い場所にすべきだったかとも思ったが、この貧民街のモットーは、「顔役が受け入れた者を売る者には死を」だから、やはりここが正解だと判断した。

事実、滞在してから三日が経過したが、ありがたいことに平穏そのものだった。

この三日で、リルニックの状況は把握できた。

リルニック宰相が死亡した事実はなく、そういった噂も流れていないし、都も国もそんな雰囲気ではない。冠婚葬祭が同時に行われる国なのに、至って平時の様子だ。

もし本当に死んでいたとして、なんらかの事情でその事実を伏せているなら話は別だが、それを確かめるためには、リルニック宰相邸に潜入する必要がある。だが、いま危険を冒してそこまでする必要はない。

キリーシャの拉致を命じた黒幕についても深追いは避けた。

それに、ディリヤの仲間には、リルニック宰相邸に合法的に入れる男がいる。

きっと、ディリヤを追いかけて近いうちにユドハがリルニックに来るはずだ。

あの男は、ディリヤがいつどこにいても必ず見つけ出す執着の強いオス狼だ。

現段階でディリヤが無理に宰相邸に潜入せずとも、ユドハが入国した暁には、そのあたりの正確な情報が手に入ると確信していた。

どう動けばユドハの助けになるか、なにをすれば足を引っ張らずに済むかを考え、ユドハの心に寄り添うかたちで物事を進めた。

ディリヤたちは顔役のツテで民家をひとつ借りていた。

天井の低い真四角の建物で、土と日乾し煉瓦で造られた二階建てだ。一階は台所と食堂と厠。二階は部屋が二つあり、そこをコウランとキリーシャそれぞれの寝室にしていた。屋上もあって、そこでは洗濯物が干せるし、昼寝もできた。

陽射しは強いが建物同士が密集していて、陰も多い。上手く計算して建てられていて、路地は風通しも良く、近隣の住居の屋上と屋上、窓と窓で洗濯紐を繋ぎ、大判の麻布をかけて涼を得ていた。

外敵を警戒しやすい立地を選んだとはいえ、ディリヤとキラムは、常に一階と屋上に分かれて見張りに立った。

主に、ディリヤが屋上で、キラムが一階の食堂だ。屋上に狼のキラムがいると悪目立ちするので、基本的にキラムは外出させないようにしている。

キリーシャはたまたま持っていたアシュの作った新聞を大事にしてくれていて、外出もままならない日々はそれを読み返し、コウランやキラムに読み聞かせ、「あの子、元気かしら……」と心の慰めにし、「ディリヤも早く会いたいでしょう？　家族なのに離ればなれにさせてごめんなさい」と、こちらの心配までしてくれるようになった。

彼女は随分と頼もしくなった。

一階でディリヤが食事を作れば、自分から料理を取りに来てコウランの部屋へ運び、食事の介助をしつつ自分も一緒に食べている。

時にはキラムとともに食事をし、キラムに教わって砂埃の多い部屋の掃除もしてくれる。不便な生活にも文句を言わず、戸外で響く怒声や罵声、貧民街特有の治安の悪さを耳にするたび、びくっ、と肩を竦めこそすれ、泣き言は言わなかった。

「あなたを必ず家族のもとに帰します。家に帰れるようにします」

ディリヤのその言葉を信じて、淡々と目の前の小さな試練に立ち向かっていた。

キラムがキリーシャの傍にいる。

それも支えになっているようだ。

一緒に食事をするようになってから、生まれや身分に関係なく年の近い者同士、話が弾むようで、「あなた、そんな理由でコウラン様のお世話になっていたの!?」「……はい」「私も馬鹿だけどあなたも馬鹿ね」と、二人で泣き笑いしていた。

リルニツクに入ったのを機に、コウランの立ち合いのもと、キリーシャに、ユドハとディリヤの立場を明かした。

ディリヤは身分を偽ったことを詫びたが、キリーシャからは「あなた、国王代理殿下のつがいなら、もっとつがいらしくなさい。馬車を強奪したり、敵を人質にしたり、全速力の馬車から敵を蹴り落とす国王代理の伴侶なんて初めて見たわ……」と呆れられた。

コウランは「はっはっは！」と大笑いして、咳き込んでいた。

気丈に振る舞っているが、船旅で体力を奪われたコウランは、ウルカよりも過酷な気候に苦しめられていた。

このあたりの気候は、気温は高いが空気も大地も乾燥していて、いまの時期は滅多に雨が降らない。時折、短時間だけ、突風と相まった豪雨に見舞われる。いつも埃っぽくて、あちこちで旋風(つむじかぜ)が発生し、作物は川沿いの地域でわずかの穀物しか育たず、食料に乏しい。

ここで死なせてたまるか。

コウランは、ユドハにとって大切な人だ。

ディリヤだって、もっとたくさん話をしたい。尊敬できる人だ。そんな人をここで死なせたりしない。

これは攻め入る戦いではなく、守る戦いだ。

ディリヤは心にそう決めて、三人を守ることだけに専心した。

「いま帰った。……なにしてる？」

リルニツク四日目の夕方、食料の調達を終えたディリヤが帰宅するとキラムが台所に立っていた。

「おかえりなさい。……あの、……ちょっと気になることがあるんですけど……」

「なんだ？　腹でも減ったか？」

仕入れてきたばかりの柑橘系の果実をキラムに投げ渡し、頭からかぶっていた日除け布をとる。

物資の調達や、別の場所に監禁中の拉致犯への尋問など、外へ出る用事は専らディリヤが行っていた。

褐色の肌に金髪の多いリルニツクで、赤眼赤毛と色素の薄い肌のディリヤは目立つが、気候ゆえに日除け布をかぶる者が多かったので誤魔化しが利いた。

「こっちに来てから、ディリヤさん、……俺たちと一緒にメシ食わないの、なんでですか？」

近頃、キラムはディリヤを「ディリヤさん」と呼ぶ。

「お前、目端(めはし)が利くな」

ディリヤはキラムを褒め、「そこに突っ立ってると邪魔だ」と台所の隅へ追いやる。

「アンタが目と気を配れって言うから、注意してみるようにした、……してみました」

「そうか、えらいな」

「もしかして、食料を切り詰めてるんじゃないですか？」

「なんでそう思うんだ？」

「だって……誰も働いてないのに、毎日こんなに腹いっぱいちゃんとしたメシが食えるのはおかしい」

「俺の料理もまぁ食えたもんだろ」

「それは認めます。……でも、今日、この台所の状況を知るまで、うちが逼迫してるなんて気付きもしなかった」

「そんなに深刻に考えるな。ちゃんと金はあるし、食料は計算してきっちり使い切ってるだけだ。台所に食材がほとんどなくて焦ったか？」

「そうじゃない。俺が気になってるのは、アンタのことです。こっちに来てから、アンタがまともにメシ食ってるとこを見たことがない」

「俺もいろいろすることがある。落ち着いて食う暇がないから作りながら食ってる」

「なら、これは？」

キラムは台所の隅の鍋の蓋を開けた。

クズ野菜を煮込んだだけの、単純な料理だ。

「それもちゃんとしたメシだぞ」

「でも、これが俺たちの食卓に出たことはいままで一度もない」

「そりゃそうだ。若いお前はいざとなったら戦わなくちゃならないし、夜は見張りもしてる。体が資本だからな。コウラン先生やキリーシャさんにもしっかり食べて体力を維持してもらわないと、いざって時に動けなくなってたら本末転倒だ。そんな貧相なモン食わせられるわけない」

「それはアンタも同じです」

「えらく食い下がるな。それでも充分に栄養は摂れるから問題ない」

「…………大人はずるい」

「……？」

「俺は、反狼狩り派の大人に、アンタは、殿下に取り入って贅沢してるって聞かされてました。たくさん狼を殺したくせに子供を三人も作って、殿下からたくさん貢ぎ物をされて、伴侶だとかつがいだとかいう言葉で大きな顔して殿下の隣にいて、そのくせ国王代理の伴侶らしいことはなにもしなくて、トリウィア宮の奥で自由に暮らしてる……って」

「まぁ、あながち嘘でもないな」

「大人は悪意のある言い方でアンタのこと扱き下ろした。だけどコウラン先生は、アンタが狼に遠慮して表舞台に出てこないって言った。大人は、みんな、顔と心で言うことがぜんぜん違う。……アンタもそうだ。……一人で我慢してるのに、我慢してないって言う。……母さんも、父さんが戦死して悲しいのに、大丈夫って言って俺には笑って、結局、メシも食えなくなって死んだ」

「俺は死なないから安心しろ」

「そんなこと言うけどな……！」

「……っと」

キラムに肩を摑まれ、ディリヤの体は後ろへ傾き、半歩ほど足を引く。

「なんで、っ……人間……こんなに細くて、脆いんだよ……」

「お前らからしたら頼りなく見えるだけだ。これでも、俺は人間のオスと並べば体格イイほうだから安心しろ」

肩を摑む手をやんわりと外し、その手の甲を軽く叩いてやる。

「でも……」

「まぁいいから。このことはキリーシャさんとコウラン先生には言うなよ。俺がこっち食ってるってこともな。余計な心労をかける必要はない。遠慮して、食うべき者が食わなくなる。お前も忘れろ」

「アンタはどうすんだ」

「俺は生まれ育ちがそんなに良くないから、腹が膨れれば味や質は気にならない。それに、こんな生活、長引きはしない。許容範囲内だ。……っと、ほら、メシまでまだ時間かかるから邪魔だ、向こう行ってろ。それとも、お前もうちの子みたいに台所のお手伝いするか？」

「しねぇよ！」

「じゃあキリーシャさんとコウラン先生の護衛でもしてろ」

キラムの背を追い立てて台所から出す。

かつてのディリヤなら、誰かが誰かのために自分の食料を減らしていても、なんとも思わない。

それを考えると、やっぱり、キラムはディリヤよりもよっぽど優しい心の持ち主だと思った。

ディリヤから遅れること三日、ユドハ一行がリルニツクに到着した。

リルニツク宰相が身罷っていたなら弔意を示し、それ相応の対処をと考えていたが、リルニツクに服喪の様子はなく、ユドハは宰相の生存を確信した。

宰相は小康状態を保っており、一日のうち意識がある時間はわずかだが、その時は意思疎通が可能で、意識清明だ。余命宣告よりも長生きしているという言葉のとおりだった。

ただ、キリーシャに執着しているのは変わらずで、リルニツク宰相邸にて病床の宰相をユドハが見舞った際には、ユドハが目の前にいるにもかかわらず、同席していた息子たちへ「キリーシャをつれてこい！」と捲し立てていた。

だが、それ以外は実に穏やかな人物で、侍従たちの手で髪に櫛を入れさせ、できる限り身綺麗にしてユドハを出迎え、「見苦しい姿で申し訳ありません」と深く首を垂れた。

宰相の身を案じ、当たり障りない会話のみに留め、見舞いは短時間で切り上げた。

「本日は、宰相邸にて、宰相様のご名義での歓迎の宴。翌夕刻からは同じく宰相邸にて、ご長男様主催の歓迎の宴。以下、三男様のご邸宅にて……、四男様のご邸宅にて……、その後、議会主催の昼の宴……と続きます」

側近が今後の予定を読み上げる。

宰相邸ではユドハを歓迎する宴が連日予定されていた。

リルニツクの文化はウルカとはまた一味違い、自宅に重病人がいようとも、客を招いた屋敷では盛大な宴が開かれる。

客をもてなすことがリルニツク最高の礼儀であり、彼らの風習で教義だ。これを無下にするわけにもいかない。

それに、この宴というのが、彼らにとっても、ユドハにとっても社交の場となる。

「殿下、ディリヤ様の行方ですが……」

「掴めたか？」

ディリヤがリルニックに入国したことは、先んじて、諜報部や密偵、リルニック駐在大使に報せている。

ユドハが到着するより先にディリヤの居所を突き止められたなら必要な支援を行えるし、保護もできるからだ。

だが……。

「三日ほど前の夜明け頃、嵐の最中に到着した船がありました。また、港から都へ向けて、暴走馬車が走ったようです」

「暴走馬車……」

「は……。海の様子を見に行った地元漁師の証言によりますと、背の高い男が御者一名を馬車から蹴り落とし、貴婦人が乗るような馬車を強奪した、と……」

「十中八九ディリヤだろうな……」

「はい。殿下のご伴侶かと……」

「…………」

「残念ながら御者は死亡したとのことですので、現在、馬車の行方を追わせています」

「そちらは少人数で構わない。それより、この国には貧民街がいくつかあったな？」

「はい」

「そちらを重点的に調べろ。奥深くに立ち入って詳細に調べる必要はない。……そうだな、二番目か三番目に人の出入りが多い貧民街、近隣に市場があり、物資の入手が容易く、リルニック人以外の奴隷が多く、人種が多様な地域、宰相邸からそう離れていない立地、以上の条件で調べろ」

「承知いたしました。……ですが、ディリヤ様は、その……隠蔽能力が高く、狼の索敵方法や技能を熟知なさっておいでで、在リルニックの諜報部でも未だに所在を掴めておりません。発見に至るかは……」

ディリヤは味方にすら居所を掴ませない完璧な隠蔽具合で潜伏していた。

その素晴らしい能力にユドハの側近も舌を巻き、この道三十年の密偵も自信を無くす有様だった。

信頼できるのはユドハだけ。それを見事に体現していた。

「殿下がリルニックに入られたことは既に公になっておりますから、市中の噂などでディリヤ様から接触があるやもしれません」

「ある程度の情報があれば、あとは俺が見つけ出す」

「……殿下、お願い申し上げますから、どうかどうか御身の安全をご考慮いただきまして、ゴーネの時のようなご活躍は……」

「分かった分かった」

絶対に分かっていない。側近のそんな表情に気付かぬふりをして、ユドハは宴に出席するための身支度を整える。

宴のあとにはリルニツクに駐在しているウルカの大使や密偵などから話を聞く予定もあるし、リルニツクへ到着するまでの間、ユドハもただ大波に揺られていたわけではない。

ディリヤの乗った船はリルニツクの某商会の船で、リルニツク宰相家の三男と繋がりがある人物の所有だと判明した。

ここまでの情報だと、三男とその人物が黒幕かとも考えられる。

その人物は確かにリルニツクに居住しており、彼の名義で複数の船舶と商社が登記されていたが、経営実態のない幽霊会社で、そもそも、その人物本人が登記したのかすら怪しく、当該人物が船舶を購入した金銭の流れもなかった。

まるで、誰かの作為が働き、三男を怪しむよう仕向けられている気がした。

そういった折の宴だ。

宴の前には三兄弟との会談の場を設け、それぞれを見極めた。

三兄弟はみな聡明で、各々どこかしらキリーシャと似た面差しをしていた。

事前にエドナから人となりは聞いていたが、長男はいたって善人、三男は曲者で、四男は二人の兄を立てる控え目な男だった。

初見では、三男が特に出来が良いという印象が強かった。なかなか尻尾を摑ませず、真意を読ませず、それでいて知恵者で、会話は機知に富んでいる。同時に、三男は兄弟のなかで最も美丈夫であり、性格も派手で、良くも悪くも人目を引く存在だった。

三兄弟の性格がよく分かる出来事がひとつあった。

ユドハの滞在先についてだ。

「殿下は宰相邸にご滞在とのことですが、是非、我が屋敷へお越しください。宰相邸は、それはもう日がな一日通夜のようで、国賓を楽しませるには些か趣に欠ける」

三男は自ら進んでユドハを自宅へ招待した。

三男にやましいところがあるなら、自分の屋敷にユドハを招き入れたくないはずだ。

かといって、招き入れるから後ろ暗いことがない、というわけでもない。

己の潔白を主張するためのあえての行動、豪胆な性格の裏付け……という考え方もできたが、なんとも掴みどころのない気まぐれな男だった。

「お前の屋敷では格が下がる。それはさすがにだめだよ、ウルカの国王代理殿下に失礼にあたる。我が宰相邸にご滞在いただくよ」

恰幅の良い長男が、朗らかに三男を諫めた。

長男は、許婚とともに宰相邸で生活している。

許婚との結婚は延期していて、リルニックのしきたりにより宰相の死と同時に結婚予定となっていた。

限りなく細君に近い女性がいるのは長男のみで、順当に考えればユドハたち一行を接待するのは長男とその許婚が妥当であった。

「兄が申し訳ありません。他意はないのです」

四男は、三番目の兄の自由な発言に頭を下げた。

控えめな性格で、常に上二人の兄を立て、兄弟の輪を取り持つことに専心していた。

四男は政治よりも慈善事業や公共事業に力を入れている遣り手で、表舞台に立つよりも裏方を好み、金策が得意で、リルニックの金庫番でもあった。

政治的判断によると、長男か三男が次期宰相だ。四男とキリーシャもそれに同意し、兄二人の決定に従うという恭順の姿勢に徹している。

宰相邸と三男と四男それぞれの邸宅に潜入させているユドハの密偵の報告によると、三人ともが共通してキリーシャと連絡が取れず、その身を案じているとのことだった。

特に三男はキリーシャを溺愛しているらしく、己の権力と財産を注ぎ込んで妹を捜索させていた。死に物狂いとも言えるその様子は、鬼気迫るものらしい。

絶妙の間合いでユドハがリルニックを訪問したことにも、なにか裏があると感じ取っているはずだ。

もし、この三兄弟のなかに黒幕がいるなら、内心、戦々恐々としているに違いない。

「殿下、失礼いたします」

「ライコウか、……子供たちはどうしている?」

定時報告に来たライコウに子供たちの様子を尋ねる。

「お健やかでいらっしゃいます」

「それはなによりだ」

幸いなことに、子供たちは航海の間も病気ひとつせず、大人たちが心配していた船酔いもなくリルニックへ辿り着いた。

乗船中、晴れの日にはユドハとともに甲板に出て海風に吹かれ、「べたべたするね！　暑いね！　ね、ららちゃん、じじちゃん」「あぅ！」「ぅ～！」と、三人ではしゃぎ、「おっきいみずうみ～」「海だな」と、のんびりユドハとお話しして、艦長に舵を持たせてもらったり、海の平和を守る船乗りたちと釣りをしたり、船乗りの縄の結び方を教えてもらい、船旅を満喫していた。

「ところで殿下、アシュ様が、……海って、もしかして泳ぐ？　と、うきうきした様子でいらっしゃるのですが……」

「……約束したからなぁ」

「海に連れていく約束ですか？」

「あぁ」

ユドハの傍でその会話を聞いていた側近が、驚きの表情で顔を上げた。

「殿下、そんな話は聞いてませんよ？　ちょっと、殿下、そういうことは早めに仰ってください。もし海に行けなかったらアシュ様の残念なお顔を見ることになります。罪悪感に駆られるこっちの身にもなってください」

側近は尻尾をそわそわさせ、ユドハの予定表を大急ぎで捲っている。

「ララ様とジジ様はこちらの暑さに体が驚いたようですが、発熱などは見受けられません。アシュ様と一緒に行水をなさってからは食欲もあり、ディリヤ様の服に埋もれてお昼寝をしていらっしゃいます。……それと、アシュ様がディリヤ様のお仕事はいつ終わるの？……と」

「もうすぐ終わると伝えておいてくれ」

「は……」

ライコウは踵を合わせて敬礼し、退室の許可を得て下がる。

「さて、家族で海へ行くためにもうひと踏ん張りだ」

おとうさんは、家族のために頑張ろう。

ユドハは堅苦しい礼服に袖を通し、襟の下に入った鬣を自分の手で表に出した。

こういう時に、ディリヤのありがたみを感じる。

ディリヤはユドハの背後に気を回し、鬣の一筋、尻尾のかたち、耳の先端まで、一分の隙もない完璧な男に仕上げてくれる。

ディリヤの毛繕いが恋しくてたまらなかった。

ユドハがリルニツクに到着したという噂を聞きつけ、ディリヤは確認に向かった。

港には、ウルカの国旗と軍旗がはためく軍用船が停泊しており、宰相邸まで足を運ぶと、ウルカに敬意を示すためか、そちらにもウルカの国旗が掲揚されていた。

都の中心部や大通りにもウルカの国旗を掲げる店があり、それこそまるでお祭り騒ぎだった。軍服の金狼族もちらほら見かけたし、平服でも明らかにウルカの文官だと判別できる狼が歩いていた。

「もふもふ！　狼！　いっぱい！」

「けがわ！　あつくるしい！」

「わんわん！　わんわん！」

リルニツクの子供たちは無邪気な瞳で好き放題言っていた。

「ウルカの国王代理は子連れでいらしてるそうよ」

「それだけリルニツクに対して安心感を抱いてくれてるってことじゃないか？」

「この時期に訪問ってことは、やっぱりそろそろ宰相殿の死期が近いのかね」

「あら！　それじゃあお祭りの支度ね！　ご長男様の結婚式もあるし、きっと盛大なお見送りの儀式になるわ！」

大人たちもどこか浮き立っていて、狼の話で持ちきりだった。

人の往来が多ければ、それだけディリヤも人混みに紛れられる。それに、貧民街というのは便利な街で、金さえあれば大抵のことは融通がきいた。

貧民街の底の底、迷路のように入り組んだ路地の奥、窓もなく、昼でも暗く、沼底のような半地下。出入り口は一つきりで、椅子を二つ置くのが精々の倉庫。そこに伝令係を監禁していた。

リルニツクに到着して以降、この伝令係から得た話と街で集めた情報をすり合わせた結果、彼らの本業が奴隷売買で、その商売にキリーシャの拉致を指示した黒幕が噛んでいると判明した。

　日頃、彼らは商船と偽った船で奴隷売買をしているらしい。自他国へ船で出入りするなら、出入国許可証を始めとした書類や、煩雑な手続きが必要になる。他国では検疫を受けなくてはならないし、抜き打ちで貨物の検査もされる。

　それらを通過するには、最低でも、リルニツク側の書類審査や検疫、物資と資金の流れに融通を利かせられる人物が必要になってくる。

　海運、金融、法務などに携わるリルニツクの権力者が黒幕だとディリヤは目星をつけた。

「さて、今日の晩メシなににするかな……」

　用の済んだ伝令係を片付けて、夕飯の献立を考えながらディリヤは半地下を出た。

　すこし遠回りをして潜伏先へ戻る。

　帰宅すると、一階でキラムとキリーシャが茶を淹れていた。

　珍しくコウランも寝床を出て一階まで下りてきていて、二人が茶を淹れる背中を見つめていた。

「おお、ディリヤ、帰ってきたか」

「はい。……お加減は？」

「大事ない、大事ない。そなたも茶で一服しなさい」

「失礼します」

　汲み置きの水で手と顔を清め、コウランの隣に腰を下ろす。

「……キラム、どうした？」

「いえ、なんでもありません」

　ディリヤの隣に腰を下ろしたキラムが、すん、と鼻を鳴らし、首を横に振った。

「キラム、気にすることはない。……さて、いただこうかの」

　キラムに安心するよう言い聞かせ、コウランの合図で茶の時間が始まった。

「キラムとお茶請けを作ってみました。ウルカの家庭で作る菓子だと聞いています」

「うちの母がよく作ってくれたんです」

　キラムとキリーシャが自分たちの食料を節約してトウモロコシの粉を使った素朴な菓子を作ってくれた。

　バターもミルクも手に入りにくいから、キリーシャの間食用に買っておいた乾燥果物と果実酒を混ぜ込んだらしい。

　熱い場所では甘味が重宝されるというが、一仕事終えたあとのディリヤも疲れが吹き飛んだ。

夜、先に見張りに立つキラムに屋上を任せてディリヤは仮眠をとった。

一階の見張りを兼ねて台所の机に突っ伏し、目を閉じたのも束の間、ディリヤは自分が魘される声で眠りから引き戻された。

「……っ」

次の瞬間、びくりと背中が震えて跳ね起きた。

なにに驚いて起きたのかは分からないが、目を醒ました時には心臓が異様な速さで鼓動を刻み、息が上がっていた。

「……ユ、ド」

息苦しさにもがくように、ユドハを呼ぶ。

呼吸する動作が異様に大きいわりに、入ってくる息は少ない。息が足りないせいか、耳も遠い。ユドハを呼ぶ自分の声が聞こえない。

「ユドハ……」

さっきよりも声を大きくして呼ぶ。

やっぱり、自分の声が聞こえない。

いつもの癖で、隣で眠るユドハを探す。

机の表面を滑った手が落ち、角にぶつけるが、ぶつけた音も聞こえない。手の甲が痛んで、ちらりとそちらに視線を落とし、ここがいつもユドハと眠る寝床でないと気付くが、どこかは分からない。

ぼんやりと目の前の景色を眺めて、状況把握に努めようとするのに、頭がそれを拒む。

息を吸うたびに、体の中の音だけが響く。真っ暗闇の洞窟や、木の洞のなかに吹き込む風のように、ひゅうひゅうと音がする。

「……？」

一瞬、風の鳴音が途切れた。

体は脱力したように動かない。唇を動かすことすら億劫で、瞼が落ちそうなほど気が遠くなる。

そこでようやく息が足りないと気付く。

苦しい。

吸っても吸っても、肺に息が満ちてこない。

「……ユ、……っ、ぁ……」

声が、掠れる。

息を吐くことも、好きな男の名も呼べない。

呼んでも、傍にいない。

大きく目を見開き、視線だけを動かす。指先を握りしめ、血が滲むほど唇を噛む。息苦しさが我慢の限界を迎えたら、息を吐かずに吸う。何度も、小刻みに、浅く、短い呼吸で息を吸い続けて、一度も息を吐かずに、無理矢理に呑み干す。

そうするうちに息を吸っているのか吐いているのか、呼吸の仕方すら忘れてしまう。

頭の中が真っ白だ。

なにも考えられない。

なのに、こわい。

恐怖だけはディリヤのなかでその存在を燦然と主張する。得体の知れない恐怖はディリヤの手指を震わせ、不安は体を氷のように冷たくさせ、心細さで背中が寒くなり、さみしさはどう足掻いても埋まらない。

いやな感情で心の器が満たされていく。

その器が揺れ動くことに見て見ぬフリをしたいのに、容量の少ない感情の受け皿には漠然とした恐怖が泉のように溢れて、瞬く間に器に亀裂が走り、音もなく割れて、細かな破片が飛んで、修復不可能だと言わんばかりに崩れる。


心の器が砕ける。

自分でそれを止められない。

せっかく、ユドハがちょっとずつ、優しい感情と、きれいなものと、かわいいしっぽと、溢れんばかりの愛と恋で満たしてくれていたのに……。

ディリヤが受け止めて、その身にゆっくりと馴染ませられるように、ディリヤの速さに合わせて愛してくれていたのに……。

「ディリヤ、……ディリヤ」

「………」

コウランの声で、目を開いた。

自分がいつ目を閉じたのかは分からない。ぼんやりと霞む視界をゆっくりと一度だけ閉じて開く。

「大丈夫か」

「………」

そう声をかけられて、ディリヤは自分が床に倒れていることに気付いた。

どうやらコウランはディリヤが倒れた物音で一階まで下りてきたらしい。

「……すみ、……っ、せ……、寝惚けて……」

コウランの手は借りず、自力で身を起こし、床に座る。すこし不安定な話し方だが、自分の話す声もちゃんと聞こえた。

だが、自分がどの瞬間に倒れたのかは記憶にない。頭はちゃんと働いていて、うたた寝しながらもずっと起きていたつもりだったが、記憶が曖昧だ。

「怪我はないな？」

コウランがディリヤの頭や体に触れて怪我の有無を確かめる。

返事をするのが億劫でディリヤは首を一つ縦にした。

「頭にでかいたんこぶができておる。……それに、手の甲も打っておるな」

「起こして、すみません……大丈夫です、休んでください」

「よう言いよるわ。立ち上がることもできんくせに」

「………………」

「キラム、ディリヤは無事じゃ。安心せぇ、なんでもない。見張りに戻っとくれ。キリーシャ殿も心配はいらん。休んでおくれ」

コウランは二階の階段へ声をかける。

すると、階段からキラムとキリーシャの声で、「はい」と返事があった。ディリヤが倒れた音は、二人の耳にも届いていたらしい。

「あれだけ派手な音を立てれば眠った竜でも目を醒ましよるわ」

ディリヤの前に両膝をつき、コウランは笑ってみせる。

そのしわくちゃの笑い顔に、すこし、救われた。

「こういうことは、よくあるのか？」

「…………ときどき」

ディリヤは正直に答える。

「ふむ」

コウランは考えるような仕草で、どっしりと床に腰を下ろし、顎下に手を当てて考える。

胡坐（あぐら）を掻いて腰を据えた姿勢からは、この状況を解きほぐそうという意志が見てとれた。

「理由は分かっておるのか？」

「……ゴーネの件以来、……寝ている時に目を醒まして、ユドハを探すことがあるみたいで……」

「自分では覚えておらんのか？」

「はい。ユドハから聞いて知っていますが、自覚はなくて……」

「頻度は？」

「不定期です。……ただ、ユドハと離れると増えるみたいです。依存しているんだと思います。でもまさか、こっちに来てからもこんな夢遊病みたいなことになるなんて驚きました」

「驚いたというのは……？」

「気持ちが張り詰めている時はこういう弱い面を出さないようにできるので、なんというか、集中が切れたような……油断してしまったような……」

コウランと喋るうちに落ち着いてきて、自分がしっかりと受け答えできることに安心する。

「ディリヤ、そなたには負担ばかりかけておる」

「いえ、そんな……」

「そなた、こちらの気候にも慣れず、船旅でも随分と環境の悪いところに身を置いていたであろう？　こちらへ来てからも働き通しだ。そこへ儂らの命までその身ひとつで背負ってくれている。体だけではなく、心にも負担をかけてばかりだ。申し訳ない」

「今回はたいしたことありません。大丈夫です。俺は部外者で、当事者はキリーシャさんですから……」

「だが、儂らを守るために、そなた一人の手を朱に染めさせてしまった」

「……？」

「今日の昼間のことじゃ」

「ああ」

その言葉で、コウランの意図を理解した。

リルニツクに来てから、ディリヤは四人殺している。船から馬車で逃げる際に拉致実行犯を三人。今日は、伝令係だ。

コウランはそれに気付いていたらしい。

「そなたは返り血などは一滴も浴びていない。だが、儂やキラムのように、わずかでも死の匂いを知っているとな……」

「すみません。街を歩いて匂いは消してきたつもりなんですが……」

「責めているのではない」

死は、ディリヤの傍にあって当然のもの。

その環境に長く身を置きすぎたディリヤは、そういうものと親しくなりすぎるあまり、自分が死をまとうことに鈍感になっているのだ。

「そなたは自分の仕事を隠すのが上手だ。必要なことに躊躇を見せない。儂らを守るという最優先事項のためにならどんな困難も見事にやってのける。……デイリヤ、どうした？」

コウランは、ディリヤを訝しげに見やる。

「褒められて嬉しいです」

「…………」

「俺は得意なことがないので、自分にできることで褒められると嬉しいです。もっと頑張ります」

「自分にできること、か……」

「はい」

絶対に失敗せず、ちゃんとできること。

自信を持って、自分の力だけでできること。

ユドハが父と呼ぶような人。そんな人に認めてもらえるなら、それはとても嬉しい。

「すみません、こんなことで喜ぶのは間違いだと分かっています。できて当たり前のことで喜ぶなんて子供っぽいことをしました」

「ディリヤ、儂が言いたいことは……」

「はい。どうかしましたか……？」

コウランの表情がわずかに曇るのを見たディリヤは、自分とコウランの考えに差があることに気付き、すこしの間を置いてようやく、「……すみません、俺、……そのへんの感覚が、なんか、おかしいみたいで……人を殺すとか、それを褒められて喜ぶとか、これ、たぶん……そういう話じゃないですね……、そもそも、コウラン先生は褒めてない……」と自分の顔を手で覆い、項垂れた。

「ディリヤ……」

「……すみません」

人を殺す自分を恥とは思わないが、これは、褒めるとか褒められていないとか、そういう話ではない。

失敗した。

いまのは、ちゃんとした人間っぽくなかった。

「……ごめんなさい……」

「謝るな。ほれ、顔を上げんか」

「……っ」

顔を上げられない。

今日のように、ふとしたことで自分がおかしいことに気付く。

根っこが歪んでいて、自分の感性が世間とかけ離れていて、おかしいことに気付けない。

「ディリヤ、息をしなさい。止めてはならん」

「…………」

いま声を出せば、またおかしなことを口走るかもしれない。

　この失言は、ディリヤが慎重さを逸したせいだ。心の赴くままに話してしまったせいだ。

　心臓が早鐘を打つ。喉がぎゅうと窄まって、指先から脱力して、座っているのに足もとがふらつくようで、背中や二の腕の裏が寒く感じる。

　言葉には気を付けていたのに……。

だが、ここで沈黙を選べば、コウランを困らせる。

ディリヤは、細く、短く、息を吸い、その息を吐き出すかわりに、「時々、……他人をぎょっとさせることがあります」と声にした。

「続きを……」

　コウランが優しくそう促してくれる。

　ディリヤが変なことを口走ってもそのまま受け止めてくれるような、そんな声音に勇気づけられて、ディリヤはすこしずつ口を開く。

「ヒラに来てから、会話のなかで自分の何気ないことを話すと、たまに、周りが驚くことがあります。可哀想な顔をされる時もあります。……さっきみたいに、すこし遅れて、自分のその話が、普通とは違っていると気付くんですが、自分ではわりと日常的な部類に入ると思い込んでいたので……」

「そういう時、ユドハはどうしている？」

「ユドハは……ユドハだけは静かに話を聞いてくれます。でも、俺が話し終えたら、その時、俺がどういう感情だったのか尋ねてくれます。二人で話しているうちに頭のなかが整理できて、……ああ、俺はあの時痛かったんだな……って分かったり、この感覚はユドハ以外に話さないほうがいい内容だなって、理解したりします」

「さようであったか……」

「それが救いであると同時に、こんな話ばっかり聞かされるユドハの負担になりはしないかと……」

「それをユドハに問うたことは？」

「問えば、ユドハは俺の考えを否定するはずです。だから、それを問うのは卑怯です。俺が自分で気付いて、自分で解決できるようにならないと……」

　そう思っていたのに……。

　言葉には気を付けていたのに……。

　自分が人間的に欠落があることも、人としての倫理観が低いことも、もっと自分にしっかり言い聞かせるべきだった。

この人生を恥じるつもりはないし、これまで奪ってきた命に申し訳ないと思ったりもしないけれど、出口の見えない暗闇にいる気分だ。

「日常生活だと誤魔化しが利かせられるんですが、それでも、時々、化けの皮が剝がれるみたいで……、先日もキラムを戸惑わせてしまいました」

「自分をそんなふうに言うものではない」

「でも、ばけものみたいじゃないですか」

「…………以前、誰かにそう言われたか？」

「…………」

「言葉は呪いじゃなぁ……」

「こわいのは、自分が変なことを言っている自覚がないことです。どれだけ気を付けても、おかしいのが隠せない」

「そう自分を追い詰めるものではない。そなたは、奪うことが自己評価を高め、守ることに意味をなさない世界で生き抜いてきた。昔と今で生きる場所が変わったのだ。戸惑うのも無理はない」

コウランの手がディリヤの背を撫でる。

そうして優しくされることが、ディリヤには苦しかった。

「……荷、が重い……、って、思うことがあって」

「…………」

「……荷物が重いって……思って、ぜんぶ下ろして、逃げたくなります」

吐くべき弱音ではない。

頑張ってきたことが台無しになる。

コウランの負担になってしまう。

弱さや欠点だらけで、未熟で、中身が空っぽで、胸を張れることがなにひとつとしてない。

そんな自分がいやだ。

昔は、自分はなんでもできる強い生き物だったはずなのに、弱い生き物に変わっていきたいわけじゃないのに……。

「強くなりたいだけなのに……」

「そなたに多くを背負わせてしまった。……すまん」

「すみません。変な話をして……」

ディリヤは顔を上げ、「忘れてください」とだけ述べ、立ち上がった。

「これ、待たんか」

「…………」

死にかけの老人にしては強い力で手を引かれて、また床に座らされる。

無言の眼差し（まなざ）で「座れ」と促されて、ディリヤはこれから叱られる子供みたいにおとなしくその場に座り直す。

コウランには、ディリヤをそうさせるだけの眼力があった。

「そなた、これからどうなっていきたい」

「どう、なる……」

「なにか目標はあるか？」

「……目標」

「うむ。長期的な目標、短期的な目標。どうじゃ？」

「長期的には、将来はユドハの傍で戦える男になりたいです。護衛官とか、そういう役職があるとずっとユドハの傍にいられるので……。短期的には、……すみません、分かりません」

「では、短期目標を掲げよ。わりとすぐに叶（かな）えられる目標を設定せよ。得意じゃろ、そういうの。そなたはこつこつとひとつずつ課題をこなして大きな成果に結びつける忍耐があるからの」

「それなら、俺は……ユドハと離れていても強い自分でありたいです」

「まだ強さを求めるか……アスリフの血は因果なものよ」

「強いのは好きです。……夜中に、こんなふうに目を醒まさずに、ユドハが傍にいなくても、自分で夜を乗り越えられる強さがあればと思います」

「その強さ、どう手に入れる？」

「それは……」

「では、ひとつ話をしよう」

「はい」

「先般、アシュには、儂の部屋でのおとまりで、一人で冒険する勇気と誰も傷つけない悪いことを自分に許す、ということを伝えた」

「……アシュ、ですか？」

「あぁ。……そなたには、それよりもうひとつ手前のことを伝えようと思う」

「もうひとつ、手前……」

「そなたが一人でおとまりできるようになる方法じゃ」

「……おとまり」

コウランはディリヤの手をとり、赤く腫れた手の甲を包むようにもうひとつの手で覆う。

ディリヤの冷たい手がコウランの体温に馴染むほど

長く手に手を重ね、それからゆっくりと続きを話した。

「……のう、ディリヤ、一人でのおとまりがさみしい時は、仲間を誘って泊まるといい」

「……仲間」

「ここにユドハはおらんが、幸いにも、儂と、キラムと、キリーシャ殿がいる」

「………………」

「儂らではたいした助けにはならんだろうが、そなたが夜に一人で眠っている時に、儂らが一緒におれば、そなたが手をぶつけたり、倒れたりすることを防げるし、こうして話をして夜を明かすこともできる」

　コウランはそこで顔を上げて、階段を見やり、声をかけた。

「ほれ、二人とも、いつまでもそこでじっとしとらんと、ディリヤと儂のために熱い茶でも淹れんか。今宵は朝日を拝むまで夜更かしをして、語り明かそうではないか」

　すると、すこしの間を置くこともなく、キラムとキリーシャがそろりと階段を下りてきた。

　二人ともディリヤが心配で、見張りに戻る気にも休む気にもなれなかったのだろう。

「なぁ、ディリヤ、ここにはそなた以外に三人もおって、皆、そなたの傍にいる。儂らは、そなたの縄張りで守ってもらう弱い者かもしれんが、こうして手に手を取り合い、仲間を気遣い、寄り添うことはできる。どうか、儂らもそなたの群れの一員に加えてくれんかの？」

　一方的に守る存在ではなく、互いに守り合う存在。

　それが、家族であり、仲間だ。

「ディリヤ」

「……キリーシャさん」

「心の許せるところを作るのは素敵なことだと思います。一緒に泣いてくれる小さな友や、日に何度も食事を運んでかかさず挨拶をくれたあなた。あなたとアシュが私にそれを教えてくれました」

　茶器を戸棚から出しながら、キリーシャが微笑（ほほえ）みかける。

「ちょっと前まで、俺は心の拠（よ）り所がどこにもなかった気がしてました。大人だからって盲目的に信じちゃいけないってことを知って、人間不信になって……。でも、ディリヤさんとちゃんと話して、いま、また、誰かを信じるってことの安心感を思い出せました。それは、……ディリヤさんのおかげだと、思います」

キラムは竈の火を熾しながら、泣き声で鼻を啜る。

キリーシャは「泣き虫だこと」と呆れているが、その声は優しく、台所用の布巾をキラムに差し出している。

「ほれみよ、ディリヤ。そなたはそなたのやり方でいろんな者の心を救うてきた。だから、時には、自分が救われる側に回ってみるといい。そして、儂らにそれをさせておくれ」

「……俺は、救われるべきなんでしょうか」

「そなたに救われる気持ちがなくとも、儂らが救ってみせるよ。それが同じ群れの仲間というものよ」

「……かっこいい」

「じゃろう？　儂はこう見えてとてもカッコイイのだ」

コウランは胸を張って鼻を高くし、慈愛に満ちた眼差しでディリヤの頭を撫で、「今日までよう頑張ってくれたなぁ」と抱きしめた。

ユドハからもらう抱擁とはまた違うけれど、ディリヤは生まれて初めて「今夜の見張りはお願いします」と自分の責任を仲間に任せて、温かい茶を飲んで、朝まで眠った。

あれから数日、ディリヤはすこし眠る時間が増えた。

その日の夜も屋上に出て見張りをしていた。

夜はぐっと気温が下がり、屋外でも過ごしやすくなる。ともすればひどく冷え込み、昼には日除けとして使っていた被布が、防寒着として役立つ。

ディリヤは星を読み、入り組んだ路地を眺めては、「あの通りは逃げる時に便利、あっちは無理」などとぼんやり考え、リルニックの夜の喧噪に耳を傾けていた。

リルニックの夜はきれいだ。

酒場の怒声や娼館から漏れ聞こえる楽器の音色は、さみしさを紛らわせてくれる。

夜の街も寝静まる頃になると、それまでは騒音に掻き消されていた海の音がディリヤのもとまで届き、夜明けが近いことを教えてくれる。

一定間隔で寄せては返す波のさざめきは、不思議と耳に心地好い。

新しい仲間ができた。うれしい。尻尾を振って喜ぶアシュみたいな気持ちだ。

　この気持ち、ユドハに伝えたい。

　俺はまた新しい仲間を見つけたよ、と伝えたい。

　この喜びを聞いてほしい。

「明日はユドハと接触する方法を見つけて……あぁ、くそ……名前出しちゃった……」

　思い出すと会いたくなるから名前は呼ばないようにしていたのに、声に出してしまった。

「なんでこんなに会いたいんだ……」

　一度でも愛しい男の名を口にしてしまったら、途端に会いたくてたまらなくなる。

　さみしいという気持ちもあるけれど、それ以上に、仲間が自分を支えてくれているこの心強さを伝えたくて、その喜びをユドハを抱きしめることで表現したくてたまらなかった。

　ユドハのことが好きだ。

　嬉しいことを一番に伝えたいのはあの男だ。

　会いたくてたまらない。

　好きすぎて涙が出そうだなんて、情緒不安定にも程がある。実際に涙が流れるわけではないけれど、胸が熱くて、いっそ大声で泣けたほうが楽になれるんじゃないかと思うほど恋しくて苦しい。

　ディリヤは胸の奥に熱く迫るものを腹の底に呑み干し、もう一度深く息を吐き、顔を上げた。

　ユドハが滞在しているであろう宰相邸の方角を見つめる。

　ひしめく家々から零(こぼ)れる灯(あか)りや、店の軒先に灯(とも)された灯籠が地上に落ちた星のように瞬く。ぼんやりと滲む仄(ほの)かな橙色(だいだいいろ)は、満天の星空との境目がなくなる海辺まで続く。

　ふと、動きの異なる灯りを見つけた。

　先程までは見当たらなかったのに、不意に現れた。わりと近い距離だ。人が持ち歩く蠟燭(ろうそく)や雪洞(ぼんぼり)とも違い、宝石や星の瞬きとも異なる。

　不規則に明滅するそれは貧民街の闇をものともせず、まるで流星のように速く、時に跳ねて、飛んで、確実にこちらへ近付いてくる。

　ディリヤは静かに立ち上がった。

　あの光に見覚えがあった。

　星も月も輝かない夜の庭園で、陽の入り込まない地下牢で、闇のあるところで、何度も見た。

　終(つい)に、その灯りはディリヤのいる建物の真下に到達した。

　暗い影が路地に佇む（たたず）。人の形をしている。体格からしてかなりの大柄で、目深に被った（かぶ）布のせいで顔は分からない。だが、その手に蠟燭や灯籠はない。

　次の瞬間、その男が被っていた布を後ろへ脱ぎ、ディリヤの立つ屋上を見上げた。

「……っ！」

　ディリヤはその瞬間、屋上から飛び降りた。

　地上にいた男は空から降ってくるディリヤに気付くなり両手を広げ、ディリヤを受け止める。

「ユドハ！」

　ディリヤは愛しい男の腕に落ち、抱きついた。

　両足をユドハの胴に絡め、首筋の鬣（たてがみ）に埋もれるほどきつく両腕で抱きつき、ぎゅうと力を籠める。

「……っはは！　お前は本当に可愛い（かわい）奴だな！」

　腕のなかに落ちてきたディリヤを抱きしめ、ユドハがその場でくるくる回る。

　ディリヤの匂いを辿って（たど）ここまで来たものの、さてどうするかと見上げたら、愛しい（いと）赤毛が夜空から落ちてきた。

　危ないからちゃんと階段を使いなさいと窘める（たしな）よりも先に、尻尾（しっぽ）をぱたぱたさせて、めいっぱい褒めて撫でて胸に閉じこめるように抱きしめてしまう。

「いま会いたいと思ってた！　アンタのこと考えてた！　そしたらアンタがいた！」

　高揚する気持ちが抑えられない。

　ユドハがディリヤの居場所を特定して会いに来てくれた。

　こんなところまで追いかけてきてくれた。

　求める心のままに、会いに来てくれた。

　そう思うと、一階まで下りる時間すらもどかしくて屋上から飛び降りてユドハの胸に飛び込んでしまった。

「ユドハ、ユド……、っん、ぅ……」

　尻を掬う（すく）ようにユドハの腕に抱かれ、ディリヤはくちづけの雨を降らす。

　両手でユドハの頰を押し包み、顎先を持ち上げ、唇で愛す。

　指先のすべてで上等の毛皮を味わい、逞しい（たくま）首筋の筋肉や胸板の厚みを体で感じ、歯先で口吻（こうふん）や頰肉を甘噛みして懐かしい感触を愉しみ、鼻先を寄せて愛しい男の匂いを堪能し、頰を寄せて自分の匂いとユドハの匂いを交わらせる。

「俺の可愛い仔猫、泣かずに待ってたか？」

「うん」

「えらかったな」

「泣く前にアンタが来てくれた」

「お前はかくれんぼが上手だ」

「どうやって見つけたんだ？」

見つからない自信があったのに……。

それだけは、ディリヤも驚いている。

「いつでもお前を見つけるのは俺の役目で俺だけの特権だ」

「……？」

「なに、簡単だ。お前の行きそうな場所に目星をつけて、お前の匂いを知っている俺が、この狼の嗅覚で見つけ出しただけだ」

「安全確保できてない土地で無茶するな」

ユドハが単身単走、ディリヤのもとへ駆けつけてくれた。

ディリヤの居場所に見当がついたなら、部下を派遣すればいいのに……。

「愛しい人に会いに行くのに、なぜ他人を介さねばならない？」

「国王代理殿下、お忍びはお控えください。ゴーネの件でも散々説教食らっただろ？　俺のせいでアンタにもしものことがあったら……」

ディリヤは、それこそ後悔してもしきれない。

「お前は危険を冒してリルニツクまで来ているんだ。お前の身になにかあったら、それこそ俺も一生後悔する」

「アンタは、俺とは立場が違うんだから」

ディリヤはユドハを叱ってしまいそうになるのを自重する。

危ないことは俺がするから、アンタは安全な場所で国王代理に精を出してろ。そう言って怒ってしまいそうになる。

二人でできることを一人で背負う必要はないが、危険なことだけはぜんぶディリヤに任せてほしい。

「ディリヤ……」

「俺はアンタに説教できる立場じゃないし、怒ったり、ケンカしたり、こんなことで言い争ったり、仲違いするくらいなら一回でも多くアンタのこと抱きしめたいし、愛してるって言いたい」

「怒っていいぞ？　ケンカもしていいんだ。仲違いも、

言い争いもしよう。それは、互いを想って、心配して、思い合っているからだ。いろんな心をその時々で分かち合おう」

「……おれ、は……」

「どうした？」

「………ちょっと変なこと言っていいか？」

「どうぞ」

「不思議なんだ。俺、いままでは、アンタから離れた時とか、さみしい時に、アンタに会いたいって思うことばっかりだったのに、イイことあったからアンタに会いたいって思ったんだ」

「なるほど」

「イイことって言うのは、俺に仲間がいたってことなんだけど……俺は気付いてなかっただけで、コウラン先生とか、キリーシャさんとか、キラムも仲間なんだなって知れて、それが嬉しくて、嬉しいことはアンタに一番に伝えたいと思ったんだ」

「お前の声が弾むことなど滅多にないから、話を聞いているだけで嬉しいのが伝わってくる」

　ディリヤの心の跳ねる様子が伝わってきて、ユドハの尻尾も揺れる。

「俺、自分がこんな気持ちになれるんだって初めて知って、アンタに伝えたくてたまらなくて、この気持ちを話すならって考えたらアンタの顔がまず一番に思い浮かんだんだ」

「そうか、俺を思い浮かべてくれたか」

「……ごめんな、俺のことばっかりで」

「なにを言う。俺はお前のことでこの人生が埋め尽くされるのがなによりの悦(よろこ)びだ」

「……っ」

　感情を素直に。心の赴くままに。

　感極まって、ユドハの鬣に埋もれる。

　息ができなくなるほど埋もれてから顔を上げて、

「アンタが会いに来てくれて嬉しくて喜びすぎた。すまん、元に戻る」と、ゆるんだ頬を引き締めた。

「我に返るのが早い。もっと可愛いお前を見ていたいのに……」

「そういう俺はぜんぶ片付くまでおあずけだ」

「自分の気持ちを蔑(ないがし)ろにすべきではないぞ？」

「あとで話す」

「後回しもよくない」

「頼む、ユドハ……いま、俺を甘やかすな」

ディリヤには三人の命を預かっている責任がある。いまここで中途半端にユドハに甘えたら、きっと油断してしまう。腑抜けて、隙ができて、取り返しのつかない失敗をしてしまう気がする。

「あとでお前が泣きを見るほど甘やかすからな？」

「……うん」

ディリヤはユドハの腕から下りて、いま優先すべきことを話題にする。

ディリヤはユドハの手を引き、潜伏先の一階に通した。

ユドハはその隠れ家の粗末さに「苦労をかけたな」とディリヤを労い、「これは甘やかしているのではなく、お前の苦労を正しく思いやっているだけだ」と付け加える。

「二階でコウラン先生とキリーシャさんが休んでる。キラムは一階の台所で」

ディリヤは天井を見やり、視線だけを流す。

「大切な人を守ってくれてありがとう、ディリヤ」

「どういたしまして。アンタの大事な人を守れて俺も嬉しい。でも、俺も、三人に助けてもらってるんだ。武力面っていうよりも、気持ちの面で」

「気持ち、か」

「うん。自分一人じゃないって思えて、なんだかすごく力が湧いてくる。話したいことがたくさんあるんだけど、落ち着いたら聞いてくれ。とにかく、いまは俺はすごく心強いってことだけ分かってて」

「分かった」

「安心したか？」

「俺と離れている間に、お前の心が泣いてばかりではなかったことに安心した」

「うん」

「……だが、泣いた日もあるのだろう」

「うん。でも大丈夫だ。……それより子供たちは？」

「安心しろ、元気にしている」

「またエドナさんに迷惑かけてるな。家でおとなしく待っててくれてるならいいけど……」

「すまん。それなんだが、いまリルニツクにいる」

「アンタについてきちゃったか？」

「すまん」

「リルニツクの街中でそんな噂があったけど、本当だったか。……ま、元気にしてるならそれでいい。俺よりもアンタと一緒なら安全だし、子供たちの心情的にもウルカよりアンタの傍のほうが落ち着くと思う」

「早くこの件を片付けて、みんなで家に帰ろう」

「うん、そうだな。家が一番だ。ほら、ここ座れ」

ユドハの手を引いて、椅子に腰掛けさせる。

「お前はここだ」

対面に椅子を引いてこようとするディリヤの手を摑み、己の膝に乗せた。

ディリヤが「これは甘えるのに……」と言いかけると「入らない」とユドハに先手を打たれて腹に腕を回され、大人しくユドハの膝に収まる。

ディリヤの足にユドハの尻尾が絡む。

ディリヤの指先は、甘えるようにユドハの手の甲に重ねられる。ユドハの胸に背を預け、愛を語らうように互いの情報を共有する。

「もし、キリーシャさんの三人の兄か、リルニツクの権力者で、海運、法務、金融で強い影響力を持っている奴がいたらそいつが黒幕だ」

「一名、心当たりがある。俺のほうでも黒幕と目星をつけている人物だ」

「証拠固めの最中？」

「ああ。少々難航していたが、お前の情報のおかげで、そちらの方面から追い詰められそうだ」

「俺のほうでも探りを入れてみる」

「危険な真似は……」

「できるだけしない。……ユドハ、くるしい」

ユドハにきつく抱きすくめられ、ディリヤはその腕を優しく叩く。

「そもそも動き始めている船に飛び乗った時点で危険なことをしたんだ」

「いまそれを言うか？」

「落ちたら海だ」

「泳げる」

「あの高さから落ちたら、ただでは済まない」

「向こう見ずでごめんな？」

「…………」

「あのな、ユドハ……」

「うん？」

「……もうひとつごめん、路銀が足りなくて、アンタにもらった服のボタンとか売って生活費の足しにした」

服の貝ボタンや飾りの小さな宝石。ベルトの金具。腰に巻いていた刺繡の飾り布。ディリヤの身に着けていたものはすべてユドハが贈ってくれたものだ。

この貧民街に入るための口利き料、住居、食料や生活用品、衣料品、コウランの薬をそろえるためにすべて手放し、足のつかない物は金銭や消耗品に替えた。

「あぁ、可哀想に……、つらかったろう」

ユドハは尻尾でディリヤの頬を撫でて慰める。

ディリヤはいつも、「アンタからもらったものはなにひとつとして手放したくない。手放す時に苦しいからなにも欲しくない」と言っていた。

そんなディリヤがユドハからの贈り物を金品に替えるのは苦渋の決断で、とても悲しいことだっただろう。情の深い子だから、ユドハへの申し訳なさと悔しさで、夜な夜な思い返しては悲しんだに違いない。

ユドハにかんする物事にはとても執着する性分だから、ディリヤはいまもきっとどうにかして取り戻せないかと気を病んでいるはずだ。

「ほんとは、手放したくなかった……、ごめん……せっかくくれたのに……」

「…………」

「おれの、だいじなものなのに……」

「いやだったんだな」

「…………ごめん、こんなふうにかんがえて……ごめん……」

大事な人の大事な人を守るため。

三人の命には代えられない。

心が納得していなくても、頭はそれを理解しているから、すぐに手放せた。

手放せたのに、あとからあとから時間が経てば経つほど悲しくなって、落ち込んで、気持ちの行き場がなくて……。

「かなしい……」

好きな人からもらったものを失った。

つらくて、かなしくて、いや。

好きな人がくれたものを手放すのは、いや。

「…………いやだったんだ……」

すこしだけ、素直になった。

素直になることを、許した。

ユドハの顔を見たら心が勝手にゆるんで、忘れていたフリをしていた悲しいことを思い出して……、ディリヤは何度もユドハの胸の毛を毟(むし)った。

ユドハとディリヤが目星をつけた黒幕を糾弾するには、キリーシャの兄たちを味方に引き入れる必要がある。

ディリヤは引き続き潜伏を続け、ユドハは宰相邸で証拠固めに動く。今後の方針と連絡方法を決めて、昨夜は別れた。

なのに、ユドハと再会した翌日の夜、ディリヤはリルニツク宰相邸にいた。

ウルカの国王代理が滞在していることもあり、宰相邸の警備は厳重なものだったが、事前にユドハの居室の場所や状況を聞いていたので侵入は容易だった。

「……ディリヤ」

「ごめん……」

ユドハの寝室のバルコニーに立ったディリヤは、腹の底からその言葉を絞り出した。

本当に、本当に、申し訳なくて、その言葉しか出てこなかった。

「どうした、なにかあったのか」

部屋着姿のユドハは上着を片手に、慌ててバルコニーに出てくる。

大人が眠るには早い時間だが、人を訪ねるには遅い時間だ。

「アシュたちは……？」

「いましがた寝かしつけて、隣の部屋で休ませている。ララとジジにはイノリメとトマリメが付き添って、アシュはフーハクと一緒に寝ると言って自分の寝床に引っ張り込んでいた」

「そっか……」

「それより、どうした？　緊急事態か？」

冷たい夜風から守るようにディリヤを懐に抱き、己の上着を着せかける。

「……違う、大丈夫。みんな無事。……アンタが新しい潜伏先を見つけてくれて、護衛も置いてくれたから、もうなにも心配しなくていいし……」

昨日の今日でユドハは新しい潜伏先を手配してくれた。

ディリヤが見つけた隠れ家よりもずっと快適な邸宅だ。数年前まで商家の隠居夫婦が暮らしていて、空き家になったそこをユドハが買い上げ、日が暮れてから皆で移動した。

住環境が改善され、ユドハと連絡がとれたことで安心感も増し、身辺警護も付いていて、コウランやキリーシヤはもちろんのことキラムも緊張感から解放されて安堵していた。

　ディリヤが独りで守るよりもずっと安全な場所に三人を移せたし、ディリヤ本人もいまは新しい拠点を中心に動いている。

　会おうとすればするほど誰かの目に留まる可能性が高まる。そう長くかからず家に帰れる日がくると分かっている。だから、ぜんぶ片付くまで我慢すればいい。それは分かっていたのに……。

「ごめん……っ、どうしても会いたくなった……」

「…………」

「昨日会ったばっかりだから我慢しないといけないのに、我慢できなかった。……なんの用もないのに、ただ会いたくなるなんて、意味ないのに、……ごめん、辛抱できなくて、……アンタに会いたくてたまらなくて……」

　ディリヤは自分のなかで渦巻く感情に戸惑い、ユドハにぶつけてしまう。

　これが愛なのか、恋い焦がれる気持ちなのか、我儘勝手な押し付けなのか、なんなのかも分からない。

　ほんのすこし素直になることを覚えてしまった心は、その甘美な誘惑に抗えず、こんな愚かな真似をしてしまった。

「……こんな、だらしのない……」

「ディリヤ……」

「昨日、顔を見たところなのに……、俺、変だ。……どうしていいか分からない。会いたいって思ったら、アンタのことを考えたら……がまん、の仕方……分からなくなって……」

　会いたいから会いに行くなんて、けものだ。

　ちゃんと人間らしくしないといけない。

　心に素直になりすぎてはいけない。

　自制しなくてはならない。

　ちゃんと待っていれば迎えに来てもらえるのだから……。

「ごめん、馬鹿な真似して……もう、帰る……」

　恥ずかしくて、泣きそうだ。

　ユドハの顔を見て冷静になったら、居た堪れない気持ちで死にたくなった。

「行くな」

　ユドハは踵を返すディリヤの手をとった。

「……っ」

手を引かれ、強く掻き抱かれ、狼の懐に閉じ込められる。

バルコニーの欄干の冷たさを背にディリヤは唇を奪われ、謝ることも、立ち去ることも許されず、ユドハの腕に囲われる。

「ん、……っ、ンぅ」

大きな口で、熱い舌で、息を継ぐ暇もなく貪られる。

だめだ、ユドハ、離れろ。

後ろ手に回した手で鬣を摑むのに、その手は瞬く間に縋る手に変わり、そのうち、力なくだらりと垂れ下がる。

抗う術を知っているはずなのに、抗いたくない。

我儘な気持ちのほうが勝って、自分に負けてしまう。

いまこの瞬間に自分を甘やかすのをやめなければ、なし崩しでぐずぐずになってしまうと分かっているのに……。

「だめだ……ユドハ……、だめ……」

ユドハはディリヤの考えを見透かして、ディリヤの弱いところを責めてくる。

気持ち良くて、どろどろに蕩けて、しあわせで、なにも考えられなくなること。

ディリヤの大好きなこと。

ディリヤが一番好む、愛の交わし方。

けものじみたディリヤにとって一番分かりやすい愛の尽くし方。

「……ユド、……ユド、ハ……」

服も脱がず、異国の乾いた風と月下のもと、誰の目があるかも分からない場所で……。

あぁ、でも、ユドハの眼と索敵能力なら、どこに誰がいて、どういう警備配置かなんてぜんぶお見通しだ。

それに、こうしてユドハに抱きすくめられているとディリヤの体なんてすっかり覆い隠されてしまうから、誰かに見られる心配もない。

「あたまが……ばかで……いやだ……」

気持ちいいことと、好きな人のことしか考えられない。

いま、人生で一番頭が馬鹿だ。

すべてに言い訳を考えて、なにもかもに理由を付けて、なんとかしてこの男と気持ち良くなろうとしてしまう。

ユドハがディリヤのズボンや下着を脱がせようとしたら、ディリヤは足を上げてそれに協力してしまう。

せっかく羽織らせてくれたユドハの上着が肩から滑り落ちても拾い上げられない。

立ったまま欄干に左足を乗せ、背中にユドハの体温を感じても抗えない。

ユドハはディリヤに体重が掛からないようにしてくれているけれど、ほんのすこしの重みが背中にあって、ディリヤの体が斜めに傾ぐ。

必然的に、背筋をしならせ、腰を入れて尻を突き出し、後ろからの交尾をねだるような姿勢になった。

「ん……」

ぬるりとした感触が、尻に触れる。

よく知った熱と硬さに息を呑み、期待に胸を高鳴らせる。

なのに、ユドハはそれを欲しいところに挿れてくれない。臀部から太腿の隙間に滑らせ、ゆっくりと抜き差しする。

「ユドハ……」

「長く使っていないのに、慣らしもせずにお前を愛したら可哀想なことになる」

「ちゃんと、したい……」

「先に一度落ち着いてからだ」

「……ん、ぁ」

声が漏れる。ディリヤは咄嗟に己の手指を噛み、声を殺す。

「すぐにそんなこともできなくしてやる」

耳もとでユドハが低く囁く。

「あ、つぃ……っ」

股の間でオス狼の陰茎がぬるりと動く。

張り出た雁首や根元の瘤で会陰を圧迫したまま、ゆるく勃ち始めたディリヤのそれを刺激していく。

太腿を閉じたほうがユドハは気持ちいいかと思い、欄干に上げた足を下ろそうとすると、「足はそのままで。閉じられたら窮屈で動けん」とユドハに下腹を撫でられる。

いつも、そんなに大きな物を腹に咥え込んでいるのだと思うと、はずかしい。

「いつもこの腹でたくさん食って、根元までしっかりと頬張って、健気に締めあげて、気持ち良くしてくれる」

「っ、んぁ……」

陰茎の付け根、横に裂いた傷痕、臍の下、脇腹……、いつも迎え入れている場所まで指先で辿られて、ユドハが褒めてくれる。

ユドハの種が欲しくて、空っぽの腹がうねってしまう。

その動きに合わせてユドハが腰を引き、外から会陰を押し上げる。その感覚は、内側にユドハを感じた時の気持ち良さに似ていて、腹の奥が切なくなる。

「まえ、さわ、る……な……」

「なぜだ？」

「こえ、がまん……できない……」

ユドハの大きな手で陰茎を可愛がられると、気持ち良くて我慢できない。

その手の熱さも、大きな掌に包まれる心地好さも、陰茎も陰嚢（いんのう）もひとまとめにして揉（も）まれた時の指の動きも、堪（こら）え性のないディリヤには腰が抜けるほどの快楽になる。

「自分でしてみるか？」

「……いや、だ」

「なら、俺がしよう」

「ぁっ、ぅ……んぅ、ぅ……っ、ふ、ぅ」

唇を噛み締めると、鼻にかかった息が抜けて、それもまた恥ずかしい。

こんなにも翻弄されている。

声を殺そうと歯を立てていた手指は、いつしか欄干に縋りつくものに代わり、それすらできず、だらりと滑り落ちる。

縋るものを探して、ディリヤの体を支えるユドハの腕に爪を立てる。

甘い痛みにユドハは機嫌良く尻尾を揺らし、バルコニーに尻尾の影がゆらゆらと揺れた。

くち、にち……。二人分の先走りが混じって、濡（ぬ）れた音が響く。ここは貧民街のように騒がしくないから音が鮮明に聞こえる。

音がゆっくりになればユドハが腰を使うのを緩やかにした証拠で、不規則になればディリヤが無意識のうちに自分から腰を振っている証拠だ。

音が速くなったり、粘つく音がひどくなれば、二人とも絶頂が近いことを示す。

昼は汗を掻くほど暑くて、夜は冷えて一人で眠るのもさみしいほどなのに……。

ぼたぼたと欄干に汗が落ちる。

赤毛の毛先が額に張りつき、そこを汗が流れて頬から顎先に伝い、ディリヤの陰茎を弄（もてあそ）ぶユドハの毛皮に落ちる。

「……ん、ぁぅ」

ふと視線を落とせば、自分のまたぐらから見え隠れする狼の一物に唾を呑む。

自分の陰茎と、狼のそれが、いやらしく艶めく。

ディリヤのそれはユドハの手のなかで愛されている。好きな男にこんなふうに触ってもらえて嬉しくて、感情の振れ幅が吹っ切れて、声も我慢できなくて……。

「ユ、ド、……んぁ、っ、あ……っ」

身も心も追い上げられた先で、果ててしまう。

ユドハの指の隙間から白いものがどろりと溢れる。毛皮に染みたり、毛油が弾いたりして、ほとんど床に流れ落ちず、ユドハの手に留まっている。

「いい子だ」

「……っん、は……ぁ、あ……っ」

「だが、……可哀想に、一度も自分でしなかったんだな」

「だ、め……だ、ユド……も、出した……出た……」

もう射精したのに、ずっとそこを揉まれて、扱かれて、後ろからゆっくりと突かれる。

久しぶりの射精に、太腿や腰回りが重怠く、心地好い疲労にあるのに、下腹の奥がきゅうと切ない。

そのうえ、ユドハの手はずっとディリヤの陰部をもみくちゃにして、ぬるま湯のような快感を与え続ける。

出したばかりの精液で陰茎の先端を弄られると酷く淫らな音がして、その頃にはもう次の気持ち良さに支配されて、ぞわぞわと背筋を這いあがってくるものに抗えず、ずるずると体が崩れ、ユドハに身を任せて喘ぐだけの人形になってしまう。

「ぁ、ぅ……っ、あぁ……っんぁ……ひっ、ぁ」

じわりと股間が熱を帯びる。

太腿のあたりに、湯で濡れたような温かさを感じ、ゆっくりと肌に染みるように足首まで伝っていく。

膝が震えて、べちゃりと尻餅をつく。

ユドハがディリヤの背に射精をする。

匂いも濃くて、ディリヤはその身に馴染んだオス臭さに興奮を覚えてしまうのに、ディリヤの陰茎は勃起せず、じわじわと前を濡らす。

「初めてではないだろう？　尻に入れた時にはよく吹いている」

「……？」

「素面でそうなるのは初めてだったか？」

身支度を整えたユドハは、指先で触れるだけで快楽に打ち震えるディリヤに優しく微笑み、「おいで、狼の寝床に足を踏み入れたのはお前だ」と愛しいつがいを寝床へ引きずり込んだ。

リルニツク宰相邸は異国情緒に溢れている。

天井から吊るされた色硝子のランプは不思議な風合いを醸し出し、壁面の装飾や豪奢な織布はウルカとはひと味異なる色柄で目を引く。

ウルカとリルニツクは土地が近いからか、家具や間取りは似通っているものもあるが、貿易の拠点というだけあって、珍しい調度品も多い。

ユドハが滞在する区画は、さすがに金狼族が不便を感じさせぬ設えで、リルニツクの狭い国土に鑑みれば十二分にゆったりとした造りなのだが、それでもやはりウルカの王城と比べれば手狭に感じた。

幾重にも重ねられた絹の天蓋の向こう、ディリヤはユドハの胸に伏せて寝転び、微睡んでいた。

まだ夜は明けていない。

バルコニーから流れる夜風が火照った肌の熱を冷ます。夜は肌寒いはずなのに、身も心も、まるで真夏の夜に交わした愛のようだ。

「……暑い」

暑いのに、ユドハの胸から離れられない。

「水風呂にでも入るか？」

「いい。……さっきアンタが拭いてくれたから」

「まだ熱が残っているな」

気怠げなディリヤの頰を撫ぜ、その手を背中から腰へ滑らせる。

たったそれだけのことでディリヤは目を細めて切なげな息を漏らし、ユドハを煽る。

「っ、……ユド、……もう触れられても、なにも出ない……」

ほんの数時間の逢瀬で、ぐずぐずのどろどろに甘やかされて、愛された。

結局ユドハは一度もディリヤの尻を使わなかった。

ディリヤは、ユドハの手で何度も絶頂に導かれ、潮を吹かされ、とろけさせられた。

下手な交尾よりも、こちらのほうがずっとタチが悪い。頭も体も、ずっと、いやらしい気持ちと感覚が残ってしまって、まともな生活なんて送れそうにない。
ディリヤは恨みがましくユドハを見やり、顎下の肉を甘噛みする。

一日中交尾のことしか考えられないような、そんな疼きが腹の底に根付いている。

ずっとユドハに愛されているような充足感すらあって、こんなことを教えられたら、「またしてほしい」とねだって股を開いてしまう浅ましい自分が容易に想像できた。

そのくせ、そうしてすっかり満足させてもらって、ユドハの腕で仮眠をとると、目覚めた時にどこかすっきりとして、落ち着いているのだ。

「アンタ、どんな魔法を使ったんだ……」

「お前だけに有効な魔法だな」

ユドハはただただディリヤを愛しただけ。

ユドハを恋しがって泣きそうな顔で会いに来た可愛い赤毛を、狼の独占欲ですこしばかり特別に愛しただけ。

「疲労を上回る充足感があるけど、腰骨が……ふにゃふにゃしてる……」

「……お前、体力が落ちてるぞ」

「暑いから……」

「夏バテするには早い。去年のこともある。食事はとれているか？」

「うん」

ユドハはディリヤのことが心配で心配でたまらないのだろう。ディリヤを甘やかす仕草がとびきり優しい。

去年の夏は、悪阻や双子の妊娠で随分と弱った。あの状態に比べればずっと元気だが、元来、ディリヤは寒い地方の生まれ育ちで、リルニツクの気候には馴染みがない。ユドハはそうしたことも踏まえて気を揉んでいるのだ。

「俺よりもアンタだ。……肩、大丈夫か？」

ディリヤはユドハの肩の傷を気遣う。

船に飛び移る際、ディリヤを庇って受けた矢傷だ。

「あんなものはもう治ったも同然だ」

ディリヤの前髪を掻き上げ、「痛くも痒くもない」と笑ってみせる。

「守ってくれてありがとう」

ディリヤはユドハの肩の傷口に唇を寄せる。

早く良くなりますように。

愛しい人が痛くありませんように。

けもののつがいが傷を舐め合うように、互いを慈しむ。

「無茶をするお前を守るのが俺の責任だ」

「俺にとっての責任は、アンタにとっての愛と同義だ」

ちゅ。ディリヤはユドハの鼻先に唇を落とし、ゆっくりと身を起こす。

「ディリヤ？」

「もう行かないと……」

忍び込んでの逢瀬ももう終わり。

ディリヤは寝床から手を伸ばし、床に落ちた服を拾い上げ、頭から被る。

「ディリヤ、それは俺が着ていた服だ」

「じゃあ、これもらってく」

「かわいい追い剝ぎだ」

ユドハは尻尾をディリヤの足首に巻きつけ、寝床へ引き戻そうとする。

「ユドハ、こら……邪魔するな。引き留めてもだめだ」

ディリヤはやんわりとその尻尾を解き、撫でて宥め賺す。

ほんの数時間の留守はこれまでにも何度もしているが、コウランたちのことが心配だ。

コウランの食べやすい朝食を作るのはディリヤが一番慣れているし、キリーシャやキラムも日に一度でもディリヤの顔を見ると安心するらしい。

ディリヤも仲間の顔や元気な姿を見ると安心できるから、情報収集であちこち走り回って疲れていても、隠れ家にはできるだけ帰るようにしていた。

「アシュたちの顔だけ見ていきたいけど……」

「見ていくといい」

「起こして別れ際が長引くといけないから、また起きてる時に会いに来る」

後ろ髪を引かれるのは事実だ。

努めてそう見せないようにするが、ユドハには「泣きそうな顔をして笑うな」と言われてしまう。

ユドハの前だと上手に感情が取り繕えない。それはいつものことだが、それ以上にユドハがディリヤをよく見ているのだろう。

ディリヤはそろりと片足ずつ床に下ろし、寝床に手をついて立ち上がる。

腰が重い。膝が笑っている。下腹がずっと切なさを訴えかけてくる。欲しいだけたっぷりと腹にオスをもらえばいいのに……と、甘言を囁いてくる。

ユドハと交尾すると、腰が抜けたり、起き上がれなくなることがままあるけれど、今日のユドハは手加減してくれたみたいだ。

下着を足指の先でつまんで拾いあげ、足を通す。

ディリヤが身支度を整える間、ユドハは寝床に横臥(おうが)して頬杖をつき、一定間隔で尻尾をゆっくり上下させ、寝床を打つ。

戻ってこい、と誘っている。

行かせたくない。そう思っている。

でも、ディリヤの気持ちも分かるし、引き留めれば困らせてしまうと分かっているから、声には出さず、尻尾だけで我慢している。

「またすぐに会いに来る」

不機嫌な尻尾を摑まえて、ディリヤはそこへ唇を落とす。

「俺はお前の帰りを待つばかりか？」

「俺がどこに行ってもアンタは絶対に俺を追いかけてきてくれる。探し出して、見つけ出してくれる。だから、俺はどこにでも行けるし、なんでも頑張れる。アンタっていう帰る場所があるから」

「跳ねっ返りには鎖をつけたい気分だ」

「もうとっくの昔に、身も心もアンタに繋(つな)がれてるよ」

いつも変わらず、必ず帰れる場所がある。

優しく迎え入れてくれる男がいる。

帰りが遅れたら、探しに来てくれて、どこにいても見つけ出して、手を引いて連れ帰ってくれる頼もしくも愛しい人がいる。

だから、ディリヤは、手にしたまま離せずにいるユドハの尻尾を離すことができるのだ。

あぁ、でも、やっぱり……。

尻尾が指先から離れて、ゆらりと揺れる。

それを追いかけて摑まえて、寝台に寝転ぶユドハの胸に飛び込んで、「アンタのためにもっと働くから、朗報を期待してろ」と愛しい男にくちづけ、めいっぱい好きな男の匂いと毛皮を堪能して、今度はちゃんと尻尾を離すと、バルコニーから立ち去った。

ユドハは新しい潜伏先にせっせせっせと食料を運んでくる。それこそまるで狩りで仕留めた獲物をつがいの待つ巣穴に甲斐甲斐しく運ぶオス狼のように運んでくる。

求愛給餌。

そんな言葉がディリヤの脳裏をよぎった。

狼は求愛給餌をしない生き物のはずだが、ユドハはありとあらゆる愛情表現をするので求愛給餌もするかもしれないと思った。

「国王代理殿……そんなにここに出入りしたらだめだろ」

「顔だけ見たらすぐ帰る」

ユドハはそう言って、不定期に食料を運んできた。

コウランやキリーシャ、キラムの顔を見て帰ることもあれば、その暇もないくらい大急ぎで取って返すこともある。

ユドハが食べ物を運んでくるということは、つまり、ディリヤに食べろ、ということだ。

ユドハの物言わぬ心遣いで、「……ああ、俺、痩せてきてるんだな」と察して、できるだけ食べることを忘れないようにした。

すこしずつ食べる量が減っていたらしく、食欲が落ちていることも、痩せてきていることにも自分では気付いていなかったから、ユドハの物言わぬ寄り添い方をありがたく思った。

その日、コウランの居室には、コウラン、ディリヤ、キラム、キリーシャの四人が集合していた。

ユドハの持ってきてくれた水菓子やナッツをおやつ代わりにつまみつつ、みんなで作戦会議だ。

「キリーシャさん拉致の件ですが、黒幕を捕まえるにあたり、キリーシャさんの兄君の協力をとりつけたいと考えています」

「それはどなたの考え？」

「俺とユドハです。今回の黒幕はリルニックで一定の地位にある者です。黒幕に等しい権力のある方の協力をとりつければ捕縛は円滑に進みます」

「では、あなたとユドハ様はもう黒幕が誰か特定しているのですね？」

「目星はつけています。ですが、黒幕だと確定するために、ユドハが証拠固めに動いています」

「その証拠固めの一環で、私の兄の協力が必要なのですか？」

「はい。……そこで質問なのですが、キリーシャさんの三人の兄君で一番柔軟に物事を考えるのはどなたですか？」

塩を振った胡桃を食べながら、ディリヤが尋ねた。

「三番目のシルーシュです」

「うむ、シルーシュじゃの」

キリーシャとコウランが茘枝を食べつつ答えた。

「では、シルーシュ殿の協力をとりつけたいと思います」

「……協力を仰ぐってことは、姫様の三番目の兄上殿は黒幕じゃないってことですか？」

全員分のお茶を淹れていたキラムが疑問を口にする。

「裏で黒幕と繋がってる可能性がないとは言えないが、一番の悪でないことは確かだ。それに、聞くところによると、シルーシュ殿はキリーシャさんに一番優しい兄君だと……」

「はい。シルーシュは、それはもう特に私を可愛がってくれています。私も、なにか困り事があればまずシルーシュに相談するほどです」

「三男のシルーシュは、元の名をシームハユルというてな……」

コウランが付け加えた。

リルニツク宰相家には、伝統的な名付けの法則がある。

その法則に従って、上から、長男のバールバエル、故人で次男のヤームナハル、三男のシームハユル、四男のモートネルガルと名付けられた。

「ところが、キリーシャ殿だけは父君から亡母と同じ名を与えられた。だが、そうすると、リルニツクの伝統的な名付けの法則から外れることになる」

「宰相家では、世代ごとに名付けの法則が異なり、母の代の名付けの法則をその子息子女の名付けに用いることは教義違反とされています。端的に申しますと、私は父の娘ではないと宣言されたも同じです」

「そのような名を与えられたことを哀れに思い、キリーシャ殿が幼い頃に、シルーシュは己の名をシームハユルからシルーシュムフという名に改名しよった。つまり、自分の母と同じ世代の名付けの法則を使ったのだ」

「家族間で私だけ疎外感を感じぬように……、という兄なりの思いやりなのだと思います」

「優しい人なんですね」

　家族感情の強いキラムは感動している。

「妹思いであるのは確かだな」

　ディリヤはキラムの淹れてくれた茶を飲みながら頷(うなず)く。

　まずはシルーシュから当たってみよう。

　シルーシュでだめなら、長男のバールだ。

　ユドハの協力者に相応(ふさわ)しい者を見つけるのがディリヤの役目だ。

「そのシルーシュ殿と渡りをつけたいのですが……」

「ユドハ様ならすぐに会えるのでは？　宰相邸にご滞在中でしょう？」

「ユドハが動けば目立つので。できる限り内密に事を進めたいと考えています」

「まぁ、それが最適じゃろうな。ユドハが動くということは、ウルカが動くということだ。あの男が指先ひとつ動かすだけで、リルニツクに圧力をかけることになる」

「ユドハとしても、政治的な問題に発展する事態は避け、この件は穏便に済ませる意向です」

「では、儂が一筆書こう。シルーシュなら儂の文字も覚えておるだろう。手紙を読めば、ディリヤ、そなたに協力するはずじゃ」

「紙と筆を持ってきます」

　キラムが立ち上がり、別室へ走る。

「兄に、私が健勝であることは伝えますか？」

「状況によっては」

「では、私からの手紙もお持ちください。部屋で認(したた)めて参ります。……それと、これを」

　キリーシャは己の腕輪を外し、ディリヤに渡した。

「これは？」

「今年の新年のお祝いにシルーシュ兄さまから頂戴(ちょうだい)したものです。私の指輪印章を押した手紙とともに渡せば、ディリヤ、あなたの身分を保証し、私が無事だという証明にもなりましょう」

「姫を人質にとっていると勘違いされぬよう留意せよ。シルーシュはなかなかの曲者(くせもの)。一度でも不信感を与えてしまえば取り返しが利かぬ」

「はい」

「だが、愉快な物事を好み、情に厚い面もある。そなたはそなたらしく、いつものように振る舞うがよい」

「ありがとうございます」

コウランの助言に頷き、ディリヤは二通の手紙と腕輪を携え、シルーシュの屋敷へ向かった。

シルーシュの邸宅は小高い崖の中腹にあり、眼下に海を見下ろす。盆地の市中よりも高所にあるためか、海風が心地好く、体感温度もいくらか涼しい。

だが、涼しく感じるのは、単に、この屋敷に到着する寸前に通り雨に降られたからかもしれない。

夕立にしては酷い雨で、足もとは泥だらけ、毛先からは雫が滴った。

「まずは着替えろ。赤毛の濡れ鼠」

シルーシュは独断専行だ。

そして、とても頭の回転が速い。

シルーシュの私室に侵入したディリヤに刃を向けるでも、衛兵を呼ぶでも、騒ぎ立てるでもなく、ディリヤの差し出した腕輪で状況を察し、二通の手紙に目を通し、室外の召使いに命じて着替えを用意させた。

元来の察しの良さもあるのだろうが、それ以上に自身を危険に置いてもなお好奇心が勝る性質なのだろう。

博打打ちみたいな男だ。

「疾く着替えよ。夜は冷えるぞ」

「…………」

シルーシュの言うとおり、肌寒さを感じる。

ディリヤは召使いが差し出す着替えを受け取ったものの、袖は通さずにいた。

召使いはシルーシュの手振りひとつでお辞儀をして退室する。

「……っくしゅ」

「そら見たことか」

「…………」

シルーシュに鼻で笑われて、ディリヤはシルーシュに背を向け、服の裾に手をかける。

その瞬間、シルーシュが動いた。

ディリヤは咄嗟にその手を払い除けたが、シルーシュがディリヤの腹を殴った。

「……っ、い」

痛いというほどではなかったが、下腹が痛むことを頭が覚えてしまっているせいか、反射的に声が出てしまう。

「ディリヤと言ったな？」

「……ああ」

床に組み敷かれ、馬乗りになられる。

顎下に腕を押し当てられ、喉を圧迫される。

「我が妹と師父を保護しているそうだが……、なぜここにキリーシャを連れてこなかった。貴様がキリーシャを攫ったのではないのか？」

「俺は、攫っていない。守っているつもりだ。アンタが確実にキリーシャさんの敵じゃないと分かるまでは会わせない」

気道を狭められたまま、息苦しいなかで答える。

「利口な返事だ。……ふん、ウルカの糸で織った服か……、滅多にお目にかかれん代物だな」

シルーシュはディリヤの着ている服を値踏みして、組み敷いた際に乱れたディリヤの上衣の裾を直すと、あっさり手を引いた。

「……？」

「貴様、具合が悪いならそう言え」

「いや、俺は元気だ」

「なんだ、自覚なしか？　熱を出しているぞ」

「…………」

「その白い肌、こちらの生まれでもなく、こちらで生活している者でもなかろう。慣れぬ気候に体調を崩す者は多くいる。水分を多めに摂れ」

「随分と親切なことだ」

「腹にそれだけ大きな傷をこしらえている者に無体を働く気にはなれんな。傷もまだ新しい」

不躾ではない程度にディリヤの下腹に視線を流し、床に落ちた着替えを拾い上げ、ディリヤに投げつける。

「…………」

服の裾が乱れた時に、腹の傷がシルーシュの目に留まったらしい。

ディリヤは着替えを手に、無意識に自分の下腹に手を当てた。

「我が母が、キリーシャ出産の折に腹を開いたのだが……それとよく似ている」

「…………」

「座れ」

シルーシュは先程まで己が腰かけていた椅子を指し示す。

ディリヤがその真意を推し量ろうと直立したままで

いると、その間に、シルーシュの無言の指図で奴隷たちが部屋中の紗の布を引き、室内に吹き込む風を塞ぎ始めた。

「着替えていただかなくてはわたくしどもが主人に叱られます。お手伝いをいたしますから……」

「……自分でします」

　奴隷たちに情で訴えかけられ、ディリヤは仕方なく着替えると、次は椅子に座らされ、有無を言わせず防寒用の羽織物を羽織らされ、温かい茶を注いだ茶器を握らされた。

　ディリヤは、濡れた服を「それは返してください」と手を差し出したが、奴隷に「お洗濯をして乾かしてお返しいたします」と持っていかれ、空の手を椅子の座面に落とすしかなかった。

「随分な……歓待で……」

　あっという間のことにディリヤは呆気にとられる。

　主人も強引なら奴隷たちも強引だ。

「人は些細なことで死ぬからな。……貴様、くれぐれも身をいとえ」

　シルーシュはディリヤの眼前に立ちはだかり、肩から落ちた羽織物をしっかりと掛け直す。

「……なにが、目的だ……」

「我が母は、貴様のように腹を開いて子を産み、そのまま息絶えた。辺り一面を血の海にして、ひどく呻いて、泣いて、痛みに叫び、悶え苦しみ、末期には声を上げる気力すら失せて、一度も末の姫を抱かずに逝った」

「…………」

「人が人の子を産む時でさえそうなのだ。狼の子などは想像もつかん」

「それは、どうも……」

　どうやら、この男は、心の底からの親切心でディリヤを丁寧に扱ってくれているらしい。

「貴様、自分は大丈夫だと高を括っているようだが、健康そのものであった我が母もそうして笑っておったくせに死におったわ。いまの貴様の顔は、その時の母によう似ておる」

「それは、あなたの心の瑕疵が俺をそう見せるだけだ」

「さりとて、そうまでして好いた相手に命を懸ける者は数少ない。ディリヤ、俺は貴様のその心意気が気に入ったぞ」

「それはまた、どうも……」

「なんだ、打っても響かん奴だな」

「はぁ……」

「まぁよい。本題に入れ」

「では、まず、腹の探り合いはやめにしたい」

「……よかろう」

シルーシュはディリヤの隣にどかりと腰を下ろし、片足を太腿に乗せる。

至近距離で右隣のディリヤを見やり、長椅子の背凭れに優雅に腕を置くと、「さぁ、なんなりと申せ」と口端で笑む。

「アンタは俺がユドハのつがいだと承知のようだが……」

「ウルカは公表しておらんが、ウルカの国王代理が赤毛のつがいを娶ったことは公然の秘密だ」

各国に散らばっているリルニックの間諜や大使などの情報から、ユドハが赤眼赤毛のつがいと結婚したことは一部の特権階級の間では公然の秘密となっている。

「ただでさえ少ない赤眼赤毛だ。ここまで見事なものは滅多にない」

「おだてても意味はない」

「誉め言葉はそのまま受け取っておけ。……そも、命懸けで子を産んだメスほどオスは愛しく思う。挺身と献身の鑑よ。男ならば、誰しも傍に置きたいと欲するもの。国王代理殿は、その掌中の珠を俺に遣わしたのだ。悪い気はせん」

「俺にも公的価値が出てきたってことか……」

「まぁそんなことはどうでもよい。それよりも我が末の妹、キリーシャは息災か」

シルーシュは、政治的な話題ではなく妹の安否を気遣った。

国の大事よりも、妹の命を選んだ。

おそらくは、国の大事は解決できる目処が立っているからだろうが、それでも、この場で妹の命を優先するほどにキリーシャのことを大切に想っているのは確かだった。

「キリーシャ姫は無事だ。かすり傷ひとつ負っていない。彼女の心身の健康は俺が保証しよう」

「信じよう」

「どうも。……そのキリーシャ姫の件だが、ユドハは、というより、ウルカはこの件に口を挟むつもりはない。あくまでもリルニック国内の問題として片付ける協力をする意向だ」

「はっ、我々リルニックに恩を売る気か……」

「そう解釈して構わない。こちらはアンタと手を組みたいと考えているが、そちらにも検討の余地を与える。まずは情報を共有したい。そちらはキリーシャ姫の件についてどの程度把握している？」

「我が妹が何者かに拉致された」

「こちらは犯人に心当たりがある」

「奇遇だな、俺も心当たりがある」

「アンタが疑ってるのは誰だ？」

「漠然とした問いだが……、答えは、モート。モートネルガル。我が実弟、宰相家の四男だ」

「ほかは？」

「貪欲であることはよいことだ。……そうだな、俺はモートと財務大臣の癒着を怪しんでいる」

「証拠は？」

「見せよう」

指先の一本で奴隷を動かし、ディリヤの膝に一冊にまとめた冊子を置く。

「持ち帰るがいい。それを見れば貴様の男はおおよそのことを察するだろうよ」

「……先に確認させてもらう」

ディリヤは断りを入れてざっと内容を検める。

「まぁ、俺が所持している程度の情報はウルカも既に手に入れているだろうがな」

「ああ」

ユドハが調べた情報と同じものがそこにはあった。

次の宰相の座を望むモートは、財務大臣と結託して、キリーシャを拉致し、宰相に献上する計画を立てていた。

だが、それは妹の命を奪うという非道な手法だ。リルニックの民に知られれば顰蹙を買うのは当然のこと、ウルカに知られてしまえば、とてもではないが宰相の座に座ることは許されない。

そこで、キリーシャ拉致と殺害の汚名をシルーシュに着せ、その計画の資金は奴隷の密輸入で得た利益で賄った、という筋書きを作った。

同じような手法で、もう一人の兄バールを追放する筋書きも立てているに違いない。

二人の兄を失脚させたあとは、リルニックの上層部を総とっかえして、モートの仲間だけで新たな政治を行う算段だったようだ。

弟と財務大臣に嵌められそうになったわりに、表向きシルーシュは平然としていた。

「身内を疑うのは好かぬが、致し方ない。……アレも愚かなことをしたものだ。……あぁ、それと、貴様のオス狼に伝えておけ。三男のシルーシュは次期リルニツク宰相の座を狙っていない、と」

「王になりたくないのか？」

「その座には我らが長兄バールが適任だ。俺自身は兄の補佐程度が関の山よ」

「自信家のわりに、えらく堅実で謙虚だな」

「我が兄ほど宰相に相応しい男はおらん」

「リルニツクの政は、長男の臣下たちとアンタと四男で代行していると聞く。長男は飾り物だというのが世間の評価だが？」

「愚直に過ぎる兄は政治的な画策など到底できはしない。無論、我が兄も己の実力を弁えている」

「それでもその兄が適任だと言うのか？」

政治を私物化しようと考えるならば、てっぺんは無能なほうがいい。

ディリヤは、シルーシュと四男の結託も考えたが、シルーシュの様子からするにそれはなさそうだ。

それになにより、シルーシュからは長兄に対する敬いの心が見え隠れした。

「我が兄は己の不得手を知っているが、愚かではない。周囲に助けてもらうことが上手な人間だ。アレは俺には真似できん。人柄も良く、それでいて悪事を見抜く目を持っている。……おそらくは、兄もモートの動きを把握しているはずだ」

「では、アンタと長男殿は協力体制にあるのか？」

「いや、ない」

「なぜだ」

「俺たち兄弟は仲が良い。基本的に互いを疑わない。ぎりぎりまで信じあう。もし、弟が裏切っていると気付いたなら、兄はそれを弟や妹には伝えず、自分だけで証拠固めに動き、なにもかも秘密裏に行い、それとなくモートに引導を渡すだろう。そうすれば、兄だけがモートの真実を知って、俺や妹はモートの本性を知らず、また、嫌わずにいられるからな」

「だから、アンタも長男殿と同じことをしているわけだな？」

シルーシュもまた兄に内密に動き、モートの悪事を内々で納めようとしている。

「……ふん」

「家族思いだな」

「父親があのとおりだからな」

「なら、今回のことはアンタたちにはとても苦しいことだろう」

基本的に、宰相家の兄妹の結束は固い。

母を早くに亡くし、父は狂気の淵にいる。必然的に兄妹で庇い合う形になったのだろう。

戦争に負けて、ゴーネとウルカという強国に挟まれた小国で、大人を頼れず、信じることもできず、兄妹だけに心を許して生きてきた。

日頃から仲も良く、リルニツクの将来を守るため、支え合って歩んできた。

そんな彼らからしてみれば、身内を疑うのは身を切るような思いに違いない。

家族意識の薄いアスリフにしてみれば、「妙なしがらみの中で生きているな」と、不便にしか思わないが、それが文化の違いだ。

「つらいな」

ディリヤは、アシュにするようにその頭を抱き寄せた。

抱き寄せて、頭を撫でながら、「……ん？　これは人間の成人男子にすることではないな？」と気付き、「すまん」と謝って解放した。

「……生まれて三十年弱、頭を撫でられたのはいつぞやぶりだ」

目を点にしたシルーシュは腹を抱えて笑った。

「……とにかく、アンタは、ウルカの国王代理との橋渡しを願っている。協力体制をとる、……と、そういう解釈で構わないな？」

「……っ、いかにも……、ふ、ふふ……」

まだ笑いながら、シルーシュは頷く。

「では、我が王に伝える。キリーシャ姫はアンタたちに返しても安全だと判断できたら返す。これは、ウルカがキリーシャ姫を人質にとっているという意味じゃない。そういう意味に取れるなら、このまま俺をアンタたちの人質にすればいい。ウルカ本国は身柄の交換に応じないだろうが、ユドハ個人なら応じる。申し入れる際はユドハ個人にしろ」

ウルカやウルカの大臣にとって、ディリヤには人質になる程の価値はない。

だが、ユドハだけはディリヤに価値を見出してくれる。

「含みのある言い方だな？」

シルーシュはひとしきり笑うと目尻の涙を拭って小首を傾げた。

「俺を買い被っても意味がないということだ。赤い宝石と持て囃しても、そちらの値踏みした額以下の価値しかない」

「貴様は自己査定額がえらく低いようだ。そう気安く人質になるなどと口にするでないわ。人質として一生涯をつがいと離れてこの国で終えるつもりがないならな」

「それがユドハのためになるならそうしよう。ならないなら、勝手に帰らせてもらうまでだ」

「あぁ、貴様はつがいの足手まといになるくらいなら自死を選ぶ手合いか」

ディリヤの瞳を見てその覚悟があることを察したのか、シルーシュは溜め息を吐く。

こういう生き物が一番厄介だと知っているからだ。

人質は生きているからこそ価値がある。

人質に死なれてしまえば、リルニツクはウルカに攻め入られ、滅ぼされる。

そして、このディリヤという男は、自分の価値を正しく知っているし、己の死が好きな男のためになると納得したら死ねるのだ。

それは、哀れであると同時に、見事でもある。

生きて死ぬことが身近にありすぎた生き物は、それを選ぶことに躊躇いがない。それとはもっと距離をとり、近すぎず遠すぎずの心の距離を保つべきで、決して自分の手札に加えるべきではない。

なのに、正しく命の使い途を知ってしまっている生き物は、それを手放す時に躊躇がない。

「生きて愛を示すより、死で愛を示す、か。ウルカのメス狼は利口だが愚かでもある。だが、国王代理殿は良い嫁御を娶ったものだ。……まぁいい、ディリヤ、貴様はつがいのもとへ帰れ」

「帰っていいのか？」

「キリーシャになにかあれば殺すまでよ」

「あの子はいい子だ。アンタたち兄貴が頑張って守ってきただけあって、ちょっと我儘だけど、憎めない。お茶と果物が好きで、屁理屈も多いが、アンタたちが必ず故郷に帰れるようにしてくれると信じてウルカで頑張っていた。……いまも頑張ってる。早くアンタたちのもとへ返せるよう努力しよう」

　ディリヤは立ち上がり、口をつけていない茶器をシルーシュに返し、羽織っていた羽織物を椅子の背に掛けた。

「……貴様、今宵の宴には出るか？」

「出ない」

「なんだ、つまらん。……とことんまで裏方か。まるで日陰者だな」

「目立つことは好まない。……その宴席でユドハと引き合わせる必要があるなら手配するが？」

「いや、構わん」

「……では、失礼する」

　ディリヤは戸口へ足を向け、別室に控えていた奴隷から乾いた服を渡され、そちらに着替えると借りていた服を返す。

　ディリヤはやはり己の体調の悪さなどは感じずにいたが、シルーシュから「養生せよ」と背中に声をかけられ、その思いやりには頭を下げた。


　宰相邸での夜会が始まる前、シルーシュとの会談の結果を伝えるため、ディリヤはユドハのもとを訪れた。

　リルニック側の警備の目を掻い潜り、子供たちの部屋から侵入した。

　テラスから子供部屋を覗くと、三人の息子がライコウたちに見守られて遊んでいた。

　子供たちは元気そうだ。

　ちらりと見えたララとジジが妙な動きをしていた。

　どうやら、それまで気付いていなかった自分の手足と尻尾の存在に気付いたらしい。

　ララは自分の手足をしげしげと見つめ、ジジは自分の尻尾を怪訝そうに見つめ、二人そろって互いの尻尾や手足を凝視したかと思えば、ぷくぷくまるまるとした手を己の口に突っ込み、時には片割れの口に突っ込み、双子同士でそれぞれの足をもぐもぐしたり、舐めたり、頬張ったり、自分で自分の足を摑んで遊んだり、お互いの尻尾をしゃぶったり……もぞもぞ、もごもご、止まることなく蠢いていた。

　二人で遊ぶ仕草は楽しそうにも見えるし、探求心の赴くままに行動しているようにも見えるが、次の瞬間には、ララが「ららの胴体にへんなのついてる……！」

と自分の手に驚き、ジジも、「なにこれ！　なにこれ！」と勝手に動く自分の尻尾に恐れ戦き、寝かされた絨毯の上で暴れて、ぐずぐずと泣き始めた。

自分の体の動くところぜんぶが支離滅裂に動くから、「ららのからだ、へん～」「じじのからだ、勝手にうごく～」と気味悪がって、それが自分の手足や尻尾だと理解するまでには至らない。

ディリヤは見かねてテラスから室内へ入ろうとしたが、その場に踏みとどまった。

アシュが双子の傍に歩み寄り、ぎゅっと抱きしめたからだ。

「だいじょうぶ、だいじょうぶよ、それはララちゃんとジジちゃんのおててとおあしよ。そしてこれはしっぽちゃん。かわいいかわいいしっぽちゃんよ」

双子に優しく教えてあげて、「おにいちゃんにもついてるよ」と、自分の手や足を見せてあげて、触らせてあげて、尻尾をぱくっと甘噛みさせてあげる。

はぐはぐ、ぁぐぁぐ。

小さな牙にかぷかぷされてもアシュは怒らない。

「ふふっ、ちっちゃい歯ね。かわいい。痛い痛いだから、優しく噛んでね。こんなふうよ」

それどころか、ララとジジを優しく噛んで、甘噛みの仕方も教えてあげている。

ララとジジはアシュの噛み方が気持ちいいようで、ころんと腹を見せて、「おにいちゃん、けづくろいおねがいします」「はぐはぐ、いっぱいおねがいします」と尻尾をぱたぱたさせる。

「こうやって毛繕いするんですよ」

ユドハに教えてもらった方法で、アシュは双子を交互に毛繕いする。

すると、双子は「おにいちゃんのまねっこしよう」「おなかのぽわぽわの毛を舐めてみよう」とアシュと同じ体勢をとって毛繕いを真似し始める。

「…………」

ディリヤは声にならない感動を覚えた。

ちょっと仕事で留守にした間に息子たちが成長している。

「ディリヤ！」

ディリヤが思わず室内に足を踏み入れると、まず、アシュが耳を立ててテラスを見た。

アシュの声で、ララとジジもディリヤのほうを見やる。

「おかえりなさい！」

アシュはララとジジを引きずってディリヤの胸に飛び込む。

「はい。ただいま帰りました。……ですが、また出かけなくてはいけないんです」

「いいよ！　帰ってきたから！　またいってらっしゃいしてあげる！」

アシュは尻尾を忙しくぱたぱたさせて、ディリヤの腹に額をぐりぐりすり寄せ、懐に潜りこむ。

ララとジジもアシュの真似をしてディリヤの脇腹に突進してきて、頭で腹を抉ってくる。

三人とも興奮した様子でディリヤにまとわりついて鼻先を寄せ、ディリヤの匂いを嗅ぎ、甘噛みして、大好きなディリヤの手で順番に撫でてもらうのに忙しい。

ディリヤは、ひとしきり子供たちが落ち着くまで相手をして、ぴったり三匹の仔狼にくっつかれたまま子供たちのおしゃべりを聞いた。

「あのね、りるにちゅくに来るのにね、海を渡ったのよ。あしゅ、おふねに乗ったのよ」

「はい。船酔いはしませんでしたか？」

「毎日元気だったよ！　ララちゃんとジジちゃんも元気よ！　ユドハとね、海で遊ぶお約束したの！　ディリヤも行こうね！　あ、そうだ、ユドハはね、お留守なの。今日は帰りが遅いから先に寝てなさいってアシュに言ったの。だから、アシュたちもうねんねの支度できてるから、お布団に入れるの」

喋りたいことがたくさんあるアシュは、息継ぎも惜しんで言葉を繰り出す。

ララとジジの腹を撫でながら、アシュを膝に乗せて話に耳を傾けると、アシュは今日までにあったことを一所懸命お話ししてくれて、明日からのことを矢継ぎ早に尋ねてくる。

「キリーシャちゃんとキラムちゃんとおじいちゃんせんせぇはげんき？　ディリヤのお仕事はいつ終わるの？　今日はおとまりしていく？　みんなでねんねできる？　今日はユドハがいないけど、さみしくないですよ。アシュがいますからね」

「ユドハもお仕事が忙しいんですね」

「さみしい？」

「大丈夫です。今日、アシュたちの顔を見れてディリヤは元気が出ました」

「もっとげんきになぁれ！」

むぎゅっと頬が潰れるくらいディリヤに抱きつく。

アシュは「ユドハと会えるまで、いっぱいいっぱい元気でいますように！　アシュのげんき、分けてあげるね！」と眩しいほど天真爛漫に笑う。

「ディリヤは大人ですから、ちょっとくらいなら離れていても頑張れます。それに、離れていた分だけ、ユドハに会えた時の幸せが何倍にも大きくなります」

「何倍も！」

「何倍もです」

「すごいね！」

「はい。でも、アシュもすごいです。アシュを見習って、ディリヤも最近おとまりできるようになりました」

「さみしくなかった？」

「ちょっとさみしかったんですけど、コウラン先生や、キリーシャさんやキラムがいてくれたので、大丈夫でした」

「がんばったね！　あのね、ユドハが言ってたよ。ディリヤはさみしがり屋さんだって。あしゅもね、さみしがり屋さんなのよ」

「はい。じゃあ今日はこうしてずっとディリヤがだっこしてます」

「ふふっ……」

アシュがくすぐったげに笑みを漏らし、すりすりと甘えてディリヤに身を委ねる。

「だいじょうぶだいじょうぶ、さみしくないさみしくない、です」

背中をとんとんと叩いて、耳と耳の間に唇を落とし、手指を使って後ろ頭を毛並みに沿ってゆっくりと撫でる。

そうしていると、瞬く間にアシュが寝息を立て、ララとジジがアシュの寝息につられて、くぁぁ～と小さな欠伸を漏らし、うとうとし始める。

「ララとジジもいい子でしたね。遠くまで迎えに来てくれてありがとうございます」

三匹そろって丸まって眠る背を撫でる。

時折、アシュは眠りながらも目を開き、ディリヤがいるか確かめて、ディリヤを見つけると頬をゆるませ、また眠る。

それを何度か繰り返して、深い眠りについた。

三人をそのままそこへ寝かせると、傍で様子を見守っていたフーハクが薄手の綿毛布を持ってきて子供たちの腹に掛けてくれる。

子供たちを起こさぬよう会話はせず、目配せして場所をテラスへ移す。

子供たちの傍にはフーハクとイノリメが付き、ライコウとトマリメがディリヤとともにテラスへ出た。

「殿下は午後の予定が押しており、いまもまだそちらにかかりきりで……」

「構いません。こちらの伝言と、これをユドハに渡してください」

ディリヤはシルーシュから託された資料をトマリメに渡す。

「確かにお預かりいたしました」

トマリメはそれを大事に己の胸に抱く。

「私どもも殿下からの伝言を預かっています。宰相家の長男バール殿は潔白でした。キリーシャ様の拉致事件にはかかわっていません」

「ユドハの読み通りってことですね」

ディリヤはライコウの言葉に頷く。

ディリヤは三男シルーシュを、ユドハは長男バールを洗う。二人で役割分担をしていた。

ユドハは連日連夜の宴席や会食などに顔を出し、ディリヤにはできない仕事をしてくれた。

ディリヤ一人では、部下や護衛の多いバールの身辺を洗うのに時間がかかりすぎるし、宰相邸の内情や軍事、政治の深くまで調べるのが難しいからだ。

「それから、軍鳩を扱っていた伝令係はリルニックの財務大臣の部下でした」

「以前、ディリヤ様が奴隷船に絡む金銭の出所が気になると仰っていらしたので、ユドハ様のご指示で周辺を洗いましたところ、人身売買組織の元締めがその財務大臣と判明いたしました」

「モート様と財務大臣は、立場を悪用して巨利を得て、その金でリルニック自治軍とは別個に独自の武力を集めているようです」

「時機を見て武装蜂起し、モート様がリルニックの次期宰相の座に就任する計画のようですが、ユドハ様のご指示で対抗策を講じております。その点はご安心を」

ライコウとトマリメはそれぞれの調査結果とユドハからの伝言を簡潔に伝える。

「これから言うことをユドハに伝言お願いできますか？」

「承ります」

「三男のシルーシュ殿もモートを黒幕だと判断してい

ます。また、長男殿はこの件に関与していないと見ています。なお、シルーシュ殿はユドハとの協力体制を望んでいて、俺の存在や立場を知っています」

「必ずお伝えいたします」

「このあとの宴でシルーシュ側からユドハに接触があるかもしれません。それじゃあ、俺はこれで……」

「ディリヤ様、どちらへ？　どうかこのままお待ちください。ディリヤ様がお戻りになった場合はなによりも最優先で殿下にお伝えするよう仰せ付かっております。殿下のもとに報せを出しましたから、間もなくお戻りになるかと……」

「そうですわ。アシュさまたちとご一緒にすこしお休みくださいな」

　トマリメは言葉にこそしないが、「簡単になんでもやってのけていらっしゃるけど、一人でこなす仕事量じゃないわ」といった心配を表情に乗せている。

「なにもせずに待っているのも時間の無駄ですし、改めて、明朝もう一度来ます。子供たちをよろしくお願いします」

　ディリヤは引き止める二人に頭を下げ、テラスから身を躍らせる。

　音もなく着地すると、テラスから身を乗り出す二人に手を振り、来た道を引き返した。


　ディリヤと入れ違いでユドハが戻った。

　一刻でもディリヤと会えるならばと急ぎ部屋に舞い戻った頃にはディリヤの姿はなかった。

　双子を両脇に抱えて眠るアシュが、ユドハの匂いにうっすらと瞼を開き、ふにゃふにゃと赤ん坊のような寝ぼけ顔で、「あのね、ディリヤがきてたよ……」と教えてくれた。

「お前たちだけでもディリヤに会えてよかった」

　ユドハは独り言のように呟き、アシュの頭を前から後ろへ撫でる。

　だが、なんと間の悪いことか……。

　ユドハだけディリヤに会えなかった。

　その悲しみのあまり、尻尾が自然と落ち込む。

「そのうち、あえるょ～」

「……うん、そうだな」

　寝ぼけている子と話をしてはいけないと言うが、ついつい返事をしてしまうような寝言だ。

「また、会いに……くるよ、……ふふ、でぃいや……ふふふ……」

夢のなかでもディリヤを堪能しているらしい。

アシュの尻尾がふわふわ嬉しそうに揺れて、だいじょうぶだいじょうぶをするようにユドハの太腿をぽんぽんと優しく叩いてくれる。

「嫁恋しい……」

ユドハは虚空へ向けて嘆いた。

夜会の翌日、コウランの仲立ちでユドハとシルーシュが密会した。

場所は、ディリヤたちの潜伏先だ。

「貴様ら、我が者顔で我が国に潜伏先を作り、好き勝手しおって……」

シルーシュはそんな皮肉をくれたが、リルニツクの内偵にすら把握させないユドハの手腕には感心しきっていた。

「キリーシャ！」

「三兄様！」

兄と妹は数カ月ぶりの再会に抱擁を交わした。

キリーシャの健やかな姿と、「兄と再び会えるまで私を守ってくれてありがとう」とディリヤに心からの礼を述べる様子を見て、シルーシュはディリヤをとことんまで信じる気になり、ユドハと協力関係を結ぶ決意を固めたようだ。

「キリーシャ、そなた、ほんの数カ月ばかり見ぬ間に、なにやら成長したな」

「いままでがあまりにも恥ずかしい私だったのです」

兄に褒められてキリーシャは恥じ入り、はにかみ笑う。

リルニツクに入ってかなりの日数が経過していたが、キリーシャが安堵の表情を見せたのは今日が初めてで、シルーシュと繋いだ手を離さずにいることから余程心細かったことが見てとれた。

「……ユドハ」

兄妹の再会を邪魔せぬよう、ディリヤは心持ち声を潜めてユドハに話しかけた。

「どうした？」

「俺もシルーシュさんに親切にしてもらった。……腹を開いて子供を産んだことが知られて……、風邪っぽかったけど、おかげで体調をこじらせず済んだ。自分たちの母親もキリーシャさんを産む時に腹を開いて産んで、それが原因で亡くなってしまったから、と……」

「そうか」

「だから、悪い人じゃないとは思う。あの人が、家族とリルニックの利益を優先するのは当然としても、今回は協力してもいいと思う」

「今日の話し合い次第だが、……その方向で検討してみよう」

「三兄様、私の仲間を紹介します」

ディリヤとユドハが話す間、キリーシャはシルーシュの手を引き、キラムの前に誘った。

「三兄様、こちらはキラムです。金狼族で、コウラン先生のお傍に仕えていらっしゃいます。ウルカでも、こちらでも、私を守り、心身ともに支えてくれました」

「ほう……我が妹の傍で、心身ともに……支えになぁ……?」

シルーシュは自分よりも背は大きいが年下の狼を一瞥する。

「はっ、初めてお目にかかります！」

キラムは姿勢もよく、折り目正しく敬礼する。


「妹が世話になった。……が、調子に乗るなよ、若狼。我が妹が、貴様が傍に仕えることを許そうとも、我ら兄が許すとは限らん」

キラムの顎先を捉えて不敵に笑うと、次いで、シルーシュはコウランの寝床に腰かけた。

「ジジイ殿、まだ生きていたか。息災でなによりだ」

「おう、三男坊、そなたは相も変わらず憎まれ口が得意じゃの」

コウランは久方ぶりの弟子の減らず口に笑って、「死ぬ前に知り合いがどんどん会いに来よるわ」とシルーシュに熱い抱擁を与えていた。

「ふん、くたばりぞこないめ」

「はっはっは、愛い奴じゃ。照れておる。……そなたの妹への過保護ぶりも健在で重畳、重畳」

コウランは腹から声を出して快活に笑う。

船旅で体調を崩したものの、皆の細やかな看病が功を奏し、ディリヤよりも早くリルニックの暑さにも馴染み、「儂は長いことこっちで暮らしとったからな」と、近頃では溌剌として、血色も良かった。

結論を言うと、コウランの口添えもあり、シルーシュとユドハの協力関係は結ばれた。

潜伏先で夕食を囲みながら、和やかな雰囲気で今後について詰めた。

「さて、愚かな我が弟モートの不祥事についてだが……」

シルーシュが本題を切り出した。

モートと財務大臣の謀略について、互いの知る情報を共有し、今後の対策を練った。

「おそらく、これは個人的な恨みですることではなかろう」

コウランの言葉に、皆が頷く。

「モートの蛮行に対抗するにあたり、リルニック自治軍を動かすことになるが……」

「軍を動かすには兄上の裁可が必要になる。まずは、兄上をこちらに抱き込む手筈を整えよう」

「それなら、つい先ほど、こちらで話をつけてきた」

シルーシュの提案にユドハが応じる。

「話が早いのは結構だが、ウルカの国王代理殿は些か仕事が早すぎるな」

「段取りをつけただけだ。あとはそちらが主導すればよい。こちらは必要に応じて協力するだけだ」

「一兄様と三兄様は四兄様をどのようになさるおつもりですか」

キリーシャは、あの優しい四番目の兄がそんな大それたことを仕出かすとは未だに思えず、戸惑いがあった。

「悪いようにはせぬよ」

キリーシャの手前、シルーシュはそう答えるに留めた。

弟は可愛いが、家族を手に掛ける者には相応の仕置きが必要だ。

リルニック宰相家の兄妹は、父親の歪さを目の当たりにしてきたからこそ、これまで手に手を取り合い、互いだけに心を許して生きてきた。それを裏切ることは許されない。

「モートを嵌めて自滅を狙い、財務大臣もろとも一網打尽にする。裁きはそれからだ」

「策は？　こちらで用意することも可能だが？」

「そこまでウルカにおんぶにだっこしてもらうほどリルニックは落ちぶれておらんわ」

シルーシュは酒杯を干し、口端で笑った。

決行は、七日後を予定していた。

余命宣告の一ヵ月を過ぎても実父が死なずにいることにモートは苛立っている様子だった。

ただでさえ、キリーシャに帯同させていた部下からの連絡が途絶え、キリーシャ本人の行方も杳として摑めぬままだ。

追い打ちをかけるように、バールとシルーシュから、実父の容体が快方に向かっていると報せを受け、リルニツク宰相邸へ潜り込ませている密偵からも同様の報告を受ける。

密偵は既にシルーシュとバールに取り込まれ、こちら側に寝返っていたが、モートは己の密偵の言葉を信じて焦り、こちらの揺さぶりに踊らされた。

そうして下準備を整え終えた七日目。

目を醒ました宰相が「私が宰相としての役目に就けぬようになって随分と経つ。今日を機に、家督を長男バールバエルに譲る」と病床から宣言したと密偵からモートへ急報がもたらされる。

その宣言の証人として、ウルカの国王代理ユドハが立ち会ったこともまた伝えられた。

もちろん、すべて虚偽情報だ。

「我が弟モートは控えめで生真面目、それでいて慎重に慎重を重ねて物事を進め、政務においては実績を積んできた。だが、その慎重さが最後まで続かんのが玉に瑕だ」

シルーシュが弟をそう評したとおり、それから間もなくモートは痺れを切らし、行動に移した。

蒼穹の美しい初夏のある日、長男バール、三男シルーシュ、四男モートが、それぞれ個別に実父の枕もとに呼ばれる……という状況をバールとシルーシュ、そしてユドハが作った。

病床の宰相とモートを二人きりにして、ディリヤたちは寝室に繋がる別室でモートの出方を窺った。

我慢の限界だったモートは、その場で父親を毒殺しようとした。

なにを思ってそうしようとしたのかは分からない。

人知れず宰相を毒殺し、「長兄バールではなく、自分に跡目を継ぐよう言い遺して急逝した」とでも主張するつもりだったのかもしれない。

毒殺が実行される寸前でその場に踏み込んだのが、シルーシュとバール、キリーシャ、リルニツクの兵だ。

ユドハとディリヤ、キラムもいたが、ウルカ側の者は前に出ず、その場に立ち会うだけに控えた。

キリーシャがその場に立つことにバールとシルーシュは難色を示した。

妹を危険な目に遭わせたくないという兄心ゆえだったが、「これはリルニツクの問題であると同時に家族の問題でもあります。四兄様にも私は可愛がっていただきました。私にならば心を許してすべて話してくださるやもしれません。ディリヤが私の心に寄り添うてくれたように、私も四兄様の真意をお伺いし、その御心に寄り添いたいと考えています」と己の意志を曲げず、二人の兄を説き伏せた。

これまでの十九年間、兄たちに守られて生きてきたキリーシャが初めて自分で決めたことだった。

キリーシャの成長は喜ばしいことだったが、そのきっかけが血を分けた家族の裏切りであることをバールは嘆き、「捕縛するのではなく、まずは話を聞いて、説得から入らせていただきたい」とユドハたちに申し出た。

その言葉のとおり、バールは危険も顧みず前に出て、落ち着いた声音で弟を優しく諭した。

「モート、お前ももう自分のしていることが破綻している自覚はあるのだろう？　やめなさい」

「宰相位の簒奪を望むならば、ほかにいくらでも方法があったろうに……お前は本当に生真面目だから、どうしても父の承認が必要だと躍起になったんだろうな」

弟の性分を憐れむシルーシュは、降伏を促す。

「確かに、これは私とムルテザ殿が仕組んだことです」

モートは己と財務大臣の罪を認めた。

顔は蒼褪め、唇は戦慄き、手指は震え、その手から滑り落ちた薬壜が音を立てて砕ける。

毒薬の入った薬壜が砕ける些細な音にさえ「ひっ」と声を上げてビクつき、その場にしゃがみこんでしまう。

その様子から、到底、こんな大それた悪事を働ける男には見えなかった。

「四兄様、もうやめましょう？」

キリーシャがモートに歩み寄り、兄と同じ目線に膝をつくと、その手を取る。

「……キリーシャ」

「なにかやむにやまれぬ事情があってのことでしょう？　四兄様はお優しく真面目な方だとキリーシャは

存じております」

「どうしようもなかったんだ……、こうでもしないと、私は次の宰相にはなれない。どうしても、宰相になりたかったんだ。私が宰相になれば、きっと、ウルカにも、ゴーネにも、どこにも支配されない国を作れる。……バール兄上やシルーシュ兄上は現状維持ばかりで独立心がない、それではダメなんだ、リルニックはもっと自由になるべきなんだっ！」

「四兄様……」

「すまない、キリーシャ……お前を危険な目に遭わせて、本当は……お前を、妹を……」

「大丈夫。私は生きています。……すべてお話しになって、お気持ちを楽になさって。キリーシャは四兄様のお心を信じております」

「キリーシャ、あぁ……キリーシャ、許してくれ……」

　妹に諭されたモートは涙ながらにキリーシャの手に手を重ね、キリーシャに支えられて立ち上がる。

　その次の瞬間、モートは腰から短剣を抜き、キリーシャの首筋に突き立てた。

「説得など試みず早々に捕縛すればよかったのだ」

　シルーシュは腰に佩(は)いた半月刀を抜く。

「シルーシュ、刃を納めなさい。家族で争ってはいけない」

「兄上、アレはもう正常な判断はできまい。なにもかもが支離滅裂だ」

「それだけ追い詰められているのだよ。そういった状況になるまで手助けしてやれなかったのは長兄である私の責任だ。……モート、お願いだからもうやめておくれ」

　バールは説得を続け、シルーシュは肩で息を吐きつつも兄を立てて刃を納める。

「もう無理だ！　無理だ！　僕はただこの国をもっと強く豊かにしたかっただけなのに！」

　半狂乱のモートはキリーシャを羽交い絞めにして「皆、後ろへ下がれ！」と叫ぶ。

「四兄様……」

「キリーシャ……すまないがもうすこし付き合ってもらうよ。……道を開けろ！」

　キリーシャの首に短剣を突きつけたまま、モートは宰相の寝室から逃亡を試みる。

「モート、この状況はいつでもやめられる、いつでも引き返せる、いつでも立ち止まれる。いまがその時ではないか？」

「黙れ!!」

「キリーシャ、兄がすぐに助けるがゆえ安心せよ」

バールはここにきてもまだ弟に優しく声をかけ、シルーシュはどこまでも妹を気遣う。

「安心なさって、三兄様。……二兄様が目の前で殺された時に比べればこわくありません」

キリーシャは冷静さを失わず、堂々と振る舞った。

「ついてくるな！　来ればキリーシャを殺す！」

衛兵たちが遠巻きに道を作ると、モートは叫び、キリーシャをつれて寝室を出た。

邸内に待たせていた馬車に乗ったモートは、キリーシャとともに宰相邸を後にする。

「まさか、キリーシャにまで刃を向けるとは……、まったくどうしたことか。弟はあんな激情家ではなかったのだが……」

バールは沈痛な面持ちでいるが、そうする間にも優秀な腹心たちが次の作戦に移るよう指示を出す。

「兄弟だからと言って、なにもかも把握しているわけではあるまい。兄上が気に病むことでもなかろう」

「……シルーシュ」

「我が弟の心のうちに、あれほどの信念があったとはな」

シルーシュは落ち込む兄を慰めつつも、弟を見直した素振りさえあった。

「殿下には、我が宰相家の不祥事をお見せすることになり、誠に心苦しく……」

「どこの国にもある問題です」

バールの詫びにユドハは控えめに応じる。

「モート様と財務大臣ムルテザの反乱軍が市街地にて武装蜂起いたしました」

バールの側近が、その場にいた全員に告げる。

それと同時に、宰相邸にも怒号が届いた。

耳慣れた戦争の音に、ディリヤとユドハは「思ったより早かったな」と顔を見合わせる。

「モート様とムルテザは港へ向かいました。宰相邸の物見から海洋の監視を密にいたしましたところ、先程、崖の向こうに武器を艤装した三隻の船が姿を現しました。そちらで逃走を図るか、もしくは砲撃で街を攻撃する算段かと……」

追い詰められたモートはムルテザとともに集めた武装勢力を率いて蜂起した。

今日の日を想定して、彼らは、秘密裏に行っていた奴隷売買の利益と国庫から横領していた金品で、傭兵を雇い、武器や軍船を購入していた。

実際に街を攻撃せずとも、街を攻撃できるという状況さえあれば、リルニツクの民を人質にとったも同然だ。モートたちは砲身を街へ向けることで、こちらの動きを牽制した。

「事前に調べがついていたこととはいえ、現実に直面するとお恥ずかしい限りだ。……では、手筈通り、私は街の平定に向かいます。市街戦になる前に民を守らねば……。シルーシュ、港のほうを頼んだよ」

バールはウルカ勢に一礼し、側近を従えて足早に寝室を出る。

「では、民草は兄上にお任せして、我らは愚弟と奸臣の討伐に参るか」

シルーシュは己の部下を引きつれ、港へ向かう。

「ディリヤ、俺たちも向かおう」

「ああ」

「俺も連れていってください！」

置いていかれそうな気配を感じたキラムは、ディリヤの後を追った。

「……まぁ、戦力は多いほうがいいか。ついてこい、キラム」

「はい！」

「お前、キリーシャ姫が人質にとられてよく我慢できたな」

「姫様に、なにがあっても我慢しなさいと事前に言い含められました」

「キリーシャ姫はお前の扱い方をよく弁えている」

ディリヤは、握りしめられたままのキラムの拳には気付かないフリをした。

余程キリーシャを助けたかったのだろう。キラムのその掌には爪が食い込み、血が滲んでいた。

事前にリルニツク兵を市街地に待機させていたこともあり、街や住民に被害が出ることもなく、武装蜂起した反乱軍はバール率いる鎮圧軍と一度も刃を交えず包囲され、間もなく降伏した。

バールが陸の反乱軍を鎮圧する間に、ディリヤとユドハは馬を駆り、一路、港へ向けてリルニツクの都を走り抜けた。

モートと財務大臣ムルテザが海へ逃れたからだ。

武装した敵船は三隻あり、沖合に停泊していた。

モートは小舟で沖合まで出て乗船したらしい。ムルテザは先に乗船し、海戦に備えていた。

ユドハはこの事態を見越してウルカ船団の錨を揚げさせ、出港準備を整えさせていた。

ユドハとディリヤ、キラムは、ウルカの船に乗り込み、モートとムルテザの乗る船を追った。

ユドハの艦船はリルニックが所有するどの船よりも速い。整然と戦列を組む艦隊は、モートたちの乗る船にもそうかからずに追いつくだろう。

「甲板にムルテザとモートの姿がある」

ユドハは裸眼で二人を視認し、ディリヤに望遠鏡を手渡す。

「あぁ、いるな。確認できた」

ディリヤはそれで確認し、頷く。

「姫様……、いた！　キリーシャ姫様もモートの隣にいます！」

キラムがキリーシャの姿を見つけ、尻尾を振る。嬉しくて振るというより、早く助けに行きたくて勇み立っているようだ。

「憎たらしいほど速いな」

「うちもこういう艦船欲しいですね……」

なぜか、ウルカの船にシルーシュとその部下たちが乗船していた。

当然、シルーシュの配下にあるリルニックの兵も乗り合わせている。

「我が国の船は、あくまでも貴国の後方支援のはずだが……」

「支援に感謝するぞ、国王代理殿。我が国のどの船よりも貴国の軍船のほうが速い。実に助かる」

自国の船を背後に見やったシルーシュは大仰に腰を折り、首を垂れた。

これだけ開き直られてしまっては洋上で下船しろとも言えず、ユドハもシルーシュ一行を丁重に扱うしかなかった。

「ユドハ、アンタなんでムルテザが船を三隻も所持してて、洋上で待機するって予測できたんだ？」

「金銭の流れから、奴隷船一隻だけがモートやムルテザの所持品とは思えない。そこで、近隣諸国の港で艤装された経歴があり、武器や大砲を積める船を片っ端から調べ上げたら、あの三隻に行き当たった。いまのような状況や武装蜂起による宰相邸の制圧が失敗に終わった場合は、船を攻撃手段または逃走手段に使うと推測してな」

「好きだ」

ディリヤはユドハを見上げ、男気溢れた愛を宣言する。

うちの旦那はなんとかっこいいのだろう。

ディリヤの集めた情報を活かし、無駄なく勝利の糧としてくれた。知恵の回る男は素敵だ。かっこいい。惚れ惚れする。

洋上で豪奢な金の毛並みを靡かせ、尻尾の先まで洗練されたこのすこぶる男前の狼が大好きだ。

思わず声にだして「好きだ」と発言してしまったが、やっぱり好きだ。

「なんだあの二人は、いまから新婚旅行にでも行く新婚か？」

シルーシュはユドハの側近にそんな言葉を投げかける。

すっかり慣れている側近は「いつものことです」と素っ気ない。


ディリヤがユドハに見惚れているうちに船は速度を上げ、モートの乗る船に追いつけ追い越せの速さ比べとなり、ついにはユドハの船がモートの船の進行方向に回り込み、斜めに横づけになった。

「撃て」

ユドハの号令で、モートの船に大砲が見舞われる。

帆柱が折れ、舵も取れなくなり、停船する。

互いの船の乗員の表情が分かるほどの距離で睨み合い、各々の剣を抜き、白兵戦に備えて構える。

「では、参るぞ」

リルニツクの兵はシルーシュに率いられ、モートの船に飛び移った。

「ディリヤさん、俺も行きます」

キラムは、キリーシャを助けるために行く。

「お前はウルカの兵でもない一般人だから好きにしろ。死んだら骨は拾ってやる」

「はい！　行ってきます！」

ディリヤの鼓舞を受け、キラムはシルーシュの後を追った。

若い狼は船から船へ海を越え、敵陣に飛び移るとまっすぐキリーシャのもとへ走る。

「白兵戦闘用意！」

ウルカの兵は飛び移ってくるモートの兵を迎え撃つため、自船で整列し、上官の命に従って武器を構える。

そもそもウルカは公的にはリルニツクのお家騒動を平定するための軍を派遣していないし、リルニツクからも援軍要請を受けていない。あくまでも、ウルカ船籍の船と航路を守るためだけに戦うという建前を崩さぬことを徹底した。

「ディリヤ、お前はここで待つように」

ユドハもまた剣を抜く。

現在、リルニツクの宗主国はウルカだ。

ウルカ国王代理であるユドハには、政治的または武力的介入を行う権限があり、状況を平定する責任がある。

自国を侵犯する敵を排除する名目を盾に、リルニツク船籍の船に乗り込むことすら可能だ。

超法規的措置であり、建前としてそういう行いができるだけで、これまで実行に及んだことはなかったが、ユドハはモートの船に乗り込むつもりだった。

「艦長、我が船を頼んだぞ」

ユドハは舵取りを艦長に任せ、舵を預かった艦長は優雅に一礼し、拝命する。

「もし俺を置いていったら、勝手に船と船の間を飛んでアンタの横に並ぶ」

ディリヤはユドハの隣に並び、仰ぎ見る。

「ディリヤ……」

「アンタだけ行かせない」

「お前はいつも自分だけ先に行ってしまうのに、俺の時は許してくれないのか？」

「許さない」

「今回くらいは安全な船で待っていろ」

「残念、俺はウルカ国籍を持ってないからどこへ行こうと自由だ」

ディリヤは不敵に笑うと敵船へ乗り込む縄を摑み、船のへりに立つ。

勢いをつけて足先を船から離そうとした瞬間、ユドハがディリヤを右腕に抱き、左腕一本で縄を摑んだかと思うと敵の船に飛んだ。

「……っ！」

ディリヤは咄嗟にユドハの首に両腕を回してしがみつく。

筋力も腕力も桁外れなことは知っていたが、まさか片腕で二人分の体重を支えて飛ぶとは思ってもみなかった。

そのうえ、ユドハは飛来する敵矢からもディリヤをその体で庇い、見事、敵船に着地する。

「惚れたか？」

ユドハが不敵に笑う。

「惚れ直した」

長物を持っていないディリヤは、手近なリルニツク兵を引き倒し、関節技を決めてその手から剣を落とさせると、足先で器用に剣を跳ね上げ、手中に収めた。

続けて、ユドハの側近が三名、モートの船に着地した。

「お前たち……ウルカは不介入だぞ」

「問題ありません、いまから俺たちは殿下の……いえ、ユドハさんの友達として加勢するだけです」

「そうです。友達夫婦を助けるのに必要なのは軍籍や国籍ではなく友情です。ちゃんと特務参謀長殿がバール様とシルーシュ様に許可をとっておられます」

「ユドハさん、帰ったらアシュさんを海水浴に連れていくんでしょ？　参謀長殿はアシュさんの、たのしみね～海でぱちゃぱちゃ……と夢見ていたあの笑顔を守るために必死に策を練ったんです」

武官の側近たちは、この場にいない文官側近の筆頭である苦労性の顔を思い出し、ユドハとディリヤの周囲に展開し、武器を構えた。

それと同時に、船尾のほうではモートを追い詰めんとシルーシュとその部下が奔走し、キラムがキリーシャを救わんと戦闘を繰り広げていた。

「うわぁ……、シルーシュ様、いまの見ましたか？　あの二人、おひめさまだっこで敵陣に突入してきましたよ……」

「はっ！　あの者らはここを祝言（しゅうげん）の会場かなにかと勘違いしているのではないか？　敵陣に入場と同時にくちづけなぞ交わしおったぞ」

「言い得て妙な……」

「二人の披露宴会場に来たのかと我が目を疑ったわ。おい、キラムとやら」

「……は、はい！」

「貴様のあるじ夫婦はいつものあの調子か？」

「知る限りでは……！」

敵と刃を交わしながらキラムが首を何度も縦にする。

「けったいなあるじを持ったな、貴様……。まぁよい。

とっとと働け、露払い(つゆばらい)をしろ。キリーシャに傷ひとつつくような事態を招いてみろ、貴様の毛皮で玄関を飾ってやる」

「……はい！」

キラムはシルーシュの言葉に頷き、キリーシャへの道を切り開く。

甲板は、敵味方入り乱れての乱戦だ。

ユドハとディリヤは背中を預け合い、敵を薙(な)ぎ払う。

シルーシュたちがモートとキリーシャのもとへ向かうから、ユドハとディリヤは船首のムルテザに狙いを定めた。

砂を敷かれた足もとは血を含んで泥沼のように足を取り、倒れ伏した敵味方が進路を阻む。

天気は快晴で、風や波は穏やかだ。火は上がっていないが、そこかしこで煙が立ち昇り、船体が軋(きし)み、波もないのにぐらりと揺れる。

遅かれ早かれこの船は沈むだろう。

リルニツクの船乗りたちは足腰がしっかりとしていて船上での動きも安定しているが、モートの兵は足もとが危うい。金銭で雇い入れた陸の傭兵や奴隷が多く、船上での戦闘には不慣れな様子だった。

船首には、リルニツクの土着信仰の女神を象(かたど)った船首像が取り付けられている。

女神像を抱いたバウスプリットの根元付近にムルテザらしき男がいて、五名ほどの屈強な男に守られていた。

ユドハとディリヤは示し合わせたわけでもなくそちらへ進む。

舳先(へさき)に近付くにつれ床面積は狭まり、敵との接触も増える。

ユドハが前に立ち、拳で敵を薙ぎ払う。

ユドハのように図体が大きく、腕を広げた際の攻撃範囲が広い狼が長物を使うと味方を傷つけるからだ。

ユドハの側近も同様に短剣か肉弾戦で応じている。

そうしてユドハたち狼が道を切り開けば、ディリヤが小回りを利かせて敵を突き殺し、背の高い狼たちの足を狙う人間を重点的に排除していく。

ユドハに庇われるのは癪(しゃく)に障(さわ)るが、ユドハの図体を隠れ蓑(みの)にして戦えば敵の裏をかけた。

「なるほど、さすがは元狼狩り！」

「狼の弱点を熟知しているだけあって、狼を守る術にも、狼とともに戦う技にも長(た)けている！」

ユドハの側近たちが、皮肉ではなく純粋にディリヤの戦いを称賛する。

「尻尾まで真っ赤だ。帰ったら風呂に入れてやる」

ユドハの尻尾をちらりと見て、ディリヤは拳に巻いた布のゆるみをきつくする。

布切れ一枚でも、剣の柄を握った時に血脂で滑るのを軽減できた。

「お前はどこもかしこも真っ赤だ」

ユドハは汚れていない尻尾の裏側でディリヤの額から伝う返り血を拭ってやる。

「くすぐったい」

「血にまみれようとも、お前の赤毛と白皙は、海の青と空の青に映えて美しい」

「戦場に立つアンタもかっこいい。……そういえば、アンタと一緒に戦うのは初めてかもしれない」

「最初で最後にしたいものだな」

「そうか？　俺は楽しい」

ディリヤは声を明るく弾ませ、両手で剣を高く背後に振り上げ、ユドハに躍りかかる敵の首に突き刺し、引き抜くと同時にその返り血でまた別の敵の目を潰し、斬り倒す。

「楽しいならば、なによりだ」

ディリヤの無邪気な笑顔にユドハも微笑み、逆手に持ち替えた剣でディリヤを狙う輩の腹を刺し貫く。

ぴったり息のあった共闘は負け知らずで、背中を預けあって戦うさまは、赤毛と金毛の狼のつがいそのものだ。

オス狼二匹がぴったりと息をそろえて牙を剝き、敵を屠る。戦えば戦うほど天下無双だ。

愛する者と行う共同作業は楽しい。いまならなんだってできる気がした。

「殿下、ムルテザが……！」

側近が声を張り、前方を指し示す。

追い詰められたムルテザが、細く長く海へと伸びたバウスプリットにしがみついて、その先端まで逃れようとしていた。

あのまま進んでも、その先に待ち受けているのは海面だけだ。

「降伏せよ！　命まではとらん！」

ユドハが呼びかける。

「……ユドハ、たぶん逆効果だ」

狼に吠えられて、それを降伏勧告だと正しく解釈できる者は少ない。

事実、威嚇(いかく)されたと勘違いしたムルテザは脅えるあまり、いまにも海に落下しそうになっている。

「俺が行く。援護頼む」

ディリヤはバウスプリットの付け根に向かい、その長く細い棒の先端にいるムルテザを追った。

命綱のない綱渡りだ。背後から敵に斬りかかられればひとたまりもない。

足の側面を木製のバウスプリットに沿わせるようにして感覚を摑み、視線は前だけを見て進む。

走ることもできたが、ムルテザを脅えさせないため、ゆっくりと近づいた。

ディリヤとムルテザ、二人分の体重がかかったバウスプリットが撓(しな)り、その感触が足裏に伝わってくる。

ユドハのように体重の重い生き物が歩くように設計されておらず、やはり、ここを渡るのはディリヤが適任だった。

先程までは天気にも恵まれ、青空と太陽が広がる美しい海模様だったが、湿り気を帯びた強風が吹き始め、遠くで積乱雲が目立ち、目に見える速度で上空の雲が流れていく。間もなく、ウルカからリルニックへ渡った時のように海が荒れ始めるのだろう。

海風に煽られてディリヤの赤毛が靡(なび)く。

波が立てばまっすぐの視線の先が揺れる。

船底から浸水しているのか、すこしずつ船体が斜めに傾(かし)ぎ、ディリヤの体幹を試す。体重移動に配慮しなければ、あっという間にディリヤも白波の立つ海に真っ逆様だ。

背後では、ユドハがバウスプリットへ続く一本道の前に立ち塞がり、ディリヤへ続く道は何人たりとも通さぬと体を張り、守ってくれている。

唯一無二の相棒というのは、なぜ、こうも信じるに足るのだろうか。

ユドハは己の身を厭(いと)わず、命懸けで戦う。敵の怒号と剣戟(けんげき)の音がディリヤを襲うことは決してない。

その安心感が、なんとも言えずディリヤを悦ばせた。

自分の背を預けられる者がいるというのは、なによりも心強く、頼もしい。

「ムルテザ殿、自分はディリヤと言います。リルニック宰相家のバール殿およびシルーシュ殿の命により、あなたを捕縛します。命はとりません。……こちらへどうぞ」

ディリヤは空の手をムルテザに差し出す。

　ムルテザは生きて捕まえなくてはならない。この計画についてすべて吐かせねばならないし、ウルカも被害を受けている人身売買について仔細を問い質し、明るみに出さねばならない。

「ぅ、動けぬ……」

　ムルテザはバウスプリットの先端まで逃げたものの眼下に広がる海に恐れをなし、ディリヤの手に縋りつきたくても縋ることができないでいた。

「そのまま、そこでじっとしていてください。どうか動かずに。俺があなたを摑んで後ろへ引っ張りますから、それにあわせて後ろに退がってきてください。大丈夫。俺があなたの上着のベルトを摑んでいます。落ちません。行けますか？」

　アシュに話すように優しく話しかけると、ムルテザは子供のような泣き顔で頷く。

「いまからベルトを摑みます。俺が、どうぞ、と言ったら、後退してください」

　ディリヤはもう一歩、二歩、ムルテザへと歩み寄り、ベルトを摑む。

　ムルテザは、「ぜったいに、ぜったいに放すな！」と震え声で懇願し、赤ん坊が後ろ向きに這うように徐々に後退する。

　ディリヤは、そのままの体勢で後ろ歩きで来た道を戻った。

　行きよりもずっと長く時間がかかったが、ディリヤが先に甲板に足を下ろし、続けてムルテザも足を下ろす。

「……っ！」

　ムルテザに縄をかけようとした時、高波が船を襲った。

　船体が大きくぐらつき、ムルテザの上半身が船の向こうへ乗り出す。

　ディリヤは咄嗟に腕を伸ばし、ムルテザを引き戻したが、代わりにディリヤの身が宙に躍った。

「ディリヤ！」

　ユドハがディリヤの腕を摑み、その懐に抱きとめた。

「……っぶなかった……」

「……はー……」

　ユドハが肩で深く息を吐き、ディリヤの足に尻尾を巻きつける。まるで、尻尾が命綱で、二人は一蓮托生だと言わんばかりだ。

ムルテザはすっかり腰が抜けたのか、ユドハの側近に捕縛される間も大人しくしていた。

「ユドハ、ありがとう」

「………………肝が冷えた」

「もう大丈夫だ」

「大丈夫ではない。頼むから、残りを討伐する間は俺の傍にいろ」

ユドハはディリヤの後頭部をその大きな掌で抱き、己の胸に押し当てると、もう片方の手で残党を打ち取っていく。

残る敵二人はユドハの左右に展開して距離を詰めてきた。

ディリヤは右の敵に短刀を投げて刺し貫き、左の敵はユドハがその手の剣で一刀のもとに斬り伏せた。

「これであらかた片付いたな。シルーシュ殿のほうはどうだ？」

「よ……っと、うん、片付いてる。ウルカの艦隊も無事だ」

ディリヤはユドハの肩に尻を乗せて座り、背を高くして、船尾を見やる。

シルーシュの足もとにモートが跪き、キラムがキリーシャの無事を喜んで泣いていた。

ウルカの艦隊も一隻も沈むことなく無事だ。

ディリヤがムルテザを捕縛したとキラムに手振りで伝え、キラムがシルーシュにその旨を告げる。

最初から勝利宣言はシルーシュが行うと決めていたから、シルーシュはひとつ頷き、ユドハとディリヤに敬意を払って一礼したのち、声も高らかに勝利を宣言した。

「ユドハ、こっちの勝ちだ」

愛しい男とともに掴み取った勝ちは喜びだ。

ディリヤはユドハに両足と両手でしがみついて抱きしめ、愛しい男の唇を奪う。

「ああ、お前の満面の笑みは本当にかわいい」

「血まみれのアスリフにかわいいっていう男はアンタくらいだ」

「可愛いものは可愛い」

ユドハのディリヤは今日も今日とて世界で一番かわいい。

この青空の下に存在するすべての生き物のなかで一等かわいい。

ユドハの嫁で、つがいで、伴侶で、最高の男は今日も美しい。

血まみれのディリヤの屈託ない笑顔を愛しげに見つめ、ユドハは唇を寄せた。

第五章

モートとムルテザは捕縛された。

二人はリルニツクの法に則(のっと)って処罰される。

ウルカ側は、事情聴取の立ち合いと入手したすべての情報の開示を求め、リルニツクはそれを呑んだ。

モートたちの処罰内容はウルカの意向を汲んだものになる代わり、ウルカは今後もリルニツクの自治を認めるという基本姿勢を崩さぬことで合意した。

病床のリルニツク宰相は意識昏迷となり、キリーシャに危害を加えることも、誰かになにかを命じることも不可能な状態に陥った。

正しい政治的判断は行えないとして、以後、バールとシルーシュが中心となり国をまとめていくことで落ち着いた。

ディリヤとユドハのもとには、家族の日常が戻ってきた。

ユドハの尻尾を枕に寝ていた三匹の仔狼がじゃれあって、ころころ寝床を転がっていく。

「元の位置にもどりましょ」

アシュがララとジジに声をかけると、三匹がそろってお尻で這ってユドハの尻尾の布団に戻ってくる。

家族みんながディリヤの傍にはべって、みんなでディリヤにブラシをかけてもらうのを待っていた。

この季節の風物詩、換毛期だ。

ユドハが毎日欠かさず子供たちに櫛(くし)を入れていたが、今日からはまたいつものようにディリヤが毛繕いする。

「ふあぁぁぁ〜〜〜」

間延びした声でアシュが気持ち良さそうに尻尾の先まで震わせる。

先に毛繕いを終えたララとジジは、「おにいちゃん、きもちいい？」「ららとじじは、きもちよかったよ」と、うるうる喉を鳴らし、アシュを左右に挟んで、小さな舌でアシュの頬を舐め、ディリヤの毛繕いのお手伝いをしていた。

「こうよ、こうすると、もっときもちいいよ」

アシュがお返しにララとジジを舐めると、ララとジジはそれを真似する。

毛繕いをしあううちに、また、ころころと転がってユドハの尻尾から遠ざかっていく。

「はい、元の位置に戻りましょう」

櫛を片手にディリヤが愛息子たちを手もとに引き戻すと、鈴のように愛らしい笑い声が三つ重なる。

「のんびりしあわせ～」

アシュはのびのびしてディリヤに腹を見せる。

臍を天に向け、完全に野生を失った無防備な狼の姿を晒(さら)し、大きく欠伸をしておなかを膨らませた。

今年はちょっと早めに換毛期が始まったらしく、胸や襟首回りが毛割れしていた。そこを指でもしゃもしゃ掻き混ぜて撫でると、アシュがきゅっと首を竦めてかわいい。

すっかり夏毛に変わる頃にはきっと山のような金色の綿毛が収穫できるだろう。毛先が苺色(いちごいろ)をしていて、丸めるとなんだか不思議と美味(おい)しそうなお菓子のように見えるのだ。

「ユドハはちょっと待っててな」

アシュの腹の毛を梳(と)かしながら、ユドハに声をかける。

「あぁ、いつまでも待とう」

ディリヤの傍でユドハが微笑む。

ユドハも待ちに待ったディリヤの毛繕いだ。

尻尾をぱたぱたして喜びを表したいところだが、尻尾は子供たちの寝床になっているから、ここはぐっと堪える。

……だが、我慢がきかず、もそもそ動いてしまう。

「ふふっ、ちょっとしっぽうごく」

アシュがユドハの尻尾がわずかに動くのを面白がる。

「おとうしゃんのしっぽ、けづくろい」

「ららとじじが、おにいちゃんに教えてもらったみたいに、けづくろい」

ララとジジはユドハの尻尾をよだれまみれにして毛繕いの真似をしている。

「……どうした、ユドハ？」

ふと首筋に視線を感じて顔を上げると、ユドハの手がディリヤのうなじに触れた。

「まだすこし赤いな」

「あぁ、……まぁ大丈夫だ」

「火傷(やけど)にならずに済んでよかった」

「日除けを忘れたのは失敗だった」

港までの移動、海での戦い。

つい、日除けの布を被るのを忘れてしまった。

じりじりと太陽に晒された白い肌は、モートを捕縛した日の夜には真っ赤になって、さすがのディリヤも痛みで眠れず微熱が出た。

数日は首を動かすこともままならなかったが、ユドハが甲斐甲斐しく手当てしてくれたおかげで、いまは、首回りや腕の日焼けした部分に布が触れないように襟ぐりの広い服さえ着ていれば気にならない。

「殿下、ディリヤ様、……お客様がお越しです」

戸口に控えていたライコウが客人の来訪を告げた。

キリーシャとキラムだ。

二人は約束通りの時間に訪れた。

二人を通すようユドハが応じる。

「アシュ、お客様がいらっしゃいました。服をしっかり着ましょう」

「……けづくろいは？」

「今日の分はおしまいです」

「あしゅ、かっこよくなった？」

「はい」

「ふふ、……ありがと！」

きゅ、とディリヤの顔に抱きついて、すりすり全身をすり寄せる。

「…………」

狼の抜け毛がすごい……。

服を着ていないアシュのおなかを顔面にすりすりされて、ディリヤの顔は短い毛まみれになる。

ユドハが声もなく笑いながら袖口でディリヤの顔を拭ってくれた。

そうこうするうちに、キリーシャとキラムが部屋に入ってきた。

二人とも緊張の面持ちだ。

それもそうだろう。目の前にいるのはウルカの国王代理と仮にもそのつがいだ。ディリヤは気にしなくても、まだ十代の二人にとっては雲の上のような存在だった。

ディリヤとユドハは立ち上がって出迎え、キリーシャとキラムに着座を勧める。

ウルカとリルニックは生活習慣に似ているところがあって、床に絨毯を敷いて車座になって食事をしたり、歓談したりする。

キリーシャとキラムは「失礼いたします」と断ってその場に腰を下ろした。

ユドハは双子が邪魔をしないように自分の膝に乗せ、「すこし静かにしていような」と言い聞かせる。

胡坐を掻いて座るディリヤの肩に手を添えるように

アシュが立っていて、キリーシャとキラムを見ていた。

キリーシャは手でいざるようにしてアシュのほうへ移動すると、アシュを視界の真ん中に捉えてまっすぐ見つめ、「本日はお詫びに参りました」と口を開いた。

「……おわび」

アシュはなにやら神妙な雰囲気に尻尾をきょろきょろと動かす。

「私があなたの手を扇子で叩いたこと、あなたにたくさん酷いことを言った無礼に対するお詫びです」

「……でぃりや、おわびってなに？」

アシュはディリヤに耳打ちして尋ねる。

「ごめんなさい、を言うことです」

「…………ごめんなさい」

ディリヤに教えてもらった言葉をアシュは口の中で唱える。

「もちろん、私の謝罪を受け入れていただく必要はありません。悪いことをしたのは私ですから、許すも許さないもあなたの自由です。それでも、私はあなたに働いた無礼に対してお詫びいたします」

「……？」

「ごめんなさい」

キリーシャが頭を下げた。

「キリーシャちゃん、アシュと仲直りしたいの？」

「な、なかなおり……」

「うん。おともだちとケンカしちゃったら、ごめんなさいって言って、許してくれたらありがとう、って言うの。許してあげたくない時は、いまはいや、ちょっと待って、って言うの」

「……そうね、あなたの言うとおりです。私は、あなたにごめんなさいと言って、仲直りがしたいんです」

「………」

アシュはディリヤの傍を離れて一歩前に踏み出し、キリーシャの前に立つ。

座ったキリーシャと直立したアシュは視線がほぼ同じだ。

「叩いてごめんなさい。いじわるなことを言ってごめんなさい」

キリーシャは目を逸らさず、アシュの大きな瞳を見て詫びた。

「……キリーシャちゃん、もうアシュのおててぺちんしない？」

「しないわ」

「よしよししてくれる？」

「………」

「こうして、こう」

アシュはキリーシャの手をとり、叩かれたほうの手の甲をキリーシャの手でよしよしと撫でさせ、キリーシャににっこり笑いかけると、「キリーシャちゃん、もう泣いてない？　悲しいことない？　だいじょうぶ、だいじょうぶ？」と問いかけた。

「私は、もう十九歳で、大人だから……だいじょうぶなの……ごめんなさい……」

「キリーシャちゃん、いっぱいいっぱい泣いてたから、きっと悲しいことがあったのね、ってアシュ分かったの。だから、りるにちゅくまで会いにきたの」

「会いに来てくれたの？」

「ディリヤのお迎えもあるし、おじいちゃんせんせぇとお話ししたいのもあるけどね、キリーシャちゃんにも会いにきたのよ。あのね、おともだちが泣いてる時はね、おそばでいっしょに手を繋ぐの。ひとりがいいの！　って言われるかもしれないけど、アシュはぎゅってしてあげたいの。だからアシュ、りるにちゅくに来たんだよ！」

ディリヤに毛繕いしてもらったばっかりのふぁふぁのふかふかでアシュはキリーシャを抱きしめる。

「許してくれるの……？」

「うん！　もう、だいじょうぶ、だいじょうぶよ。アシュ、怒ってないよ。もういいよ。ごめんなさいって言わなくていいよ」

キリーシャの頬をよしよしと撫でて、許す。

そうすると、キリーシャがまたぽろぽろ涙を流すから、アシュは慌てて「かなしいの？　いたいの？　あしゅもいっしょに泣く？」と尻尾でキリーシャの涙を拭う。

「あなたが優しいから、私は嬉しくて泣いてるの！」

キリーシャは、よもや自分が十歳以上も年下の子供に二度も泣かされるとは思わず、ぐっと涙を堪えたものの、結局は堪えきれず、ぽろぽろと大粒の涙を零す。

「そっかぁ……うれしくても泣いちゃうのね」

「そうよ」

「いっぱい泣いたら、あしゅとあそんでくれる？」

「……なにをして遊ぶの」

「お花！　りるにちゅくは、ウルカよりも夏が早いんだよ！」

「知ってるわ」

「だからね、夏のお花がいっぱい咲いていて、果物もいっぱいあるんだって！　アシュ、キリーシャちゃんとキラムちゃんとお庭でお花を見て、お歌を歌って、かけっこして、果物を食べるの！　アシュ、キリーシャちゃんに、いちばん甘くておいしい果物とってあげるね」

　アシュはキリーシャの手をとり、「おはな～見たこともないお花がいっぱい～、おにわには美味しい果物もいっぱいよ～海にも行こうね～」と、尻尾をふわふわさせて歌って笑う。

　アシュの笑う顔につられて、キリーシャが泣き笑いする。

　顔をくしゃくしゃにして、子供みたいに笑うから、キリーシャの隣で一部始終を見守っていたキラムまで涙ぐんでいる。

「みんなであそぶのたのしいね～、あ、キリーシャちゃんはけづくろいする？　あしゅ、上手だからね、キリーシャちゃんの毛繕いしてあげるね！」

「……アシュ、妙齢の女性を舐めてはいけません」

　ディリヤが慌てて止めに入る。

「だめなの？」

「はい」

「そっかぁ……ぺろぺろしたらだめなのかぁ……」

「なら、私があなたの毛繕いをするわ。櫛でしっかり尻尾まで梳いてさしあげる。どう？　私にさせてくださる？」

「キリーシャちゃんがしてくれるの？」

「えぇ」

「やったぁ！　けづくろいはね、だいじなだいじな仲間やお友達といっしょにするとしあわせなのよ！」

　アシュはキリーシャにぎゅっと抱きつき、目を細めて笑った。

「それじゃあせっかくですから、コウラン先生も誘ってみんなでお庭で遊びましょうか」

「良い考えだ」

　ディリヤの提案にユドハも乗り、小脇に双子を抱えて「先生をお呼びしてくる」と立ち上がる。

　ディリヤがユドハに「アンタの毛繕い、後回しになった。ごめんな」と詫びると、ユドハは「これから毎日一緒なんだから今日でなくとも」と尻尾でディリヤの頬を撫でた。

そうして撫でられると、換毛期に入り始めたユドハの尻尾も生え替わりの抜け毛がたくさんで、ディリヤの顔が金色の毛まみれになって、くしゃみをした。

なんてことのない日常だが、くしゃみひとつでみんなが心配したり、笑ったり、ユドハがディリヤの顔を拭ってくれたりするから、ディリヤは幸せだった。

夏のある朝、リルニツク宰相が天寿をまっとうした。

末期の瞬間まで、彼がキリーシャに詫びることはなかったが、彼自身は眠ったまま穏やかに逝った。

「寝ついて長かっただけに、この日の心構えはできていたよ」

長男バールは穏やかにそう言って、これから連日続く公式行事のことを考えていた。

「やっと逝きおったわ、クソジジイが」

三男シルーシュは妹に訪れる平穏な日々に手を叩いて喜んだ。

「人騒がせなお父様だったわ……向こうでお母様に叱られればいいのよ」

末姫キリーシャはすこし疲れた顔をしていたが、清々しい様子でもあった。

「儂が先にくたばると思うておったがの……」

コウランは訃報に接し、「この歳でまた誰かを送ることになろうとは……寿命とは分からんものよ……」と遠くを見て、死者を悼んだ。

「姉上の読み通り、喪服も持ってきて正解だったな」

ユドハはといえば、ウルカ国王代理として葬儀諸々に出席予定だった。

そして、ユドハがそれらの国家行事にディリヤを帯同したいと考えていることを、ディリヤはなんとなく察していた。

この状況でディリヤを公式行事に出席させないということは、ユドハにとってディリヤは隠したい存在なのだと宣言するのも同じだ。それはユドハにとって許せないことなのだろう。

「ディリヤには大変よくしていただきました。私の命の恩人です。リルニツク最大にして最高の礼儀をもってお返しすべきです。当然のこと、国賓として葬儀にも列席していただき、リルニツクだけでもディリヤがウルカ国王代理殿下のつがいであると公的に認めるべきです」

キリーシャなどはバールとシルーシュにそんな進言までしてくれた。

「これは、我が妹の願いを叶えるという側面もあり、ウルカの国王代理殿の意向に即した提案でもあるが、第一に、貴様の功労に礼で報いたいというリルニックの考えでもある。それらを汲み取って、ここはひとつ出席してはどうか？」

妹にせっつかれたシルーシュがディリヤの説得に来たのは葬儀の前夜だった。

「せっかく来ていただいたのに申し訳ありませんが、お断りします」

ディリヤは開口一番、辞退を伝えた。

多忙なシルーシュを無駄に拘束し、あれこれとはぐらかすよりは議論を手っ取り早く切り上げたほうが賢明だと判断したからだ。

そもそも、ディリヤはユドハと結婚こそしているが公的な立場になく、国家行事に出席する資格もない。

宰相家の提案はとてもありがたい気遣いであったが、ディリヤはその気遣いだけで十二分に報われたと礼を述べるだけに留めた。

「この赤毛殿は頑固で、一度こうと決めたら梃子でも動かんぞ」

同席していたコウランが、中立の立場から場を取り仕切ってくれていた。

「そこがディリヤの美徳でもあります」

ユドハは基本的にディリヤの側に立って話を聞いていたが、こればかりはディリヤの頑なさになんとも言えぬ表情になっていた。

ディリヤは現状に満足している。

これ以上でしゃばりたくない。

なにも持たないことが一番の武器だ。なにかを背負えば背負うほど雁字搦めになって、身動きがとれなくなって、戦うべき時に戦えない。

だが、ユドハはディリヤにもっと公的な立場を与えたい。頑張りに見合っただけの正しい評価や身分、権威や権力、財産、所有していても困らないものでディリヤの身辺を固めて、ディリヤを守る術を増やしたいと考えている。

「どうやら、そなたとディリヤの間には、幸せの満足度に差があるようじゃな」

それは、二人がどれだけ頑張って心を通わせても、ひずみができる唯一の場所だ。

　ディリヤは現状こそが最適だとこの状態に固執し、ユドハはディリヤの立場の向上こそが最善だと考える。

　二人それぞれの幸せを求める気持ちは、どうしても相容れなかった。

　ウルカの王宮に、ユドハとディリヤの仲を応援してくれる者は少ない。

　明確にその立場をとってくれているのは、エドナと、権力の中枢にしがらみのない兵やユドハの側近、一部の文武官のみだ。

「なるほど、若い夫婦の味方はごく少数というわけか……」

　シルーシュはしたり顔でにやりと笑い、コウランを見やる。

「二人だけで手に手を取り合い、守り合っていかなければと気負い過ぎて、互いに視野狭窄になっているのは確かよな」

　コウランは顎下に手をやり、肩で息を吐く。

「なんにせよ、俺がこの国の行事に出る道理はありません。ユドハも、それでいいな？」

「今回だけはリルニツクの厚意に甘える気はないか？」

「ない。俺が出席しないことでリルニツクに対して失礼に当たるなら出席するが、そうでないなら出席しない。キリーシャさんという親しい人の身内を弔うという意味で出席するなら、一般枠で出席する」

「……というわけだ。せっかくの申し出をふいにして申し訳ないが……」

「こちらの都合や意向は構わん」

　シルーシュはあっさりと引いた。

　結局、ここではユドハが折れてディリヤは葬儀に出席せず、ウルカからはユドハのみが出席して、リルニツク宰相の国葬が執り行われた。

　葬送にまつわるいくつかの大きな行事が何日か続き、国民の服喪期間が終わると同時にリルニツクの今後について公布された。

　人徳のある長男バールがリルニツク宰相職に就き、三男シルーシュは自由な立場から兄を補佐する。

　成人すれば、いずれはキリーシャもリルニツクの政治にかかわる役職に就くことになる。

　四男モートは、リルニツク半島の外れにある小さな離島で幽閉となった。荒れ狂う海にぽつんと佇む島だ。脱出は不可能に近い。

バールが名実ともに実権を握ると、物事の進みは格段に速くなった。

宰相家とその親族の服喪期間は続くが、リルニックの伝統に則って、バールの宰相就任式とともにバールとその許婚（いいなずけ）の結婚式も執り行われることになった。

前リルニック宰相が病床にある時から、結婚式と就任式の準備は進められており、他国への報せなどもすべて終えていた。

葬儀に伴ってリルニックを訪問していた諸国の列席者も、冠婚葬祭の礼服を携えてリルニックを訪れている。

それらの行事と準備が続く日々で、ウルカとリルニックは談話を続けていた。

今後の統治、政治、経済、防衛、貿易などに始まり、奴隷の密輸や人身売買組織の壊滅に向けて、互いの領土内外、海域での取り締まりについての話し合いも持たれた。

「滞在中にこちらで片付けられる案件はすべて片付けておこうと思っている。リルニック側と打ち合わせておけば、ウルカへ戻ってからなにかと物事が円滑に進むのでな」

ユドハは含みを持たせた口調でそう言っていた。

政治に口を挟む気のないディリヤは詳細を尋ねなかったが、なにかしらの考えがあって水面下で動いていることくらいは察せられた。

「よう伸びる頬肉だな！」

「だめぇ～～……伸ばさないでぇ～～……アシュのほっぺ、びよびよになっちゃう～～」

シルーシュの膝に抱かれたアシュは、シルーシュに頬を引き伸ばされておもちゃにされていた。

「キリーシャ、そなたも兄の隣に座って右の頬をつまんでみよ。得も言われぬ不思議な感触を味わうことができるぞ」

「三兄様、アシュが可哀想です」

シルーシュの隣に座ったキリーシャが、アシュの頬を優しく撫でる。

「キリーシャちゃんとバールちゃんは好きだけど、シルーシュちゃんはすぐアシュのほっぺむにーってするから好きくない……」

アシュはふくれっつらをして、尻尾でばしばしシルーシュを叩く。

おもちゃにされているわりには本気でいやがってお

らず、尻尾がぱたぱた揺れている。

　どうやら、いつもみんなから優しく丁寧に可愛いがってもらっているせいか、ぞんざいな扱いをされるのが初めてで、これはこれで面白いらしい。

「面妖な……、どこもかしこも神々が作り出した奇跡のごとき触り心地……」

　シルーシュはアシュの尻尾をつまみ、毛皮を掻き混ぜるように指を動かす。

「もう！　アシュの尻尾そんなにもしゃもしゃしないで！」

　アシュはシルーシュの膝から飛び降りると、コウランのもとへ逃げた。

　アシュが逃げると、その小さな生き物のふわふわの尻尾に引き寄せられるようにシルーシュとキリーシャもアシュを追いかけた。

「おじいちゃんせんせぇ、アシュを隠して！」

　アシュはコウランの懐にずぼっと頭から潜り込む。

「ほれ、頭ばっかり隠しておっても尻が隠れておらんぞ」

　籐の寝椅子に背を預けるコウランは、朗らかに笑って己の膝掛けでアシュを隠してやる。

　コウランは元気にしていて、本人自身も「一向に死ぬ気配がないな！」と驚いた様子で、食欲旺盛で、睡眠も深く、弱って寝ついていた頃には難しかった読書や散歩を楽しみ、アシュにいろんなことを教える健康さえ取り戻していた。

「キラムちゃん、アシュのしっぽ、みんながもしゃもしゃにしないか見張ってて」

「はい」

　コウランの傍に立っていたキラムは、アシュのお願いに頭を垂れる。

　キラムの今後の身の振りようについては、コウランとユドハの間で話し合いがもたれた。

　バールの結婚式と就任式典に出席したのち、コウランはユドハの船でウルカへ戻る。

　常夏に近いリルニックの気候はコウランを苦しめるし、アシュが「おじいちゃんせんせぇとお話いっぱいしたい！」と望んだこともあり、話し相手くらいならば務まると判断して、定婚亭の使用人たちとともにウルカの王宮に移り住むことになった。

　だが、そこにキラムを伴うことだけは難しかった。

　ディリヤ暗殺未遂の前科ゆえだ。

大人に騙されての愚行とはいえ、事実は事実だ。王宮への立ち入りは許されない。

ユドハとディリヤはキラムの前途が明るいものであるよう考えてはいたが、どうするのがキラムにとって最適かは結論が出ずにいた。

「自分は、殿下とディリヤ様のご意向に従います」

キラム自身はすべての決定を受け入れる覚悟らしく、自分の意見を発することはなかった。

「うちにいらっしゃればよろしいのでは？」

キラムの代わりに発言したのはキリーシャだ。

「一兄様、三兄様、……この一連の渦中、キラムは常に私の傍にいて、助けてくれました。かつて、ウルカでは取り返しのつかぬ間違いを犯しましたが、リルニツクでならやり直せます。おめでたい日の恩赦というのはおかしな話ですが、何卒、ご温情とお取り計らいのほどを……」

キリーシャは、二人の兄にそう口添えをした。

「姫様、ですが……姫様は狼が……」

キラムはキリーシャを気遣い、一度はその申し出を辞退した。

「私はいまも特定の狼を除き、金狼族が嫌いですが、……まずはあなたが私の傍で私を守り、狼はこわくないと証明すればよろしい」

「しかし……」

「行くところがないなら、うちにいなさい。ぐだぐだ言っていないで、はい、と仰い」

「はい」

「よろしい。……では、一兄様、三兄様、このキラムは私が責任をもって傍に置いて監視いたします」

キリーシャは、二人の兄に「この我儘は絶対に引っ込めません」と訴えかけ、二人の兄も可愛い妹のおねだりに頷くしかなかった。

だが、キリーシャの与り知らぬところで、バールが「キラム君、我が妹は無邪気で無垢である。ゆえに、頼むからどうかいきなり腹が大きく膨れてウルカとリルニツクの友好の懸け橋が生まれることだけは避けてくれ給えよ」と朗らかに諭し、シルーシュは「貴様、我が妹に手を出したと判明した暁には、我が家の玄関を飾る敷き物になると思え」と静かにキラムを牽制した。

結果、キラムは、キリーシャの護衛としてリルニツク預かりの身となり、ユドハもそれを認める形で落ち着いた。

「ディリヤ、あしゅのほっぺ伸びてない？　ちょっと確かめて？」

コウランの膝掛けの下に隠れたアシュは、膝掛けから耳だけを出す。

「大丈夫ですよ。いつものアシュのふくふくのほっぺです」

ディリヤは膝掛けの下に手を突っ込んで、アシュの頬を撫でて確認する。

今日、コウランの部屋はとても賑やかだ。

アシュはキリーシャとシルーシュに遊んでもらってご機嫌にしているし、ララとジジはキラムを新しいおもちゃと思っているのか、「これは、ららとじじの新しいおもちゃ……」「おもちゃには、ららとじじの匂いをつけよう」と、すりすり、すりすり、全身をなすりつけている。

ディリヤはコウランの傍に腰を下ろし、皆の話に耳を傾けるだけだったが、その賑々しくも和やかな雰囲気を楽しんでいた。

もう半刻もすれば、ユドハとバールもこちらへ合流して、早めの夕食会となる予定だ。


その席には、バールの許婚である女性も一緒だ。結婚式を間近に控えた花嫁と花婿を囲んでの、ちょっとした宴だ。

「ねぇねぇキリーシャちゃん、バールちゃんの好きな人はどんな人？」

「一兄様のお嫁様になる方は、一兄様の幼馴染で、優しい人よ。お父様が病に臥してからはずっと一兄様を助けるためにこの宰相邸で一緒に暮らしてらっしゃるの。もう実質は夫婦のようなものね」

キリーシャは干した白無花果を半分に割って、アシュの口へ放り込み、残りを自分が食べる。

「あのお転婆娘がなぁ……」

コウランはバールの許婚とも旧知らしく、「あの子はよくできた子でな。しっかり者だ。心配はいらん。人を支えることの苦労をよう知っとる。家庭円満間違いなしじゃ。……バールはアレだ、アレほど毒気のない男もおらん。昔からよぉあのお転婆を大事にしとったから、良い夫、良い宰相になるじゃろう。ならんかったら知らん、その時はその時だ」と弟子の結婚を喜んでいた。

「けっこんかぁ……ディリヤとユドハもけっこんして

るんだよ。キリーシャちゃんは、けっこんって知ってる？」

「知っているわ。私、お姉様とは仲良しだから、結婚式の支度もお手伝いしているもの」

「おねえさま？」

「一兄様の妻になる方のことを、私はそう呼んでいるの」

「ふぅん。……けっこんしきってなにをするの？」

「いろいろよ。結婚した二人は、みんなの前で愛を誓って、招待されたお客様は結婚した二人をお祝いするの」

「たのしい？」

「楽しいわ。準備は大変なこともたくさんあるけれど、宝石やレース、髪飾りや首飾り、色とりどりのお花やお菓子、いろんな国からの贈り物、珍しいものがたくさんよ。お嫁様は毎日お肌を磨いて、お花や精油のお風呂に入って、髪も爪も美しくするの。踊ったり、歌ったり、ご馳走を食べたり、お祭り騒ぎよ」

「おどり！　アシュ、踊ったり、お歌を歌うのだいすき！」

「お花やお菓子は？」

「だいすき！」

「なら、今夜の夕食の席で、予行練習を見学できるかお姉様に伺ってみましょう」

「やったぁ！」

「はっはっは……これ、お小さいの、ジジイの脇で尻尾を動かす時はそろっとせい。こそばゆいぞ」

脇の下で喜ぶアシュの尻尾が、コウランの脇をくすぐっている。

「あの、キリーシャさん……ご迷惑では……」

「大丈夫よ。私の傍から離さないようにするから。それにね、お姉様も、実は、私にだけ内緒で、ウルカのあのお小さい狼さんたちはとてもふわふわね。お菓子や玩具はお好きかしら？　お式の時に暇をしないようになにをご用意すれば喜ぶかしら？　その前にご挨拶をしておきたいわ。って仰ってたもの」

「それなら良いのですが……」

「ディリヤ、あなたって本当に心配性。そんなに身構えなくても大丈夫よ。すくなくとも、いまのリルニツク宰相邸にあなたの敵はいないのだから。……ねぇ、三兄様」

「そうだな。すこし肩の力を抜け」

妹の言葉にシルーシュも頷く。

「あなた、お葬式は遠慮なさったけど、結婚式には出てもいいんじゃなくて？」

「なんだ、祝儀事にも出んつもりか。そこの小さい毛玉どもは出ると聞いているぞ」

「子供たちだけはお邪魔する予定です」

アシュたちユドハの息子がリルニツクに滞在していることは世間の知るところだ。

祝いの席ということもあり、すこしだけ顔を出すことでユドハとも話がついている。

だが、ディリヤはこちらも出席するつもりはなかったし、招待も辞退していた。

「……それについてだが」

シルーシュが口を開いた時、侍従がバールとユドハの来訪を告げた。

「やぁ、遅くなって申し訳ありません」

ふくよかな体格に似合った朗らかな笑みでバールが遅参を詫びた。

その隣で、バールの許婚が優雅に腰を折る。

「お待たせいたしました」

ユドハも、コウランを始めとする一同に一礼する。

「キリーシャ、なんの話をしていたんだい？」

「ディリヤが一兄様とお姉様のお式に出ないというお話です」

キリーシャはバールの問いに答える。

「あぁ、そのことか。……キリーシャ、あまりウルカの方々を困らせてはいけないよ。それぞれのご事情があるんだ。……まぁ、そうは言えども、僕個人としてはディリヤ様には是非出ていただきたいのだけれどね。……殿下はいかがです？」

「それがなんとも……。我が伴侶は控えめで」

ユドハはディリヤの隣に立ち、ちらりとディリヤを窺う。

ユドハの傍に並び立つディリヤは控えめに首を振った。

「頑固者だ」

「これだけは譲れない」

悲しい顔のユドハに、ディリヤは「ごめんな」と謝る。

ユドハも是非出てほしいと願っているのは知っている。

だが、ディリヤは、「実際問題、俺が出たら、ウルカに帰ってからアンタが後始末で忙しくなるだけなのは明白だ。なのにそんなことできるか」と冷静に返してしまう。

「なんとも可愛げがない。分別を持ちすぎると甘え方も知らんようになる。……我らの意向に甘えておけばよいものを」

シルーシュが大仰に肩で息を吐く。

「自分はあくまでもキリーシャ姫の護衛としてリルニツクに来ました。それ以上の目立つ行動は避けたいと考えています。それに、こうして宰相邸に招き入れていただき、ここにいる皆さんにユドハの伴侶と認めていただけ、子供たちと一緒に世話になっています。それだけで充分です」

「それだ！」

ディリヤの言葉尻にかぶせるように、ユドハが尻尾を立てた。

「……はっはっは！　そうか、それか、それじゃな！」

「うん？　……あぁ、それか」

「それだね」

続けて、コウラン、シルーシュ、バールが、「名案だ！」と顔を見合わせた。

「まぁ見ておれ、愉快な方法を思いついたわい」

いまいち状況を理解していないディリヤに、コウランが人の悪い顔で笑った。

よく見ると、ユドハもバールもシルーシュも似たような顔で笑っていて、師匠と弟子って似るんだな……とディリヤは思った。


キリーシャ姫を悪漢どもから守った功労者。モートとムルテザの反乱鎮圧における協力者。その傑物はウルカの国王代理ユドハ殿下の懐刀。ウルカの狂犬。赤毛の彼は、リルニツク新宰相の就任式及び結婚式の際にも殿下の護衛に就く。

などなどの強引な建前で、ディリヤは諸々の式典に列席することになった。

一定以上の身分や立場の者ならば、「ウルカの国王代理のつがいだとかいう男を列席させるための建前だ」と判断がつくが、それを口に出せる者はいない。

そうして建前やこじつけを用意してでもディリヤを正当に扱おうとしてくれる皆の心意気にディリヤは自

然と頭が下がった。

だが、一抹の不安もあった。

これは、ディリヤにとって初めての公の場だ。

非公式とはいえ、国と国のやりとりを行う場所にディリヤが初めて姿を見せることになる。

どちらからと言えば、ディリヤは裏方で生きてきた人間だ。大きな宴や祭りがあれば、花嫁や花婿を祝福するのではなく、人混みに紛れて花婿を殺すほうが似つかわしい人生を送ってきた。

「ディリヤ、服が窮屈か？」

「…………いや、大丈夫だ」

就任式典が始まる前、控えの間でみんなと一緒に待っているとユドハに声をかけられた。

ディリヤは無意識のうちに握りしめていた礼服から指を剝がす。

強く摑みすぎていたらしく、喉元のあたりが皺になっていたので、上着の裾を引いて皺を伸ばした。

今日のディリヤの礼装は、深く落ち着いた青の生地だ。ウルカの国法では、こういった際の衣装は青と決まっており、ユドハも同じ色味だ。

身に着ける衣装は当然のこと、衣装に施す刺繡や宝飾品にも一定の法則があった。

ディリヤの衣装には青緑の色糸が使われ、宝飾品を身に着けない代わりに深緑色の宝石ボタンがあしらわれ、腰に佩いた儀礼用の剣にも緑色の宝石と青緑色の房飾りが付いていた。

「孔雀のごとき雅びやかな姿よ、眼福眼福」

式典に出席するコウランはディリヤの礼装姿を拝んだ。

「独占欲が服という形をとったらそうなるのだろうな。ところで美しい赤毛の狼よ、俺の傍に侍らぬか？　貴様を適材適所で馬車馬のごとく働かせてやろう」

シルーシュは冗談なのか本気なのか分からない様子で誘ってきた。

「ごめんなさいね、ディリヤ。うちの三兄様は優秀な人ときれいな方を見ると、とりあえず一度は自分の物にしようとする人なの」

キリーシャはディリヤにそっと耳打ちをする。

「俺を評価してもらえて嬉しいです」

シルーシュの口説き文句は口説き文句でも仕事の引き抜きだとディリヤは理解した。

就任式典は午前中に執り行われ、場所を宰相邸に移して結婚式が行われる。

就任式典そのものは恙なく終え、ディリヤはユドハの護衛官として、無事、ユドハの傍で初舞台を乗り切ることができた。

ユドハの金の毛並みに孔雀色や玉虫色の光沢のある青の生地はとてもよく似合っていて、ユドハをより優美に、それでいて雄々しく引き立てた。

あれだけの男前だ。式典に列席する諸国の姫君たちの視線は自然とユドハに集まった。

現に、就任式典の会場から結婚式場となる宰相邸へ移動する際にも、某国の姫君がユドハとお近づきになろうと積極性を発揮した。

「あぁ、なんてことかしら……、私の馬車の馬が蜂に脅えてしまって動いてくれないわ。殿下、私もそちらにご一緒してよろしくて？」

その姫君は、ユドハが乗車するよりも先にウルカ国王代理専用の馬車に断りなく乗り込んだ。

それを見ていた他国の姫君たちが「まぁ、あからさま」「下品な手段ですこと」と扇子の下で毒づいたが、その姫君の積極性に苦虫を噛み潰しているのもまた事実だった。


そのくらい、ユドハの評判は高かった。

勇猛果敢な金狼族のオス狼は、強く、気高く、紳士的かつ理性的であり、まるで飴のようにとろける美声の持ち主で、物腰は優雅にして洗練されており、どこまでもつがいを守り支え慈しみ、心を委ねるに値する深い愛情の持ち主である。

しかもそのうえ超大国の実質的頂点に君臨する男ともなれば、誰しもが欲しいと願い、番いたい、夫にしたいと思うのも必然だ。

諸外国にも、ユドハがつがいを娶ったという噂は広まっていたが、公式の場にそのつがいが姿を見せたことはない。

ともなれば、さほどユドハはつがいに執着していないのかもしれないと淡い夢を抱く。

母国の期待を背負った姫君たちはこぞって側室の座を狙い、あわよくば正室の座を夢見て、その千載一遇の機会を得んと常に注意を払い、なんとかしてユドハと二人きりになろうと画策していた。

「蜂が出たとなれば、さぞや恐ろしかったでしょう。お怪我はありませんか？」

乗車前のユドハは、姫君に失礼のないよう、馬車の外から丁寧な物腰で声をかけた。

「えぇ、こうして殿下の馬車に避難させていただきましたから。あぁ、でも、恐ろしゅうございました。殿下、宰相邸までどうか暫しのお時間を共にさせてくださいまし……、私がお邪魔して窮屈をお覚えになられるやもしれませんが……」

姫君は扇子の下で頬を赤らめ、しなを作り、微笑みかける。

「これは気が利きませなんだ。友国の姫にこそ払うべき礼儀を失念していた。この馬車はどうぞ姫がお一人で広々とお使いください。私のように武骨で図体の大きな狼と相席しては窮屈を覚えられるでしょう」

ユドハは馬車には乗らず一歩下がり、御者に扉を閉じるよう命じる。

急いで扉の窓を開けた姫君は、「殿下はどちらへ？」と尋ねる。

「私は次の馬車に乗ります。御者、姫君を宰相邸まで安全にお届けせよ」

ユドハは御者に命じ、先に姫君だけを乗せた馬車を走らせた。

ユドハはそれを見届けて、後続の馬車に向かった。


そちらは、ディリヤと子供たちが乗る馬車だ。

「窮屈ですまんな。父も入れてくれるか？」

定員ちょうどの馬車にユドハが乗り込む。

「どうぞ！」

「ありがとう」

アシュが笑顔でユドハを招くと、ユドハはアシュの右隣に腰を下ろす。

「ぉおおおぉ……」

「ぉあ〜〜」

揺り籠に寝かせられたララとジジも、突然のユドハの出現に喜びの雄叫び上げた。

「ぎゅってなってるね」

ディリヤとユドハの間に挟まったアシュは、にこにこ、ご機嫌だ。

「……いいのか？」

ディリヤが尋ねると、ユドハは「構わんさ」と豪快に笑った。

予定外の超重量級を運ぶことになった馬車は、すこしユドハのほうに傾いて、いつもよりゆっくりの足取りで移動することになった。

ディリヤは、蒸し暑い車内で「……あつい」と小窓から吹き込む風に救いを求めたが、たいした救いにはならなかった。

筋肉量に比例して発熱量のひときわ多いユドハも、さすがにこれには「……すまん」と尻尾を使って精一杯ディリヤとアシュに風を送った。

その後は問題なく宰相邸に到着し、結婚式が始まるまでは控え室で暫しの休息となった。

アシュと双子はライコウたちとともに二階席後方にある個室から出席する。

幼い子供たちが泣いたり騒いだりした時に、部屋の扉をすべて閉じれば声が漏れず、式の邪魔をせずに済むからだ。

「結婚式もうすぐ？　もう始まる？」

ユドハとそろいの青い服を着たアシュは、まるで自分が結婚するかのようにそわそわした様子で、右へ左へ部屋をうろうろしていた。

「ほれ、お小さいの、ちょっと落ち着かんか」

コウランはアシュたちとともにいた。

万一、具合が悪くなった場合を考えてだ。

ユドハは一階席前方にある国賓席に着く予定だが、いまはまだ控え室にいる。


国家の規模や序列によって席次が決まっていて、国賓は、名を呼ばれた順に着席を始める。今回の主賓であるユドハは最後に名を呼ばれるので、待機時間が長かった。

伴侶や帯同者のいない出席者は、同じように単独で出席する者の付き添い役を担う。公的な位を持つ伴侶のいないユドハもまた、伴侶のいない高位の姫君に付き添うことが決まっていた。

ディリヤは例の建前を使って護衛官として出席するが、あくまでも建前に則った立場での出席だ。

今回、ユドハの隣にはディリヤ以外が立つことになる。

「そなたは忍耐の塊じゃ」

椅子に腰かけていたコウランが隣に立つディリヤを仰ぎ見た。

「そうですか？」

「そなたの代わりに、よその女子がユドハの隣に立つ」

「仕方のないことです」

「物分かりが良いというか、欲がないというか、……怒りの沸点が低いというか……、そなたは、嫉妬や怒りを見せぬ男よな」

ディリヤがあまりにも淡々としているから、コウランはディリヤが傷ついてはいまいか、己の心を押し殺してはいまいかと気を揉んでいた。

「見栄っ張りなだけです。好きな男の前ではかっこいい自分でいたい」

それがディリヤの矜持だ。

「式に出る出ぬでも、そなたは絶対に意志を曲げなかった。この建前もあまり気に入っておらぬようだし、乗り気でもなさそうだ」

「分相応、という言葉があります。俺は、……あまり、いや、かなり後ろ暗いことをしてきた人間なので、明るい場所は慣れません」

「そなたの狼も、それなりのことをしてきているぞ」

「かもしれません」

「後ろ暗いというなら、そなたの狼の威光でも権力でもなんでも笠に着て明るい立場をもぎ取れ」

「ユドハはそのつもりなんでしょう。たぶん、追い追い、俺にも肩書をくれる考えで動いているんだと思います。でも、俺はそれを望んでいない。それだけは、俺とユドハの間では、きっと長く揉めることになると思います」

「幸せの沸点が低すぎるというのも考えものよな。欲がなさすぎて、なにを与えても満足しない」

「ユドハを困らせたくないだけです。……困らせたら可哀想だ」

「健気よなぁ……」

「健気でもなんでもないですよ。ユドハがどこぞの姫君と腕を組んでも目を瞑りますが、ユドハと背中合わせで戦う特別な奴が現れたら全力でやきもちを焼く自信があります」

「やきもち……」

「はい。悔しいですから。もし、ユドハがよその誰かにその特権を許したら、その時は胸の毛をめいっぱい毟って外に出られない体にしてやるつもりです。そして俺は、誰かにその特権を譲らずに済むよう強い自分になります」

「……っ」

戦場でやきもちを焼いて国王代理の胸の毛を毟る赤毛を想像して、コウランはディリヤから顔を隠し、肩を震わせる。

ディリヤは、幼な子のように愛が無垢だ。

恋をする姿は愛らしく、愛を語る時の、そのひとつひとつの想いが驚くほどに清らかで、素直で、微笑ましい。

「笑っていただけてなによりです」

「そなたの狼は、そなたのそういうところを愛らしく思うのだろうなぁ」

「ジジイ殿、この赤毛にはなにを言うても無駄だ。ぜんぶ惚気(のろけ)にして返してくる」

コウランとディリヤの会話にシルーシュが口を挟んだ。

「おお、三男坊、いかがした？　主役の身内がこんなところまで来よってからに」

「少々ばかりこちらに用向きがありまして」

思わせぶりな態度で、シルーシュは、「国王代理殿の隣に立つ姫君をこちらまで案内してきた。我が宰相家の親族なのだが、キリーシャを上回る我儘な姫君で困る」と肩を竦めた。

そうこうするうちに、ユドハの前にその我儘な姫君が姿を現した。

「ユドハ、そなたがわらわの手を引く殿方か？」

「いかにも、さようでございます」

「うむ、くるしゅうない」

「御手を失礼……」

ユドハが深々と腰を折り、姫君に手を差し出す。

華奢で可憐な姫君は頬を朱に染め、ユドハの手に手を重ねた。

「ほっほっほ、若い殿方の手はたまらぬの。いまは亡き我が夫の若かりし頃を思い出す。……は〜……それにしても、我が孫どもの貧弱なこと……バールもシルーシュもモートも、この猛々(たけだけ)しいユドハ殿の隣に立てば、まるで柳のよう……。これ、シルーシュ！　そなたいつまでそこでくっちゃべっておる！　とっとと親族席へ戻らぬか！」

その姫君はユドハの手を撫でつつ、シルーシュを叱咤(しった)した。

「おばあさま、好みの男が己が手中にいるからといって、あまりはしゃぎすぎませぬよう」

シルーシュはわざとらしく肩で息を吐いてみせ、ちらりとディリヤを見やる。

「…………」

ディリヤは言葉がなかった。

ユドハの隣に立っているのは、なぜか、かなり老齢の婦人なのだ。

そのうえ、シルーシュのことを「孫」と呼び、シルーシュはその婦人のことを「おばあさま」と呼んでいる。

「どうだ？　やきもちを焼いたか？」

シルーシュはすこし身を傾けてディリヤを覗き込み、いたずらが成功した子供みたいな顔をする。

「リルニツクの配慮ですか？」

「いいや、お前のつがいの配慮だ。事前に打診されてな、国王代理殿の隣はリルニツクで最も身分の高い者にするように、と。……まったく、貴様のつがいは貴様への心遣いが天井知らずで砂糖を吐きそうだ」

「……あぁ、もう……」

ディリヤは感嘆とも感動とも判別のつかない声を漏らす。

ユドハはまたそうやってディリヤに恋をさせる。

そうやってユドハはどんどんディリヤが自惚れるような状況を作る。

あまり甘やかされすぎると、心が暴走した時に止められない。また、夜中に会いに行くような暴挙に出てしまいそうだ。

「……困る」

なぜユドハはそんなふうに俺を困らせる愛し方をするんだ。

ユドハの愛は底なしで、時にはディリヤも「そこまで愛されても困る」と思うことだってあるのだ。

「うみ～～!!」

水着姿のアシュが夏の浜辺を走る。

「アシュさん！　待って……！　あぶない！」

フーハクがアシュの後ろを追いかける。

「ぶっ……！」

フーハクが言うなりアシュが前のめりに転んで、砂まみれの顔で「おすな！　お鼻が熱い！」と笑って起き上がり、また走り出す。

「アシュ、こっちにいらっしゃいな」

キラムに日傘を持たせたキリーシャが海水に足先を浸し、アシュを手招く。

「お水！　ちゃぷちゃぷ！　ふーちゃん、アシュのしっぽしっかりぎゅってしててね、アシュ、波がきたら、あぁぁ～～～って流されちゃう！」

キリーシャに手を繋いでもらい、フーハクに尻尾を握ってもらって、足首まで海水に浸ける。

寄せては引く波と砂がくすぐったくて、アシュはふるふると身を震わせた。

ついさっきまで、ユドハの背中に乗せてもらって「おとうさんの亀さんがユドハで、子亀がアシュ！」と二人で泳いでいた。

その前はディリヤと一緒に立派な砂の城を築いてララとジジに破壊されていた。

いま、遊び疲れたララとジジは、寝椅子で本を読むコウランの両脇で丸まってお昼寝中だが、アシュは初めての海に興奮して昼寝をする間も惜しんで遊び倒していた。

狼の家族連れは目立つけれども、リルニツクとウルカには国交があるので珍しいものではない。

それに、この砂浜はリルニツク宰相家の領地で、一般人の立ち入りは禁じられている。

護衛は遠巻きに控えていて、王族の一家ではなく、家族五人、ごく一般的な家庭の家族のような時間を過ごしていた。

風通しの良い麻布で天蓋を作り、絽や紗や羅の布を重ねて目隠しを作ってある。寝椅子と卓子を天蓋の下に運び入れ、飲み物や軽食を置く。喉が渇けばそこで潤し、眠気を覚えれば惰眠を貪り、小腹が空けば軽食で腹を満たした。

「家族みんなで初めての旅行だ」

「結婚して初めての旅行のわりに、のんびりする時間があまりにも少ないな」

ディリヤとユドハは、その天蓋の隣、棕櫚の木陰の下にいた。

天蓋のほうはコウランとララとジジに譲って、砂浜に敷いた絨毯にユドハが寝そべり、ユドハの腹を背凭れにしてディリヤが座っている。

二人の視線の先にはアシュがいて、時折、アシュが顔を上げてディリヤたちに手を振った。

「新婚旅行は公務のついでではなく、また別の日にしっかりと羽を伸ばせるよう調整しよう」

「今回のこれが新婚旅行で充分だろ」

「新婚旅行にしては血腥くないか？　もっとこう、いろいろと計画をして、雰囲気の良い場所や、美しい景色、美味いもの、特別な時間を……」

「アンタ、ほんと夢見がちだな」

「当然だ。俺とお前の新婚旅行だ。……蜜月だぞ？　とびきり甘いものにしたいと思うのが男の常だ」

「蜜月か……」

ユドハの胸の毛に指を通し、細かな砂を落としていく。すこし手を伸ばして、ユドハの鼻先の砂を爪先で優しく払う。さっきまで海水で濡れていたのに、もう乾き始めていた。

ユドハの腹に思いきり体重をかけて仰け反り、大きく伸びをして、「あー……」と、だらしない声を出して、脱力する。ずるずると体を前へ滑らせて、ユドハの腹を枕にして、怠惰な姿勢をとる。

砂浜とディリヤの視線が平行になって、時折、アシュの尻尾が動いて見えた。

「…………ねむい」

ユドハの尻尾を手前に引き寄せて胸の前で抱え、鼻先を埋め、くぁああ……と大きな欠伸をする。

リルニツクの大きな行事も恙なく終わり、キリーシャの無事も確かなものとなり、肩の荷が下りた気分だった。

「……ユドハ、水」

国王代理に水を所望する。

「ほら、こぼすなよ」

「ん……」

怠惰な姿勢のままグラスの水を飲ませてもらう。

ユドハはグラスを置くと、皿に盛られた果物から葡萄を一粒捥いでディリヤの唇へ押し当てる。

皮が口に残るのがいやだと顔を背けると、大きな手で器用に皮を剥いてからディリヤの口へ放り込んでくれる。

「甲斐甲斐しいのぉ……」

仲良きことは良きことじゃ。

本から顔を上げたコウランがにんまりする。

今日のユドハは、いつにも増して甘さに磨きがかかっていた。

つい先程も、ユドハはディリヤを木陰に座らせ、自ら率先して子供たちと遊び、食事の世話をした。

ディリヤが子供たちと遊び、子供たちと遊ぶと言えば、自分も一緒になって子供たちと遊び、ディリヤの傍にいた。

子供たちと遊んでいる時に、「今日のユドハはなんで変な位置に立つんだろう？」とディリヤが疑問に思い、ふと、自分の斜め前に立つユドハを見上げてすぐさまその意図に気付いた。

日光に弱いディリヤのために、ユドハは太陽とディリヤの間に立ち、陰になっていた。

夏毛に切り替わりつつあるとはいえ、毛皮には熱が籠もり、暑いだろうに、ずっと文句ひとつ言わずディリヤの日除けになってくれていた。

「長袖を羽織ってるから大丈夫だ」

「だが、夜になってお前の白い肌が赤くなるのはあまりにも可哀想だ。どうか俺の傍から離れず、いまだけは俺の陰に留まっていてくれ」

ユドハに懇願されて、ディリヤはおとなしくユドハの陰に隠れた。

いまのように木陰にいても、ユドハはディリヤの背凭れになって、ディリヤの水分補給に努めてくれる。

ディリヤが涼しく過ごせるよう尻尾で風を送り、ディリヤの頬が海風で乾いてかさついてきたなら手ずから真水で洗い流し、ディリヤが爪先ひとつ動かさなくていいように尽くした。

最初のうちは、「そこまでしなくていい」と恐縮していたディリヤも、ユドハが「今日だけ、今日だけだ」と言う優しい甘やかしに乗せられて、いまではすっかり怠惰の極みだ。

大きな問題が片付いて気が抜けたのもあるが、どうもそれだけではない心の余裕があった。

ユドハと添うてから、ウルカを離れるのは初めてだ。他人の目を気にしなくていい状況は実に数年ぶりで、緊張が解けて、久々に自由を感じていた。

身を慎む必要がなくなったからか、ディリヤはすっかりユドハの懐で腹を見せて寛いでいる。

「くぁ、ぁあ……」

「かわいい」

大欠伸をするディリヤに、ユドハは目を細める。

己のメスの甘え姿に、ユドハはご満悦だ。

「……でぃりや、ねんねん？」

砂まみれのアシュが駆け寄ってきて、小首を傾げる。

「………………おきてます」

眠たげな声でディリヤが応じる。

「よぃしょ……」

アシュはディリヤの足もとに寝そべり、フーハクに「ふーちゃん、ディリヤはアシュ何個分？」とディリヤとアシュの身長差を測ってもらっている。

「三つ分以上ありますね」

「あしゅみっつぶん……」

アシュは起き上がると、じっとディリヤを見つめて、「もしかして、ディリヤは背がおっきいの……？」と不思議そうにしていた。

アシュは、人間がたくさんいる場所でディリヤを見るのは初めてだ。

近頃、なんとなく、たくさんの人間のなかにいると、「ディリヤは、もしかしたらおっきいのかもしれない」と考えていたらしい。

「そうですね、ディリヤは人間にしては背が高いほうですね」

ディリヤはそう答える。

いつもはもっと大きな狼の集団に囲まれているから、アシュはディリヤが小さな生き物だと思い込んでいたらしい。

「ディリヤは背が高くて、おっきくて、おとこまえで、かっこいい」

「急にどうしたんですか？」

「バールちゃんとお嫁さんの結婚式の時にね、初めましてのお姫様たちとね、おばあちゃんのお姫様がね、言ってたの。赤毛の護衛官の方、麗しいわ、まるでお伽話(とぎばなし)の騎士様のよう……って。アシュ、うるわしい、って分からなかったから、あとでユドハに訊(き)いたらね、うるわしいっていう言葉はディリヤのためにある言葉だ、って教えてくれてね、へ～……ってなったの。よく分かんないけど、ディリヤはうるわしい！」

「……ユドハ」

「すまん。ちゃんとした説明になっていなかった。……いや、でも、麗しいんだ、お前は、心底」

ユドハは真顔で言ってのけ、ディリヤをまっすぐ見つめて「麗しい」と改めて頷く。

「キリーシャちゃんにも訊いたらね、ディリヤは結婚式の時に、いろんな国のお姫様たちの間でとっても評判になったのよ、って教えてくれたの。かっこよくて、男前で、美人で、背が高くて、しかもキリーシャちゃんを守った強い人だから、みんながうっとり？　したんだって！　よかったね！」

「ディリヤが惚れ惚れするほどの男前なのはおおいに同意するが、ディリヤがたくさんの人にモテて、お父さんはちょっと複雑だ」

「……ユドハ」

「すまん。だが、お前の魅力に気付いた人間がそれだけ大勢いたということは、俺の恋敵が増えたということだ。これは由々しき事態だ」

「…………」

「結婚式のお前は本当に美しく、麗しかった。もちろん、いまも美しく、麗しく、それでいて可愛らしい」

ユドハはこれもまた真顔で言ってのけ、辺りを憚らずディリヤの横顔に見惚れる。

この男の言葉は冗談ではなく、すべて本気だからタチが悪い。

低く落ち着いた声音で、甘く、とろけるように褒め称えられると「俺って実はすごく麗しい男前かもしれない」と説得されてしまう魔力がある。

「ねぇねぇ、ディリヤはもうおっきくならない？」

「たぶんならないと思いますよ」

「ふふっ、よかった！」

アシュは笑って立ち上がると、尻尾とお尻から砂粒をはらはら落としながら、「アシュみっつぶん、アシュみっつぶん」と唱えてキリーシャのもとへ走り、その耳もとへ「アシュみっつぶんだった！」と伝えている。

フーハクが、「正確には、三つ分ともうちょっとあります」と正し、キリーシャは「やっぱり背が高いわね。もうすこし調整しないと……」と難しい顔をして呟いていた。

「アシュはどうしたんだ？」

「さぁ……どうしたんだろうな？」

結婚式に出て以降、アシュはキリーシャによく遊んでもらっている。

キリーシャは宰相邸の近くに自分の屋敷を持っているが、ディリヤたちが帰国するまでは宰相邸に滞在して、アシュの良きお姉さんになってくれていた。

近頃のアシュはキリーシャの部屋やコウランの部屋に入りびたりで、内緒でなにかしているようだ。

ララとジジもアシュにくっついてキリーシャのところへ行き、アシュが「せっせ、せっせ」と忙しくするのを邪魔しては、きゃっきゃと笑い、アシュに「おにいちゃんを困らせないで」と、ぐりぐり頬ずりされているらしい。

フーハクやライコウ、イノリメやトマリメも巻き込んでいるようで、彼らからは、アシュが楽しい日々を送っているとだけ聞かされている。

そのうえ、アシュは、キリーシャや彼らだけでなく、コウランやキラムにも手伝ってもらって内緒のなにかをしているらしい。

ただ、ディリヤには一向に内容が伝わってこなかった。

「キリーシャさんたちを困らせてないといいけど……」

「なにか知ってるのか?」

「そうだな、俺が知っていることと言えば……、アシュが毎日キリーシャ姫と一緒に遊んでいて、お前とはあまり遊んでくれなくてお前がさみしがっていることくらいか」

「………ご明察」

「すまんな、一人にして」

「アンタは仕事だからしょうがない」

「だが、俺と二人きりの時間は必要だろう?」

「それは俺が生きてくのに必要」

「いまみたいに?」

「いまみたいに……、っ、ユドハ?」

ふいに起き上がったユドハの懐に抱えられて、唇を重ねられる。

胡坐を搔いたユドハの膝に座らされて、頭の上に顎が乗せられる。ふかふかのふぁふぁがずっしり頭と肩を包む。熱が籠もっていてすこし暑いけれど、嫌いじゃない。

「あとでもうひと泳ぎするか?」

「うん」

ユドハの申し出に頷いて、ディリヤとユドハはアシュが笑って跳ね回る姿を愛しげに見つめた。


その日、晴れ晴れと冴え渡る青空の下、ユドハとディリヤは澄みきった青と緑の広がる海で年甲斐もなくはしゃいで、泳いで、遊んで、笑って、腹が空けば串に刺した肉にかぶりつき、浜辺が茜色(あかねいろ)に染まるまでそこにいて、夕焼けの浜辺で海を見て、手と手を繋いで、唇を重ねた。

「青春じゃの〜」

「なぅ!」

「うー!」

両脇にララとジジを抱えたコウランが、遅い青春を満喫する二人に、「よきかな」とおおいに頷いた。

愛を交わして、恋を知って、結婚もしたけれど、ディリヤとユドハは恋人のような気持ちで、遅くも青い春を謳歌(おうか)した。

なにかあるんだろうな、そんな予感はしていた。

ディリヤのその予感は正しく、海水浴の前後あたりから、「毎日この香油を使って念入りにお風呂に入りなさい」とか「肌を磨くにはこちらの泥とお塩、こちらのお砂糖などもよろしいですわ」とか「髪と爪の手入れには命を賭けましょう」とか、キリーシャとイノリメとトマリメから細かい指示が入った。

フーハクとライコウとキラムからは「ディリヤ様、アシュさんのかけっこと木登りは自分が相手をしますので、どうか部屋にいてください」とか「殿下が手当てしただけあって、日焼け痕が目立たなくなってきましたな」とか「あの……、体は、大事にしてください。あと、好きな雰囲気とか花とか食い物とか色とか音楽とかありますか？」などという謎の気遣いと質問攻めにも遭遇した。

「お前がきれいになると嬉しいし、好きなものを教えてやってほしい」

戸惑うディリヤだったが、ユドハにまで頼まれてしまったので、皆の言うとおりにしたし、問われれば答えた。

そして、その日はやってきた。

「今日は内輪でお祝いがあります。朝食後は夏の離宮にいらして」

朝からキリーシャが部屋を訪れ、そう伝えた。

夏の離宮に赴くと、早速、礼装らしきものを着るようキリーシャから命を受けた。

リルニツクの普段着は襟元がゆったりだが、用意されていた服は襟が詰まっていて、貝ボタンが縦一列に連なった装飾性の高いものだった。足もとは裾を絞ったゆったりしたズボンだ。

その服の上からすこし厚手の長衣を着た。刺繍は控えめで、淡色の染め物だ。腰帯は二種類で、やわらかい素材の絹帯は幅広で一色、その上から色柄の派手な織物の帯を結んだ。さらにその長衣の上に、刺繍の豪奢な袖の広い羽織を羽織った。

基本的に服地の色は真っ白で、染め物の色は深く美しい孔雀の羽のような翡翠色(ひすいいろ)、刺繍は金糸、帯だけは金糸と銀糸を中心に錦で彩られていた。

装飾品は純金だ。

頭のてっぺんから足指の先、爪先まで重たいほどに黄金で飾られた。

赤毛にも櫛を入れられ、金鎖で飾られ、「あなたは陽射しに弱いから」と、これもまた純金の飾りと宝石を縫い付けた絹の薄物を頭からかぶせられた。

ユドハもディリヤと同じような礼装を着せられていたから、また、誰かの結婚式か、急遽（きゅうきょ）なにかのお祝い事があるのだとディリヤは理解した。

それらの衣装はすべてリルニツク風で、キリーシャが用意してくれたものだったが、袖を通して鏡越しに自分の姿を客観的に見ると、先日、バールとその許婚が結婚式の際に着ていたリルニツク風の婚礼衣装のようにも見えた。

ディリヤの身支度が最も時間が掛かると踏んでか、イノリメやトマリメ、キリーシャなどは既に装いを美しく整えた状態でディリヤの世話を焼いてくれたものだから逆に申し訳なくなった。

ライコウもフーハクも、キラムも、コウランも、皆、礼装だった。なぜか、シルーシュもいた。バールとその許婚は公務で留守をしているが、夕方から顔を出すらしい。

「えらくきれいなものを見せてもろうた！　寿命がまた延びたわ！」

コウランはなにもかも承知のようで、手放しで喜んでくれた。

アシュもリルニツク風の礼装でおめかししていて、ララとジジも可愛くめかしこみ、「おにいちゃんとおそろい！」「おそろいなの」ときれいな帯を乳児服の腰回りに縫い付けてもらっていた。

家族全員で衣装が揃いになるようキリーシャが取り計らってくれたのだ。

「さぁ、アシュ、ディリヤにお伝えして」

「はい！」

キリーシャに勇気づけてもらい、両手いっぱいに朝摘みの花々を抱えたアシュはディリヤとユドハの前に立った。

「今日は、ディリヤとユドハのけっこんしきです！」

アシュは晴れやかな笑顔で両手いっぱいの花を天高く舞い上げた。

「……けっこん、しき……」

「そうなの！　キリーシャちゃんに手伝ってもらって

ね、アシュね、てづくりけっこんしきをディリヤとユドハの贈りものにしたの！　ディリヤとユドハは結婚したけど、結婚式はしてないでしょ？　だからね、結婚式しよ？」

バールとその許婚の結婚式を見たアシュは、「なんてきれいなんだろう、なんてしあわせなんだろう」と感じた。

新しい幸せのかたち、初めての幸せを知った。

この幸せをディリヤやユドハとも分かち合いたいと思った。

「おじいちゃんせんせぇと、キラムちゃんと、イノリちゃんとトマリちゃん、ライちゃんとフーちゃん、みんなに手伝ってもらったの。ね、キリーシャちゃん」

「ええ、みんなと一緒にアシュもたくさん頑張ったわ」

アシュに頼まれて、キリーシャはアシュ主催の結婚式のお手伝いをした。

ディリヤとユドハの体型に見合った礼装の仕立て、二人の好きな色や匂いに合わせた室内装飾や香りの演出、テーブルの支度、装花、料理の手配など、アシュの提案を聞いて、細々としたことを発注した。

発注には、アシュが描いて渡してくれた家族を紹介する新聞がとても役に立った。新聞を読めばみんなの ことを知れて、どうすればみんなが楽しめる結婚式になるかが分かった。

コウランは、アシュが描いた結婚式想像図や準備のためにそろえた小道具、衣装の隠し場所を提供し、みんなへの案内状の書き方、式の段取り、席次の決め方、アシュの知らない大人の世界の法則を教えてくれた。

最初から手伝っていたのはキリーシャとコウランで、そこからすこしずつ皆を巻き込んで協力してもらったらしい。

「…………」

この感情をどう表現していいのか分からず、ディリヤは困惑した。

アシュがなにか計画しているのは感じていたが、まさか結婚式とは思わなかった。

ディリヤからしてみれば「よその国で、こんな大それたことを……」と肝が冷えた。

「ディリヤ」

ユドハがなにかを察して、ディリヤに声をかける。

「あ、の……すみません、うちの息子の我儘で……皆さんにご迷惑を……」

恐縮して、頭を下げた。

たぶん、自分でも分かるくらい表情がなかった。

「アシュ、ありがとう。とても嬉しい」

ディリヤの戸惑いを察して、ユドハが助け船を出す。

「ユドハ、……ディリヤは怒った？」

「いいや、ちがう。嬉しくて言葉を失くしているんだ」

「……うれしくて？」

「ああ、そうだ。ディリヤが喜びを受け止めるのにすこし時間をあげてくれないか？　その間に、まずはユドハやみんなを席に案内してくれ」

ユドハはアシュを抱き上げ、優しく提案する。

「なら、ディリヤは私が案内するわ」

キリーシャがディリヤの隣に立ち、「しっかりなさい」と背を叩き、コウランの傍に移動する。

「すみません、キリーシャさん、このたびは……」

「謝らないで。これは、あなたの息子が、あなたたちのことを想って精一杯準備して、一所懸命、毎日頑張って飾り付けて、いろんなお手紙を書いて、あの小さな頭を捻(ひね)って考えた贈り物です。なぜ、ひと言素直にありがとうと言ってさしあげないの？」

「まぁまぁ、めでたい席じゃ」

今度はコウランが助け船を出してくれる。

「妹よ、この赤毛の頭のなかはウルカに帰った時のことで目一杯よ」

シルーシュもまた、キリーシャとディリヤの間に割って入った。

「三兄様……」

「この程度のもよおし、我が国でも狼の国でも小金持ちの家ならば誰でも行う規模の内輪の宴。ささやかな食事会となんら変わりない。だが、この赤毛は、この宴が原因で余計な揉め事が起きるのではと憂いている」

シルーシュはディリヤの考えを代弁した。

「私はただディリヤにこれまでの感謝を示しただけで、国の揉め事などを起こすつもりでは……」

「安心なされ、キリーシャ姫。揉め事などは起こらんよ。ただ、ディリヤの心の持ちようは少々ばかり複雑でな。気持ちの整理が必要なんじゃ」

コウランは蒼褪めるキリーシャを安心させ、ディリヤの背中に手を添えてゆっくりと撫で下ろす。

「……ディリヤ、ごめんなさい。もしかして私はとても独善的なことをしてしまった？」

「いえ、それはありません。本(もと)を正せば俺の息子の願いを叶えてくださっただけですから」

ディリヤは即座にキリーシャの言葉を否定する。

ただ、本当に、戸惑っていた。

初めて知る種類の感情に、名前が付けられずにいた。

「そなたの感情のままに」

ディリヤがコウランに助言を求めると、コウランは慈しみに満ちた眼差しで、ここにいる者はディリヤがなにを言葉にしても化け物と誹りはしないと伝えてくれる。

「……この感情の、名前が……分かりません」

ディリヤはひとつ息を呑み、恐る恐る、そのままの気持ちを言葉にした。

「分からないけど、考えます」

分からないことを分からないままにはしない。

それじゃあ、いままでの自分と変わらない。

「……ディリヤ、みんな、お席に着いたよ」

その時、アシュが駆け寄ってきてディリヤの太腿に抱きついた。

「アシュ……」

「ディリヤ、しあわせになる心のじゅんびはできた？」

ディリヤがなにか言う前に、アシュは、ほっぺのお肉がきゅっと持ち上がるほど満面の笑みで笑いかけた。

「しあわせになる、準備……」

「うん！」

「……あぁ、そうか……これは、しあわせなんだ」

アシュの笑顔と言葉で、すとんと腑に落ちた。

幸せに免疫がなくて、自分は狼狽えたのだ。

その意味を咀嚼するより先にアシュに手を引かれ、ディリヤはユドハの右隣に腰を下ろす。

「不思議な感じだ」

ディリヤがぽつりと漏らすと、ユドハは袖に隠れた手でディリヤと手を繋いでくれる。

ユドハの落ち着きぶりからして、この結婚式の準備に気付いていたのだろう。

「ハッキリとではないが、おそらく、こういったことに近しいなにかであろうことは……」

「気付いてたなら俺に報せろよ」

「お前が知ったら、お前は言葉巧みにアシュを誘導して、今日の日を取り止めにさせるだろう？」

「……そう、だけど」

「そうして、お前は自分が幸せになるためのすべてを我慢するんだ」

「…………」

「児戯だと思って、この幸せな時間を自分に許してみないか？」

ユドハは、袖の下のディリヤの手を包むように己の手で優しく握りしめる。

ディリヤは、自分で獲得する以外の幸せを自分に許さない。他人から与えられる望外の幸せを自分に許せない。

今日のような幸せを許さず、己を厳しく律し、抑圧し、禁欲的なまでに制御する。

「自分が幸せになることに臆病なディリヤ。すこしずつ自分が幸せになる心の準備をしていくといい。今日の結婚式も、その練習だ。自分の心に忠実になって、もっと欲張りになっていくための過程だ。こうして、ひとつずつ幸せを積み重ねて、自分が幸せになることをひとつずつ許していくといい」

ユドハの言葉はディリヤの心をまたひとつ開かせる。

その言葉でディリヤは、自分の未熟さに気付かされる。他人と向き合うことばかりに一所懸命になって、自分自身の心と向き合いきれていなかった。

「ディリヤ、これからは幸せに欲深くなるといい。そして、欲深くなる自分を許すといい」

喜びたい時は喜べばいい。

怒りたい時は怒ればいい。

笑い時は笑えばいい。

したいことはすればいい、したくないことはしたくないと言えばいい。

なにかあるたびに、一度、自分の感情を腹の底に呑み込んで、咀嚼して、感情を取捨選択して、自分の欲を諦めてから声にしなくていい。

「嬉しい時は、すぐに嬉しいと声に出していいんだ」

「…………」

「嬉しいと思う感情を、誰が責めることができよう」

「…………結婚式……ほんとうは、うれしい……」

ディリヤは俯（うつむ）いていた顔を上げ、ユドハを見つめる。

優しくディリヤを見つめてくれるユドハに、嘘偽りのない言葉を告げる。

「……うれしい」

「俺も嬉しい」

ユドハの尻尾がぱたぱた揺れて、ディリヤの腰にくるりと巻きつく。

「うれしい」

噛みしめるように、同じ言葉を繰り返す。

ユドハと一緒に、もうひとつ幸せになれる。

これは、ただそれだけのこと。

うれしくて、しあわせで、心が砂糖菓子のようにほろほろと崩れて、ユドハの愛やアシュの想いでじわりと温かくとろけて、嬉しいという気持ちが体の内側に染みていく。

「俺もすこし依怙地(いこじ)になっていたところがある」

ユドハはそう漏らす。

肌を重ねることで愛を確かめ合い、ディリヤのためにと行動することで愛を示し、愛と心を尽くすことに一所懸命になりすぎた。

ディリヤは現状維持こそ最適であると考えていた。

ユドハはディリヤの公的立場を確固たるものにして、向上させることこそが最善だと考えた。結果として、お互いに依怙地になりすぎた。

二人で手に手を取り合って守り合っていかなければ……と気負いすぎるのではなく、アシュのように「しあわせなことはぜんぶすればいいのよ！」と自然体で二人の道を歩んでいけばよかったのだ。

自分の心に正直に頑張っていれば、新しい仲間を得られて、助けや理解も得られて、みんなで知恵を出し合って、二人そろって誰かの結婚式に出席できて、愛してやまない息子から結婚式を手作りしてもらえる。

自分が幸せになることを許すだけで、またひとつ違う視野が広がって見えてくる。

アシュは、「しあわせになるだけよ！」という言葉と行動だけで、凝り固まった価値観や停滞気味の二人の現状を打破してくれた。

「形式や身分や立場、法律や政治に鑑みて行動するのが大人かもしれんが、……こうして、子供から差し出してもらえる幸せを享受することになんの不都合があろう」

「アシュは、人を幸せにする天才だ」

「あぁ」

「……ユドハ、たいへんだ。涙が出そうで……こまる」

「幸せで泣く涙もまた麗しい」

ユドハが、その口吻の先でディリヤの目もとに滲む涙を拭う。

「言葉が……出てこない……」

しあわせで、声が震える。

悲しい涙も、幸せな涙も、離れずに傍にいて拭って

くれる人がいる。

それがどれほどディリヤを幸せにするか伝えたくても、どれだけ言葉を尽くそうとも、この心を表現できる言葉だけはこの世に存在しない。

「ディリヤ！　ユドハ！　まずは乾杯からです！」

ぴったりくっついている二人の隙間に、アシュが、にゅっと鼻先を詰めこむ。

「けっこんしきの、はじまりですよ！」

「はい、始まりですね」

「けっこんしきのはじまりは、しあわせのはじまりです！」

「……はい」

ディリヤはアシュを抱きしめた。

アシュは「乾杯できないよ～」と困った顔で笑って、尻尾を今日一番ぱたぱたさせた。


結婚式は夜遅くまで続いた。

アシュとキリーシャとキラムが歌を披露し、シルーシュが楽器を奏で、コウランが典雅な祝文の詩を詠み、ララとジジは歌や音楽に合わせて尻尾とお尻を振った。

「踊りましょう」

「こういう時は踊るのです」

新しい宰相夫妻はディリヤとユドハを立たせ、その場にいる使用人や護衛も立たせ、みんなで歌って、踊って、食べて、呑んで、笑った。

「いやはやバールに続き、死ぬ前に再び愛弟子の結婚式が見られるとは！　なんと嬉しいことか！　実にめでたい！　寿命が百年は延びた！」

「じゃあアシュの結婚式も見られるね！」

アシュの言葉で、みんなが「それは良い！」と大笑いした。

二人で過ごす夜をいくつ重ねても、結婚式の初夜は今夜が初めてだ。
夏の離宮にユドハとディリヤは二人きり。
絹の褥に向かい合って座り、鼻先を触れ合わせる。
かすかに聞こえるのは岸壁に打ちつける波の音、ウルカとは異なる鳥の鳴き声や羽搏きの音。鼻先をくすぐるのは、初めて見る植物や花の芳香、からりと乾いた風と夜気。傍で感じるのは、見つめあうだけで昂る熱、異国の衣装をまとった愛しい人の肌。

お互いによく見知っている相手なのに、まるで初めて見る人のよう。

「ユドハ、その服、よく似合ってる」

「お前も男前だ」

ゆるく後ろへ撫でつけた赤毛を指で梳く。

額にかかる髪を耳にかけてやると、ディリヤはそちらに首を傾け、ユドハの掌に頬をすり寄せる。

猫が「もっと撫でて」と甘える仕草にも似ていて、ぱちっ、と赤い瞳と目が合うと、一瞬たりともユドハから逸らさずに見つめてくれる。

「アンタのしたいことが、したい」

「なら、ずっとこうしているだけでいい」

ユドハはディリヤと手を繋ぎ、額をすり合わせ、見つめあう。

「初夜なのに交尾しなくていいのか？」

「うちの可愛い赤毛猫は、よその家だと落ち着いて交尾できない性質だからな」

「……さすが」

ユドハはディリヤのことをよく知っている。


ディリヤは苦笑して、ユドハの掌に唇を落とす。

「初夜は家に帰るまでの楽しみにとっておこう」

「いいのか？」

「もちろん。お前も、定婚亭にいた時に俺の意を汲み取ってくれた。あの時はありがとう」

「なんだかんだで抜いてもらって気持ち良くしてもらったのはこっちなのに、お礼言われるってなんか面白いな」

「可愛いお前を見せてもらった礼だ」

ちゅ。音を立てて、ディリヤの唇を啄む。

「俺も、その……しようか？　口か、手で」

「いいや。今日は話をしよう」

「話？」

くすぐったい響きだ。

ユドハとはたくさん話をしてきたつもりなのに、改めてそう言われると、話したいことはまだまだいくらでも思いつく。

寝床で横になって話すために、互いを飾る装飾品をひとつずつ外していく。

ユドハがディリヤの髪飾りを外し、ディリヤはユドハの指輪を外す。

耳飾り、首飾り、腕輪、腰帯、腰飾り、寝床が黄金の飾りと宝石の海になるまで、互いを慈しむように、交互にひとつずつ取り払っていく。

最後に、互いの婚礼衣装を脱がせ、上半身だけ裸になると、二人して「体が軽くなった」「純金や宝石は重い」と額をすりあわせて笑う。

二人で寝床で横になって、鼻先の触れ合う距離で話をする。

「幸せになる心の準備って、これからなにをすればいい？」

手慰みに、ディリヤは己の体を飾っていた繊細な金の鎖をユドハの手首に巻きつける。

「では、幸せについて考えよう」

ユドハは、その金の鎖の残りをディリヤの手首に巻きつけ、ディリヤと手を繋ぎ、指と指を組む。

「楽しそうだ。でも、どう考えたらいい？」

「たとえば、ディリヤ、お前は幸せにするほうと、幸せにしてもらうほう、どちらが好きだ？」

「幸せにするほう。ユドハは？」

返事と一緒に、ひとつユドハにくちづける。

「俺も、幸せにするほうだ」

ユドハも、ひとつ答えるたび、ひとつディリヤに口づける。

「……次は俺が考える。……そうだな、楽しいほうと、楽しませるほう、アンタはどっちが幸せだ？」

キスをして、ディリヤが問いかける。

「楽しませるほう。では、嬉しいほうと、嬉しがらせるほうでは？」

ユドハが答えて、次の質問とともにキスをする。

「嬉しがらせるほう」

「俺もだ。……なら、喜ぶほうと、喜ばせるほうでは？」

「交尾にかんしては、喜ばせるほうが好きだ」

「奇遇だな。俺もだ」

「だからいつも交尾の時に、じゃれる時間が長くなるんだよな」

「まったくもってそのとおりだ。……では、次は、幸せにしてもらうほうと、幸せにするほう、どちらが幸せだ？」

「どっちもしあわせ」

「ああ、どちらも幸せだ」

「変だ。さっきは幸せにするほうが幸せって答えたのに、もう答えが変わってる」

ユドハと話をしていると、いまこの瞬間も現在進行形で自分が幸せになっていて、「しあわせにしてもらうのもいいかもしれない」と考えが変わっていく。

変わっていくことすら、幸せを感じる。

「俺も、お前に幸せにしてもらってきた今日までの日々を思い出すと、もっとお前を幸せにしたいと思うのと同じくらい、お前に幸せにしてもらうことはなんて幸せなんだろう、とそう思うんだ」

「幸せって言葉がよく分かんなくなってくるな」

「そのくらい幸せになろう」

ひとつずつ、自分たちのことを語り合っていく。

語り合うたびに唇を重ねる。

言葉を交わしながら、心を解きほぐしていく。

幸せになることを自分に許す。

わざわざ許さずとも、誰しも幸せになる権利はあるのだが、ディリヤも、ユドハも、今日は自分にそれを許していく。

「アンタのこと、まだ知らないことだらけだ。もっと訊いてもいいか?」

「もちろん、いくらでも尋ねてくれ」

「俺の趣味はアンタを知ってアンタを愛することになりそうだ。一生飽きがこない気がする」

ディリヤがまたひとつくちづけると、二人を繋ぐ金の鎖が音を立てる。

その夜は一晩中、黄金と宝石の触れ合う可憐な音と密やかな話し声が響いた。


翌日、ディリヤの手に鎖の痕がついていて、「そなたら、激しいの……」とコウランに指摘され、「存外、良い趣味を持っているようだ」とシルーシュに誤解された。


ディリヤとユドハの結婚式も終え、アシュの鼻の頭の薄い皮膚が剥けて、「日焼けでぺろってなっちゃった……だっぴ! これは、だっぴだ! 蛇さんだ! 虫さんと一緒だ!」と、アシュがはしゃいだ頃、いよいよウルカへの帰国となった。

船上では、アシュとキリーシャが別れを惜しんでいた。

　アシュがあまりにも悲しい顔をして「帰りたくない……」と元気を失くしているので、出立のぎりぎりまで傍にいられるようキリーシャが船上まで付き添ってくれたのだ。

「キリーシャちゃん、……どうしてアシュとキリーシャちゃんは離ればなれにならないといけないの？」

　キリーシャの足にしがみついたアシュは不貞腐(ふてくさ)れていた。

「住む家が違うからよ」

　淡々と答えるが、キリーシャもずっとアシュの頭を撫でていて、離れがたさが伝わってくる。

「うみ、もっと入りたい……」

「あなた、海に入ると毛皮の奥まで砂まみれでお風呂が大変じゃない。洗っても洗っても砂が出てきたってディリヤが恐怖してたわよ」

「……さみしい」

「私もさみしいわ。あなたの日焼けしたお鼻に軟膏(なんこう)を塗ったり、海水を弾く尻尾で遊んだり、素潜りの練習を一緒にしたりできなくなるんだもの」

「たのしかったね」

「えぇ、とても楽しかったわ」

「……おてがみかくね」

「新聞も書いてちょうだい、私もお手紙と新聞を書いて送るから」

「やくそくよ？」

「えぇ、約束します」

「あしゅ、涙は我慢するの」

「どうして？」

「泣いちゃうと、息ができなくて、苦しくて、もっと悲しくなっちゃうから」

「また会えるわ。私も会いに行くから、あなたも会いにおいでなさい」

「うん」

「船にお土産をたくさん積んだから、家へ帰ったらそれを見て思い出して。そしたら悲しくないわ。楽しいことをたくさん思い出すから」

「おみぁげ……キリーシャちゃんも、あしゅのおみぁげにならない？　そしたら、おうちで一緒にいられるのに……」

「なってあげたいのだけれど……」

「せっかくおともだちになれたのに、さよならしたくない……」

　話せば話すほど感情が昂るらしく、アシュは唐突にどばっと涙を溢れさせ、泣いてしまう。

「おぉ、ついに泣いてしもうたか……よぉ堪えたなぁ」

　アシュとキリーシャの隣では、コウランがキラムとの別れの挨拶を交わしていた。

「…………コウラン様」

「キラム、お前さんも若いのに苦労をするなぁ」

「自分の場合は自業自得です」

　キラムはリルニックに残る。

　コウランは、一度はキラムを引き取った手前、置いていくことが忍びなかった。

　だが、ウルカに戻ったところで行動を制限されてしまい、学ぶにしても、働くにしても、年若いキラムがウルカで明るい将来を夢見ることは難しい。

　それならばいっそリルニックで一からやり直したほうが未来があった。

「どうしても帰りたくなったら俺がなんとかするから連絡してこい」

　ディリヤはコウランの隣に立ち、尻尾に元気がないキラムを励ます。

「ディリヤさん、……いや、ディリヤ様……」

「さん、でいい。まぁ、お前も体には気を付けろ。困ったことがあったら報せろ。遠慮するな。死にたくなったら言え。死に水はとってやる」

「……はい。あなたに助けられたこの命、ご恩を返すため、将来、殿下とあなたのために使うと誓います。必ずあなた方のために働く男になります」

「お前はお前のために生きろ。幸せになれ。せっかく命が繋がったんだ」

　ディリヤはキラムを抱擁し、その背を優しく、強く、叩く。

「……っ、ごめんなさい、俺……ずっと……あなたに謝ってなかった……」

「ああ、そうだったか？　忘れてた」

「ごめんなさい……っ」

「いいよ、大丈夫だ。お前が申し訳なく思ってるのは、なんとなく気付いてた。……それに、次、同じことしたら殺すから覚悟しとけ」

「はいっ」

「いい返事だ」

　肩越しにキラムが鼻を啜る音が聞こえて、「だいじょうぶ、だいじょうぶだ」と優しくキラムに語り聞かせた。

今生の別れにも似た別れを惜しみ、船はリルニックを離れた。

船出から間もなく、リルニックの島影が見えなくなった頃、ディリヤは忘れていたことを思い出した。

「…………」

船酔いだ。

ユドハの船は造りが上等で、往路の船よりも揺れが少なく、安定していたが、やはり船酔いに襲われた。海風にでも当たれば気が紛れるかと思い、ディリヤは甲板に出た。

アシュは泣き疲れて船室で眠っている。

アシュが泣き寝入りする姿が可哀想だったらしく、ララとジジは「おにいちゃん、かわいそう」「わかるよ。ららとじじもかなしいよ」「キリーシャちゃん、いいにおいだったもんね」「ふわふわ、やさしかったもんね」とアシュを舐めて慰めながらアシュと一緒に寝た。

ユドハは艦長室で航路計画について話し合っている。ウルカまでは短い旅だが、往路と同じく復路も悪天候と荒波に見舞われる可能性が高かった。

それを聞いた時、ディリヤは内心「勘弁してくれ……」とげんなりしたが、回避できない困難なのだから、諦めて受け入れるしかなかった。

「ふむ。明日の朝には荒れるな」

ディリヤの右隣にシルーシュが立つ。

シルーシュはウルカとの新しい関係を築く使者として、一時的にウルカに赴任するよう宰相バールから託された。

ウルカにもリルニック大使が駐在しているが、それとは別にシルーシュを派遣するのだから、なにかしら意味があるのだろう。

「なぜ俺がウルカに？　という表情だな」

「はい」

「俺は確かに優秀で、人を使うことにも長けているが、人になにかを任せるのが下手だし、他人の失敗が許しがたい。不寛容だ。己が優秀すぎるあまり、他者が愚かに見える。俺と同等の成果を求めてしまう。……だが、宰相というのは、一人でできるものではない。ひきかえ、兄は寛容で、それぞれの長所を見極めて、人材を活かす才に長けている。適材適所だ」

「そういうものですか……」

「俺と貴様は同じだ、ディリヤ」

「……？」

「貴様も他人に頼るのが下手ではないか」

「俺はユドハに頼りきりです」

「はっ……」

「いまのは笑うところですか」

「笑うところだ。いやしかし、貴様は実に惜しい人材だ。ウルカで腐らせるのが勿体ない。俺ならば使いどころというやつを弁えているというのに……」

「もしかして、また誘われていますか？」

「朴念仁ではないようだ」

「仕事の勧誘なら間に合ってます」

「つまらん」

「俺に近付いても、なんの得もありません」

「アスリフというのは個を殺すことに長けているらしい。リルニツクでの振る舞いといい、貴様、好いた男のために一生自分を殺し続けるつもりか？」

「自分を殺し続けてでも、自分が生きていけるのはユドハの傍だけです」

「……つまらん男だ。だが、良い男だ。貴様、やはり俺の下で働け。実力を正しく評価してやる。いまの貴様は、あまりにも哀れだ」

「……っ」

腰を抱かれ、唇を奪われる。

反射でディリヤはシルーシュの横っ面を殴ろうと拳を握り、その拳を顔面に振り下ろすことなく、己の手の内側に爪を立てることで堪えた。

国際問題。

リルニツク宰相家の男を殴れば、政治問題になる。

そんな考えが脳裏をよぎった。

「そら見たことか。……ユドハへの献身もそこまでくるといっそ見事だな！」

シルーシュは唇を離すと、殴ってすらこないディリヤに呆れて大笑いし、背を向けた。

「………」

ディリヤは手の甲で己の唇を拭う。

すこし遅れて、ユドハ以外に唇を許したことを申し訳なく思う。

だが、次の瞬間には、やはり殴らなかった自分の判断は正しいと思い直す。

本能の赴くままに行動することだけは自分に許して

はならない。怒りに支配されるのは、もっとも愚かな行いだ。けものはけものでも、愚かな化け物にだけは成り下がってはいけない。

「からかい方のタチが悪い……」

ディリヤは人知れず溜め息を吐いた。

第六章

ウルカ国、王都ヒラに国王代理一家が帰還した。

ウルカももうすっかり夏模様で、狼たちはさっぱりと短毛に生え替わり、装いにも夏の風情があった。

「おかえりなさい」

留守を預かっていたエドナが一家を温かい抱擁で出迎えた。

「麗しき狼の姫君エドナ嬢に再会のご挨拶を……」

シルーシュはエドナの手をとり、恭しく首を垂れた。

「ようこそウルカへ、シルーシュ様」

事前にユドハが報せていたこともあり、エドナは笑顔で挨拶を受けた。

過去にエドナがリルニックを訪問した際、シルーシュとは顔を合わせている。エドナは「シルーシュ様とご一行のお部屋は王宮にご用意いたしました。ご用の際はどうぞ遠慮なさらずお声かけなさって」と和やかに応じ、ウルカ側の用意した世話役などの紹介を始めた。

当面、シルーシュたちは王宮に滞在する。

ウルカとリルニックの関係がまた一歩進展した。

その蜜月期間が冷めやらぬうちに、決められるものは決めてしまえ、という両国の考えだ。

シルーシュは、己が連れてきた部下や預かってきた兄の部下を適度に酷使し、よく働かせた。

シルーシュ本人はといえば、何事も意欲的に取り組んだかと思えば気分次第で公務に変更を加え、気儘に観光し、街へ繰り出しては豪遊していた。

気分屋なところがあるとシルーシュ自身も評していたとおりだったが、無責任ではなかった。物事の緩急の付け方が上手で、そういうところはユドハと似ていた。

何事にも真摯(しんし)で実直なユドハとは正反対のように見えて、なぜかシルーシュとユドハは馬が合うらしく、なにかにつけ意気投合していた。

一を聞いて十も百も知る男同士の言葉の応酬は突拍子もない会話に聞こえたが、ひとたび舞台を政治の場へと移すと、これ以上ない成果をあげた。

ユドハとシルーシュ、どちらも言葉にできない不思議な魅力があって、そこに存在するだけで耳目を集め、人々の意識はそちらに釘付けになった。

帰国後もユドハは慌ただしくしていたが、ディリヤの日常は平々凡々だった。

「キリーシャちゃんにおてがみを書く。アシュのいまの気持ちをつたえるの」

落ち込んだのも束の間、アシュは船に乗っている時からペンを握り、家へ帰ってきてからは新しい家族新聞の作成に乗り出した。

次第に、キリーシャとの別れを悲しむより楽しかったことを思い出す時間が増えて、いまは「次にキリーシャちゃんと会った時にする遊び」という新聞を作っては、「ふふっ」と一人で笑って尻尾をぱたぱたさせている。

「おじいちゃんせんせぇ、しんぶん、ここが書けました。合ってますか？」

「ほれ、よぉ読み返してごらん？　なにか気付くことはないか？」

「ん～……」

アシュは自分で書いた文字とにらめっこする。

「声にして読み返すのも手じゃぞ？」

「声にして……、えっと、……キリーシャちゃん、キラムちゃん、こんにちは、アシュです。お元気ですか、りるにちゅくは、今日もトウモコロシの……トウ、モコ……ロシ？　あ、わかった！　ここ、ここがね、文字が間違ってるの！　くるってなってるの！」

「そうじゃ、文字が逆さまになっておる。よう気付けたな」

「アシュ、よく間違っちゃうの」

「まぁそんなこともあろう。……じゃが、ほれ、こちらの夏の草花の絵はよう観察できているぞ」

「これね、葉っぱの裏側がね、産毛がほぁほぁなの。ララちゃんとジジちゃんのお口のまわりみたいなの」

「葉っぱの裏に産毛がある植物は、ほかになにがあるかの？」

「植物図鑑を見ていい？」

「いや、ジジイと一緒に植物園へ行って観察しよう」

「はぁい！　ディリヤ、アシュは植物園へ行ってきます！」

杖をつくコウランと一緒に、アシュは王城内の植物園へと出かけていく。

イノリメとフーハクが護衛に付いてくれるというので、ディリヤは四人を見送った。

ララとジジの傍には自分がいるから……、とトマリメとライコウに伝えて、休憩に下がってもらう。

ディリヤは、膝に乗せたララとジジに指を甘噛みされながら、ぼんやりと庭を眺めた。

平和だ。

これこそが、ディリヤの望んだ日常だ。

「……りりゃ！」

「ゃ〜〜……！」

「……っ、ぐ！」

ララとジジに頭突きされて、ディリヤが声を漏らす。

双子はディリヤの腹にぐりぐり額を押し当てて甘えてくる。

「ララ、ジジ、下腹への突進は控えてもらっていいですか？」

聞き届けられるとは思っていないが、ディリヤは下腹を手で防御して、もう片方の手でララとジジの頭を撫でる。

双子は短い尻尾を揺らし、三角耳をぴこぴこ動かしてディリヤの手を舐めた。


リルニツク一行を歓迎する晩餐会が催された。

シルーシュはその席にディリヤの出席を望んだ。

「気乗りしないなら欠席でいい。お前にとって楽しい席でないことは確かだ」

「欠席したら欠席したで、またアンタの仕事が増えるだろ」

欠席理由を考えて、大臣たちを説得するのはユドハだ。

その徒労を考えれば、ディリヤは「まぁ、大臣たちに小言を食らいながらメシを食うくらいなら俺でもできるだろう」と出席を決めた。

いざとなったら助けてくれる人がいるというのも心強い。

「ディリヤ、あなたはユドハとわたくしの間に座りなさいね」

エドナが、自分とユドハの間にディリヤを挟むかたちで左右を守る席順にしてくれた。

晩餐会に相応しい服装や髪型はユドハとエドナに相談して決めた。

毎度のことながらユドハはいそいそと新しい衣装をどこからともなく出してくるから、ディリヤとエドナは目を丸くした。

「…………」

いざ晩餐会が始まってみると、ディリヤは特に話すこともなく終始食事を味わうに徹した。

晩餐会そのものは和やかな雰囲気だった。

ウルカ側からは大臣などの要職が列席し、リルニツク側はシルーシュのほかにウルカに駐在するリルニツク大使夫妻などが招かれた。

シルーシュは、ウルカの大臣たちのディリヤに対するよそよそしさが気になったらしい。

ちょうどディリヤの対面がシルーシュの席で、視線が合うと「哀れだな」とディリヤへ無言の憐れみを投げかけてきた。

ウルカの大臣がディリヤに不満を抱いていることは明白だった。

ディリヤがリルニツクで就任式や結婚式に出席したこと。キリーシャ姫の命を守った功労者として公文書にディリヤの名前と功績が記されたこと。アシュ主催の非公式とはいえリルニツクでユドハと結婚式を挙げ、それにリルニツク宰相家を出席させたこと。

「なんとも厚かましい」

声を潜めるフリこそしていたが、大臣たちはリルニツクの客人にも聞こえるように話していた。

「ディリヤ」

「……ユドハ」

ふいに、ユドハがディリヤと手を繋いできた。

「良い機会だから言っておく」

ユドハはディリヤの手を大きな掌で包み、正面を向いて話の口火を切った。

「ウルカの王都ヒラにディリヤを招いて以降、ディリヤには様々な功績がある。そして、諸君らが水面下でそれらの功績を葬ろうとしていたことも既に私の知るところだ」

ゴーネにまつわるディリヤの活躍を大臣たちが内密に葬ろうとした事実をユドハは把握していた。

おそらくは反ディリヤ派の懐に内偵を潜り込ませており、ディリヤがユドハに伝えていないこともすべて知っているのだろう。

愛しい者のことをなにひとつとして聞き漏らさない。それがユドハの本質だ。久しぶりにユドハのディリヤに対する偏執的な執着を垣間見た気がした。

「私の留守中に、私の巣穴でつがいへの暴挙に出るとは、良い度胸だ」

ディリヤが聞いたこともないような恐ろしい声で、ユドハは大臣の横暴を糾弾する。

決して声を張り上げたり、恫喝したりはしない。

それがまた余計に凄みを増した。

「で、殿下、違うのです……」

「このような場で唐突になにを仰います」

「賓客を招いての宴席ということすら弁えず、公然と我がつがいを愚弄し始めたのは貴様らだ」

取り付く島もなく、ユドハは一刀両断する。

大臣たちは色を失い、重ねて弁明し、保身に走るがもう遅い。彼らはユドハによって厳罰に処されることを覚悟した。

「大使夫妻、シルーシュ殿、宴席に水を差した。申し訳ない」

「まぁ待て」

ユドハは客人に詫びを入れ、大臣らを下がらせようとしたが、シルーシュがそれを止めた。

「シルーシュ殿？」

「ウルカが二人の婚姻を認めているというのに、式を挙げたことのなにが問題だ？　リルニツクで式を挙げたことが問題だというのなら、次はウルカで盛大に挙げるがよい。祝い事は何度行ってもよかろう。ディリヤ殿とユドハ殿は結婚しているのだから」

「結婚は、殿下の御子を産んだことへの見返りに過ぎません。我々は、ディリヤ殿に王族の身分や公的な権威や権利を与えてはおりません」

ユドハの前では委縮していた大臣たちが、リルニツクごときがウルカの内政に干渉するなと不快感を露にする。

「つまり、貴様らは、身分も立場も財産も権力もない一介の人間に国の窮地を救ってもらった無能ということになるな。その無能を詳らかにすることへの羞恥のあまり、ディリヤ殿の功績をすべて無に帰そうと……、そういう魂胆か？」

「…………」

「恐ろしいほどに傲慢で無能だな、貴様ら」

「結婚を認めたのです。それで充分でしょう」

「ほかは？」

「……ほか？」

「ウルカ国王代理と番い、子を産み、ゴーネの件にしろリルニツクの件にしろウルカに益をもたらしたディリヤ殿への心からの礼が結婚を認めたことだけかと問うている」

「…………」

「驚いた。貴様らは、本当になんの恩も返してないのだな」

これればかりは心底驚いた様子で、シルーシュはウルカの大臣たちを見やった。

計算高い狼どもは狡猾に振る舞い、ディリヤの生活の公的維持費はおろか、肩書きのひとつすら与えず、旨味だけをディリヤから奪っていたのだ。

「なんとも厚かましい。ウルカから独立自治権を得ている身とはいえ、今回の件では、我らリルニツクですら礼儀を弁えている」

リルニツクは、ウルカのユドハのつがいに敬意を払うと決めている。

いま、その恩に報いんがため、シルーシュはこうしてウルカくんだりまで足を運んだのだ。

そして、シルーシュにウルカまで来るよう要請したのはユドハだ。

「ユドハ殿、我々リルニツクは、両国の関係維持と、我が故郷の平和と、末の妹キリーシャナトへのディリヤ殿の献身に対して、ウルカが公平な評価をすることを求める」

シルーシュはユドハの見解を求める。

「ウルカには、ディリヤのこれまでのすべての功績に報いる用意がある」

ユドハが大勢の前で明言した。

「……ユ」

ディリヤが止めに入ろうとすると、エドナに手を引かれ、押し止められる。

「皆、よく考えろ。リルニツクがディリヤを祝典に出席させたことの意味を。公文書にその名を記し、ディリヤに礼品を送ったことの意味を。これまでリルニツクが拒み続けていた旧条約の改定も、今回、ウルカの望む方向に舵を切ることで合意した。また、新たに結ばれる十七の約定は、ウルカに有利な条件で話が進んでいる。これは、リルニツクの誠意によるものだ。ディリヤがウルカにいる。リルニツクはそれを信用材料として判断したのだ。ディリヤのおかげで、停滞していた物事が大きく動き、様々な決定と前進に至った。我々ウルカは無欲なディリヤの献身によって助けられている。それを心に刻まなくてはならない」

ユドハが噛んで含めるように説いていく。

先般、リルニツク宰相バールは、以下のような声明を出した。

「ウルカ国王代理ユドハの伴侶であるディリヤの取り持ちによって、リルニツク本国とリルニツク宰相家の大きな問題が解消された」

その内容で公表させることをバールに承諾させたのはユドハだ。

ウルカ国王代理ユドハの伴侶ディリヤ。

この一文があるだけで、第三国がその存在を認めて、公式見解を発表したことになる。

他国であるリルニツクが公式にディリヤとその功績を認めているというのに、ウルカ本国が認めないというのは、少々恰好がつかない。我々ウルカ国は心が狭く、人間を差別します、と公言しているようなもので、諸国にそう解釈されても仕方がない。

「ユドハ……」

ユドハは、ディリヤが大臣たちから受けた無礼に憤ってくれている。

ディリヤにもそれが伝わってきた。

ウルカの歴史書からディリヤの名を除くなどという愚挙も、ディリヤのありとあらゆる功績を盗みとろうとする行いも、ユドハは決して認めない。

ディリヤ本人が腹の底に溜めて正しく怒れなかったことを「これはお前に対する明確な攻撃的行為であり、侮辱であり、無礼な振る舞いだ。お前は怒っていいんだ」とディリヤに伝えてくれている。

自分のことのように怒って、正しいことをしてくれる。

「そもそも、ディリヤは人間、人間はいずれ裏切るという貴君らの考えが古い。金狼族の伝統にそぐわぬからと偏見のみで判断し、極端にディリヤを矮小化し、排除しようとする。それは、貴君らがディリヤの実力を恐れているからだ。貴君らが挙げるよりも大きな成果を、城に来て間もないディリヤが次々と打ち立てるからだ」

ディリヤに二心がないと分かっていても、ディリヤが人間であり、狼狩りであったというだけでディリヤのすべてを忌み嫌う。

現実だけを見れば、ディリヤはウルカにとって有益になることしかしていない。色眼鏡ではなく、正しく物事を見ろとユドハは諭す。

「貴君らが、ディリヤを国外追放する機会を狙っていることも承知している。ディリヤがリルニツクへ向かった後には、あわよくばそのまま国外に留まらせ、ウルカへの帰国を阻まんと画策していたことも承知だ」

「…………」

それはディリヤも知らなかった。

既にその件はユドハが片付けた後で、心配する必要がないからユドハも口にしたのだろう。

だが、ユドハが未然に防いでくれなければ、今頃ディリヤはウルカを追放されていたかもしれない。そう考えると背筋に冷たいものが流れた。

「これは、貴君らが浅はかにも策を弄した結果だ。その愚かさを悔いよ」

ユドハの声は厳しく、冷酷だった。

「お前の狼は策士だ。事前の打ち合わせもなく、ああも上手く話を運ぶとは……。結局、あ奴の思うとおりの落としどころに決着をつけおった」

シルーシュは悔しげに笑った。

どうやら昨夜の一件は、事前にユドハとシルーシュの間で打ち合わせて行ったことではないらしい。

本来ならば、宴席の翌日である今日、会議の場で、ユドハの進行で、もっと穏やかにこの話を詰める予定だったそうだ。

それは、物事をゆっくり進めることで、ディリヤの心に負担をかけぬように……、というユドハの配慮だ。

コウランも一枚噛んでいて、宴席こそ欠席していたが、この計画に知恵を出していたらしい。

だが、気の短いシルーシュが昨夜の大臣たちの暴言を聞くに堪えず、先走ってしまった。

ユドハはそれを受け、あの場であの話を棚上げにするよりはとシルーシュを上手に乗せて、話を進めた。

結局、反ディリヤ派を謳う大臣たちはユドハに敗北した。

同時に、ディリヤの有用性を正しく理解した。

金銭で動く傭兵はするけれども、特定の誰かに心を許し、特定の人物の子飼いになることは滅多にない誇り高きアスリフのけもの。金狼族を相手にしても引けをとらぬ強者。しかも既に数えきれないほどの勲章ものの成果を発揮する有能な男。

そんな人物が、ユドハへの愛などという形のないものだけを理由にウルカの味方になってくれている。

それどころか、結果的にみればウルカに尽くしている。この国で最も大切な男であるユドハから片時も離れず、傍で守り、健気に尽くしている。

アスリフの狂犬を「ユドハのつがい」という言葉の鎖で縛って繋ぐだけで、死ぬまで働かせ、ユドハの盾にすることができる。

それならば、それ相応の評価を与えるくらい安いものだ。

ウルカは、ディリヤという厄介者を抱え込んだのではなく、この世に数少ない稀少性（きしょうせい）のある特別な獣を得たのだ、という認識に変えた。

客観的にディリヤの魅力を説かれて初めて狼たちはディリヤを手放すことが惜しくなったのだろう。

「まぁ確かに、俺がユドハの傍から離れずにいるのはそのとおりなんですが、大臣の奴ら、基本的に考え方が失礼なんですよね」

「まったくもって」

ディリヤの言葉をシルーシュは鼻先で笑い飛ばして頷く。

「コウラン先生にも迷惑をかけました」

「あのジジイはわりと俗物だ。他人の揉め事、王宮の痴情のもつれ、なんにでも首を突っ込むお節介だ。気に病むことはない」

「アシュの耳に入らなければいいですが……」

ディリヤは嘆息する。

非公式ながらも、リルニツクで結婚式の真似事を行った。それだけは大臣たちはどうしても許せなかったらしい。

それがアシュの耳に入れば、きっとアシュが悲しむ。

だが、それについてはコウランが助けてくれた。

「儂が死にそうだから結婚式が見たいと言うたんじゃ。ユドハとディリヤと子供たちが気を遣って、老い先短い老人の願いを叶えてくれたというに……なんじゃ貴様ら、儂が死ぬというのに文句をつけるのか？　ん？　儂の最期の願いほど崇高なもんはなかろうが。……それとも、あるのか？　ん？　言うてみ？？」

コウランは自分から元気よく大臣たちに絡んでいって難癖をつけ、黙らせた。

大臣も、シルーシュも、皆（みんな）して、「このじいさん、どんどん元気になってくな……死にそうにない……」

と思いこそすれ、誰も逆らえなかった。

なにせ、コウランは人間ではあれどもウルカ貴族の称号をいくつか所持している。

それも、クシナダやユドハたちの親である前国王、ユドハ本人から与えられた称号だ。

名実ともに有する傑物に凄まれて、大臣たちは口を閉ざすしかなかった。

「あなたが全面的に俺を支持したのは、……なんというか、驚きです」

「俺が貴様の後ろ盾に回ったのは、キリーシャを守ってもらったことへの礼だ。もちろん、真実嘘偽りなく貴様の実力を評価し、気に入ったからでもある。貴様の窮状を哀れに思ったことも、リルニツクに欲しいという言葉も本当だ。それに、思うところあってな……」

「思うところ……」

「亡くなった我が母の教えだ。メスは大事にしろ」

「…………」

「母はこうも言った。この世の生き物すべて、誰かが産んだからこそこの世に存在する。そして、この世の誰かが産んだ子が俺の子を産む人になる可能性を理解して大切に接しろ。世のすべての人々は皆、一人で生を受けることはできぬ」

「……あの、俺は、……人間との間に子供は産めませんが……」

「だが、狼と番ってメスの役割を果たしただろう？」

「はぁ……」

「ならば、貴様は偉大なる我が母と同じく生き物を生産した。敬服と称賛に値する」

「…………生産……」

なんか面白いな、この人。

言葉には出さないが、初めてシルーシュに興味が湧いた。

「あのあとの声明も、その母君の信念に基づいてですか？」

「そうだ」

シルーシュは頷く。

晩餐会の翌日、シルーシュはこんな声明を出した。

「以後、我々リルニツクは赤毛の狼を全面的に後押しする。リルニツクの旨味を吸いたければ、ウルカはその赤毛を大事にすることだ」

リルニツクには、いくつかの専売特許と特殊技術、風土を生かした特産品がある。

ディリヤという信頼に足り得る存在がウルカにいるという理由で、このたび優先的にウルカへそれらが輸出されると決まった。

ウルカは自国の技術でそれらの輸入品をさらに加工し、特殊性の高い製品を作り出す計画を立てている。

それらの製品は、生活面においても、軍事面においても、大いに役立ち、所持しているだけで他国への牽制になる。

もし、リルニツクがそれらをウルカ以外の国へ流したなら、ウルカは、大いなる損失を招く。

「絶妙の脅しでした。ありがとうございます」

「感謝される謂れはない。あの言葉の使いどころも、貴様の狼の指図通りだ」

「……知らなかった」

ユドハは地道にディリヤの地盤を固めてくれていた。

そして、ユドハは好機を見逃さない男だ。

宴席の一件を機に、ユドハは主だった王侯貴族や派閥を味方に引き入れた。

その囲い込みが円滑に進んだのは、ディリヤがヒラへ来てからの数年の間ずっと、ユドハがエドナと協力して各派閥と水面下で交渉を続けていたからだ。

地道な工作活動で彼らの考えをゆるやかに移行させる下地を作り、「あの赤毛のけものに権限を与えてウルカと殿下のために働いてもらったほうが得なのでは？」といった考えや、「ディリヤを正当に評価することは、それこそ正当なことで、これまでがあまりにもディリヤに対して失礼だったのでは？」という風潮を作りあげていった。

純粋にディリヤを評価した者もいれば、それぞれの思惑や打算でユドハとエドナの考えに賛同した者がいるのも事実だが、ユドハが描いた地図のとおりに情勢が変わったことだけは確かだった。

ユドハは、これを機に以下のものをディリヤに与えた。

ウルカの国籍。ウルカ国民としての権利。ユドハの護衛官職と軍籍。官職に見合った俸禄。ユドハの伴侶としての生活維持費。三人の子を産んだことと、これまでの全功労に対する報奨の下賜。

このほか、与えられるものすべてを与えた。

「あの男、単に時機を窺っていただけで、実行に移す準備は整っておった。俺や大臣どもがあの男の掌で踊らされていただけだ。実につまらん。俺は単なる噛ませ犬ではないか！」

口調は怒っているようだが、シルーシュはなぜか爽やかに笑っていた。

ここまですっかり躍らされると、いっそ愉快で楽しくなってくるらしい。

「しかしながらディリヤ、あの男の執着だけは努々(ゆめゆめ)気を付けろ。とって食われるぞ」

シルーシュは、ユドハのディリヤへの愛の重さを目の当たりにして、愛を捧げられている本人でもないのに「あれは重い」と引き気味だった。

事実は事実なので、ディリヤは頷くことしかできなかった。


とある昼下がり、エドナがトリウィア宮を訪れた。

ディリヤと一緒にお茶をゆっくり一杯飲んでから、エドナはおもむろに「決闘を見に行きましょう」と朗らかに提案した。

「決闘ですか？」

「ええ、城内での決闘なんて、何十年、いいえ、何百年ぶりかしら」

「王城内で私闘は……」

「厳禁なのよねぇ。でもまぁ大丈夫よ。この王城内で最高権力者と国賓の決闘ですし、コウラン先生が立会人だもの。誰も文句は言えないわ」

「ユドハと、国賓って……シルーシュ殿ですか？」

「そうよ」

「なんでその二人が……」

「シルーシュ様があなたの唇を奪ったから」

「……？」

なんでだ。

誰からバレた。

「寝ぼけた時にあなたがユドハに謝ったらしいわよ」

「……っお、ぼえて……ない……」

覚えてないが、自分が寝ぼけている時はユドハをアシュと勘違いしたり、間の抜けたことをする自覚があるから、否定できない。

「……エドナさん」

「なぁに？」

「決闘、どこでしてるんですか」

「王城内の鍛錬場」

「……急ぎます」

「ええ、急ぎましょう」

二人は席を立ち、鍛錬場へ向かった。

ディリヤが鍛錬場に足を踏み入れる前から、既に剣戟と鍔迫り合いの硬質な音が響いていて、決闘はもう始まっているのだと悟った。

人払いされた鍛錬場には、立会人のコウランのほかは、医者の姿のみが見受けられ、ディリヤは「これは本気だ。血を見る」と覚悟した。

ユドハとシルーシュ。

狼対人間の一対一だ。ユドハが圧倒的に優勢かと思いきや、シルーシュも戦えるほうで、善戦していた。

双方ともに傷を負い、服が裂けて血が流れている。

「……やめろ、二人とも！」

ディリヤが止めに入った。

二人の間に割って入った瞬間、双方の切っ先がディリヤを襲った。

「……！」

ユドハがディリヤの前に立ち、一瞬怯んだシルーシュの剣を弾き飛ばす。

「二人とも、つまんないことであ……」

争うな、とディリヤが言いかけた瞬間、シルーシュとユドハがディリヤを叱った。

「真剣の前に装備もなしに出るな！」

「馬鹿か貴様は！」

「…………いや、だから……っ、おかしいだろ！　俺のことなのになんで俺以外が争うんだ！」

叱られたディリヤも言い返す。

「確かに、それはそうだ」

「一理ある」

ディリヤの言葉に耳を傾けるため、ユドハとシルーシュは一時だけ矛を収める。

「そもそも、俺が気にしてないことで争うな。当事者である俺の意見を尊重しろ」

「お前は気にしていないかもしれないが、寝ぼけていたとはいえ俺に謝ったんだ。なにかしらの想いはあっただろう？」

「そりゃ、まぁ……好きでもない男にキスされたらムカつくし、いやだったたって気持ちもあるし、油断してアンタ以外に唇を許したのは申し訳ないと思う。けど、だからって私闘することはないだろ」

「ディリヤ、これは俺の問題でもある。俺の心が、いま、許せない問題に直面しているんだ」

「……それで？」

「これを乗り越えなければ、金狼族のユドハとしての名が廃る」

「だから戦うのか？　戦って決着がついたとして、なにか実りがあるのか？」

「ある」

「あったとしても、やめろ」

「断る」

「…………」

びっくりした。

生きていて、いままで一番びっくりした。

初めて、ユドハがディリヤの願いを却下した。

これまで、ユドハはありとあらゆる物事でディリヤの心を優先してくれた。

いままでのユドハはディリヤの立場を向上させんがために苦心しつつも、決して無理強いはせず、ディリヤの意志を尊重して、自分の意見は引いてくれた。

だが、こればかりはディリヤの心を優先できないとユドハは言い切った。

「俺としても、愛しいお前の願いごとはすべて叶えてやりたいが、この戦いを放棄しろというお前のその願いだけは聞き届けてやること叶わない」

「なんで……」

「なぜでもだ」

「俺がケンカするなっつってんのにか？」

「あぁ」

「…………」

ディリヤはなんだかとても腹が立った。

言うことをきいてくれないユドハに得体の知れない怒りが湧きあがった。

あれだけディリヤの我儘をいっぱい叶えて、あんなに甘やかして、猫可愛がりして、狂犬だのなんだのと言われたアスリフのディリヤを飼い馴らして手懐けて、ディリヤに甘え癖を仕込んでおきながら、なぜ今回に限ってディリヤの我儘を叶えないのだ。

「すまん」

ユドハはちっとも悪びれた様子もなく詫びる。

ディリヤがどれだけやめろと訴えかけても聞く耳は持たぬと示すように、ディリヤの怒りを承知のうえで、ユドハは剣を構え直す。

一匹のオス狼として、ここで引けぬ。

己の愛しいメスに手を出されたままにはしておけぬ。

その気迫に圧倒され、ディリヤは息を呑んだ。

「ディリヤ、こちらへおいで」

コウランに呼ばれ、ディリヤは助けを求めるようにそちらへ視線を流す。

だが、コウランが首を横にしたことで、これはコウランにも止められぬと悟り、二歩、三歩と後ろへ下がった。

それを皮切りに、ユドハが一歩踏み込み、剣を振り下ろす。

「馬鹿力め！」

まともに受けてはたまらない。骨が砕ける。

シルーシュはそれを躱し、狼の足を狙う。

ユドハはシルーシュの足払いを踏みつけ、肘鉄を食らわせる。

正々堂々と騎士道精神に則った決闘というよりも、殴打、砂かけ、剣技、足技、なんでもありの泥臭い男同士のケンカだ。

剣を交えるたび、シルーシュの首筋に汗が滴り、土埃が舞い、褐色の肌を流れる血と交じる。

シルーシュの切っ先に薙ぎ払われたユドハの黄金の鬣が、散る花びらのごとく空を舞い、金の毛並みが朱に染まる。

ユドハの動作は手足の長さも相まってシルーシュを威圧し、シルーシュは反撃の糸口を摑めずにいる。

長く続けば続くほど体力のあるユドハが有利にも思えるが、明るく眩しい夏の日差しの下でユドハの毛皮には熱が籠もり、体温を上昇させる。

両者の剣は、刃引きをしていない真剣だ。

シルーシュが剣でユドハの脇腹を突けば血が滲み、ユドハがシルーシュの腿を斬れば血が流れる。

シルーシュがユドハの足もとから背後に滑り込み、ユドハの膝に土をつけようと尻尾を摑む。

ユドハは尻尾でシルーシュの剣を叩き落とし、逆手をとってシルーシュの腕を巻き取り、地面に仰向けに押し倒すと、その首めがけて切っ先を突き下ろした。

「そこまで！」

コウランが声を上げた。

ユドハの剣は、地面に突き立てられる。

ユドハは柄から手を放し、シルーシュを助け起こした。

シルーシュはその手を借りて立ち上がり、「この体力おばけめが。膝が震えておるわ」と憎まれ口を叩いて快活に笑い合った。

　手合わせという形で行われたこの決闘はユドハが勝利したが、二人の間には遺恨も禍根もなく、清々しい汗を流せたと泥土と血の混じったもので汚れた衣服と体で笑い合っている。

「…………」

　なぜ笑っていられるのか。

　こんな馬鹿げたことをして、もし、万一、怪我でもしたら……。

　ディリヤは得体の知れない感情に支配されて、己の拳を固く握りしめた。

「ディリヤ！」

　ユドハはディリヤに駆け寄り、自分の目線まで抱えあげ、「勝ったぞ！」と報告する。

「ばかじゃないのか!?」

　ユドハの両耳を引っ張って、「俺は絶対に褒めてやらないからな!?」と叱り飛ばし、抱きしめる。

「心配させてすまない」

「…………」

「許してくれるか？」

「…………」

「そっぽを向いてくれるな。可愛い顔を見せてくれ」

「いやだ」

「怒ったか？」

「…………」

「怒った顔もきっと可愛いだろうな」

「アンタ、……ほんとに、っ……そんな言葉で俺が誤魔化されると思ってんのか？」

「思っていない。だが、お前のやめろという願いを聞き届けてやれなかった詫びをして、お前のご機嫌をとって、許してもらうまでいくらでも首を垂れて、甘やかそう。……さて、シルーシュ殿」

　ディリヤを己の片腕に座らせたまま、ユドハはシルーシュに振り返る。

「なんだ？」

「このように、うちのディリヤは箱入りにして大事にしているし、初心（うぶ）であるし、恋愛面では奥手なのだから、戯（たわむ）れで手を出すのはやめていただきたい」

　ユドハは公衆の面前でディリヤを抱きしめて頭を撫でて可愛がり、くちづける。

　公の場でユドハがこういうことをするのは初めてだ。

ディリヤが「人前でそういうことはするな」とユドハに言い聞かせていたこともあり、ユドハもその意見を尊重してくれていた。

なのに、今日はディリヤの言うことを聞いてくれない。

「ユドハ、下ろせ」

「だめだ」

そう言いながら、またディリヤの唇を奪う。

まるで、「これが我がつがいだ」と公然と表明するかのように、「戯れではなく、とびきり可愛くて自慢の嫁を可愛がる。

「戯れではなく、本気だと言ったら？」

シルーシュが乱れた髪を手櫛で後ろに撫でつけ、不敵に笑う。

「では、受けて立つ」

「降参だ」

もう一戦始めそうなユドハに本気の気配を感じて、シルーシュは諸手を挙げて引き下がった。

三人の子供たちには、エドナとコウランのところへ遊びに出かけてもらった。

人払いをしたトリウィア宮でディリヤとユドハは二人きりになると、居間で膝を突き合わせて話し合いを始めた。

久々の二人会議だ。

「まず、アンタの意見を聞こうと思う」

「お前の意に反してしまってすまない。お前を悲しませるつもりはなかったが、そうなってしまったなら、すまない」

「それから？」

「俺が必ずお前の生きていきやすい場所を勝ち取ってみせる。これからも俺はお前のために、お前を幸せにするために、ありとあらゆる物事で戦い続ける」

「つまり？」

「また誰かに唇を奪われたら俺が戦って取り返す」

「……ユドハ」

「お前の生きていきやすさを勝ち取るのは俺の役目であり喜びだ。……ディリヤ、愛してる」

「だめだ」

くちづけようとするユドハの鼻先に掌を押し当て、押し返した。

「………なぜだ……」

悲しい顔と耳と尻尾で、ユドハが分かりやすくしょぼんとする。

「なぜでもだ」

「さっきはさせてくれた」

「いまはさせてやらない。俺は、なんか、いま、すごく……むしゃくしゃしてる」

「すまない」

「謝られてもこの怒りは収まらない。……そう、俺は、怒ってる。いま、本気で、初めて、アンタに怒ってる」

ユドハが決闘した。

怪我をした。

ディリヤの意志を尊重せず、ユドハの信念に基づいてディリヤのために行動した。

もう二度とこんなことはしないでほしい。

怒りに任せてそう言いたいのに、ディリヤは口ごもる。

「どうした？　怒った顔も可愛いが、我慢はしないでくれ」

ユドハはディリヤに怒られることにすら愛を感じるが、口を閉ざして我慢はさせたくはない。

「俺は、アンタに怒ってる」

「はい」

「とにかく、俺は、怒ってるんだ……アンタにも、自分にも！」

ユドハの愛が強すぎて、ユドハの愛が深く重すぎて、ディリヤはユドハから注がれるそれを喜んでしまう。

ディリヤのことで剣をとるほどに愛してくれている事実に喜んでしまう。

ユドハがディリヤのためにしてくれることなら、なんだって幸せを感じてしまう。

危険なことはしてほしくないのに、そんなことで喜ぶ自分に腹が立って、ディリヤの言うこときいてくれなかったユドハにも腹が立って、怒ってしまう。

「自分にも怒っているのか？」

「そうだよ！　俺はアンタのことで怒ってる暇があったら、アンタのこと撫でて、可愛がって、くちづけして、抱きしめて、愛してるって言いたいんだよ!!　アンタとケンカしてる暇あったら、手を繋いで散歩したいんだよ！　ケンカが理由で一緒にメシ食う日が一日一回でも少なくなるのがいやなんだよ！　なのに、なんで俺を怒らせるんだ!!」

一度でも堰が切れたら、言葉の潮流は止まらない。

酷い言葉を使ってユドハを悲しませたくない。

これが発端でディリヤを嫌いになってほしくない。

ずっと好きでいてほしい。

なのに、怒ってしまう。

「怒ったら、アンタが可哀想で、悲しい」

「……どうかそんな顔をして悲しまないでくれ」

「怒りたくないのに、腹が立つ」

ユドハの胸の毛を毟って、苛立ちを昇華する。

ユドハがディリヤのすべてを許すから、怒ってしまう。

ディリヤは、感情の起伏の少ない人生こそが平穏だと思う。

なのに、恋だの愛だのは、体力も気力も奪っていく。

思い悩まずに生きていた頃のほうがずっと生きていきやすかった。

他人が、恋だの愛だのにこんなにも労力を使っていることを初めて知った。

人を愛すること、愛されること。

それはとても幸せで、嬉しくて、喜びに満ちているけれど、ディリヤの心は幸せになる準備中で、たくさんの幸せを受け止められるほど、心の器が深くも大きくも育っていなかった。

「たくさん愛されると困る！」

「……すまん」

「あーもう！　むしゃくしゃする！」

「たくさん愛してすまん」

「ごめんなさいって言え」

「ごめんなさい」

「……怒るってこんなにイライラするんだな。なんか、アンタに、……こう、いろいろと怒ってやりたいのに、どうやって怒っていいか分かんなくて、叫びそうになる」

両手の指が意味もなくそわそわする。

ユドハの鬣を力任せにぐしゃぐしゃ掻き混ぜたいのか、殴りたいのか、抱きしめたいのか、どれか分からない。

たぶん、ぜんぶだ。

「なんで俺はこんなにアンタに怒れるんだろう？」

「俺を好きで、俺に心を許しているからだろう？」

「…………」

「お前が俺に怒っても、俺はお前を嫌いにならない。

ケンカをしても、怒りの言葉を向けても、ぜんぶ俺が受け止めて、怒りにすらお前の愛を感じている。なにがあっても、俺がこれからもずっとお前を愛し続けると理解している。お前は俺の愛を信じてくれているから、俺に怒れるんだ」

「怒ることも、信じてないと、できない……？」

「そうだ」

「信じてるから、アンタとぶつかれる？」

「たぶんきっとそれだ」

「つまり俺はアンタがだいすき？」

「ああ」

「あいしてる？」

「ありがとう、ディリヤ、俺はまたひとつお前から新しい愛をもらった」

「あぁ、もう……」

ディリヤはユドハの肩に額を預けて凭れかかる。

ディリヤが唯一心を許しているユドハだからこそ、感情を剝き出しにして怒ってしまう。

怒りや嫉妬、醜い気持ちはユドハに見せたくないのに、その感情すら、ユドハによって引き出されてしまう。

ディリヤのすべてをユドハの前にさらけだしてしまう。

この男の愛は恐ろしいほど優しいのに、強引だ。

そうしてディリヤが怒ることすらもユドハは悦ぶから、ディリヤはユドハの底なしの愛に泣いてしまいそうになる。

ユドハの尻尾が嬉しそうに床をぱたぱた叩いているのが、ディリヤの視界の端に見えて、それがまた憎らしいほど愛しい。

「だが、今後はできるだけお前を怒らせることのないようにしよう」

「…………そうしてくれ」

「機嫌はどうだ？」

「げんき」

「そうか。ならよかった。……可愛いディリヤ、名誉の果たし合いに勝利した男に褒美の口づけをくれないか？」

「……だめだ」

「なぜだ」

迫真の表情で、尻尾がばたっと大きな音を立てて絶望する。

「本当ならシルーシュに唇を奪われた時にアンタに報告すべきだった。だから、俺は謝らないといけない。ごめん」

「それと俺にくちづけしないこととなんの関係がある？」

「だって、なんか……いやだろ？　他人が触れたところなんか……」

「いま、あの軽薄な色男のことは忘れろ。お前の唇は俺だけのものだ。その事実だけが変わらなければ、それでいい」

「よその男に唇を許してごめん」

「知らぬ男に手を出されてこわかっただろう、かわいそうに」

「……俺の唇に触れるのは、アンタだけの特別なのに……」

「ああ、俺だけの特別だ」

ユドハはアスリフの狂犬を小型犬のように可愛がり、後ろ頭を抱き寄せる。

よその男にびっくりさせられて可哀想なディリヤ。さぞや傷ついただろう。

ユドハはちっともディリヤを責めず、膝に乗せて頬を寄せ、自分の匂いをつける。

「あの時、シルーシュを殴るのを我慢したのは事実なんだ」

「ディリヤ……」

「でもな、そうやって我慢するのもアンタのためだって思ったら幸せで……俺は、もう自分の幸せの沸点がどこにあるのか分かんないんだ」

ユドハのことを愛せば愛するほど、ディリヤはなにもかもすべてに耐えられる。

「ディリヤ、お前は、俺のためになにかを耐える必要も、我慢する必要もない」

「でも、俺がそうしたいんだ。そうすることも俺の愛情表現だから許して」

ユドハのことを想えば想うほど、恋すればするほど、どんな困難も乗り越えられる。

好きな人に心を委ねて、心を許せば許すほど自分の知らない自分が溢れてくる。

自分がどうなっていくのか分からなくなる。

それがこわくて、嬉しくて、自分の感情があちこちに飛び跳ねてしまう。

「俺もお前も、愛することに貪欲だな」

「愛し方が似てると長続きする気がする」

「ディリヤ、仲直りしてくれるか？」

「いいよ、してやる」

鬣を優しく引いて、口端に唇を寄せる。

許しを与えるように、ディリヤはいま一度ユドハとくちづけを交わした。

ディリヤの控えめなそのくちづけにユドハは「ああ、やっと愛しいつがいの唇を得られた」と微笑み、ディリヤを抱擁した。


ユドハの手を引いて、寝室ではなくディリヤの私室へ招いた。

いくつかある部屋の奥に、ディリヤの衣裳部屋がある。ユドハからもらった服や靴、それらを納める箪笥(たんす)や行李(こうり)、宝飾品をまとめた宝石箱、家具調度品や高価な筆記用具、たくさんの織物や反物、どれかひとつでも質に入れたら腰を抜かすような値の張る宝物の数々。

それらを保管するための部屋だ。

その衣裳部屋のさらに奥、壁際の行き止まりにある暗がりに連れていく。

そこには、ひと一人が座って、宝物とそれを手入れする道具を広げられる坪庭ほどの面積があった。

石造りの高床に、板張りの床を重ねて段差を作ってあり、そこに絨毯を敷いていた。

普段は絨毯だけだが、今日はそこに光沢のある絹の敷布をかけた布団やクッションを敷き詰めてある。

さらに、その区画を目隠しするように衝立(ついたて)を置き、天井から天蓋を吊るして覆い隠していた。

螺鈿(らでん)と真珠で飾った黒檀(こくたん)の衝立も、ユドハからの贈り物だ。

天井から吊るした天蓋は、もとはといえば服に仕立てることもできる上等の反物だ。

淡く透ける生成り色の絹地に細かな金糸を織り込み、青や緑の色糸で青海波の刺繍を施してある。

小さな飾り窓から差し込む日差しや風でその薄物が揺らめけば、きらきらと木漏れ日のように煌(きら)めく。

衣裳部屋は風通しが良く、直射日光を避けているから夏でもどこかひんやりとして過ごしやすい。

衝立の螺鈿や真珠飾りに太陽光が乱反射して、生成りがかった絹の布団に光が落ち、薄布が虹色に揺らめく。

「どうぞ」

天蓋の裾を持ち上げ、ユドハを中へ招き入れる。

二人も入ればぎゅうぎゅう詰めだが、その分、ぴったりくっついていられる。

「これはこれは……」

ユドハは尻尾をゆらりとさせ、嬉しそうに目を細めた。

宝石や螺鈿、虹色の瞬きのなかでユドハの金色の瞳が一番星みたいに輝く。

「出来栄えは悪いけど……」

「なにを言う」

ユドハはいそいそと軍靴を脱ぎ捨て、布団へ上がる。

ディリヤはユドハの上着を脱がせると、敷き布団の上へ敷いてそこに腰を下ろし、ユドハ本人を目の前に座らせた。

「いつの間に作ったんだ？」

「こっちに帰ってきてから、毎日ちょっとずつ運び入れて、完成したら見せようと思ってた」

ユドハの服を脱がしながら、ユドハに服を脱がせてもらう。

服を脱いだらそれも寝床の隙間に敷き詰める。

リルニツク滞在中は満足のいくほど巣材を確保できなかった。ユドハの服も少ないし、安心して、落ち着いて、自分のお気に入りの場所で巣を作ることすら難しかったが、ウルカに帰宅してようやく巣材をたくさん確保できた。

「結婚式以来、初めての、その……こういうことするだろ？　だから、せっかくだから、ちゃんと狼のそれっぽい寝床を作りたくて……」

「初夜だな」

「……俺たちは何度初夜をするんだろうな」

ディリヤは頬をゆるめ、もう何度目か分からない初夜に喉を鳴らす。

「何度でも。お前を抱く時はいつも初夜のような気持ちになる。……そのくせ、お前の体はすこしずつ俺に馴染んできていて、いつも俺を気持ち良くさせてくれる」

ディリヤを寝床に組み敷き、ユドハは舌なめずりする。

ディリヤの初めての巣作りだ。

かわいいメスが作ってくれた巣穴で初めての交尾が

できる。

「下手でごめんな……」

人間は巣作りをしないから見様見真似だ。

巣材は、ユドハとディリヤの服。普段、昼寝の時に使っている毛布。いつも一緒に寝ている寝室で使っている枕や敷布。

それから、ユドハからの贈り物。

ユドハの贈ってくれた宝飾品は天井から吊るして、この小さな愛しい世界のすべてをユドハから捧げられた愛で飾っている。

「……気に入ってくれたらうれしい。……ユドハ？」

「すまん、ちょっと……深呼吸する」

感激のあまりユドハの呼吸が荒くなる。

ディリヤが巣を作ってくれた。

メス狼がするように、オスと交尾するための寝床を作ってくれた。

暑いなか、太陽光と風が清々しく吹き込む場所を家じゅう歩き回って探して、布団を運び入れ、天蓋を吊るし、衝立を移動させ、二人が入ればぎゅうぎゅうでぴったりの巣穴を作ってくれた。

ここは、ユドハと交尾をするためだけの巣だ。


愛を交わすことへのディリヤの情熱的な気持ちと心意気に興奮する。

「……っ」

じゅるりと溢れる涎（よだれ）を呑み干し、ユドハはディリヤの首筋を甘噛みする。

「ふっ、……はは、よだれまみれ」

熱く濡れた感触に身をよじらせて笑い、ユドハの口もとを舌で拭ってやる。

夏の暑さは嫌いなのに、ユドハのこの熱は好きだ。

体を弄る大きな手の熱さも、獣じみた吐息の熱さも、毛皮に埋もれて感じる熱さも、ぜんぶ、ディリヤに触れるユドハなのだと思うと、愛しい。

尻尾がディリヤの太腿を撫で上げ、きゅっと巻き付く。ディリヤが逃げないように、愛しい可愛いつがいを離さないように、珍しくユドハががっついてくる。

「今日のアンタはいつにも増して情熱的だ」

「これが興奮せずにいられるものか……」

ディリヤが、ユドハと交尾したいと思ってくれて、そのためにせっせと巣作りしてくれた。

交尾することを考えながら交尾するためにディリヤが寝床を整えた。

ユドハといやらしいことをするために、こんなにも素敵な寝床に誘い込んでくれた。

そう考えると興奮でユドハは我を失ってしまいそうだった。

「明日はきっと尻尾の付け根が筋肉痛だ」

「尻尾ばったばたただもんな」

ディリヤに巻きついたり、嬉しすぎてぱたぱたしたり、大忙しだ。

いつもはディリヤを優しく愛するためにユドハは自制しているが、今日はその自制が利かないくらい喜びに満ち溢れている。

「ユドハ」

鬣を引っ張って、耳を寄越せとねだる。

ユドハが鼻先をディリヤの肩口に寄せて耳を貸すから、「今日はアンタのすることなんでも許してやる。好きなようにしていい」と唆した。

巣穴の狭さを活かして、いつもよりユドハの懐にきつく抱かれ、ぴったりくっつく。

横臥するディリヤの体は、ユドハの体すべてを使って抱きすくめられている。

今日のユドハは言葉数が少ない。

そういう時は大抵いつも己の獣欲を制御するのに必死な時だ。

なにをしても許してやるとディリヤが言っているのに、ディリヤを傷つけないよう、先走って己の欲を優先しないよう、奥歯を軋ませて、低く唸っている。

「……っ、ユド……」

「すまん、痛むか？」

「ちっとも」

短く答える合間に、息を吐く。

久しぶりだから……と、気が遠くなるほどの時間をかけて後ろを解された。

優しく身も心も開かされて、腰から下がぐずぐずにとろけている。

なにもしていないのにじわじわと気持ち良くて切ない。

狼の陰茎を半ばまで受け入れてから、もう随分と時間が経っていた。

気の遠くなるような長い時間ずっとこうしている。

挿入してから、ユドハはまだ一度も動いていない。ディリヤの体が馴染むまでずっと待ってくれている。

ただ、繋がっているだけ。

ただそれだけなのに、息をするだけでもディリヤはきもちいい。

たぶん、心が気持ちいいからなのだろう。

ディリヤが切なげな溜め息を吐き、時折、吐息交じりにユドハの名を呼ぶたび、ユドハは己が陰茎が嵩を増していることに気付き、頰を寄せて詫びる。

「腰が、落ちる……」

ディリヤが甘く訴える。

勝手に腰が落ちて、深く咥えてしまいそうになる。

ユドハが慌てて腰を引こうとするから、ディリヤは喉元を軽く仰け反らせ、ユドハの顎下を噛み、「引くんじゃなくて、押せ」と自分から尻を押しつける。

後ろ手でユドハの鼻先を撫でると、荒い息遣いを掌で感じられる。毛皮の奥に指を差し入れれば、熱が籠もって汗を感じられる。

ユドハの手がディリヤの下腹に添えられ、ゆっくりと陰茎を進めた。

「ん、ぅ」

わずかな痛みが、ディリヤの頰を歪ませる。

違和感と異物感が下腹をこじ開け、その隙間をすこし埋めていく。

額に浮かぶ汗をユドハが舌で舐めとり、痛みを誤魔化してくれる。

これの繰り返しで、すこしずつ、ちょっとずつ、二人の触れ合う面積を増やしていく。

「……ユド、……っは……ぁ」

「恥ずかしがらなくていい」

「だ、て……なんか、これ……おかしい……」

痛みに頰を歪めたはずなのに、ディリヤの陰茎からはとろりと蜜が零れ続けている。

自分で止められないどころか、下腹の奥に得体の知れない絶頂感が響いて、そのたびに前から漏れ出る。

「っ、く……」

ディリヤがその絶頂に身構えて力を籠めると、ユドハが唸る。

逞しい太腿や腕の筋肉に力が入って、「……きつい」と低く漏らし、ディリヤを抱き潰しそうになるのを必死に堪えた。

「きつい……？」

「あぁ」

「いたい？」

「……きもちいい」

「ふっ、はは……しょうじき」

二人とも気持ち良くて、短い単語の応酬しかできない。

二人して足が痺れた時のように動けなくなって、時間をかけて快楽の波が落ち着くのを待つ。そうする間も、静かに呼吸を重ねて、手を繋ぎ、互いの熱に感じ入る。

「残り、入りそうだなって思ったら、アンタの判断でよろしく」

「事前確認は？」

「ぜんぶ挿れるぞ、って事前報告されたら身構えちゃうから、俺が油断した時に頼む」

「了解した」

「じゃあ、俺の気が逸れるようになんか話して」

「……では、こんな時になんだが、……暑くないか？」

「あっつい」

「俺も暑い。だが、夏の交尾はこれが醍醐味だ」

「そうか？　俺は冬にいっぱいくっついてあったかくて汗だくになって眠くなるくらい気持ちいいのが好きだ」

「俺は夏も好きだぞ。お前の肌が汗ばんで、肌を伝う雫がいやらしくて、体温も高くなって、熱っぽい吐息で俺の名を呼ぶんだ。かわいい」

「またかわいいって言った」

「お前は本当にかわいい」

「最近、もしかしたら俺は本当はかわいいのかもしれないって思い始めてきてやばい」

「本当もなにも、お前はかわいい」

「……だめだ、やっぱりかわいいは禁止。ほっぺた熱い……」

「東のほうでは……」

「東のほう？」

「暑気をとるために、高貴な女性は翡翠玉を口に含むらしい」

「なんか、やらしいな」

細面の、深窓の美姫が、薄い唇に玉を押し当て、白い歯を薄く開き、楚々とした顔立ちの頬肉の内側へ押し込み、含む。

それを想像するとディリヤはなんだか見てはいけな

いものを見たような気持ちになってしまった。

「あぁ、でも、翡翠って緑色だよな？」

「そうだ」

「アンタが使う色だから、それを口に含むっていうのは、なんか、ちょっと……興奮するかもしれない」

国の定めにより、ユドハの衣服や御旗には深く濃い緑色を使う。

ディリヤの衣服にも、よく緑色が使われる。ユドハほど派手なものは辞退しているから、ボタンの素材や、裏地なんかによく使われていた。

「……またおっきくなった」

腹のなかで、ユドハが存在感を増す。

「お前が、翡翠を口に含むところを想像したら……」

「このスケベ」

「返す言葉もない。……が、もし、俺がお前に翡翠玉を贈ったら……」

「贈ったら？」

「口に含んで見せてくれるか？」

「どすけべ」

「…………重々承知の上で……」

「いいよ」

「ほんとか？」

現金な尻尾が、ばたっ！　と大きく跳ねる。

「そのかわり、俺の舌の上で転がしてほしい大きさの、とびきりのやつ用意しろよ」

「飲み込まない程度の、小さなものにする」

「アンタの咥えてんだから、そこそこ開くぞ」

狼よりずっと小さな口を開けて、「俺の口はこれくらいのおおきさ」と教える。

舌を出してみせて、いま腹に納めているものを口で可愛がってやる時の仕草をしてみせる。

「だから、ディリヤ……」

「っ、は……、やばい、腹……いっぱいになってきた……」

どこまでこの狼のオスは大きくなるのだろう。

ディリヤは興味が湧いてくる。

翡翠玉ひとつで二人とも興奮してしまい、「やっぱり暑いな」「暑い」とまた顔を見合わせて笑い、熱の籠もった毛皮と汗、情事の爛れた匂いに発情期の獣のように盛りがつく。

「次、巣作りする時は飲み物も用意する」

「また作ってくれるのか？」

「これから一生かけていっぱい作る。次はどんなのがいい？　アンタにもらった宝物、まだいっぱいあるんだ。……宝石も、扇子も、布も、調度品も、なにに使うのかよく分かんない物もいっぱいある」

斜め後ろを仰ぎ見て、天井から吊るした雫型の石を指さし、「俺はあの宝石の色が好きだ」と伝える。

「贈った俺が言うのもなんだが、あの石はお前にはすこし地味な気がする」

「でも、アンタの尻尾の裏側の毛の色によく似てる」

卵にミルクを混ぜた時のような淡い色味の、やわらかいふわふわの毛。焼けたパンのまんなかのいちばんおいしいところの色にも似ている。

食べ物でしか思いつかないあたり発想が貧困だなぁ、とディリヤは自嘲するが、仕方ない。ユドハはどこもかしこもふわふわのふかふかで、とってもおいしそうなのだ。

尻尾の表面は外気や物に触れたり、風に当たったりするから、どうしてもすこし硬い毛質になってしまうけれど、内側は日焼けもしてないし、ふかふかでやわらかい。

ユドハには内緒だけど、尻尾の裏側の匂いも好きだったりする。表側も好きなのだが、裏側がたまらない手触りと匂いなのだ。

「きれいだ」

ユドハが唐突にディリヤを褒める。

宝石や真珠、螺鈿が陽光に乱反射して、ディリヤの白い肌に虹色を描く。

宝石の形によって、円形や菱形、糸を引く雫型、帯状……、まるでディリヤそのものが宝石のように艶めく。

赤毛には玉虫色の光沢を生み出し、赤い瞳の奥には、とろける飴のような艶を孕ませる。

ディリヤが息をして、笑って、ユドハの名を呼ぶたび、どこまでも澄み渡る海に潜って見たような美しい世界を作り出す。

「アンタと一緒にいると、俺は、自分がすごくきれいな生き物になった気分になる」

「お前は俺の特別で、この世にひとつきりの、心を持った宝物だ」

「……うん」

「俺の大事な麗しい人だ」

「…………うん」

新しい気持ちを知るたびに、ひとつ美しく輝ける気がする。

体を重ねて、心を重ねて、ディリヤの心を凌駕するユドハの行動で、またひとつ愛を教えてもらう。

それは幸せだ。

幸せになると、体の内側に閉じ込めていた大事な部分が宝石みたいにキラキラする。

鈍感で、なににも心を揺り動かさずに生きてきたディリヤの心が脈打つ。無機質だった宝石が心臓みたいに鼓動して、血の通った生きた宝石になる。幸せを感じるたび、しあわせだと叫べと意志を持ってディリヤに訴えかけてくる。

好きな人に怒りを抱くことすらも愛に繋がって、よりいっそう離れがたい。

「俺の特別大事な一番の宝物は、アンタの愛なんだろうなぁ……、……んっ、……ぁ、っ!?」

ユドハが深く陰茎を押し入れるから、声が裏返った。

変な声が出て、慌てて両手で口を塞ぐ。

ユドハを見やり、「なんで、いま、この状況で!」と口を開こうとして、「あっ、んぁ……っふ、ぁ、あっ」と喘ぎ声が溢れた。

「すまん、お前が油断しきった時を狙ったら、いまになった」

「ば、か……っ、あっ……や、まて……っ、ちが、っ……」

「違ったか?」

「ちが、わ……なぃ……っ、それ、だめ、……きもちいい……ゃだ、ユドハ……」

「許してくれ」

「ん、ぁ……っ、ぉあ、あ、……ぁ」

腰を摑まれ、ゆっくりと抜き差しをされる。

ぬち、にち……、粘膜が触れ合う。その音と連動して腹に響く感覚がきもちいい。

臍の下、ちょうど腹を開いたあたりを圧し潰すように責められると、ディリヤは身に染みついた淫乱さで内側の深いところにある筋肉だけを使って快楽を貪ってしまう。

「ふぁ、ぅ……、でた……ユド、でてる……」

どこが気持ちいいのかも分からない気持ち良さで、射精している。

前を触っていないのに、頭が誤作動を起こしている。

気持ちいいと感じるだけで前から漏れてしまう。

ユドハの太腿に射精して、毛皮を汚していく。

それでもお構いなしにユドハが動くから、ディリヤの腿も汚れて、巣穴を汚していく。

「よごれ、る……巣穴、……っ」

「それがどうした？」

「だ、って……巣穴、きれいなほうが、おおかみ、よろこぶ……」

喘ぐ合間に訴えるが、ユドハは聞いてくれない。

それどころか、何度も何度もディリヤの腹を往復し、その圧倒的な質量で蹂躙して、「普段の巣穴は清潔が一番だが、交尾の時はメスの粗相や発情した匂いで満ちているほうが好きだ」と言って、ディリヤの精液を搾り取る。

「すき、なのは……アンタで……っ、おおかみの、総意じゃないだろ……、っ、も、出ない……きょう、ずっと、繋がってる時からずっと漏れてたから、もう出ない」

「かわいそうに、ほら、泣くな」

いまにも泣きそうな顔で鼻を啜るディリヤを宥め、「すぐに訳も分からなくしてやる」と囁き、深く、深くディリヤを犯す。

「あれ、は……やだ……」

「あれ？」

「なんか、出るの……」

「ああ、潮を吹くのがいやなのか？」

「あれ、ずっとイってるみたいになって、次の日まで引きずるから……いやだ……、明日もアンタがずっと傍にいないと、さみしくて、かなしくなる……」

「………」

「なんか、頭のなか……すごい、メス臭くて……いやになるんだ……」

昼日中でもぼんやりして、食事も手がつかず、頭の中がいやらしいことで埋め尽くされる。

いつもずっとユドハが欲しい。

はなれないで、ずっと俺のことだけを見て、俺に愛してると言って、俺の体を使ってたくさん射精してほしい。

ずっと、ずっと、ずっと、ユドハに自分だけを見ていてほしい。

独占したいし、独占されたい。

「やだ……って、言ってる、のに……」

ユドハはディリヤの体を抱きすくめ、腹の奥の行き止まりまで自身を沈める。

きっと、今日はその向こうまで挿れてもらえる。イリヤに負担がかかるからユドハは滅多にそれをしてくれないし、ディリヤがねだって許してもしてくれない。

今日は、それをしてくれる。

普段は閉じられた深いところまでユドハを受け入れたら、腰は抜けてしまうし、立つこともできないし、腹の内側まで筋肉痛になるし、一日中ずっと快楽の余韻がディリヤを苛む。

ちょっとしたことで気持ち良くなって、喘いでしまう。

でも、あの気持ち良さを知ってしまったら……。

「やめるか？」

「あした、使い物にならない……」

「子供たちの世話なら任せろ」

「俺がだめになること……ゆるして」

「許してもらうのは俺のほうだ」

「…………」

良い子を孕むように。

たぶんきっともうディリヤの腹は使い物にならないのに、それでもユドハはディリヤを抱きしめて、温めて、守って、深いところで繋がってくれる。

「ぅー……」

ディリヤは目を閉じて、ユドハに身も心も委ねた。

けものじみた唸り声をあげて、結腸を抉じ開けられる感覚に神経を集中する。

貫かれるというよりは、支配される、だ。

ディリヤとユドハの関係を知らない他人がこの場面に遭遇したなら、屈強なオス狼に人間が組み敷かれ、羽交い絞めにされて犯され、種を付けられていると思うだろう。

「ん、ぅ……ぅ、あ、ぅ、っあ……」

息が勝手に止まって喉の奥でくぐもった音に変わり、息を吐き出せば鼻から抜ける喘ぎになる。

ユドハの掌がディリヤの腹の表面を撫でて無理はないか確認しながら進める。

ディリヤよりもディリヤの体を知り尽くしているオスが、静かに、確実に、結腸口を捉え、ディリヤの望む強引さで割り開き、嵌め込む。

「つは……ぁ、っ、あ……」

自分の体がユドハの形に変わる瞬間を感じる。

ぎっちりと嵌め込まれて、身動きがとれない。

こうなったらディリヤはもう自分で動けないし、離れられない。

ユドハの所有物になった愉悦に浸って、種付けをされて、印付けしてもらうのを待つだけだ。

それから、狼特有の長い長い射精を味わう。

亀頭球が萎んでユドハの射精が終わるまで、決して離れられない状況で、腹が膨れてずしりと存在感を増し、身が重くなっていくのを味わい尽くす。

そうしてユドハのものにされている長い時間には、「これは俺だけが知る幸せなのだ」という優越感すらある。

「……っ、ああ……くそ……きもちいい」

ディリヤの口の悪さが移ったのか、ユドハがオス臭さを撒き散らす。

瞬く間に亀頭球が膨張し始め、ディリヤの括約筋や会陰が亀頭球の形に膨らむ。精嚢も圧し潰されて、白濁を垂れ流れる。

「……ぁ、っ、……ん、あ、……ぁー……」

もうなにも出ないのに、体は悦ぶ。

「ディリヤ、っ……」

ユドハは喉を鳴らし、ディリヤのうなじを噛み、「もっと盛れ」と煽り立てる。

二人の巣穴は、二人分の汗と淫水を含んでしとどに濡れて、湿り気を帯びている。

けれども、この寝具はこれからもっといやらしい物に成り果てるだろう。

「……揺すられるの、すき……」

「こうか?」

「ん……」

抜き差しはせず、ディリヤの腹を揺するようにユドハが腰を使い、射精する。

出口はすっかり隙間なく埋められているから、一滴も漏れてこない。

「初夜にしては……熟れた一夜になりそうだ」

「俺の体、アンタ以外だとゆるゆるになってそう……」

「安心しろ。よそのオスでは満足できない体にしてやる」

「楽しみ」

ユドハとの交尾は、たのしい。

いつも、きもちよくて、しあわせで、自分が作り替えられていく。

誰かのために変わるのは、恐ろしいことのはずなのに、愉快だ。

　もう立派な大人なはずなのに、二人して「次はどんな巣穴でどんな交尾にする？」と楽しげに話しあい、初々しい新婚夫婦は、体力任せの若々しい交尾に精を出す。

「アンタと結婚してなきゃこんなに幸せで楽しくて気持ちいいことできないんだって思うと……」

「思うと？」

「この狼、一生逃がさないでおこうって思った」

　ディリヤがそう言った途端、ユドハが尻尾をディリヤの足に巻きつけ、ぎゅうぎゅう抱きしめて頬ずりして、「あいしてる」ときらきらした笑顔で大喜びした。

　なんてかわいい狼だろう。

　その笑顔があんまりにも可愛くて、ディリヤは思わずときめいた。

終章

ディリヤさんちの四匹の狼の換毛期がすっかり完了した。

夏毛に生え替わるまでの間、ディリヤが毎日せっせと甲斐甲斐しく毛繕いをしたから、みんな、ぴかぴかの夏の狼だ。

生え替わりの期間中、子供たちやユドハにすりすりされるたび、ディリヤは「また顔面に毛がついた……、あ、服にも……床の掃除ももう一回……、うわ、絨毯すごい……椅子も、子供たちのぬいぐるみも、毛布も洗濯だ……」と大忙しだったから、今日はみんながディリヤにお礼の毛繕いをする日だった。

「ディリヤはじっとしててね、動いたらいけませんよ。アシュが右手をして、ららちゃんとじじちゃんが左手をして、ユドハはおつむの毛繕いをしますからね。目を閉じて、ユドハのお膝に頭を乗せて、じっとしててくださいね」

「……はい」

アシュに言われたとおり、青々とした夏の芝生に寝転がり、ユドハの膝枕で大地に身を預ける。

熱を吸収した地面が暑い。

事前に、ユドハが芝生に散水し、リルニツクの海でしたように地面に支柱を立てて天幕を張って木陰を作り、絨毯を幾重にも敷いてくれたおかげで耐えられないことはないが、ほんのり背中が熱かった。

「もみもみ、もみもみ、ふにゃふにゃのディリヤにしましょうね～」

アシュはディリヤの右手をふかふかの肉球で揉み、ララとジジは「おにいちゃん、じょうずね」「……まねっこするといいらしいよ」と喃語で話し、見様見真似でアシュと同じことをする。

そうすると、ディリヤの両腕には、あっという間にちっちゃな肉球はんこがつく。

純粋に毛繕いに精を出すというよりは、「いっぱいふみふみしたら、ディリヤのこの腕を枕にしてねんねんしよう」というアシュの考えと、「おにいちゃん、かしこい」「そうだ、ここでねんねんしよう」という双子の目論見が垣間見えたが、ディリヤはじっとおとなしくあおむけに寝て、ふみふみされた。

ユドハはディリヤの頭を膝に預かり、頭を撫でている。

　毛繕いしようにも、夏だからといってディリヤの髪はごっそり夏毛に生え替わったりしないので、櫛を入れて梳かしたら、あとは撫でるくらしかできない。

　風呂場なら、首筋や頭皮を揉んだり、精油や香油で手入れもできるが、子供の口に入るかもしれないと思うと使うに使えない。

　手慰みにディリヤの頬を撫でたり、目を閉じているのをいいことに唇を奪ったり、鼻先をちょんとくっつけてみたりするが、そのたびにアシュが、「アシュもみんなにちゅってする！」と言って、湿った鼻先で家族みんなの唇泥棒をしていく。

　ララとジジも真似するが、どうにも涎が多くて、ディリヤの頬も、ユドハとアシュの頬の毛皮もしっとりするし、ララとジジもお互いにちゅっちゅするから、じっとりしている。

　ディリヤが薄目を開くと、太陽よりももっと眩しい子供たちの笑顔がある。

　赤い瞳を子供たちからユドハへ移すと、ユドハも眩しいものを見る眼差しで子供たちを見守っている。

　ディリヤの視線に気付いたユドハは、ディリヤの目も眩みそうなほど慈しみに溢れた微笑みをくれる。

　しあわせというのは、こういうことを言うのだろう。

　ディリヤは幸せに不慣れだった。

　幸せになることに身構えていた。

　身構えれば身構えるほど表情は強張り、言葉を選びがちになって寡黙を選んでいた。

　でも、アシュとユドハは「しあわせになる準備はできたか？」と尋ねてくれた。

　ディリヤが幸せを受け止められる心の準備ができるのを待っててくれていた。

　そして、ディリヤが幸せになる心の準備を手伝ってくれる。

　自分の内側と向き合うのは苦痛だ。

　底の浅さが知れて、なんの取り柄もない、心の豊かさに欠ける空っぽな人生を歩んできたのでは……と自信を失くす。

　でも、家族と一緒にいると、心を知っていく。

　きっと、これからも知っていくだろう。

　ユドハの心に触れてディリヤの世界はきらきら宝石みたいになった。

　愛を教えてもらい、恋を知って、心を許す心地好さを覚えた。

ユドハと出会う前のディリヤの世界にはなんにもなかったけれど、ユドハと知り合って、世界が広がって、他人から理解してもらって、愛をもらえて、微笑みかけてもらえることの喜びを知った。

他者と理解し合う必要なんてないと思っていた獣みたいなディリヤの心にユドハが優しく触れて、抱きしめて、愛してくれて、初めてディリヤの心は息づいて、鼓動を始めた。

家族や、ごく少数の親しい仲間とだけ心を通わせることができれば良くて、現状に満足していたはずの自分が、仲間に助けてもらうことを知った。

夜に一人で眠っていても、近頃、ディリヤは目を醒ますことがなくなった。

そうして自分の弱さを知っても、弱さを他人に見せてしまっても、そんな自分が嫌いじゃなかった。

ユドハがディリヤのために戦ってくれたことが、その強引さが、ディリヤを幸せにしてくれた。

他人を尊重する以外にも他人を愛して尊重して守る方法があるのだとユドハはその愛で示してくれた。

幸せになる方法を二人で模索していけばいくほど愛が育ち、愛の形が増えるたび、ディリヤの心に変化が訪れた。

ユドハの愛で自分の心が変わっていくことが心地好く、幸せだ。

ユドハの存在によって、自分の心が生きていると実感できることも幸せだ。

自分以外の特別なたった一人に自分の心を明け渡し、心を許すことによって得る無防備な喜び。

幸せになることを自分の心にひとつ許すたび、自分が変わっていく。

明日の自分はどんな自分なのだろう。

それがちっともこわくなかった。

昨日よりも今日、今日よりも明日。毎日、ちょっとずつ、もっと幸せになる準備をしている。

そんな日々が楽しみだった。

「ユドハ、愛してる」

「この世で俺を一番幸せにする言葉だ、愛しいディリヤ、愛してる」

「愛してる」

ディリヤが心を許せるたった一人きりの狼。

決して、はなれられない愛しい狼。

今日はどんなふうに愛しい人を幸せにしようか。

それを人生の張り合いにしながら、つがいの狼は、心を許した群れで幸せを分かち合って生きていく。

きっと、こうして、ずっと、つがいのけものは愛し愛され、離れずに、生きていく。

お世話好きのごはん

ララとジジが生まれる前。

ディリヤとアシュが城で暮らすと決めてから、まだ日の浅い頃。

悪阻や体調不良の続くディリヤは、床に臥せっていることが多くなった。

そういう時は、ユドハがすすんでアシュの世話を焼いていた。

風呂や着替え、寝かしつけなどは、徐々にではあるが、ユドハも不慣れながら手探りで世話を焼くコツを摑めるようになってきていた。

だが、今日はまたひと味違った。

今夜は初めてユドハとアシュの二人だけでとる食事だった。

夕飯の時刻ではあるが、ディリヤがよく眠っているので起こすのは忍びない。

そこで、二人で食事をすることにしたのだ。

「おとうさんとふたりでごはんだね～」

ユドハが二人で食事だと伝えると、アシュは嬉しそうに尻尾をぱたぱたさせた。

アシュがユドハをおとうさんと呼んでくれたこと、二人で食べるご飯を「……え～……ディリヤいないの？」と言うでもなく、「ディリヤと一緒じゃないと食べない！」とそっぽを向くでもなく、「お隣に座ってごはんたべよ」と笑ってユドハの手を引いてくれたこと、「いつもとちがうの、たのしみね～」と、わくわくした様子でいてくれたこと、すべてが愛らしくて、愛おしくて、ユドハの尻尾もぱたぱた揺れた。

実のところを言うと、夕飯時にディリヤがいない状況で二人で食事をするのはこの日が初めてだった。

とはいえ、食事だ。

腹に食べ物を入れるだけだ。

ディリヤがアシュの世話を焼く場面は何度も見ているし、ディリヤの指導のもと、アシュが食事をする際に気を付けることも学んできた。

今日もいつも通りにすればいいだけだ。

……そう思っていた。


「ん～～！」

おいしい！

アシュは、かぼちゃと鶏肉のスープをひと口食べるなり、その美味しさに身悶(みもだ)える。

お行儀よく椅子に座って、もだもだ、ぱたぱた。

椅子の背凭(せもた)れの向こうに垂らした尻尾を立てて左右に揺らし、体のぜんぶで美味しさを表現して、喉を鳴らし、きゅーっと幸せそうに目を細める。

隣の席のユドハが、「その尻尾の動きだけで、いま食べたひと口分のスープの熱量を消費してしまったんじゃないか？」と思ってしまうほど、感激した様子だった。

「ユドハ、おいも、おいもください」

「一つでいいか？」

「アシュは三つ食べます」

「ほかの料理もあるぞ？」

「三つ食べたいです」

「分かった」

大皿からアシュの皿へ芋を三つ取り分ける。

すると、アシュは瞬く間にぺろりと平らげた。

アシュの掌より小さな芋とはいえ、三つも食べた。

すごいな!? と感動した。

「ユドハも、おいもを食べる時は、喉に詰めないように気を付けてくださいね」

「分かった。気を付けよう。アシュは次はなにを食べる？」

「おにく！ おっきく切ってね！ おっきく！」

「大きくだな、よし、任せろ」

……とはいえ、大きく切るとアシュの牙では嚙み切れないので、そこそこの大きさに切り分ける。

それらもまたアシュの皿へ乗せると、アシュはあっという間に腹に納めた。

「よく嚙んだよ？」

その天晴れな食べっぷりにユドハが目を瞠(みは)っていると、アシュが得意げに胸を張った。

「アシュは、もうそんなに食べられるんだな」

「食べられるよ。お肉のおかわりください」

「よし、おかわりだな、えらいぞ」

えらいぞ、と言ったものの、ユドハは気が気でなかった。

ユドハが切り分けたとはいえ、塊(かたまり)の肉をそんなに大きな口で食べて大丈夫なのだろうか？

そんなにたくさん口に入れて喉を詰まらせないだろうか？

やはり、日頃ディリヤが切り分けているくらいの大きさのほうが適切だっただろうか？

　喉に引っかかって、けっけってならないだろうか？

「……水分、そうだ、アシュ、……そろそろ水分が必要じゃないか？」

　そんなに喉の詰まりそうなものばかり食べて大丈夫か？

　水分をもうちょっと摂ったほうがいいんじゃないか？

　スープか？

　スープをもうすこし飲ませるべきか？

「お水もお茶もいらない」

「いらないのか？」

「いらない」

「じゃあ……そうだ、野菜だ、野菜を食べよう」

　こういう時こそ、水気の多い野菜だ。

　水分を多く含んだ野菜を食べさせて、飲み物やスープの代わりにしよう。

　さて、今日の献立で、水分の多い野菜はなんだ？

「アシュ、これを食べよう」

　三種類ほどの瓜を使った料理をアシュに提案してみる。

「お野菜か～……お野菜は今日は食べない日ですね」

「食べない日があるのか？」

「ありますね」

「…………」

　だめだ、真実なのか否か、判断がつかない。

　単に、アシュが野菜を食べたくない気分なのか、ディリヤが「今日は野菜を食べない日です」という決めごとを作っていたのか、どちらか分からない。

　分からないぞ……。

　職業柄、人の表情から真意を読み解く術には長けている自負があったが、「食べない日は、食べなくていいんです」と自信満々に言い切られてしまうと、ディリヤがそう言っていたのかもしれない、と考えてしまう。

「……食べない日というのは、どういう理由で決まるんだ？」

「今日は食べない日だな、ってアシュが思ったら食べない日です」

「…………」

　よし、これはディリヤの決めごとじゃない。

　アシュの気分の問題だ。

「ところでアシュ」

「なぁに？」

「今日は野菜を食べない日だな、とアシュが思った日に野菜を食べるとな……」

「食べると？」

「いいことがある」

「いいこと！　どんなこと？」

「ユドハが喜ぶ」

「ユドハがよろこぶ！」

「ディリヤも喜ぶ」

「ディリヤも！」

ふぉおお。アシュがやる気に満ち溢れる。

「エドナもよろこぶ」

「エドナちゃんも！」

「みんなも喜ぶ」

「みんながよろこぶ！」

「ユドハも食べるから、一緒に食べよう？」

「食べよう！」

野菜を食べ始めた。

よかった、素直な子供でよかった……。

ここで駄々を捏ねられて「ユドハ、そんなこと言ってもアシュは食べないよ」と反論されたら、ユドハはほかの手段を講じねばならぬ。

「ねぇ、ユドハのお皿にあるのなぁに？」

「葉っぱだな。ちょっと苦いぞ」

「ちょっと苦いのかぁ……」

「食べてみるか？」

「ちょびっとだけちょうだい」

ぁー……。

ちぃちゃなお口を開ける。

「ちょびっとだけな」

ユドハは葉野菜をすこしばかりちぎってアシュの口に差し入れた。

「う～～～！」

「……んー……っ！」

「苦いだろう？　だめならほら、出しなさい」

ごくんっ。飲み込んだ。

「大丈夫か？」

「おいしい!!」

アシュが瞳をきらきらさせて、尻尾をばたばた振った。

「……美味しいのか？」

「おいしい！　もうちょっとちょうだい！」

椅子から身を乗り出す。

「危ないから椅子にはしっかり座りなさい。ほら、もうちょっとな」

「もうちょっと！」

さっきより、ひと回り大きなそれを口に入れてもらって、もぐもぐ。

「どうだ？　さっきと変わらず美味しいか？」

「……にがい」

さっきまで元気だった尻尾がぐんにゃり、力なくへたる。

「じゃあこっちで口直しだ」

葡萄の皮を剥き、種をとってアシュの口へ放り込む。

「これはとてもおいしい」

「そうだな、美味しいな」

「でも、さっきの葉っぱ、もう一回挑戦したい」

「無理に食べなくていいんだぞ」

「なんだろう……苦いのに、たべたい……もういっかい、食べたい……苦いって分かってるのに、もうちょっと食べたいって思っちゃう……なんでだろう？」

「後引く味なんだろうなぁ」

「あとひくおあじ！」

「きっとそれだな。ほら、アシュこっちを向きなさい」

ユドハは自分のナプキンで口の周りを拭いてやる。

「んふふ」

口の周りを拭かれているだけなのに、アシュはごきげんだ。

「自分で拭いてみるか？」

「今日は拭いてみない」

「そうか、分かった。……ほんとに自分で拭かないか？」

「拭かない」

「分かった。今回はユドハが拭こう。次はアシュが上手に拭いているところを見せてくれ」

アシュはもう自分で自分の汚れた口周りを拭える。

ディリヤからも「自分でできることは自分でさせるように。赤子や乳児ではないのだから」と言われていたことをユドハは思い出す。

だが、ついつい、ユドハがしたほうが早いからとやってしまいがちだ。

「よし、きれいになった」

「ありがとうございます」

アシュは椅子に座ったまま深々と頭を下げる。

あまりにも深く頭を下げるものだから、アシュの額がテーブルにこつんと当たる手前で、ユドハはテーブルとアシュの額の間に掌を差し入れて、「どういたしまして」と答える。

「さぁ、アシュ、次は魚なんてどうだ？」

「桃色のおさかなある？　酸っぱいソースのかかってるやつ」

「桃色……桃色か……すごい色だな……それはもしかして鮭で合ってるか？」

鮭の蒸し物が盛られた大皿を取って、アシュに見せる。

「うん、それ！」

「これは鮭と言うんだ」

「しゃけちゃん……」

「さ、け」

「しゃ、け」

「さ、け」

「しゃ！　け！」

アシュの短い舌は、鮭をしゃけと言う。

だが、その小さな舌でも美味しいものは美味しいと分かるのだから、素晴らしい。

「…………」

ところで、ユドハはまったく自分の料理に手が付けられていなかった。

アシュが食べるのに合わせて、薄切りの瓜を数切れと葉っぱを数枚、最初に口を付けたかぼちゃのスープをひと口、それだけだ。

アシュの世話を焼き、アシュに食事させることに一所懸命になって気を揉んでいるうちに食べ損ねてしまった。

それならばいっそ、先にアシュに食べさせて、自分はあとでしっかり食べよう。

そう思ったのも束の間、よくよく考えれば、このあと、アシュに食後の休憩をさせつつ遊び相手になり、歯磨きとお風呂と寝かしつけの本読みをするという大役があるのだ。

食べる暇がない。

食後の片付けは、厨房の皿洗いがしてくれる。

それだけでも充分ユドハは助かるが、食後のユドハは、アシュの寝かしつけまでが終わったら、また仕事に戻ることになっている。

ということは、ユドハが夕食にありつけるのはその時間帯ということになる。

かなり長い道のりだ。

それならばいっそ、いま、この場で大急ぎで掻き込むべきか、とも思う。

そうすれば、空腹を抱えたまま深夜まで過ごさずに済む。

手の込んだ料理を作ってくれる料理人たちには申し訳ないが、今日だけは味わうことを主にするのではなく、腹を満たすことに重きを置くことにした。

ディリヤの早食いは知っていたけれど、「これは必然的にそうならざるを得ないのだな」と、身を以って知った。

「アシュはまだマシなほうだぞ。食事中はじっと座っていられるほうだし、もう遊び食べもしないし、足りない時はおかわりください、って言ってくれるし、好き嫌いもない」

以前、ディリヤはそう言っていた。

だが、いざ一人でこの子の食事を見守るとなると、常に緊張感を保ち続けなければならず、自分の腹をゆっくりと満たす暇もない。

なにはともあれ、まずはアシュにおなかいっぱい食べさせることに専念した。

夜中にひもじさで目を醒ますようなことがあっては可哀想だ。

ちゃんと嚙んで食べているか、食器で口のなかを傷つけはしないか、喉を詰まらせはしないか、動いた拍子に椅子から転げ落ちないか、片時も目を逸らさず、常に見守り続けた。

気を配ることはたくさんある。

たった一度の食事でも、「あれはああしたほうがいいな、これはこうすべきだな」という発見もあって、次回への改善策も思いつく。

そして、その改善策を反映する暇もないほど子供からは目が離せない。

かつてディリヤは「一日くらい好きなものだけ食わせても大丈夫だぞ。腹が空いたらアシュは自分でちゃんと食べる。腹が空いてなかったらいらない、って言うしな。気軽に、適度にやってくれ」と教えてくれたが、その気軽な適度さがユドハにはまだ判断がつかなかった。

今夜の一食くらい好きなものを食べさせておけばい

いのかもしれないが、食事というのは何事も積み重ねだ。

　これから先、双子が生まれるまで、双子が生まれてからも、こんな日が何度も続くなら、好きなものばかり食べさせるのではなく、きちんといろんなものを食べさせるべきだ。

　今日一日だけがユドハが面倒を見る特別な日ではないし、そもそも、アシュのためを思うなら、今日一日という日の食生活も大切にしなくてはならない。

「ユドハ、ご飯食べないの？　おにくどうぞ？　お口、拭いてあげようか？　お豆さんはきらいですか？」

「ユドハはなんでも食べるぞ」

「じゃあ、アシュといっしょにパン食べよ。はい、どうぞユドハの分ですよ」

　アシュは、焼きたてのパンをパン籠からとってユドハに差し出す。

「ありがとう。よし、食べよう」

「見ててね、アシュ、ひとりでたべられるから」

　両手で大事そうにパンを持って、もぐもぐ頬張る。

　やわらかくて、ふかふかの、塩とバターを練り込んだ白パンだ。

　そのパンが手に余って落ちそうになるから、落ちそうになる手前でユドハが自分の手でそっと支えた。

「もっててね」

「了解した」

　アシュの手と一緒にパンを支え持つ。

　すると、アシュはだんだん自分で持つのをやめて、ユドハが持って、ユドハに食べさせてもらっているような状況になる。

　はぐはぐ、もぐもぐ。

　ごはんがおいしいのと、ユドハに甘やかしてもらって嬉しいのが相まって、喉がくるくる、うるうる鳴っている。

　ちょっと甘えたいアシュと、すぐに甘やかしてしまうユドハの二人で食事をしていると、必然的にこうなることは目に見えていた。

「…………」

　ところでユドハはそうしてパンを食べるアシュの腹を見ていた。

　アシュの腹が、ぽんぽんに膨れていた。

　……これ、まだ食うのか？

　腹、はちきれないか？？

だいじょうぶか……？

　心配だった。

　不安だった。

　ただでさえ、ぽんぽんのまるまるまるとした腹が、よりまるまるとしたものになっていたからだ。

「……アシュ、腹は、苦しくないか……」

　そろりと触って確かめる。

　これくらいなら、まだ入るのだろうか……。

　なんだかんだで、今夜もかなりたくさん食べている。

　腹具合を見る限り、そろそろごちそうさまをさせるべきかもしれない。

「おなか苦しくないよ」

「そうか、苦しくないのか……」

「苦しくないねぇ」

　アシュは仔鹿の肉のパイ包みを食べる。

　アシュが食べやすいように、小さな手や口で食べられるように、料理人が子供のひと口程の大きさで作ってくれた料理で、アシュのお気に入りだ。

　ぱりぱり、しゃくしゃく。こんがり焼けたパイ生地が、小気味好い音を立てる。

　問題は、このパイ料理を食べると、アシュの口周りのふわふわの毛にパイくずがたくさんつくことだ。

　ひと口で食べられる大きさだから、パイくずの被害は少ないが、ここが庭先なら、アシュの顔じゅうに小鳥が群がることだろう。

　アシュは自分でナプキンを使って口周りを拭くと、ユドハを見てにこっと笑う。

「上手に拭けている」

　口端に残ったパイくずを取ってやりながら、褒める。

「おいしいねぇ、アシュこれだいすき」

「そうか、料理人にそう伝えておこう」

「アシュ、自分で言いたいなぁ」

「なら、食べ終わったら散歩がてら、ありがとうと言いに行くか」

「うん！　食後のはらごなしだね！」

「そう、それだ」

「ユドハも食べてね。はいどうぞ。たくさん食べるんですよ。でも、無理しちゃだめですからね。おなかが痛くなっちゃいますからね」

「分かった、適度に食べよう」

「そうしましょう！」

　ディリヤが言うようにユドハに頷いて、アシュはもうひとつパイ包みを食べた。

アシュとユドハのふたりごはん。

それも五回目くらいになると、アシュのほうから自主的に「はい！」と服の裾をめくって、おなかを見せてくれるようになった。

ユドハが、アシュがおなかいっぱいになったかどうか、その判断基準をアシュのおなかで見ていることを理解したらしい。

今日も今日とて、肌着越しでも分かる、ぽんぽんの、まるまるとしたりっぱなおなかだ。

ご飯を食べている真っ最中なので、いつにも増して、ぽってりぱんぱん、はち切れそうだ。

「ごはんいっぱい食べて、アシュのおなかぽんぽんですよ」

「うん、そうだな」

「でもまだ食べられますよ！」

「では食べような。そして、おなかを見せるのは、ユドハとディリヤだけにしような」

「ユドハとディリヤだけとくべつね！」

「うん、特別だ」

「まだおなかいっぱいで苦しくないからね、もういっこ、しゃけのパイ食べるね」

「では、ユドハが取り分けよう」

「どれどれ、ユドハはどうですか？」

ぽんぽん。

アシュがユドハのおなかをぽんぽんしてあげる。

「……ユドハ」

「どうした？」

「おなかが、かたい……ぽんぽこしてない」

アシュはユドハを見上げて恐れ戦いた。

ご飯を食べたらみんなアシュみたいになる。

アシュはそんな想像をしていたから、ユドハの固いおなかに衝撃を受けたのだ。

「ふっ……く」

思わずユドハが笑ってしまった。

すると、腹筋が余計に固くなって「もっとかたくなった！　もみもみしないと！」とアシュが揉み始める。

それがくすぐったくて、「食事中だから、あとにしよう」と言うにも言えず、ユドハとアシュ二人きりの食事は、今日も今日とて笑顔の溢れる食卓となった。

「アシュが自分でできてたこともしなくなるから、甘やかすの禁止」

「…………」

とある日、ディリヤにそう宣告されたユドハは目を瞬いて尻尾をしょぼんとさせた。

「……でも、時々は甘やかしてやって。俺は甘やかすの下手だから」

「甘やかしていいのか？」

「時々な」

「分かった」

「時々だからな？」

「時々にする」

「でも、アシュのためになる甘やかし方なら、毎日でも甘やかしてやって」

アシュのためにならない甘やかし方は避けるべきだけれども、アシュのためになる甘やかし方ならば、存分にすべきだ。

「アシュにかんしては、そのようにしよう」

「どうも」

「お前にかんしては、どれほど甘やかして良いのだろうか」

「俺は甘やかしてくれなくていい。その分、アシュに時間を割いてやってくれ」

ディリヤは真顔でそう答えた。

この頃のディリヤはまだユドハに対して遠慮があって、何事もアシュを一番に優先して、自分は一歩下がるようなところがあった。

誰かに愛されること、甘やかされることに慣れていないのがユドハにも見てとれた。

だからユドハはディリヤを抱き上げて「この世で一番特別に甘やかす」と宣言した。

今度はディリヤが目を瞬いて、「じゃあ俺は来世の分までアンタを甘やかしてやるよ」とユドハの鼻先に自分の鼻先をくっつけて、それはそれは幸せそうに笑った。

三人でちょっとずつ

これは、ディリヤとアシュがトリウィア宮で暮らし始めて間もない頃の話だ。


んしょ、んっ……しょ。

アシュはめいっぱい背伸びして、お台所でユドハの手もとを覗きこむ。

「踏み台に乗れば見られるぞ」

「見せて、見せて」

「あ、そっか」

「だっこするか？」

「自分でする。……よぃしょ」

アシュのためにユドハが用意してくれた踏み台に、よいしょ。

「落ちるなよ」

「はぁい」

ユドハのおっきなふぁふぁ尻尾が、アシュの背中に回って支えてくれる。

ユドハの尻尾があれば、足を踏み外したり、後ろや横にころんと転んで踏み台から落ちそうになったりしても、すぐに尻尾がアシュの体に巻きついて助けてくれる。

「おやさいできた？」

「野菜できたぞ」

「お米のやつできた？」

「できたぞ。今日は魚介のリゾットだ」

「貝のやつ？」

「鱈(たら)のやつ」

「たらい？」

「たら」

「たら！」

「魚は嫌いか？」

「すき！　でも、あしゅ、ゆどはのおにくがすき」

「………聞く人によっては誤解を招く言い方だが、俺の切った肉が好きという解釈で間違いないか？」

「……？」

「俺の切った肉、好き？」

「すきぃ」

ユドハの切ってくれたお肉は、分厚くって、はぐってするともぐもぐ噛み応えがあって、すき。

ディリヤはちょっと心配性だから、いつもちっちゃく切ってからアシュのお皿に載せてくれる。

アシュは最近、ちっちゃいお肉よりおっきぃお肉が好きだ。

「がぶーってすると強くなった気がするからね」

「そうか、なら、肉の厚みや切り方を変えてもらえるかディリヤに相談しような」

「うん！」

「アシュが大きくなったって喜ぶぞ」

「アシュ、牙も立派になったからね！」

「なったな」

まだ子供の歯だけどな。

……とは言わず、ぴかぴかのちっちゃな牙を褒める。

毎日、歯磨きを頑張っている証拠だ。

「ユドハ、アシュ、ぐるぐるする？」

「スープか？」

「うん」

「さっきもしたから、いまはスープを混ぜるよりこっちを手伝ってくれ」

「いいよ。なにするの？」

「いまから卵を料理するから、運んでくれ」

「たまご！」

「そう、卵だ」


アシュの脇の下に手を入れて抱き上げ、そのまま台所の真ん中の机まで移動する。

「たまごちゃん」

ふかふかの藁を敷き詰めた籐籠に、今朝、とってきたばかりの卵が並んでいる。

「そーっとな」

「そー……っと」

ユドハに床に下ろしてもらうと、卵ひとつを両手の平に包むように乗せて、そろりそろり。

大事に大事に卵を運ぶ。

一所懸命になって集中しすぎて、ちっちゃくお口が開いている。

そんなアシュの頭のうえで、ユドハは籐籠ごと卵を持って、竈へ運ぶ。

「たまご運べた！」

「ありがとう、助かった。その卵はユドハが預かろう」

「おねがいします」

「心得た」

「つぎは？」

「次は……そうだな、いまからユドハは火を使うから、アシュは俺の後ろに回って、尻尾が焦げないように、ぎゅっと握っていてくれるか？」

「いいよ！　しっぽ焦げちゃうとたいへんだからね」

「そうなんだ、大変なんだ」

「ふかふかじゃなくなっちゃうし、ユドハが火事になっちゃうもんね」

「そうなんだ、ユドハが火事になったら大変なんだ」

「たいへんたいへん」

アシュは大慌てでユドハの後ろに回って、ユドハの尻尾をお胸でぎゅっ。

抱きしめる。

「ユドハがいいって言うまで、そこから動かないでじっと尻尾を守っててくれるか？」

「守っててあげる！」

「ありがとう、頼んだぞ」

こうして、ユドハの体を盾にしておけば、竈の火やフライパンの油がアシュに飛ぶことはないし、アシュが尻尾を離せばすぐにどこかへ行ってしまったと分かる。

「ユドハ、たまごちゃん焼くの？」

「そうだ、たまごちゃんを焼くんだ」

「めだまやき、めだまやきにして」

「あぁ、いいぞ。たまごはいくつにする？」

「にこにこ」

「……？」

「にこにこ」

「…………？」

早速、ユドハの尻尾からアシュの両手が離れた。

卵を片手に、ユドハが顔だけ後ろへ向けると、アシュがにこにこ笑顔で、ほっぺのところで両手の人差し指と中指を上げて、指で二個を示していた。

「にこにこ」

にこにこ、声に出して言う。

「うれしいのか？」

「ちがうよ、にこにこ」

「……？」

「たまご、にこにこ」

「あぁ、分かったぞ、卵を二個食べるってことだな？」

「うん！」

「でも、にこにこなら、四個にならないか？」

「……ほんとだねぇ。アシュ、よっつもたまごちゃん食べられないね……」

「じゃあ、にこにこで四個で目玉焼きを作って、ユドハも二個食べよう」

「ユドハがアシュのにこにこ手伝ってくれるの？」

「あぁ、手伝うぞ」

「じゃあ、ディリヤの分もにこにこ」

「四個か？」

「うん！」

「では、ぜんぶで卵はいくつ焼けばいい？」

「にこにこ四個で、にこにこにこにこで、にこがよっつ、二かける四で……八個です！」

「掛け算か」

「かけざんだよ！」

「よくできたな」

「えへへ」

「……じゃあ、八個の卵が焼けるまで、ユドハの尻尾を守っていてくれ」

「はぁい！」

ぎゅっ。

　ふかふかのだいすきなしっぽを抱きしめて、アシュはきゅっと目を細めた。

✦

　お休みの日の朝。

　ちょっと遅めの朝ご飯。

　庭に出てみんなで食べる。

　今日は、アシュとユドハが二人で朝食を作ってくれた。

　お陰様で、ディリヤは朝寝坊ができた。

　ちょっと特別な、それでいて、なんてことない幸せな休日の朝だ。

「…………」

「…………」

　ディリヤとユドハは、無言でアシュを見ていた。

　芝生に敷いた敷物の上には、ユドハとアシュお手製の料理が所狭しと並んでいる。

　まだ湯気の立つ食事を盛った皿、焼きたてのパン、茶器には温かいお茶。

　壜詰めのジャムやバター、チーズ、ハム、焼いた肉、調味料。

　温野菜中心のサラダ。

　アシュが仕上げにぐるぐるしたスープ。

　食後の甘いものは、昨日、エドナとアシュが作ってくれた甘いミルクケーキを一晩寝かせてしっとりさせたもの。それに、ちょっと塩気のある溶かしバターを垂らして食べる。

「……よぃしょ、よぃしょ」

「…………」

「…………」

ディリヤとユドハは、無言でアシュのお尻を見ていた。

朝ご飯も食べ終わりに近い頃、アシュがせっせと敷布の上のパンくずを集め始めたのだ。

アシュは正座をして背中を丸め、ちぃちゃな手で一所懸命になってパンくずを拾っている。

でも、なんだかちょっと残念しょぼんなお顔だ。

楽しい朝ご飯なのに、あからさまに可哀想な表情をしている。

「アシュは一体どうしたんだ？」

ユドハが隣のディリヤに耳打ちした。

「小鳥にパンくずあげる約束したから、パンくず集めてるらしい」

ディリヤが耳打ちで返す。

なのに、ユドハがほとんどパンくずを出さずにパンを切ってしまったから、残念しょぼん。

特に今日はパンくずのあまり出ない種類のパンが多かったから、アシュの収穫も少ない。

アシュは、小鳥さんをおなかいっぱいにしてあげられなくて、悲しいのだ。

「……ゆどは」

ふと、アシュが顔を上げた。

「どうした、アシュ」

「…………あしゅに、ぱんくず、ください……」

「……かわいそうになってくる」

小鳥にあげると分かっていても、アシュがひもじい思いをしてパンくずを乞うているような気がして、パンくずどころか世界中の穀倉地帯を買い占めたくなる。

「アシュ、安心してください」

「なぁに、ディリヤ」

「こんなこともあろうかと、ディリヤは昨日のうちに厨房の人にお願いして、古くなったパンをもらってきました。内側の食べられるところはお料理に使うので、外側の固くなってしまったところをナイフで削って、それを、小鳥さんにどうぞ、しましょう」

「……ディリヤ」

「はい、どうしました？」

「……あしゅに、ぱんくずくれるの……？」

「とても語弊を生む言い方ですが、そのとおりです」

「うれしい」

おっきな目をきらきらさせて、パンくずで喜ぶ。

ディリヤの短刀でパンの外側を削ってもらって、ちいさな籠に入れてもらい、それを小鳥さんにどうぞする。

すると、アシュはあっという間に小鳥に群がられて、ふぁふぁの毛並みをちゅんちゅんつつかれて、「あしゅの毛はむしっちゃだめぇ……巣穴に持って帰らないで……、巣作りしたいなら、アシュがほかの探してあげるからぁ……」と大慌てになって、ユドハとディリヤが助けに行った。

「ことりさん、おなかすいてたんだねぇ……」

わぁ、びっくりしたぁ。

アシュは空っぽになった籠を見て、にこにこ笑った。

でも、たくさんの小鳥さんに一度に群がられて、ちょっぴりびっくり。

尻尾と両手でユドハとディリヤにぎゅっとしがみついている。


「大丈夫だぞ、アシュ」

「だいじょうぶ？」

「そうだ、大丈夫だ。ユドハとディリヤが傍にいるからな」

「うん、だいじょうぶ」

だいじょうぶ、だいじょうぶ。

ユドハに言われて、おっきな懐で守られて、ディリヤにお尻をとんとんされると、もうだいじょうぶ。

ユドハとディリヤがだいじょうぶって言ったら、だいじょうぶ。

尻尾がくるんとディリヤの腕に絡んで、すりすり、甘え始める。

「アシュ」

「なぁに、ディリヤ」

「ユドハが焼いてくれたにこにこが四個で合計八個のめだまやきがまだ二つ残っているので、三人でわけわけして食べませんか？」

「にこにこ？」

「はい、にこにこです」

「たべる！」

ユドハの腕からディリヤの腕に横移動。

今度はディリヤにだっこしてもらって、アシュがにこにこ。

敷布の上に戻る二人の傍で、ユドハも嬉しそうにしている。

「どうした、ユドハ、ごきげんだな」

「お前、アシュのにこにこ見たことあるか？」

「あるぞ」

「あれはとてもかわいいな」

「かわいいだろ」

「今日、俺は、あれを初めて見て、初めて知ったんだ」

「そうか」

「うれしいもんだな」

「あぁ、俺も初めて見た時、うれしかった」

アシュがにこにこ。

めだまやき。

にこにこ、ちょうだい。

その姿が、とびきり愛らしいのだ。

たまごを二個も食べられるくらい大きく成長してくれて、うれしいのだ。

我が子がにこにこ笑って、おいしそうにご飯を食べてくれるだけで、なんだかとってもうれしいのだ。


「アシュはね〜、今日、火事からユドハのしっぽ守ったんだよ！」

「それは強いですね」

「でもね、ユドハのしっぽぎゅってしてたらね、眠くなっちゃってね、こまっちゃった！」

「分かります。ディリヤもユドハの尻尾に埋もれていると、気が付いたら眠ってしまいます」

「ご飯食べたら、ユドハのしっぽでねんねんする？」

「ユドハにお願いしてみましょう」

「ユドハ、尻尾のおふとんしてくれる？」

「もちろん、いいぞ」

「いいって、ディリヤ！」

「はい、うれしいですね」

「うん、うれしい！」

にこにこ。

ディリヤをぎゅっ。

そしたら、ディリヤごとアシュをユドハがぎゅっとしてくれる。

「ほっぺつぶれちゃう」

にこにこほっぺが、きゅうとなる。

あぁかわいい。

そう思ったのは、ディリヤか、ユドハか、両方か……。

きっと両方がそう思って、アシュのにこにこほっぺをはぐっとした。

「たいへん、ねんねんする前に、アシュはすることがあったんです……」

アシュは、不意に大切な用事を思い出し、にこにこおめめを、キリッとしたおめめに変える。

「どうしたんですか?」

「なにか用事があるのか?」

「アシュ、遊ばないといけないんです」

朝ご飯を食べたら、芝生でころころして遊ばないといけないんです。

かけっこもしなくちゃいけないし、木登りもしなくちゃいけない。

川でお水ぱちゃぱちゃと、虫さんとお花さんの観察もしなくちゃいけない。

それに、ブランコも乗らなくちゃいけないし、お砂遊びもしなくちゃいけない。

だから、ユドハの尻尾でねんねんするのは、そのあとなんです。


「それにね、アシュは次の献立も考えないといけないんです」

むむ……と、難しいお顔をして、腕を組む。

「献立ですか?」

「そうです。これがたいへんなんです」

ディリヤの真似をして、うんうん唸る。

昨日と今日で、おかずのちがうおべんとう。

たまごも、今日はジャガイモとベーコンなら、明日はほうれん草と鮭、明後日はチーズで、その次の日はきのこ……。

お肉も、今日がトマトソースなら、明日はクリームソース、明後日は塩と胡椒と香草で、その次の日はあんずのソース。

お魚だって、今日がソテーなら、明日は焼いて、明後日は煮物風。

お野菜は、色どりを考えつつ、根菜、葉野菜、山菜、お豆、果物みたいなお野菜などを、偏らずに、それでいて食べやすいように。

食後のおやつには、ちょっとした甘いものを添えて……。

そして、お弁当だから、朝に作ってお昼に食べる時まで傷んでいないように、ちゃんと冷まして、湯気を切って、それからお弁当につめつめして……。

「お弁当につめつめする時も、お味がいっしょにならないようにしないと……」

「アシュは考えることがいっぱいですね」

「そうなの、いっぱいなの。ディリヤはいつもすごいね。いっぱいいいっぱい考えてる」

「アシュはまだ考えなくていいですよ。ディリヤが考えますから」

「ううん。次のお休みはね、ユドハとアシュでおべんとつくるって約束したの。……ね、ユドハ」

「あぁ。確かに約束したぞ」

「じゃあ、ユドハとアシュとディリヤの三人で献立を考えましょう」

「ディリヤも作りたい？」

「作りたいです。一人で悩むより、三人で相談して作ってみませんか？」

「相談かぁ……」

「はい、相談です」

「ディリヤがきゅうけいできないよ？」

「ディリヤは、一人で休憩するより、三人で考えたいです。それに、ほら……ユドハの休憩の時間も必要でしょう？」

「ユドハのきゅうけい……」

「そう、ユドハの休憩です」

「そうだ、ユドハも休憩しないと！」

「俺は大丈夫だぞ」

「だめだよ」

「だめだろ」

アシュとディリヤ、二人でユドハを叱る。

同じような口調で「休憩しないとだめ」と言われて、ユドハは「分かった」と微笑む。

嫁と子にそう言われて勝てる父親はいない。

「おとうさんはいつも強いからきゅうけいしなくてだいじょうぶって思っちゃうけど、おとうさんも疲れちゃうもんね、きゅうけいしないとね」

「そうなんです。ユドハも頑張ったら疲れちゃいますからね」

「頑張ったら疲れちゃうもんね」

うんうん。

アシュは深く頷く。

「だから、三人で協力しましょう」

「じゃあ、さんにんいっしょ！」

「はい、三人一緒です」

「三人なら、悩まなくていいねぇ」

みんなで考えて、みんなで作って、みんなで食べる。

一人が頑張らずに、三人がちょっとずつ頑張る。

それはとっても素敵なこと。

アシュは次のお休みを想像して、にこにこした。

後記

こんにちは、八十庭たづです。シリーズ三作目となるこの本をお手にとってくださりありがとうございます。いまだに三作も出したという実感がないのですが、三度、皆さまにディリヤたちの恋と愛に溢れた日々をお届けできた喜びを噛みしめています。

一作目の発売が二年ほど前なのですが、今日までの期間に様々な賞やフェアに参加する機会を頂戴し、滅多にない経験をさせていただきました。読者様には本当にたくさん支えていただいて、言葉だけでは伝えきれない感謝があります。感想を送ってくださったり、ＳＮＳの更新のたび反応してくださることも、創作活動の大きな励みになっています。そのお気持ちにお応えできるよう一作でも多く、短い話でもできるだけたくさん書くことでお礼の気持ちに代えさせていただければと思う日々です。

次にお目にかかるのは、おそらく『はなれがたいけもの　かわいいほん』です。愛すべきけものたちの、かわいい日常や恋や愛、かわいいの大渋滞をお届けする予定です。

末筆ではありますが、各位に御礼を。

株式会社リブレ様、担当様、佐々木久美子先生、ウチカワデザイン様、ムーンライトノベルズ様、本書の出版・販売に携わってくださった多くの方々、各企業様、八十庭を応援してくださり、拙著をご購入くださった読者様。(順不同)

すべての方に深く感謝申し上げます。本当にありがとうございます。

初　出

あばくひと………SNSにて発表

はなれがたいけもの　心を許す………書き下ろし

お世話好きのごはん
三人でちょっとずつ
＊上記の作品は「ムーンライトノベルズ」（https://mnlt.syosetu.com/）
掲載の「はなれがたいけもの」の同名短編を加筆修正したものです。
（「ムーンライトノベルズ」は「株式会社ナイトランタン」の登録商標です）

『はなれがたいけもの　心を許す』をお買い上げいただきありがとうございます。
この本を読んでのご意見、ご感想など下記住所「編集部」宛までお寄せください。

アンケート受付中

リブレ公式サイト　https://libre-inc.co.jp
TOPページの「アンケート」からお入りください。

はなれがたいけもの
心を許す

著者名　八十庭たづ

発行日　2021年2月19日　第1刷発行

発行者　太田歳子

発行所　株式会社リブレ
〒162-0825 東京都新宿区神楽坂6-46 ローベル神楽坂ビル
電話　03-3235-7405（営業）　03-3235-0317（編集）
FAX　03-3235-0342（営業）

印刷所　株式会社光邦
装丁・本文デザイン　ウチカワデザイン

Printed in Japan
ISBN 978-4-7997-5037-7